Hoe ik mijn collegegeld betaalde

Marc Acito

Hoe ik mijn collegegeld betaalde

Een roman over seks, diefstal, vriendschap en musicals

Vertaling Ed van Eeden en Sam Gerrits

2006
Uitgeverij Contact
Amsterdam/Antwerpen

© 2004 Marc Acito
© 2006 Nederlandse vertaling Ed van Eeden en Sam Gerrits
Oorspronkelijke titel *How I Paid for College. A Novel of Sex, Theft,
Friendship & Musical Theater*
Omslagontwerp Via Vermeulen/Natascha Frensch
Foto auteur Barbara Gilbert
Typografie Arjen Oosterbaan
ISBN 90 254 1875 9
D/2006/0108/911
NUR 302

www.marcacito.com
www.boekenwereld.com

Voor Floyd, die het allemaal mogelijk
en de moeite waard maakt...

een

De geschiedenis van hoe ik mijn collegegeld betaalde begint als het leven
zelf. In een plas water. En dan bedoel ik niet die oersoep waarin prehistorische vissen voor het eerst armen kregen om het land mee op te kruipen. Nee, ik bedoel een sterk naar chloor ruikende zwemplas in de achtertuin van Gloria d'Angelo's split-levelhuis in Camptown, New Jersey.

Tante Glo.

Ze is niet echt mijn tante, ze is de tante van mijn goede vriendin Paula, maar iedereen noemt haar tante Glo en ze noemt ons jonkies haar KE's; dat staat voor Kleine Ettertjes. Tante Glo is luidruchtig. Ze schreeuwt altijd. Ze schreeuwt vanuit de kelder waar ze de was doet van haar zoon, die priester is. Ze schreeuwt vanuit de badkamer boven, waar ze de badkuip schoon schrobt om haar zenuwen te kalmeren. En ze schreeuwt vanaf haar plekje achter het aanrecht waar ze in de marinarasaus roert en ons in de gaten houdt, terwijl we in haar zwaar gechloreerde zwembad drijven. De geschiedenis van hoe ik mijn collegegeld betaalde begint als het leven zelf: met een schreeuw.

'Heeeeeeeee! Brengen jullie KE'tjes me nog een serenade of hoe zit dat?' Paula en ik mompelen iets tegen elkaar. 'Je ligt niet gratis in mijn zwembad, hoor!'

Ik rol om op het luchtbed en trek aan mijn *Eigendom van Wallingford High School Atletiekafdeling*-broekje, dat aan mijn ballen plakt. (Ik draag het sportbroekje als een ironisch aandenken aan dat ene helse semester dat ik in het atletiekteam zat.) Ik steek mijn hand uit naar de radio, waarop Irene Cara voor de tigste keer vandaag haar *Flashdance*-gevoel beleeft, en draai hem zachter. Ik kijk naar Paula. Scherven licht weerkaatsen op het water en ik moet mijn hand boven mijn ogen houden om haar te zien. Paula zit kalm op haar drijvende troon, haar kin omhoog in een pose van 'Kom maar op met die close-up, meneer DeMille', haar ogen verborgen achter een met stras bezaaide cat-lady zonnebril, een kanten parasolletje boven haar hoofd om haar blanke huid te beschermen. Ze draagt een oud jaren-vijftigbadpak dat van tante Glo is geweest, zo een met van die plooien erin. De plooien zijn over haar vlees gedrapeerd als over een marmeren beeld uit de oudheid; het lijkt eigenlijk meer op een soort vogelkooi met stof eromheen. Het beoogde effect is een soort van Sophia Loren/Gina Lollobrigida/Anna Maria Alberghetti va-va-va-voemsensualiteit, maar om eerlijk te zijn heeft Paula een paar voems te veel om zich heen hangen. Paula nipt aan haar aarbeiendaiquiri en kijkt me van over de rand van haar zonnebril aan alsof ze wil zeggen: 'Niets aan te doen. We zijn gedwongen tot een optreden.' Dan gooit ze haar hoofd achterover en laat haar brede kaken openscharnieren. De openingsfrase van 'Ave Maria' rolt uit haar mond en haar stem is zo warm en puur dat je er een bad in zou willen nemen. Ik val in en zing de tweede stem, zoals we ook hebben gedaan op de bruiloft van haar nicht, Maffe Linda. Onze stemmen vermengen zich en versmelten in een conversatie die boven onze hoofden verder gaat en in de drukkende lucht van New Jersey verdwijnt. De honden van de buurman kijken vals en blaffen mee, vanachter een hek dat goed op slot zit.

Ach, iedereen mag kritiek leveren.

Tante Glo niet. Tante Glo is een goed en (omdat Paula's moeder dood is en haar vader veel overwerkt voor de afdeling Wegenonderhoud) een zeer regelmatig publiek. 'O, die stemmen van jullie, jullie lijken wel engeltjes!' Dat zegt ze altijd. 'Hè verdomme, is het al zó laat,' schreeuwt tante Glo. 'Koppen dicht, graag! Mijn soaps beginnen bijna.'

Ik kan haar niet zien door de hordeuren, maar ik weet dat ze nu een Lucky Strike opsteekt en zichzelf een Dr. Pepper inschenkt. Straks waggelt ze naar de tv-kamer om naar *Guiding Light* te kijken, terwijl ze de strijk doet.

Tante Glo.

Paula zet haar glas op de rand van het zwembad en spoelt haar korte vingertjes af in het water. '*Zeg eens eerlijk*, Edward liefje,' zegt ze, terwijl ze een vlezige arm in de lucht gooit, 'het is toch *ongelofelijk* oneerlijk.' (Paula heeft de *neiging* om in *cursieven* te praten.) 'Ik *vergooi* deze zomer *simpelweg* mijn talent – ik *vergooi* het simpelweg – hoor je!' Paula wordt altijd gecast in menopauze-achtige vrouwenrollen en zet die trend deze zomer voort door Miss Lynch te spelen in de Wallingford Highschool-zomerworkshopproductie van *Grease*.

Ik leg mijn hoofd op het warme rubberen luchtbed en zeg: 'Je hebt helemaal gelijk, zus.' Ze is niet echt mijn zus. Maar dat had heel goed gekund. Afgezien van onze verschillende teint zouden we een tweeling kunnen zijn. Paula als de lieflijke blanke helft en ik als boosaardige, donkere helft. Afgezien daarvan zien we er hetzelfde uit met ons lange krullende haar, onze zware wimpers en ons hoge lichaamsvetgehalte.

Ik noem haar ook 'zus' omdat ze het nonnenkostuum uit onze *Sound of Music*-productie gebruikt om bier te halen, vanuit de volkomen correcte aanname dat niemand het in zijn hoofd zal halen om een non naar haar identiteitsbewijs te vragen.

Paula klapt haar parasol dicht en roeit met het handvat naar me toe. 'Het probleem is,' zegt ze, 'dat ik een negentiende-eeuws postuur heb. Als ik honderd jaar eerder was geboren, zou ik als hoogst *begeerlijk* beschouwd worden, weet je dat wel?'

We hebben dit gesprek al eens eerder gevoerd. Sommige mensen worden geboren om te rennen, andere om wild te zijn, en Paula is in de wieg gelegd om een hoepelrok te dragen. De parasol tikt op mijn schouder. 'Kijk *hier* dan,' zegt ze, terwijl ze haar borsten tegen elkaar duwt, alsof ze een stel kussens opschudt. 'En *dit.*' Ze draait een halve slag en grijpt in haar Rubensbillen. 9

'In geval van een noodlanding op open water wordt u aangeraden het drijfvermogen van uw zitting optimaal te benutten,' zeg ik.

Paula keert mijn luchtbed om met een van haar mollige negentiende-eeuwse benen.

Ik kom weer boven water en wil haar laten kapseizen door haar bij haar voetjes te grijpen. 'Nee, nee, nee, *alsjeblieft* Edward,' zegt ze, 'mijn haar, denk om mijn haar. Ik moet over een uurtje op mijn werk zijn.'

'Wat jij wilt,' zeg ik en ik zwem op mijn rug naar het ondiepe gedeelte. 'Maar wat die negentiende eeuw betreft, heb ik twee woorden voor je.'

'O ja, en dat zijn?'

'Geen verdoving.'

Ik hoor haar diepe, chocoladezachte lach terwijl ik drijvend omhoogkijk naar de hoogspanningskabels die kriskras door de babyblauwe hemel lopen. Het is heerlijk om Paula aan het lachen te maken.

Ik stap uit het zwembad. 'En je ziet dat *Grease*-gedoe helemaal verkeerd, zus. Je moet ons zien als een soort gaststerren, net als Eve Arden en Frankie Avalon in de film.' (Omdat ik me er zeer van bewust ben dat ik geen overtuigende Danny neerzet, heb ik voor de rol van Teen Angel gekozen.) 'Laat de anderen hun hoofd maar breken over die verschrikkelijke "Hand Jive"; op het eind komen jij en ik erbij en stelen we de show met onze doorleefde komische interpretatie.'

Paula zucht. Ze weet dat ik gelijk heb.

'Bovendien heb ík belangrijker zaken om me druk over te maken.' Ik heb het natuurlijk over mijn auditie voor Juilliard.

Juilliard.

Voor het geval je uit Iowa of iets dergelijks komt en geen idee hebt waar ik het over heb, moet ik misschien even uitleggen dat Juilliard het meest prestigieuze instituut voor acteerkunst in Amerika is, het Tiffany's van de toneelscholen. Alle beroemdheden hebben erop gezeten – Kevin Kline, William Hurt, Robin Williams – en vanaf het moment dat ik in de zesde klas de hoofdrol kreeg in *The Music Man* weet ik al dat ik er *ook* heen wil. Ik heb al een succesnummer voor mijn hedendaagse monoloogauditie (Mozart in *Amadeus*, een kwajongensachtige kindmannetjesrol waar ik voor in de wieg gelegd ben). Maar ik moet nog even een goede klassieker bedenken. Dus heb ik een gloednieuw *Verzameld Werk van Shakespeare* aangeschaft. Een heel mooie fluwelen hardcover met goud op snee. Ik ga er de hele zomer aan besteden om het te lezen. Terwijl ik aan mijn teint werk, natuurlijk.

Paula parkeert haar opblaasbare schoener in het ondiepe gedeelte van het bad en steekt een hand naar me uit zodat ik haar eraf kan helpen. Ze fronst naar me, alsof ik een jurk ben en ze moet beslissen of ze me nu wel of niet gaat kopen.

'Wat is er?' vraag ik.

Ze zucht en dept zich droog met de handdoek. (Altijd deppen, nooit wrijven. Wrijven is slecht voor de huid.) 'Kun je een geheimpje bewaren?'

'Natuurlijk niet,' zeg ik. 'Maar heb je je daar ooit door laten weerhouden?'

Ze steekt haar pinkje op. 'Pinkelen?'

Ik buig mijn pink om die van haar. 'Nou, hier dan. Pinkelen. Zeg het nou maar!'

Ze kijkt om zich heen om er zeker van te zijn dat niemand meeluistert. 'Weet je nog dat ik je vertelde over die avond dat ik me door Dominick Ferretti liet nemen achter de pizzaoven?'

'Ja.'

'Dat was gelogen.'

'Wat? Waarom?'

'Ik wilde niet dat je zou denken dat ik een preuts trutje was,' zegt ze. 'Want Kelly en jij hebben zo ongeveer *alles* gedaan.'

Dat is nogal overdreven. Voordat mijn vriendinnetje Kelly en ik *het* gaan doen moet er nog heel wat gebeuren. We hebben nog niet eens orale seks gehad. Maar vergeleken met Paula's non-achtige bestaan zou je ons inderdaad kunnen zien als personages uit de *Kamasutra*.

(Tussen twee haakjes: ik heb dat verhaal over Dominick Ferretti nooit geloofd.)

'Nee joh, je bent echt geen preuts trutje,' zeg ik. 'Je bent, eh...'

'Nou? Zeg het maar, hoor. Ik ben te dik om een vriendje te hebben!'

Even opletten: zij zei het, ik niet.

Paula ploft neer in een tuinstoel, als een Camille die aan haar ziekbed begint. 'Wat moet ik doen? Wat voor soort actrice kan ik ooit *misschien* worden als ik nu nog steeds *maagd* ben?' zegt ze en ze grijpt mijn hand. Ze trekt me naast haar op de stoel. 'Edward, je moet me helpen.'

Ik trek weer aan mijn broekje. 'Eh... hoor eens, zus, ik voel me zeer ver-eerd, maar ik geloof niet dat Kelly er straks ook zo over denkt...'

'Ach, je bent stapelkrankzinnig,' zegt ze en ze geeft me een duw. Je moet me natuurlijk helpen met Doug Grabowski.'

Doug Grabowski? Doug Grabowski de footballspeler, die ik heb overge-haald om auditie te doen voor Danny Zuko? Doug Grabowski die iets met Amber Wright heeft gehad, het populairste meisje van school? Díé Doug Grabowski?

'Hoezo?' vraag ik.

'Weet je of hij een vriendin heeft?'

Paula's vermogen om zichzelf voor de gek te houden is verbluffend, wat haar overigens voor een deel zo'n fantastische actrice maakt. 'Eh... ik geloof van niet, nee,' mompel ik, terwijl ik bedenk hoe ik haar het best kan uitleggen dat ze meer kans maakt om tot Miss Amerika te worden gekroond dan om Doug Grabowski te scoren.

'*Magnifiek!*' zingt ze en ze maakt een pirouette op het grasveldje, op een manier die helaas vooral aan de dansende nijlpaarden in *Fantasia* doet den-ken. 'Ik heb het al helemaal uitgedacht: wij vieren – jij met Kelly en Doug en ik – gaan komende zaterdag de stad in, naar *A Chorus Line*. Ik kan me niet voorstellen dat hij die al gezien heeft en hij moet hem *echt* zien, *echt*. Als hij de *hele* zomer met ons optrekt in plaats van met die Neanderthalers van zijn footballteam, dan is het echt onze *plicht* om hem bloot te stellen aan de ho-gere aspecten van het leven, vind je niet?'

'Nou...'

'De arme jongen moet haast wel *uitgehongerd* zijn op intellectueel gebied.'

'Ja, maar...'

'O, Edward, het wordt vast een avond om nooit te vergeten!' zegt ze en ze duwt me mijn kleren in mijn handen. 'Het enige dat jij nu nog moet doen is erheen rijden, repeteren en hem uitnodigen.'

'Ik? Waarom doe jij het niet zelf?'

Paula klakt met haar tong. 'Ik wil mezelf niet *opdringen*.'

Wat God verhoede.

'Trouwens, we hebben niet allemaal een rijke pappie,' snuift ze. 'Sommige mensen moeten *werken*.' Ze laat haar druppelvoetjes in een paar roze plastic sandaaltjes glijden en wiegt trots richting het huis.

'Ik werk ook!' roep ik haar na. 'Wat dacht je van de choreografie van de kindershow van de zomerworkshop?'

Ze keert zich om en draait haar roze voeten in de eerste positie, ballerina-pose. 'Ik noem dat *spelen*,' zegt ze. 'Calzones klaarmaken in een keuken van vijftig graden Celcius, terwijl Dominick Ferretti obscene gebaren naar je maakt met een worst – dat is een *baan*.' Met een koninklijke zwaai van haar hoofd gooit ze de deur open. 'Dus kleed je nou maar aan en ga er als de sodemieter heen,' commandeert ze, terwijl ze me naar binnen dirigeert zodat ik me kan verkleden. 'Het gaat tenslotte om het verlies van mijn onschuld.'

twee

Buiten mag het dan 1983 zijn, bij tante Glo binnen is de klok stil blijven staan in 1972: ze heeft donkergele keukenapparaten, een oranje linoleum keukenblok, hoogpolig tapijt en overal schrootjes tegen de muur.

Ik pak een chocolade-ijsje uit de vriezer en waad door het tapijt richting de tv-kamer, waar tante Glo strijkt terwijl ze naar *Guiding Light* kijkt.

Stel je, als je wilt, even een brandkraan voor. Zet een zwarte footballhelm boven op die brandkraan. Wikkel het geheel in een bloemetjesjurk en je hebt tante Glo. Ze ziet eruit als het liefdeskind van Sneeuwwitje en een van de zeven dwergen.

Tante Glo is PM – Priester-Moeder – en ze uit haar dankbaarheid voor dit geluk door al het strijkwerk van haar zoon te doen. Het maakt haar niet uit dat hij de veertig al gepasseerd is. Ik plof neer in een uitklapbare tv-fauteuil, met mijn handdoek stevig om me heen gedrapeerd zodat ik hem niet natmaak. 'En, wie gaan er vandaag scheiden?' vraag ik, terwijl ik het papier van mijn ijsje probeer af te pellen.

'O, schatje, die arme, arme mensen toch,' zegt tante Glo, strijkend en huilend, huilend en strijkend. (Tante Glo noemt iedereen 'schatje', gedeeltelijk uit affectie, maar voornamelijk omdat ze gewoon geen ene moer kan onthouden.) 'Iedere dag weer dank ik de Heilige Maagd dat mijn Benny, God hebbe zijn ziel, dood is, en ik nooit de pijn van een scheiding zal hoeven doorstaan.'

Vóór haar beroerte had tante Glo ook al een volstrekt unieke eigen logica. We hebben het tenslotte wel over de vrouw die haar enige zoon Angelo d'Angelo heeft laten dopen.

Zweet en tranen mengen zich op het opgeblazen gezicht van tante Glo en haar flensjesvel-armen deinen als ze het strijkijzer heen en weer beweegt. Achter haar rug hangen de witte boordjes van Angelo als afgesneden duivenvleugeltjes aan de waslijn. 'Het is vooral zo triest voor de kinderen,' zucht ze.

O, god, daar gaan we weer.

Ik ken deze blik van de Pierrot-in-een-zwartfluwelen-lijstje, deze sympathieke toon, dit warme washandje van medelijden dat volwassenen altijd zo nodig over mijn lijf moeten wrijven, maar al te goed. Wat ze echt bedoelt, wat ze allemáál echt bedoelen is: 'Je moeder zal vast haar redenen wel hebben gehad, Edward, maar welke moeder laat haar eigen kinderen in de steek?'

Het gaat prima met me, wil ik roepen, helemaal prima. Mijn leven ligt voor me. Ik heb mijn kunst. Mijn vrienden. En trouwens, ik zie mijn moeder best vaak. Oké, ik heb geen idee wanneer ze weer eens langs zal komen, maar dat is deels wat haar zo cool maakt. Ze is een Vrije Geest. Onze band is meer spiritueel, en minder aards. Maar iedereen om me heen behandelt me toch telkens alsof ik godverdomme Oliver Twist ben.

Tante Glo huilt en strijkt verder, strijkt en huilt, en we zijn even stil. Aangezien we Italiaans zijn, is dat heel wat voor ons. Mijn sportbroekje begint te jeuken en ik wil me verkleden, maar ik wil ook blijven. Het gehuil van tante Glo heeft iets troostends. Waarschijnlijk omdat ik het zelf niet kan. Het is waarschijnlijk mijn grootste zwakte als acteur, maar het lukt me gewoon niet. Soms probeer ik de tranen er uit alle macht uit te persen, zo hard als ik kan, duwend en kreunend alsof ik met een verstopping op de pot zit, maar ik eindig altijd met een gevoel alsof ik in mijn eigen huid gevangenzit, wanhopig op zoek naar een uitweg. En dus kan ik maar beter hier zitten met mijn tante Glo, terwijl *Guiding Light* weerkaatst op de blinde muur en zij voor ons allebei huilt.

Ik rijd MoM (Mams ouwe Mercedes) achteruit de oprijlaan van tante Glo af, haar cul-de-sac in. Mijn moeder heeft me de auto nagelaten toen ze wegging, omdat ze niet echt geeft om dat soort dingen. Mijn moeder is een en al Persoonlijke Zelfverwerkelijking; daarom is ze ook vertrokken toen ik twaalf was. Om zichzelf te vinden. Mijn vader betaalt weliswaar mijn school, maar alleen mijn moeder begrijpt werkelijk de artiest in mij. Ze zei vroeger altijd: 'Als je vuilnisman wilt worden, *wees* dan een vuilnisman. Maar wees wel de *beste* vuilnisman die je kunt zijn.' Ik zwaai naar de buurman van tante Glo, een oude Italiaan in een bermuda met donkere sokken eronder, die zijn tomatenplanten water staat te geven, en ik maak de dodelijke bocht linksom, Wallingford Avenue op.

Oké, als dit verhaal verfilmd mocht worden, beginnen op dit punt de credits. Je ziet mij, kalm door de straten van een buitenwijk cruisend met mijn tweedehands gleufhoed op mijn hoofd, terwijl de soundtrack van Frank Sinatra's 'Summer Wind' speelt. Dat is om het verhaal het benodigde gevoel van trots en swing mee te geven. Bij Frank draait het allemaal om de trots en de swing.

Misschien ben je verrast door wat je ziet. New Jersey is dan misschien de dichtstbevolkte staat van de VS (of, zoals Paula graag zegt: de staat waar de bevolking het snelst dichtgroeit), in Wallingford zou je dat niet zeggen. Koloniaal Wallingford.

Rijd twintig minuten in een willekeurige richting Wallingford uit en je zult inderdaad het New Jersey vinden waar je aan denkt: giftige vuilstortplaatsen, wijsneuzen die de th uitspreken als een d, gangs, getto's en de door bomen geflankeerde Garden State-snelweg. Maar op het moment dat je Wallingford binnenrijdt, verandert dat. De huizen nemen een enorme stap achterwaarts, weg van de straat, alsof ze er liever niet samen mee gezien worden, en dijen zij- en opwaarts uit, terwijl er torentjes, schoorstenen en trapgevels aan ontspruiten. Wallingford is gesticht in 1732 en is abnormaal trots op zijn koloniale geschiedenis. De Amerikaanse troepen mogen dan in Camptown (of Kramptown, zoals wij het noemen, omdat we van het eten in het wegrestaurant daar altijd darmproblemen krijgen) gelegerd zijn geweest en daar iets uitgevochten hebben dat in wezen niet meer dan een achttiende-eeuws waterpistolengevecht was bij Battle Brook (het dorpje dat daarna overbleef), maar op de een of andere manier is juist Wallingford boven komen drijven als schoolvoorbeeld van alles wat traditioneel en curieus is. 15

Tante Glo noemt Wallingford een 'slaapkamerstadje', wat inhoudt dat de meeste inwoners een uur rijden verderop in Manhattan werken en in Wallingford alleen slapen. Ergens klinkt 'slaapkamerstadje' wel sexy en stel ik me voor dat allerlei zogenaamd respectabele burgers er aan vrouwenruil doen en orgieën achter gesloten deuren houden, maar waarschijnlijk bedoelt tante Glo gewoon 'slaapstadje', wat inhoudt dat er in Wallingford niet veel meer gebeurt dan slapen.

Als ik bij Washington Street ben, stop ik even terwijl ik achter het stuur blijf zitten. MoM's dieselmotor bonkt als een locomotief tot ik heb besloten welke richting ik op zal rijden. Als ik naar links ga en bijna tot aan de snelweg doorrijd, kom ik in Oak Acres, de buurt waar ik gênant genoeg zelf woon. In Oak Acres zijn geen torentjes, trapgevels of schoorstenen; er zijn niet eens eiken, alleen maar slordig grote ranch-achtige huizen met cirkelvormige oprijlanen en imitatie-Griekse zuilen, ontworpen voor mensen die meer geld dan smaak hebben. Oak Acres zit zó vol met Italianen en joden uit New Yorkse buurten als Hoboken and Bayonne dat de Wallingford-elite het al 'Hoboken Acres' noemt. Ik besluit daar niet heen te gaan, ik sla rechts af en rijd richting mijn middelbare school.

Ik parkeer op mijn gebruikelijke plekje, bij het ALLEEN VOOR BEZOEKERS-bordje, omdat ik mijzelf graag zie als iemand die alleen maar op bezoek is in deze voorstedelijke middelbare school in New Jersey, in plaats van dat ik er werkelijk op zit. Als dit verhaal verfilmd mocht worden, is dit de plek waar de credits zo ongeveer zijn afgelopen.

Ik glip door een zijdeurtje naar binnen dat alleen bij het Toneelteam bekend is. (Ja, het Toneelteam, alsof we geen echt leven hebben. We zijn nota bene de meest echte mensen in deze kouwekaktent.) Walgelijke Wanda, de choreografe, legt op het podium de Hand Jive nog eens uit en bezorgt iedereen spontaan oprispingen met haar lijflucht en rug-acné. Haar excuus om zich niet te wassen is dat ze een ex-hippie is, maar ik vind – en iedereen met mij – dat er een zekere jurisprudentie zou moeten bestaan van grenzen die je mag stellen aan lichaamsgeur als verzetsdaad. Een brugklasser herkent me en wijst me aan bij zijn vriendjes op het toneel.

'Oké, mensen, zo gaat-ie goed,' zegt Walgelijke Wanda en ze trekt haar eng dunne Vulcan-wenkbrauwen op. 'Ach kijk, de beroemde Edward Zanni heeft besloten ons met zijn gezelschap te vereren.'

Ik presenteer mezelf met een groots gebaar naar de cast, mijn *port de bras*.

'Kom, we zullen Edward eens laten zien wat we gedaan hebben, terwijl hij bij het zwembad hing en aan zijn teint werkte,' zegt ze.

Ziet ze mijn kleurtje? Cool. Zonder mijn bruine huid zie ik eruit alsof ik geelzucht heb. Ik zoek Kelly's blik en zwaai naar haar. Ze tuurt onder haar blonde pony door en zwaait naar me op die verlegen mooiemeisjesmanier, waarbij ze eerder haar vingers dan haar hand beweegt.

Ze mimet 'Hoi', of 'Hoyieee' eigenlijk, en glimlacht naar me met een dubbele rij tanden. Ze draagt dansschoenen die bij haar rol horen en de combinatie van hoge hakken met een strak broekje van badstof maakt dat ze eruitziet als een tienerhoertje in de tv-film van de week.

Ze ziet er goed uit.

Ze draait me haar rug toe en steekt haar duimen in haar broekje om het over haar Valentijnsbillen naar beneden te trekken, en ik voel mijn koude, gerimpelde pik warm worden in mijn broek.

Walgelijke Wanda loeit: 'Vijf, zes, zeven, acht...' en leidt de acteurs de Hand Jive in, maar die hebben nogal moeite met haar kenmerkende lompe choreografie. Kelly, die Sandy speelt, draait pirouettes over het podium en de spieren in haar blanke benen golven als die van een jong veulen. Ze belandt in de gespierde armen van Doug Grabowski, die danst als iemand met een slapend been. (Tja, wat verwacht je anders van iemand wiens normale vorm van lichamelijke expressie eruit bestaat mensen over een footballveld te sleuren?) Doug heeft een *Eigendom van Wallingford High School Atletiekafdeling*-T-shirt aan, maar omdat hij een echte sportjongen is, is het niet ironisch bedoeld.

Kelly en hij zien er goed uit samen – heel erg als mensen van het noordelijk halfrond, denk ik. Kelly zou makkelijk een buslading vol jongens als Doug kunnen krijgen, footballspelers met nekken die dikker zijn dan hun hoofden, populaire jongens die elkaar bij de achternaam noemen en vaag iets mompelen als ze in de klas een vraag moeten beantwoorden. Maar om de een of andere onverklaarbare reden heeft ze voor mij gekozen. Alsof het middelbareschoolequivalent van Lady Di prins Charles de bons geeft om een afspraakje te maken met een gewone burgerman.

Alsof die dingen ooit in het echt gebeuren. Ik zie er best goed uit, op mijn manier dan. Mijn lichaam is wat slapper dan ik zou willen – de verhouding tussen Twinkie-koek en danslessen is nog niet helemaal zoals het hoort –, maar het kan ermee door zolang ik mijn shirt niet in mijn broek stop. En meisjes hebben het altijd leuk gevonden om met mijn krullen te spelen en hebben vaak geklaagd dat ze jaloers zijn op mijn lange, volle wimpers, die lijken op die van Liza Minnelli of die van een kameel. Maar goed, Kelly heeft alles waar een middelbareschooljongen van droomt in een meisje: ze is slank, ze is blond en – het belangrijkste – ze zit graag aan me. Ze is zelfs even cheerleader geweest, in de brugklas, maar heeft toen ruzie gekregen met de Rah-Rah-bende, in de zomer voor het tweede jaar. Daarna zocht ze haar toevlucht bij het Toneelteam. Toch blijft ze iets WASP'igs houden, iets blank-Angelsaksisch-protestants, ook al is ze van twee kanten Iers-katholiek. En ze woont in Wallingford Heights, een buurt die zo exclusief is dat je zowat een bloedtest nodig hebt om erin te komen, of misschien moet ik zeggen een 'blauwbloedtest'. Ik kijk hoe ze de Hand Jive doet en vraag me af of ze straks nog even tijd heeft om bij mij haar handje te laten wapperen.

De acteurs worstelen met Walgelijke Wanda's bizarre Byzantijnse choreografie, waarin elke verdomde lettergreep vergezeld gaat van een handgebaar dat er zogenaamd bij past. Het uiteindelijke resultaat lijkt meer op een wedstrijd Simultane Gebarentaalinterpretatie voor Slechthorenden dan op een dans. Maar ik applaudisseer luid als ze klaar zijn. Het is belangrijk deze mensen te blijven aanmoedigen.

'Oké, dat is het dan, mensen. Ik zie jullie morgenochtend weer,' zegt Walgelijke Wanda. Ik steek mijn duimen naar haar op en ze kijkt me dankbaar aan, alsof mijn mening er iets toe doet. Ach, ik neem aan van wel, eigenlijk. Ik volg tenslotte al bijna twee jaar danslessen in New York en mijn stemleraar heeft op Broadway gezongen, in het koor van *Sweeney Todd*.

Ik spring in één vloeiende beweging het podium op – ik vind het geweldig dat ik het podium in één vloeiende beweging op kan springen – en begroet Kelly door haar naar me toe te trekken en tegen haar op te rijden, terwijl een paar bruggers ademloos toekijken. Kelly reageert door een eindeloos been als een broekriem om mijn middel te leggen.

'Je ziet er lekker uit,' zeg ik.

'Ik voel me ook lekker,' zegt ze en ze wuift zichzelf koelte toe.

Dat bedoelde ik niet, maar ik laat het maar even zo.

'We hebben dat nummer zeker honderd keer of zo gedaan en Doug heeft het nog steeds niet door,' zegt ze. Ik werp een blik in zijn richting en zie dat hij met Walgelijke Wanda apart oefent. Hij zwaait met zijn armen alsof hij een vliegtuig naar de hangar dirigeert. Ik moet me inhouden om er niet heen te rennen en een potlood in zijn mond te steken, zodat hij zijn tong niet inslikt.

'Ach, hij komt er wel,' zeg ik. 'Met jou erbij moet het er wel goed uitzien straks.' Ik strijk Kelly's pony opzij, zodat ik haar ogen kan kijken. Van een afstand lijken haar ogen groen, maar als je dichterbij komt, zie je dat ze eigenlijk twee verschillende kleuren hebben. Haar linkeroog neigt naar bruin en het rechter naar blauw. Ze schaamt zich er een beetje voor, maar ik vind het cool. Alsof ze twee mensen tegelijk is. Ik kus de sproetjes op haar neus.

'Edward, ik waarschuw je,' zegt ze. 'Die jongen is geiler dan een bok. Als ik alleen al met hem dans voel ik me een vies meisje.'

'Je bent geen vies meisje,' zeg ik. 'Je bent gewoon een zweterig meisje.' Kelly lacht als een machinegeweer. Het is heerlijk om Kelly aan het lachen te maken. Ik spreek met mezelf af dat ik Doug in de gaten ga houden en ik rijd nog een keer tegen haar aan, alsof ik mijn territorium afbaken.

Doug ziet me en wandelt kalm naar ons toe, grijnzend alsof hij een geheimpje heeft dat ik niet ken. Een heel vies geheimpje. Hij danst dan misschien spastisch, maar je moet hem nageven dat hij zijn Danny Zuko-loopje perfect onder de knie heeft. 'Hey, Teen Angel, handjes af van Sandy; ze is van mij,' zegt hij en hij laat Kelly om haar as tollen en buigt haar achterover. Dan, grijnzend om niets in het bijzonder, steekt hij zijn hand uit en geeft me een *high five*.

Ik haat dat. 'Luister effe, gozer, het is 1983, niet 1968, en we zijn blank en zullen altijd blank blijven. En als jij deze zomer bij ons wilt blijven moet je echt ophouden met ons buiten de repetities bij onze toneelnamen te noemen, want dat is zó puberaal.' Dat wil ik zeggen.

Maar ik doe het niet. Ik glimlach en geef hem de gevraagde high five.

Watje.

Ik kan het zelf niet geloven. Na al die jaren van pesterijen door jongens als Doug Grabowski kan ik simpelweg niet geloven dat uitgerekend ík degene ben op wie hij indruk probeert te maken: ik, Edward Zanni, een Toneelteamer. Doug vraagt of ik nog een keer wil kijken hoe Kelly en hij de combinatie doen en ik zie dat alleen al het uitspreken van het woord 'combinatie' hem een kick geeft, alsof hij nu ingewijd is in een of ander cool inside-theatertaaltje.

Ik denk weer terug aan die dag, vorig jaar, toen Doug de hele school choqueerde door auditie te doen voor het koor. Een footballspeler die wilde zingen. Hoe hij me vroeg om hem te helpen met noten lezen, en hoe ik hem er uiteindelijk van overtuigde dat hij precies het juiste stoerejongensgehalte had om Danny Zuko te spelen. En nu sta ik naar hem te kijken, terwijl hij met onbeschaamd enthousiasme een dansje probeert te maken – niet op die neppige testosteronmanier waarop jongens als hij meestal te werk gaan, maar echt, op een manier die, ik weet het niet, een soort plezier uitstraalt. Alsof hij van binnenuit verlicht wordt. Ik kijk naar hem, hoe hij grinnikt en lacht om zijn eigen fouten, en ik realiseer me dat Paula gelijk heeft: Doug geniet van elke seconde dat hij dit doet. Hij voelt zich hier waarschijnlijk meer levend dan ooit.

Hij hoort bij ons Toneelteam.

Er zijn bepaalde momenten in het leven waarop je toekomst je haarscherp en kristalhelder voor ogen staat, bijvoorbeeld toen ik negen jaar oud was en 'Where Is Love?' uit *Oliver Twist* zong, bij een talentenjacht op school, en meteen wist dat er geen plek op aarde was waar ik liever stond dan op het podium. Of toen ik veertien was en de film *Fame* zag en me realiseerde dat ik voorbestemd was om in New York City te gaan wonen en beenwarmers te gaan dragen. Ik zie hoe Doug over zijn eigen voeten struikelt en mijn missie staat me scherp voor ogen: het is mijn plicht om deze klunzige, oversekste sportjongen om te toveren tot een gevoelige, beschaafde jongeman. Ik zal de Henry Higgins van zijn Eliza Doolittle zijn.

Als Kelly en Doug zijn uitgedanst, vraag ik ze of ze zin hebben om aanstaande zaterdag naar de stad te gaan, om twee-voors te gaan halen voor *A Chorus Line*.

'Wat zijn twee-voors?' vraagt Doug.

Het lesprogramma begint. 'Er staat een kiosk midden op Times Square die op de dag van de show kaartjes voor Broadway-shows voor de halve prijs verkoopt,' leg ik uit. 'Twee voor de prijs van één, snap je? Je bent toch wel eens eerder in de stad geweest?'

'O, zeker,' zegt Doug. 'Afgelopen St. Patricksdag waren we er met het hele team en god, wat zijn wij dronken geworden man, het was gewoon komisch. Boonschoft viel in de trein in slaap, met zijn mond open, en we hebben zijn kaartje op zijn tong geplakt.' Hij grinnikt.

Heel grappig. 'Maar ben je wel eens naar een show op Broadway geweest?'

Doug gaat in militaire 'op-de-plaats-rust'-houding staan om na te denken. 'Jawel, toen ik jong was. Ik heb de Ice Capades in Madison Square Garden gezien,' zegt hij.

'Dat telt niet. Dus we gaan, zaterdag?'

'Prima.'

Precies op dat moment hoor ik een stemmetje achter me dat vraagt: 'Wát gaan we doen zaterdag?'

Ik draai me om en pal voor mijn neus, of moet ik zeggen: aan mijn voeten, bevindt zich de minuscule en alomtegenwoordige Nathan Nudelman, gretig als altijd om zichzelf mijn plannen binnen te werken, met een doelgerichtheid die ik alleen maar kan omschrijven als viraal.

Shit.

drie

Toen mijn moeder bij ons wegging, gaf mijn pa me maar één goede raad:
'Jongen, sla nooit een gratis maaltijd af.' Consequent heb ik sinds de vijfde klas lagere school maaltijden bij mijn vrienden gebietst. Maar vervolgens besloot Al dat we in ieder geval één avond per week samen moesten eten en dat hebben we sindsdien elke woensdagavond gedaan. Bij Mamma's, een pizzeria én het centrum van Wallingford. Omdat we absoluut niets met elkaar gemeen hebben, behalve onze genen en een droevig gedeeld verleden, heeft Al besloten dat we deze maaltijden 'zakendiners' noemen, zodat hij mij en mijn zus onder het eten dingen over zakendoen kan leren en de bonnetjes van de belasting af kan trekken.

Gatver, ik haat zakendoen. Ik ben een kunstenaar, geen zakenman.

Ik haat zaken en dus haat ik deze woensdagavonden en als het erop aankomt, haat ik ook mijn vader, geloof ik.

Al is hoofd Financiële Diensten van Afvalcorp., een van de vele Vuilstort- en Recyclingsfaciliteiten, VRF's, die New Jersey rijk is. Niet te verwarren met IVF's, een compleet andersoortige aanslag op de gezondheid. 'Ach weet je, uiteindelijk ben je altijd zeker van werk als je in het giftige afval zit,' zegt Al.

Al.

Ik heb eerlijk gezegd geen idee hoe het mogelijk is dat ik van deze man afstam. Ik lijk op mijn moeder, wat niet alleen inhoudt dat ik een Vrije Geest ben, maar ook dat ik de lijfelijke aanwezigheid van Al Zanni meestal ondraaglijk vind. Hij is best aardig, neem ik aan, op zijn botte New Jersey-achtige manier, maar hij heeft geen poëzie in zijn ziel. Al en ik zijn het over welgeteld één ding eens: we houden allebei van Frank Sinatra. Tja, als je uit Hoboken komt, kun je daar natuurlijk niet omheen. Vergeet Springsteen; wat mij betreft, is Sinatra de enige geboren en getogen zoon van New Jersey die ertoe doet.

Ik sta buiten Mamma's op Al te wachten. Grote, Spielberg-achtige donderwolken rollen vanuit het oosten deze kant op en de latemiddagzon hangt in het westen laag aan de hemel. De bomen worden van onderaf belicht, zodat ze scherp afgetekend staan tegen een lila-grijze hemel, zoals je ook wel ziet in MGM Technicolor-musicals uit de jaren veertig. Ik zet mijn nieuwe zonnebril op om het effect te versterken. De glazen hebben een rozeachtige tint, zodat alles baadt in een warme roséglans. Ik ben blij dat ik eens iets voor mezelf heb gekocht dat deze keer niet mijzelf er beter uit laat zien voor de wereld (de bril is een beetje nichterig, geloof ik), maar de wereld om mij heen er beter uit laat zien voor mij.

Al parkeert zijn rode Corvette met open dak, zijn Midlifecrisis, zoals wij het ding graag noemen, voor de deur. Hij kijkt in de achteruitkijkspiegel of zijn haar, dat eruitziet als een toupet maar echt is, goed zit en trekt dan zijn grote beerachtige lichaam de auto uit en gooit zijn sleutels naar de parkeerjongen. Al heeft het lichaam van een verlopen footballverdediger, en dat is precies wat hij is. Dit verklaart ook waarom ik, zijn weinig uit de kluiten gewassen, artistieke zoon, een volslagen raadsel voor hem ben. Vanavond heeft hij zo mogelijk nog meer aftershave op dan anders en hij heeft een shirt met korte mouwen aan, waarvan de bovenste twee – nee, drie knoopjes loszitten, zodat een stel gouden kettingen te zien is. Met zijn te hoog opgetrokken golfbroek ziet hij eruit als Elvis in zijn nadagen.

Mijn oudere zus Karen is met hem meegereden, omdat ze haar rijbewijs is kwijtgeraakt wegens rijden onder invloed. Ze zit in elkaar gezakt in de passagiersstoel en ziet er terneergeslagen en stoned uit (klopt naar alle waarschijnlijkheid allebei); haar graatmagere gestalte is kromgebogen als een boemerang. Ik strijk haar schapendoezenpony opzij en gluur naar haar pupillen, terwijl Al de parkeerjongen en lesje leert over de juiste behandeling van zijn Midlifecrisis.

'Je bent weer high, hè?' vraag ik haar.

'Weet je iets beters om deze maaltijd te overleven?' mompelt ze.

'Je eigen dood simuleren?'

'Neuh, ik heb het echt wel gehad.'

De deur van Mamma's zwaait open en Paula buigt in haar zwart-witte serveersterpakje in de deuropening. Of moet ik zeggen: de Paula-versie van een zwart-wit serveersterpakje? Ze heeft het ding helemaal met zwarte kant bewerkt, zodat ze veel meer op een Frans dienstertje lijkt. Een weldoorvoed Frans dienstertje. 'Hallo, Zanni's!' kirt ze met het enthousiasme van een televisiepresentator. 'Ik heb een tafeltje voor jullie gereserveerd in mijn afdeling!'

'Paula! Hoe gaat-ie?' zegt Al en hij spreidt zijn armen in een gebaar dat Italiaanse mannen beschouwen als vriendelijk, maar dat voor Italiaanse vrouwen betekent dat ze zo meteen geknepen worden. Hij klopt mij in het voorbijgaan op de wang, de gebruikelijke groet.

'Ha, Mr. Z.' Paula draait een wang naar hem toe voor een kus, maar Al pakt haar gezicht tussen zijn harige handen en kust haar vol op de mond.

Getver.

Dan zegt hij tegen haar wat hij altijd zegt: 'Hé, ben je een paar pondjes kwijt?'

'Als dat zou kunnen!' zegt Paula met haar beste kiezen-op-elkaar-grijns. 'Ik weet toch zeker dat ik ze nog had toen mijn dienst begon.'

'Nee, je bent echt slanker geworden. Eddie, ze is duidelijk afgevallen, toch?'

'Ja, pa, en wij ook als we hier blijven staan,' zeg ik. 'Zullen we naar binnen gaan?'

'Ik zal je eens wat vertellen,' zegt hij, en de zon weerkaatst in zijn Rolex ter- wijl hij met een worstvinger voor haar gezicht zwaait. 'Blijf bij de cannoli vandaan en je bent zo een Sophia Loren.'

Paula bedankt hem. Haar kiezen moeten ondertussen wel tot poeder vermalen zijn. Al slaat een arm om haar schouders. 'Vertel eens, meisje: wat zijn je plannen voor deze herfst?' vraagt hij.

Karen gaat op de stoep zitten.

'Ik ga naar Juilliard, meneer Z, weet u nog?' Ze heeft het hem nog maar tig keer verteld. Ik zie groen van jaloezie omdat ze eerder gaat dan ik, maar ik beschouw het ook als een goed teken. We zijn tenslotte nagenoeg een en dezelfde persoon.

'Ach ja, dat is waar ook,' zegt Al, 'maar heb je ook iets om op terug te vallen?'

Ik haat het als mensen dat zeggen: alsof je toegeeft dat je mislukt bent nog voor je ergens aan begonnen bent.

'Onthoud,' zegt hij, 'connecties, daar draait het om in de showbusiness. Connecties.' Hij draait zich naar Karen en mij om alsof hij iets belangrijks heeft gezegd. Omdat iedereen de hele dag naar acteurs op televisie en in de film zit te kijken, denken ze allemaal dat ze automatisch deskundig zijn op het gebied van showbusiness. Zwaar irritant is dat.

'Zullen we nu naar binnen gaan, pa?' vraag ik.

'Nou, eigenlijk gaan we vanavond eten in het restaurant, jongens.' Mamma's heeft een chic restaurant tegen de pizzeria aan gebouwd waar, tot Paula's grote consternatie, uitsluitend mannelijke personeelsleden werken.

'Hebben jullie wat te vieren?' vraagt Paula.

'Ik heb een kleine verrassing,' zegt Al.

Shit. De laatste keer dat hij dat zei hebben we zijn complete aandelenpakket doorgenomen. Het ziet ernaar uit dat ik weer voedselvergiftiging moet gaan simuleren.

'Nou, buon' appetito dan maar,' zegt Paula en ze spert haar grote Disney-ogen wijd open, het Internationaal Erkend Signaal voor: 'Kom zo snel als je kunt naar me toe en waag het niet iets over te slaan.'

Het duurt even voor je ogen gewend zijn aan het licht in Mamma's Ristorante, of eigenlijk aan de afwezigheid ervan. De eigenaren hebben in hun wijsheid besloten dat degene die het heeft ingericht in 1956, toen het opening, prima werk heeft geleverd. En waarom zou je dingen veranderen die goed zijn? Het is verder ook duidelijk dat het interieurontwerp van destijds niet veel verder ging dan gewoon alles rood maken: de bankjes, de lampenkapjes, de muren, het plafond... Het lijkt wel alsof alle overgebleven spaghettisaus in het restaurant is verwerkt.

We gaan zitten, maar niet voordat Al zijn complete Italiaanse vocabulaire met de maître d' gedeeld heeft, natuurlijk. Het bestaat uit ongeveer negen woorden, gelardeerd met een hoop knikjes, klappen op de rug en aanstellerig gelach om niets in het bijzonder. Ik ben opgelucht als hij een fles wijn bestelt en om vier glazen vraagt.

Ik wil net gaan vragen voor wie nummer vier is, als het antwoord binnenloopt.

Oké, als mijn leven ooit verfilmd mocht worden, is dit het moment dat de camera op slowmotion overstapt en Sinatra's versie klinkt van 'The Lady is a Tramp' of, wacht even, misschien is 'Witchcraft' beter.

Ze is, denk ik, iets van vijfenveertig, maar ziet er jonger uit. Het is moeilijk te zeggen hoe oud ze is, omdat ze zo'n slordig, 'ben-net-geneukt'-kapsel heeft dat oudere filmsterren gebruiken om hun rimpels of littekens van de plastische chirurgie te verbergen. Ze glijdt door de kamer in een leren broek die eruitziet alsof hij van de jongesletjesafdeling bij Fiorucci komt. Ze is onmiskenbaar lekker. (Op een strakkebloesjesachtige, tepelspuiterige, Angie-Dickinson-als-*Police-Woman*-achtige manier.) Al rammelt met kleingeld in zijn broekzak als hij naar haar toe loopt. Hij omvat haar gezicht met beide harige handen en begint haar ter plekke te tongzoenen, midden in het restaurant.

Getver in het kwadraat.

Het lijkt de vrouw niet uit te maken en blijkbaar is Als vlezige poot op haar kont ook geen bezwaar. Eén ding heeft Al goed ingeschat: dit is inderdaad een verrassing. De vrouw likt langs haar lippen en schudt haar verwarde manen naar achteren om ons beter te kunnen zien. Haar kapsel is zo zwaar geglazuurd dat het zes kleuren tegelijk lijkt te hebben. Alsof het op zes paarden tegelijk wedt.

'Dagmar,' zegt Al, 'dit zijn nu mijn kinderen, Karen en Edward. Kinderen, dit is Dagmar.'

'Hallo,' zegt ze en ze reikt me haar hand met de palm naar beneden, alsof ik hem moet gaan kussen of zo. Ik pak hem wat ongemakkelijk beet en ik verbaas me over haar huid, die een stuk ruwer is dan hij lijkt.

'Iek had mich niet realisiert dat je kinderen zo knap zoujden zijn,' koert ze met zo'n dik Duits accent dat de schnitzels met noedels ervanaf druipen. Ze glimlacht naar me. 'Je laikt op je fader.'

Ik voel dat mijn gezicht uit zichzelf naar haar begint te glimlachen. Dagmar heeft absoluut dat Elke Sommer/Ursula Andress-effect. Je zou je haar makkelijk als een Bond-girl kunnen voorstellen, of als rondborstige blonde zuster in een kolderiek toneelstukje – dus als zij zegt dat je er goed oitziet, nah, dan vind je zelf ook dat je er goed oitziet.

Dagmar kietelt Al onder zijn kin en kijkt naar hem met die glazige bewonderende blik die Nancy Reagan altijd in haar ogen heeft tijdens Ronnies toespraken, en ineens snap ik het: ze zijn verliefd. Ze houden gewoon van elkaar, verdomme! En door de manier waarop Al haar betast weet ik dat ze ook keihard ketsen met z'n tweeën. Hoe kan dit allemaal aan de gang zijn zonder dat ik er iets van weet?

We gaan zitten. Karen en ik doen geen moeite om te vragen wie deze vrouw is of waarom ze hier is, en om eerlijk te zijn kan me dat ook weinig schelen. Voor de eerste keer sinds mijn moeder is vertrokken, is er weer een flintertje verfijning in ons leven aanwezig, en ik neem me heilig voor er met volle teugen van te gaan genieten. Obers glijden geluidloos langs onze tafel en droppen er hors d'oeuvres, zonder dat we een menu hebben gezien. Al heeft deze operatie duidelijk helemaal georkestreerd. Goed gedaan, jochie. Ik vind het romantisch.

'Dus je komt uit, eh... Europa of zo, toch?' vraagt Karen.

Het doet me deugd om te zien dat de drugs haar fijn afgestemde observatievermogen niet helemaal hebben vertroebeld.

Dagmar knikt. 'Oistenraik.'

Ik knik, met iets wat voor een blik van wereldwijze kennis van zaken door moet gaan. Dat al mijn kennis van Oostenrijk besloten ligt in hoe vaak ik *The Sound of Music* heb gezien – en dat is vaker dan ik toe wil geven – hoeft ze niet te weten.

Karen valt op de antipasti aan alsof ze een van de oermensen is in *Quest for Fire*. 'Ben je wel eens in Amsterdam geweest?' vraagt ze met volle mond.

'Maar natuurlijk,' zegt Dagmar, haar stem afgeknepen met Teutoonse precisie.

'Ik heb gehoord dat je daar, eh... echt heel makkelijk aan drugs kunt komen.'

Dagmar trekt haar wenkbrauwen op naar Al, het Internationaal Erkende Signaal voor: 'En nu terug naar jou...'

'Eh... onze Karen werkt in een apotheek,' zegt Al. 'Ze heeft beroepsmatige interesse in farmaceutica.'

Wat hij bedoelt is dat Karen zeker afgestudeerd zou zijn als er een afstudeermogelijkheid in hallucinatie-ervaringen bestond.

'O, iek oik,' zegt Dagmar. 'Iek heb ferschriekelijke allergieën. En so fiele middelen zain niet verkraigbaar hier.'

'Laat maar weten wat je nodig hebt,' zegt Karen, terwijl er een geroosterd rood pepertje als een tweede tong uit haar mond hangt. 'Ik kan altijd wel iets voor je regelen.'

Afgaand op de zwaarte van haar accent vraag ik Dagmar hoe lang ze al in Amerika is, en ik ben verrast te horen dat ze hier al bijna twintig jaar woont. Ze legt uit dat ze zo vaak mogelijk in Europa probeert te zijn. Ik geef haar groot gelijk. Zou ik ook doen.

'Dagmar is fotografe,' zegt Al. 'Ik heb haar ontmoet op een expositie in die galerie – je weet wel, die ene die door twee flikkers gerund wordt...'

Ho! Wacht eens even. Al die naar kunstvoorstellingen gaat? In een galerie? Van homoseksuelen? Ik moet toegeven dat ik onder de indruk ben van deze plotseling de kop opstekende interesse en zie meteen het avontuurlijke leven van de jetset voor me dat ons nu onvermijdelijk te wachten staat.

'Ik zou graag eens wat werk van je willen zien,' zeg ik, en om Dagmar te laten weten dat ik een geestverwant ben, buig ik naar haar toe en raak haar vreemd ruwe hand aan. 'Ik ben acteur,' fluister ik.

'Iek weejt zeker dat je heel goed bent,' zegt ze. Artiesten zien dat altijd meteen.

Al begint een zwaarwichtig verhaal over de zakelijke kant van de kunstwereld, een onderwerp waar hij echt helemaal niets vanaf weet. Maar gebrek aan kennis van zaken heeft hem nog nooit ergens van weerhouden. Een grauwsluier van verveling daalt over ons neer.

Al kraakt met zijn harige knokkels. 'Ik zeg het deze twee hier zo vaak: als ze succesvol willen zijn in dit leven, moeten ze enig benul krijgen van zakendoen.'

Ober? Wilt u misschien een emmer koud water over mijn hoofd gooien? O, laat maar zitten. Iemand anders heeft het al gedaan.

'*Ach*, iek ben hopeloosj als het om business gat,' zegt Dagmar.

'Dat zegt deze jongen nou ook altijd,' zegt Al en hij wijst naar me met een soepstengel, 'maar ik durf te wedden dat je wiskundeknobbel verder ontwikkeld is dan je denkt. Ik zal het je wel eens demonstreren.'

'Vil je dat doen?' zegt ze met oplichtende ogen. 'Dat zou ik loik fienden.'

Eindelijk. Iemand met wie Al zijn taartpuntdiagrammen en kolomgrafiekjes kan delen. Alsof je onverwacht gratie krijgt in je dodencel. Al buigt zich naar Dagmar toe en fluistert iets in haar oor. Ze lacht en slaat hem lichtjes met haar servet. En dan – en ik verzin dit niet – gromt hij naar haar.

Getver tot de derde macht.

Dit is mijn cue om te vertrekken. Ik loop richting de keuken en een of andere eikel die aan een ander tafeltje zit knipt met zijn vingers in mijn gezicht terwijl ik voorbijloop. 'Kunnen wij nog soepstengels krijgen hier?' vraagt hij. Ik heb geen idee waarom, maar altijd als ik uit eten ga, word ik aangezien voor de ober. In dit geval komt het, denk ik, doordat ik eruitzie als die jongen van de Dr. Pepper-reclame. Je kent hem wel: 'Ik ben een Pepper, hij is een Pepper, zou jij niet ook een Pepper willen zijn?' Zo zie ik mezelf ook op dit moment: als Rattenvanger van Pepperland (of misschien moet ik zeggen: als Rattenpepperaar van Hamelen) met een oud giletje aan en een wijde beige broek, de ellebogen naar buiten gebogen, terwijl ik cool door de straten van New York City slenter met een menigte uitzinnige Peppy Pepper-mensen achter me aan. Maar feit blijft dat me, zelfs wanneer ik me als Katrien Duck zou verkleden, nog steeds door de een of andere idioot gevraagd zou worden wat het dagmenu is. Ik heb gewoon een oberig aura om me heen hangen.

'Ik werk hier niet,' zeg ik.

Ik loop de keuken in en zwaai naar Dominick Ferretti, die obscene gebaren maakt met een courgette. Zijn ouders zijn vast enorm trots op hem.

Aan de pizzeriakant bestookt Paula een tafel uit haar afdelinkje juist met een ingewikkeld bouwsel van leugens. Ze ziet me en komt naar me toe huppelen. Dominicks vader laat bijna een pizza vallen terwijl hij de baan van haar stuiterende borsten volgt.

Ze grijpt mijn beide handen beet. 'Nou?' zegt ze met een gilletje. 'Heb je overlegd met Doug en Kelly?'

'Yep, alles is geregeld.'

'O, *extatisch*,' zegt ze en ze springt op en neer. Het jurylid uit Italië geeft een 9,6 voor Terugspringende Tieten.

'Hoor eens even, zus,' zeg ik, 'er is iets...'

'O, Edward, kijk hier *heel* even naar. Ik heb het uitgeschreven in mijn pauze.' Ze reikt diep in haar decolleté en Mr. Ferretti buigt als een reiger om niets te missen, de oude viezerik. Ze haalt een papieren onderzettertje te voorschijn waarop ze het volgende heeft gekrabbeld:

Een Plan voor een Zomer vol Magie en Ondeugd
door Paula Angela Amicadora

Stap 1) Intieme soirees gevuld met sprankelende conversatie, bij het
    zwembad
Stap 2) Verrukkelijke, doorluchtige avonturen beleven
Stap 3) Maagdelijkheid verliezen
Stap 4) Shoppen voor schoenen

'Is het niet *kostelijk*?' vraagt ze. 'Deze zaterdag is het officiële begin van wat zeker weten de beste zomer van ons leven gaat worden. De *allerbeste*.'

'Ja, nu we het daar toch over hebben,' zeg ik en ik staar naar de vloer, 'eh... je vindt het vast niet erg als Nathie meekomt, toch?'

Binnen vier seconden doorloopt Paula alle vijf rouwfasen van Kübler-Ross. 'O, Edward, hoe *kon* je?' jammert ze.

'Hij hoorde ons er na de repetitie over praten en wurmde zich er simpelweg tussen. Ik snap niet hoe hij het doet. Misschien is hij door de KGB getraind.'

Ik weet het zeker: toen de oermens het wiel uitvond, was daar al een Nathan Nudelman om het vijfde wiel aan de wagen uit te vinden. Elk middelbareschoolclubje heeft zo iemand: hij of zij is te kort of te lang, te dun of te dik, te dom of te slim. Mannelijk of vrouwelijk maakt niet uit, we hebben het over die vriend of vriendin die simpelweg zijn of haar maagdelijkheid niet kan of wil verliezen vóór de diploma-uitreiking.

Nathie is van de 'te kort'-variant, wat inhoudt dat hij in onze toneelstukken meestal iemands kleine broertje speelt. Hij heeft een opgezet, sponsachtig spekjesgezicht, zo'n gezicht waar tantes en oma's graag in knijpen, en kleine knoopjesogen waar altijd slaapkorsten in zitten. Hij zou eruitzien als Flipje van de Betuwe als hij niet een enorm joods afrokapsel had dat, om het allemaal nog erger te maken, zo oranje als een wortel is. Toen we nog op de basisschool zaten, besloot zijn moeder helaas om zijn kapsel zo vierkant mogelijk te knippen, zodat hij minder op een chrysant zou lijken, maar het resultaat was dat hij eruitzag alsof hij met een blok cheddarkaas op zijn kop rondliep, wat hem de onvermijdelijke naam 'kaaskop' opleverde. Sindsdien is dit woord in het algemene vocabulaire van Wallingford een synoniem voor 'loser' geworden. In de trant van: 'Geef me je lunchgeld, kaaskop.' Omdat hij bij mij in de straat woont, aan de overkant, trekken we al langer met elkaar op dan ik me kan herinneren, maar ik moet toegeven dat hij behoorlijk gênant gezelschap kan zijn.

'*Tja*,' zegt Paula, 'je zult hem moeten uitleggen dat vijf man een volkomen onjuist aantal is voor een leuk avondje stadten.' Ze tikt met haar bonnenboekje tegen mijn borst om haar woorden te benadrukken. 'Je hebt echt *geen* keus, Edward.'

Ik ben het met haar eens. Maar ik gebruik mijn avondeten met de Oostenrijkse amazone als excuus om aan haar onvermijdelijke preek te ontsnappen.

Als ik terugkom, zit Karen alleen aan tafel. Ze bouwt een toren van suikerzakjes en zakjes zoetstof, met de obsessieve concentratie van iemand die knetterstoned is. Ik pak een mes en tik ermee tegen haar wijnglas. Ze kijkt op.

'Waar zijn ze heen?' vraag ik.

'Geen idee,' mompelt ze. 'Al heeft wat geld achtergelaten en gezegd dat je een paar uur lang niet thuis moet komen.'

Ik pak twee knisperende honderddollarbiljetten op van tafel.

'Waddenkje?' zegt Karen. 'Wordt zij onze nieuwe mammie?'

Ik beroer het gladde papier zachtjes met mijn vingertoppen. 'Ik hoop het,' zeg ik.

vier

Ik zie Paula al terwijl ik aan kom rijden aan de overkant van de parkeerplaats bij het treinstation. Haar handen rusten op haar brede negentiende-eeuwse heupen – geen goed teken. Ze tikt op de wijzerplaat van haar polshorloge met het gebaar dat punctuele, verantwoordelijk mensen speciaal voor ons ongeorganiseerde lateriken hebben uitgevonden. Maar omdat ze haar polshorloge rond haar enkel draagt is het moeilijk haar serieus te nemen.

Als de wereld een schouwtoneel is, dan heeft Paula het belang van het juiste kostuum begrepen. En dat laat ze zien door in haar garderobe elementen op te nemen die al eeuwenlang niet meer in de mode zijn, zoals hoepelrokken, sluiers of lijfjes. Het is een statement. Vandaag draagt ze de jurk die ze gemaakt heeft van een van haar vaders witte hemden; een knappe prestatie, gegeven het feit dat ze ongeveer een meter vijfentachtig is en ik schat zo'n honderdvijftig kilo weegt. Het geeft haar het gewenste effect van een relatief klein postuur.

De outfit wordt afgemaakt met een zwart vilten hoedje, een vest uit Guatemala met gekleurde strepen en kleine spiegeltjes, en pumps, de ene rood en de andere goudkleurig.

Paula.

Dit gedoe met schoenen is meer dan een modestatement; er zit een filosofie achter. 'Een paar schoenen zou als een liefdespaar moeten zijn,' aldus Paula. 'Ze zouden elkaar moeten aanvullen en niet op elkaar moeten lijken.' In het belang van een bevallig postuur zwicht Paula wel voor een identieke hakhoogte. Maar ze blijft erbij dat het vals spelen is om twee paar schoenen in verschillende kleuren te kopen en ze vervolgens te mixen. Nee, de enige juiste manier om een schoen te 'herenigen' met zijn 'soulmate' is urenlang snuffelen in tweedehandswinkels, worstelend door bergen gedumpte en achtergelaten tweedehands schoenen. Paula laat de containers altijd een stuk netter achter als ze langs is geweest.

Kelly en ik stappen de auto uit. Kelly draagt kanten kousen, een fuchsia minirokje onder een roze katoenen sweater die van haar linkerschouder afhangt, net als in *Flashdance*, en als tegenhanger zit aan de rechterkant van haar hoofd een paardenstaart met een enorme kanten strik. Kelly draagt meestal geen make-up op haar ivoorkleurige meisjeshuid, maar voor deze gelegenheid heeft ze zich speciaal opgetut.

'Wat vind je van m'n outfit?' vraagt ze Paula. 'Edward heeft hem uitgezocht.' (Oké, ik geef het toe: ik kan me bij Kelly enorm uitleven, ze is een soort vrouwelijke stand-in voor me. Als je als jongen weg zou kunnen komen met hoge leren laarzen deed ik het meteen.)

Paula bekijkt Kelly taxerend. 'New Wave Barbie,' is haar conclusie. 'Het is een reactie op zowel het consumentisme als het trendvolgen.'

'Is dat positief of negatief?' vraagt Kelly.

'Jullie zien er allebei geweldig uit,' zeg ik en ik sla mijn armen om hen heen. Ik ben zelf in Willy Wonka-outfit: paarsfluwelen pandjesjas op een spijkerbroek en rode hoge gympen. Simpel en op een nonchalante manier elegant.

Paula plukt een losse haar van mijn jas. 'Je weet zeker dat Nathie je begrepen heeft, toch?'

'Ja, ik heb hem gewoon uitgelegd dat vijf een onhandig aantal is.'

'*Absoluut*,' zegt ze. 'Dit is dan misschien wel *officieel* geen double date, maar het *zou* kunnen dat Doug er wel zo over denkt.' Ze veegt wat denkbeeldige pluisjes van haar rok, die ze heeft gemaakt van ruches van oude zigeunerbloezen. 'Ik maak me eigenlijk meer druk om Nathies gevoelens. We willen natuurlijk niet dat hij zich buitengesloten voelt.'

'Dat is aardig van je,' zegt Kelly.

Paula klikt een handspiegeltje open en kijkt of er geen lippenstiftsporen op haar tanden zitten. 'Ik maak me ook zorgen om Doug. Voor mij is het gewoon het zoveelste avondje in de stad. Om je de waarheid te zeggen heb ik er eigenlijk amper over nagedacht...'

Dat komt doordat ze haar gedachten aan de telefoon oeverloos over mij uitgestort heeft.

'... maar voor Doug is het natuurlijk een heel ander verhaal. Dit kan een ingrijpende ervaring voor hem worden, die zijn leven zal veranderen.'

Ze wordt onderbroken door een knetterende knalpijp. We kijken en zien Dougs oude Chevy door rood rijden. Hij scheurt de parkeerplaats op en glijdt in een vak waar ALLEEN KORT PARKEREN op staat, zonder zelfs maar af te remmen.

'O mijn god, zit mijn haar goed?' vraagt Paula.

Ik bestudeer haar krullen. 'New age-prerafaëlitisch. Het is een reactie op beide...'

'Och, hou je mond.'

Doug springt uit de auto, zijn springerige haar nog nat van de douche. Hij sprint de parkeerplaats over en al rennend knoopt hij zijn broek los om zijn verkreukelde hemd erin te proppen. 'Sorry dat ik een beetje te laat ben,' roept hij. 'Ik moest Nate oppikken.'

Nate?

We draaien ons als één man om naar de auto en zien Nathie er moeizaam uit klauteren, knipperend tegen het zonlicht, alsof hij een grondeekhoorn is die na zijn winterslaap uit zijn hol kruipt. Hij houdt zijn ene hand boven zijn ogen en zwaait met de andere naar ons, alsof het de gewoonste zaak van de wereld is dat hij daar staat.

Paula geeft me een Vuurschietende Ogen-stommefilmblik.

'Wauw,' zegt Doug en hij grinnikt om niets in het bijzonder, 'jullie zien er te gek uit. Sorry, ik had niets cools om aan te trekken.'

'Vreest niet,' zegt Paula en ze gooit een vlezige arm de lucht in om haar woorden te onderstrepen. 'Madame Paula's Couturehuis is altijd open.' Ze werpt me nog een laatste vuile blik toe en knijpt, terwijl ze zich naar Doug omdraait, haar ogen tot spleetjes als een luipaard dat zich klaarmaakt voor de sprong. 'Laat eens kijken...'

Ze cirkelt om hem heen en neuriet 'What Lola Wants, Lola Gets'. De percussie verzorgt ze met rinkelende armbanden en flamenco-vingergeknip. Haar outfit is een beetje té, zo in het volle daglicht, maar ik bedenk dat ze door haar rol van Miss Lynch in *Grease* een uitlaatklep nodig heeft voor haar zelfexpressie.

In één vloeiende beweging trekt ze haar vest uit en klopt het uit als een matador, waarna ze het om Dougs brede schouders slaat. Dan trekt ze haar pianotoetsenstropdas over haar hoofd en lassoot hem om Dougs nek, waarbij ze hem iets te dicht naar zich toe trekt. Ze sleurt hem prompt mee in een paar tangostappen, trippelt vervolgens naar de *Lost in Space*-lunchtrommel die ze als tasje gebruikt, haalt daar de button waar ONAANGEPAST BIJZONDER op staat vanaf en speldt die op zijn hemd.

Je moet het haar nageven: hij ziet er nu uit als een van ons.

'Ik kreeg het toch te warm met al die dingen aan,' puft ze naar hem en ze maakt een, twee – nee (jakkes!), drie knoopjes van haar shirt los en wappert ermee om zichzelf koelte toe te wuiven, en natuurlijk om Doug een preview te geven van haar negentiende-eeuwse voorgevel.

'En ik dan?' vraagt Nathie.

'O ja, jij. Nou, kijk eens?' zegt Paula, en ze plet zijn kaaskop met haar hoedje.

Ze schudt haar krullen los als een Italiaanse filmster uit de jaren vijftig en schraapt haar keel, alsof ze een dienstmededeling gaat doen. Op dat moment draait een champagnekleurige Jaguar de parkeerplaats op en komt vlak naast ons tot stilstand. We draaien ons om en kijken.

Als mijn leven ooit verfilmd mocht worden, wordt dit zeker weten weer een slowmotion-moment.

Ik kan haar gezicht niet zien als ze uit de auto stapt, omdat het schuilgaat achter een glanzende zwarte muur van haar, maar ik ben onmiddellijk onder de indruk van haar eindeloze benen, slank en ferm in een ivoorwitte capribroek, en van haar bijna jongensachtige torso, behaloos onder een zijden hemdje, de borsten klein maar pront. Ze zwaait met haar steile, zijdeachtige haar als een meisje in een shampooreclame, en draait haar cacaobruine gezicht naar de zon, waardoor jukbeenderen als zandbanken zichtbaar worden en een lange, perfecte neus, waarop ze een enorme Jackie O-zonnebril zet.

'Wie is dát?' fluister ik.

Doug zegt met duivelse grijns: 'Dat, Teen Angel, is mijn date. Nate hier had me namelijk iets uitgelegd over vijf man en dat het een ongemakkelijk aantal is en zo.'

Ik durf Paula niet aan te kijken; ik zou het niet eens kunnen, zelfs al had ik het gewild. Ik moet wel staren naar dit... dit *model* dat ineens in mijn blikveld staat. Ik heb haar al een of twee keer gezien, op kantoor bij de workshop, maar ik had altijd aangenomen dat ze een volwassene was.

'Wie is ze?' fluister ik.

'Ze heet Ziba,' zegt hij.

'Zebra?' Wie noemt zijn kind nou Zebra?

'Nee, Ziba. Ziiie-bah. Ze woont hier nog niet zo lang.' Hij kijkt haar stralend en bewonderend aan. 'Is ze lekker of niet?'

Zelfs op haar gladiatorsandalen, met leren bandjes om haar enkels, is Ziba langer dan de meesten van ons; ik schat haar bijna een meter tachtig. Ze moet zich vooroverbuigen om met haar moeder te praten door het autoraampje. Ik neem tenminste aan dat het haar moeder is, omdat ze ook mooi en elegant is en Ziba haar op beide wangen zoent ten afscheid, in Europese stijl. Haar moeder reikt haar een ivoorkleurige zijden sjaal en een met kralen bezet avondtasje aan en zwaait dan naar ons alsof ze ons kent (wat niet zo is) terwijl de Jag langzaam van ons weg glijdt.

Doug trekt zijn nieuwe vest recht en stapt op Ziba af met de vergenoegde grijns van een klein jongetje dat zojuist een pony voor zijn verjaardag heeft gekregen. Ziba drapeert kalm de sjaal om haar hoofd, zodat de uiteinden elkaar kruisen rond de architectuur van haar nek en schouders, zoals je Audrey Hepburn wel ziet doen in haar oude films. Ze buigt haar hoofd en laat Doug het Europese twee-wangen-kus-gedoe bij haar doen. Ik moet zeggen dat het hem lukt dat te doen zonder er al te idioot uit te zien. Ik spreek met mezelf af dat ik dit gebaar net zo lang ga oefenen tot ik het ook met een zekere souplesse en gemak kan. Ik werp een voorzichtige blik op Paula. Haar linkeroog trekt krampachtig samen, alsof ze zojuist in iets zuurs heeft gebeten.

Ziba marcheert onze kant op, haar heupen wiegend als van een model op de catwalk. Ze steekt haar arm recht vooruit om ons allemaal een stevige hand te geven, terwijl Doug ons aan haar voorstelt, iets wat ik een andere tiener nog nooit heb zien doen.

'Jongens,' zegt Paula en ze doet haar best om wat vrolijker te kijken, 'we kunnen maar beter opschieten, anders missen we de trein nog.' Ik sta op het punt medelijden met haar te krijgen als ze, met haar lunchtrommel in de ene hand, Ziba met de andere hand beetpakt en uitroept: 'Zeg, wat een fascinerende naam! Ziba – prachtig! Waar komt het vandaan? Laat me raden. Uit India?'

'Nee, het is Perzisch,' zegt Ziba, met de nadruk op Perrr.

'*Perzië?*' gilt Paula, en ze trekt Ziba mee richting station. 'Je moet me er *alles* over vertellen.'

Paula heeft niet voor niets de Veelbelovend Nationaal Talent-beurs gekregen. Zich bewust van het feit dat ze, waar het Dougs aandacht betreft, met onverslaanbare concurrentie te maken heeft, lost ze het probleem netjes op door Ziba geheel voor zichzelf op te eisen. Ik weet dat ze zich gekwetst voelt, maar ze is te rechtdoorzee om Ziba daar de schuld van te geven en ik kan zien dat ze ondanks alles bewondering heeft voor iemand die vlotjes een Audrey Hepburn-achtige 'sjaal-om-het-hoofd'-beweging kan uitvoeren en een met kralen bezet handtasje heeft.

Paula's geklets en grappen zijn gedurende de treinrit niet van de lucht, maar Ziba's zwijgende aanwezigheid domineert alles; we passen ons allemaal een beetje aan om het haar naar de zin te maken. Nathie ratelt non-stop over alles wat hij ooit in de *The New York Times* over het Midden-Oosten heeft gelezen en legt uit aan degenen onder ons die alleen de kunst- en uitgaansbijlage lezen dat Perzië de vroegere naam is voor wat nu Iran heet. Hij veronderstelt terecht dat Ziba's familie het land heeft moeten verlaten in 1978, toen de ayatollah aan de macht kwam, maar Ziba legt verder niets uit over het hoe en waarom, en we vragen er ook niet naar. Persoonlijk geniet ik nog liever even van het mysterie dat haar nu nog omgeeft en probeer grappig-blasé over te komen. Doug, op zijn beurt, gaat op de wereldwijze en vooral continentale toer en beroept zich op de zomers die hij met zijn moeders familie in Duitsland heeft doorgebracht. Alsof dat ook maar íéts met Perzië te maken heeft.

Ziba zegt niet veel; ze zit daar gewoon, met haar lange benen gekruist voor zich en haar hoofd in de meest flatteuze hoek gedraaid. Met Mona Lisa-glimlach-met-gesloten-mond, die kan betekenen dat ze ons amusant vindt, of misschien wel volkomen belachelijk. Moeilijk te zeggen. In het uur dat de treinrit duurt komen we er via een aantal moeizaam ontlokte antwoorden achter dat Ziba, na uit Iran gevlucht te zijn, in de buurt van Parijs heeft gewoond. En daarna in de buurt van Washington, D.C. En nu natuurlijk in de buurt van Manhattan. 'Mijn ouders vinden dat kinderen het best kunnen opgroeien buiten de grote stad,' zegt ze met een stem die nog dieper klinkt dan die van Nathie. 'Dat is natuurlijk niet zo.' Ik knik instemmend, al weet ik niet of ze ons nu wel of niet beledigt. 'Zodra ik hier kwam heb ik geprobeerd zoveel mogelijk tijd in New York door te brengen. Dus je snapt dat toen Douglas deze kleine excursie voorstelde...'

De manier waarop ze 'Douglas' zegt, heeft iets wat me irriteert, alsof ze mijn Pygmalion-project onder me vandaan zaagt. Aan de andere kant kan ik niet anders dan dankbaar zijn voor deze ontmoeting met een gelijkgestemde ziel. Het is me ook duidelijk dat ik niet de enige ben die zich zo voelt. Vergeleken met Ziba's onderkoelde elegantie zien Kelly en Paula er allebei uit als opzichtig verpakte verjaardagscadeaus, en tegen de tijd dat we in New York zijn, is Kelly's paardenstaart naar de achterkant van haar hoofd verhuisd en hebben Paula en zij discreet de meeste armbanden en strikken weggehaald en opgeborgen.

Terwijl ik naar Paula kijk, die ons voorgaat van Penn Station naar Times Square, zie ik dat ze er ook iets bij heeft gekregen: Ziba's mimiek. Het is alsof ze haar essentie heeft opgesnoven. Haar doelgerichte catwalk-loopje, het uitdagende schuinhouden van het hoofd als ze met je praat, het zwaaien met het haar. Ze gaat een goede actrice worden, Paula. We halen de tickets en proberen bij Joe Allen's binnen te komen voor het avondeten, maar het zit er stampvol. En dus stranden we in een van die New Yorkse broodjeszaken waar ze doen alsof je enorm dankbaar moet zijn voor hun belachelijk dure broodjes.

Paula en ik hebben allebei *A Chorus Line* al gezien – tweemaal – maar als ik zou kunnen, ging ik er elke week heen. Voor de mensen uit Iowa die nooit van echte cultuur kunnen proeven, moet ik misschien even uitleggen dat *A Chorus Line* gaat over een stel dansers dat auditie doet voor een show op Broadway. De regisseur vraagt ze iets over zichzelf te vertellen, zodat hij een wat beter beeld van hen krijgt, en dus doen ze allemaal kleine acts, over hun jeugd, hun ambities en wie ze werkelijk zijn. Ze hebben het veel over wat het betekent een tiener te zijn. De dingen die ze zeggen en doen zijn echt precies de dingen die Paula en ik altijd zeggen en doen. Onze absolute favoriet is Bobby, een jongen die als kind midden op drukke kruispunten ging staan om het verkeer te regelen. Nog beter is het verhaal dat hij vertelt over waarom hij bij mensen inbreekt. Niet om te stelen, maar om de meubels anders neer te zetten. Beter.

Dat is zó Paula en ik.

Maar ik geniet van elk schitterend, geïnspireerd moment. Dit wil ik worden. Een acteur/zanger/danser – nee, dat neem ik terug. Dit bén ik. Deze mensen zijn van mijn stam, ze zijn mijn lotsbestemming. Ik wéét het gewoon.

Ik wou dat mijn leven nu al begonnen was.

Later wachten Doug, Nathie en ik, in het winderige open plaza aan Shubert Alley op de meisjes, die zijn gaan plassen. Ik vraag Doug wat hij van de show vond.

'Dat was een geweldig stuk, man,' zegt hij en zijn korenbloemblauwe ogen glanzen. 'Ik wist niet dat je "kut" mocht zeggen in een toneelstuk.'

Ik spreek met mezelf af dat ik Doug zal leren dat hij alleen naar toneel mag refereren als een 'stuk'. Waarschijnlijk noemt hij 'original cast albums' ook 'soundtracks'. Hier wacht me nog een hoop werk...

'En ik kon het eerst niet geloven dat dat ene liedje "Tits and Ass" heette. Man, dat was komisch, ik zat gewoon te brullen,' zegt hij. Ik wil hem vragen of de show nog iets voor hem in het bijzonder heeft betekend, of hij zich kon identificeren met de wanhoop en de frustratie van de personages, of hij de offers begrijpt die wij als kunstenaars moeten brengen voor onze kunst en onze carrière.

Maar ik zeg: 'Ja man, dat was brullen.'

Watje.

De meiden komen gezellig kletsend terug uit de toiletten. (Waarom krijgen meiden die tegelijk gaan plassen toch altijd zo snel een band?) Maar als ze dichterbij komen, zic ik dat Ziba en Paula gewoon aan het kibbelen zijn.

'Ik zei alleen maar dat alle personages overliepen van zelfmedelijden,' zegt Ziba, haar stem donker en laag.

'*Wentelen*,' zegt Paula. 'Jij zei dat ze zich *wentelen* in zelfmedelijden.' Ze draait zich naar mij toe. 'Ziba zei net tegen me dat ze de show artistieke *masturbatie* vond.'

'Ik vond het ook best geil,' zegt Doug.

Ziba steekt een sigaret op. 'Alle kunst is masturbatie,' zegt ze met haar basstem.

Er valt een korte stilte, waarin we allemaal proberen te bedenken wat ze daar nu mee bedoelt.

'Oké... wat gaan we nu doen?' vraagt Kelly.

'Waarom pakken we niet ergens een paar biertjes?' zegt Doug. 'Ik weet een bar in Penn Station – die is ons prima bevallen op St. Patricksdag!'

Ziba and Paula kijken hem allebei aan op een manier die overduidelijk maakt dat ze geen enkele interesse hebben in bier dat genuttigd dient te worden onder fluorescerende lampen terwijl stationsbeambten aankondigingen doen als: 'Laatste oproep Joisey City...'

'Ik weet iets in de Village waar ze heel schappelijk zijn met het controleren van identiteitskaarten,' zegt Ziba.

'*Magnifiek*,' roept Paula. 'We zijn dol op de Village, of niet soms, Edward?'

'Hoe heet die tent?' vraag ik.

Ziba pauzeert om een rookkring te blazen. 'Something for the Boys,' zegt ze. 'Het is een homoseksuele pianobar.'

'Ik wist niet dat een piano homoseksueel kon zijn,' fluistert Nathie.

'Hij voelt zich natuurlijk alleen aangetrokken tot andere piano's,' leg ik uit.

Ziba negeert ons door Paula en Kelly aan te spreken. 'Het mooie is dat je je geen zorgen hoeft te maken dat de een of andere slijmbal je zal gaan versieren.' Kelly knikt. Ze is het soort meisje dat slijmballen vaak willen versieren.

'Oké,' zegt Doug, 'dat is allemaal heel fijn voor jullie. Maar wat als iemand óns probeert te versieren?' en hij wijst op zichzelf en op mij.

Ziba bekijkt hem weer met die kille blik, alsof zij Cher is en hij Sonny die net iets heel doms heeft gezegd. 'Als een man zeker genoeg is van zijn eigen seksualiteit, heeft hij geen enkele reden om zich bedreigd te voelen door een andere man,' zoemt ze. Ze fixeert hem met haar donkere zigeunerogen, daagt hem uit haar tegen te spreken.

'Oké, oké, laat maar, ik vind het prima,' zegt Doug. 'Mijn oom in Duitsland is ook homo.'

Jezus, hou toch eens op met dat Duitsland-gedoe, man.

'Hij zat in het olympisch atletiekteam,' voegt Doug eraan toe, alsof dat iets verklaart.

'*Fantastisch*,' zegt Paula. 'Edward, leid ons niet naar Penn Station, maar verlos ons met de E-train.'

vijf

Omdat Nathie minder gezichtsbeharing heeft dan Paula's nicht, Maffe Linda, heeft zelfs de meest tolerante bar in New York er waarschijnlijk moeite mee om te geloven dat ze hem drank mogen schenken. Nathie is tenslotte de jongen die nog steeds moet bewijzen dat hij oud genoeg is om de leuke attracties in te mogen. We hebben geen andere keus dan te doen alsof hij een meisje is. We gaan dicht tegen elkaar aan staan, voor een fotowinkel die Toto Foto heet ('Wij drukken *alles* af, als we de goede mogen houden') en Paula en Ziba coördineren een snelle uitwisseling van kleren tussen hem en Kelly. Het is redelijk simpel, eigenlijk. Smeer wat make-up op, pak een paar accessoires, de Audrey Hepburn-sjaal, en *voilà*: een klein onopvallend jochie is magisch getransformeerd in een nog onopvallender meisje. Ziba's Jackie O-zonnebril bedekt grotendeels Nathies babyface.

'Ik zie geen zak,' mompelt hij.

Voor de zekerheid (en voor de gein) creëren we van onszelf nieuwe personages aan wie drank mag worden geschonken. Kelly en Ziba zijn een paar ouderejaars van het vrouwenatletiekteam van Yale; Paula en Nathie zijn een stel funky feestmeiden uit Soho die zich in de stad gaan bezatten; en Doug en ik worden gecast als een jong homoseksueel stel.

Een verliefd stel.

Doug kijkt alsof hij zo meteen jonge hondjes gaat baren, maar ik weet hem ervan te overtuigen dat het veiliger voor hem is als hij hangend aan de arm van een man de bar in gaat. Wat ik hem uiteraard niet vertel, is dat ik al eens een homoseksuele ervaring heb gehad, tijdens mijn experimenten van afgelopen zomer. Met een jongen van het Bennington College-zomertheater. Ik neem aan dat dit mij technisch gezien biseksueel maakt, maar ik noem mezelf liever een Vrije Geest. Als acteur moet je openstaan voor alle mogelijke ervaringen.

We komen gearmd binnen, telkens met een paar minuten ertussen, zodat we geen aandacht trekken. Ik voel de opwinding groeien als ik de anderen naar binnen zie gaan. Het is een enorme kick om in het echt toneel te spelen, al gaat het meestal niet verder dan met een Engels accent om een buskaartje vragen, of doen alsof je zwakzinnig bent in de rij voor de kassa bij de supermarkt.

'Klaar?' vraag ik aan Doug, en tot mijn verrassing beantwoordt hij mijn vraag door mijn hand in de zijne te nemen.

Het voelt vreemd. Ik heb natuurlijk best al eens wat met een jongen gedaan, maar dat was zonder handen vasthouden. Op een vreemde, Alice-in-Spiegelland-achtige manier, voelt het bijna... ik weet het niet, bijna fijn? Ik spreek met mezelf af om dit gevoel te onthouden, voor het geval ik ooit een homoseksueel moet spelen.

We moeten een trappetje af, onder straatniveau, om naar binnen te gaan. Volgens de plaquette naast de deur is Something for the Boys oorspronkelijk een illegale bar, uit de tijd van de drooglegging. Ik voel de spanning van het verbodene als we de ruimte binnenstappen, waar ooit gangsters en hun liefjes hun strafbare drankjes dronken.

De bar is een kleine, ondergrondse grot en baadt in een mistig paarsrood licht, dat de Broadway-musicalposters aan de muur er griezelig, psychedelisch uit laat zien. Het is er bomvol. Ik zie Ziba en Kelly, die zich schuilhouden aan een tafeltje in een donkere hoek. Voor ons staat een menigte van honderd mannen die uit volle borst het laatste couplet van 'I Feel Pretty' uit hun strot persen. Doug kijk nerveus. Maar hij, held die hij is, slaat dan zijn arm stevig om mijn middel en duikt erin. Ik ben blij dat hij er zo cool onder is, maar ik schaam me een beetje voor mijn middel, dat zacht en papperig moet aanvoelen onder zijn hand. Ik ga er echt iets aan doen deze zomer.

We arriveren bij het tafeltje waar Kelly en Ziba Piña Colada met een rietje drinken, iets wat ik niet alleen elegant, maar ook sexy vind. 'We zijn er!' schreeuw ik over de herrie heen.

Ziba gluurt om zich heen alsof ze godverdomme Mata Hari zelf is. 'Probeer niet al te veel op te vallen,' zegt ze. Een totaal overbodige opmerking, dunkt me, aangezien we worden omringd door mannen die zo in lichterlaaie staan dat het me verbaasd dat het sprinklersysteem nog niet geactiveerd is.

'Waar zijn Paula en Nathie?' vraag ik.

Kelly giechelt in haar Piña Colada. 'Nathie is meegenomen door een travestiet,' zegt ze. 'Ze heet Miss Punt en ze heeft hem als een handtas meegegrist. Daarna hebben we hem niet meer gezien.'

Ik kijk de bar in en zie in de verte een Jackie O-zonnebril uitsteken vanachter de vlezige arm van iemand die eruitziet als een kruising tussen Marilyn Monroe en een vrachtwagenchauffeur. Dan begint een sopraan als een luchtalarm te blèren.

'Summertiiiiiiiiime... and the livin' is easy...'

Ik draai me om en zie Paula boven op de piano zitten, terwijl ze zo ongeveer de microfoon pijpt. Tot zover Ziba's 'onopvallend'. Ik stort me in de zee van lichamen op zoek naar bier. Ergens tussen de lichamen kom ik oog in oog te staan met een magere ober die een dienblad vol drankjes boven zijn hoofd houdt.

'Goddank dat je er bent,' roept hij en hij duwt het dienblad in mijn handen. 'Wees lief en breng dit even naar die tafel met geile jezuïeten daar, als je wilt?'

'Ik werk hier niet...'

'Dank je, lieverd,' zegt hij. 'Ik moet zo op, als die *drag queen* klaar is met "Summertime".'

Ik staar naar de drankjes in mijn hand en besluit dat de onverwachte aanwezigheid van alcohol, betaald door de enige, heilige katholieke en apostolische Kerk voorzeker een vingerwijzing Gods moet zijn, dus breng ik de drankjes naar onze tafel. Niemand van ons proeft wat die geile jezuïeten precies besteld hebben, maar het is zeker geen communiewijn. We applaudisseren luidruchtig voor Paula, die een toegift wil geven, maar (nogal hardhandig, vind ik) opzij geduwd wordt door de magere ober, die 'I Could Have Danced All Night' doet op de toonhoogte van Julie Andrews.

Ik kijk naar Paula terwijl ze tussen de menigte door loopt, complimentjes in ontvangst neemt en de mannen bespeelt alsof ze de burgermoeder van Gay City zelve is. 'Kijk,' gilt ze, en ze overhandigt me een visitekaartje dat iets aanprijst dat *Les Femmes Magnifiques* heet. 'Ik kreeg dit kaartje net van een producent, een *echte* producent!' Ze wijst naar een dikkig mannetje dat staat te flirten met Miss Punt. 'Het is een revue, hier midden in de Village. Het betekent *Magnifieke Vrouwen*. Is het niet *betoverend*?'

Nadat ik mijn glas whisky met wijwater leeggedronken heb, besluit ik om zelf een nummertje weg te gaan geven. Ik glibber door de mensenmassa heen, terwijl iedereen luidkeels 'Anything Goes' schreeuwt, en kruip op de kruk naast de pianist, een kalende man met een blijmoedig Humpty Dumpty-gezicht.

'Hallo lieverd!' zegt hij. 'Wat gaat het worden?'

'Ken je "Corner of the Sky" uit de musical *Pippin*?'

Hij kijkt me aan met een blik van: 'Hallo, is dit een homoseksuele pianobar of niet? Natúúrlijk ken ik "Corner of the Sky" uit *Pippin*', en hij begint aan de intro. Ik spring lichtvoetig op de klep en ga er in kleermakerszit op zitten, charmant glimlachend, als Puck uit *A Midsummer Night's Dream*. Aangezien ik van nature charmant en Puck-achtig ben gaat me dat redelijk makkelijk af. Al na een paar maten is er een duidelijk merkbare verandering in de atmosfeer. De mannen worden stiller en een paar glimlachen veelbetekenend naar elkaar. Ze herkennen talent als ze het horen.

Rivers belong where they can ramble.
Eagles belong where they can fly.
I've got to be where my spirit can run free,
Got to find my corner of the sky.

De mannen geven me een gul applaus en iemand is zo verstandig om 'Meer, meer!' te roepen. Dus nodig ik gracieus Paula uit, om onze honderd procent vuurvaste showstopper te zingen: 'I Get Carried Away' uit *On the Town*. De tekst is een soort levensfilosofie voor ons geworden. Meer is meer, wat ons betreft.

De uitvoering is nog grootser dan normaal, en omdat Kelly en Doug zich naar voren hebben gewurmd, is het niet meer dan logisch dat we ze de microfoons geven en eisen dat ze 'Summer Nights' doen. Doug kijkt eerst nog verlegen, maar de jongens in het publiek moedigen hem aan en gillen enthousiast als hij Walgelijke Wanda's bekkenschuddende choreografie doet. Niet minder dan vier mannen hebben hem, voor deze nacht voorbij is, hun telefoonnummer gegeven.

Ik kijk naar Doug en Kelly en voel een soort perverse trots als ik bedenk dat hier nu een middelbareschoolfootballspeler en een voormalige cheerleader optreden, voor een kelder vol extatische nichten. Ik kijk naar Paula, die zich gedraagt alsof ze Dolly Levi is die terugkeert in Harmonia Gardens; naar Ziba, die kettingrokend (buitenlandse sigaretten) in haar hoekje zit en weigert mee te zingen; naar Nathie, die serieus het risico loopt ontmaagd te worden op een manier die hij nooit voorzien heeft – en een bijna evangelisch gevoel van 'zo hoort het' overvalt me. Ik realiseer me dat het mijn *plicht* is om de wegbereider te worden van Paula's *Zomer vol Magie en Ondeugd*; ik zal de Toneelteamtaptoe leiden, als de Rattenvanger Van, als die Jongen van de Dr. Pepper-reclame. Ik zal de Peter Pan van mijn vrienden worden en hen meevoeren naar een Neverland waar je nooit oud wordt.

Met mijn doelen helder voor ogen ga ik op de pianokruk staan en moedig de menigte aan mee te zingen. Binnen de kortste keren zingt de hele bar mee en wiegt als één man op de maat: '*Tell me more, tell me more*.' Het is overweldigend om het middelpunt van deze energie en dit enthousiasme te zijn (Ik bedoel, het *volume* alleen al – heb je enig idee hoe luidruchtig honderd homoseksuelen samen kunnen zijn?), maar ik drijf als een boei, op de vloed van sympathie die over me heen spoelt.

Dit wordt de beste zomer van ons leven.

zes

42 De dag nadat we de stad in zijn geweest, ga ik er eens rustig voor zitten. Ik maak een schema. Verkondiger van Magie en Ondeugd of niet, ik heb een hoop werk te doen.

Ten eerste is daar mijn lichaam. Ik móét aan mijn uiterlijk werken deze zomer. Begijp me goed: niet uit ijdelheid. Het lichaam van een acteur is zijn instrument, en het mijne is nogal ontstemd op dit moment. Niet dat ik te zwaar ben of zo; ik ben eerder op de verkeerde plaatsen te dun of te dik. Pafferig. Ik heb ergens gelezen dat als je elke dag een uurtje eerder opstaat, je per jaar vijftien hele dagen overhoudt. Ik neem me voor om vanaf nu elke morgen vroeg op te staan voor een monter stukje joggen (ik slaap sowieso veel te veel), gevolgd door wat push-ups en sit-ups, voordat ik naar de workshop rijd om de choreografie van de kindershow te doen. En dat is, wat Paula ook er ook van zegt, wél een echte baan, want ik krijg er geld voor. (Ze is gewoon jaloers omdat ik er professionele ervaring opdoe en zij niet.) Daarna, na een lichte, gezonde lunch, wordt het tijd om naar tante Glo te gaan en de middag aan haar zwembad door te brengen met het *Verzameld Werk van Shakespeare*, af en toe onderbroken met een baantje zwemmen om een V-vormige zwemmerstorso te kweken.

Het is verbazingwekkend hoe simpel het allemaal is, nu ik het heb ingepland. Ik heb deze zomer nog negen weken over en moet zevenendertig stukken Shakespeare doen. Dat is dus ongeveer vier stukken per week, of ruwweg om de dag een stuk. Lijkt me prima te doen. Nu ik erover nadenk: misschien kan ik er wel één per dag doen en daarna wat lichter materiaal nemen – je weet wel, Tsjechov of Ibsen of zo.

Deze zomer wordt mijn grote kans om mezelf te verbeteren. Ik ben vast van plan te stoppen met suiker, cafeïne, alcohol, rood vlees, wit meel en gedroogde producten, en eindelijk eens fatsoenlijk te leren mediteren, om de spiritueel ontwikkelde persoonlijkheid diep in me naar buiten te laten komen. Ik ben tenslotte een zoon van mijn moeder.

Een week later. Ik voel me zwakjes en ontdek dat de gedachte aan een Whopper met frietjes me gek maakt; waarschijnlijk zit er een of andere etherische olie in waar mijn lichaam aan gewend is geraakt en nu niet meer buiten kan. Bovendien hebben we net drie uur lang Ingmar Bergmans *Fanny and Alexander* gekeken, op Ziba's aanraden, en zijn we allemaal hard toe aan wat junkfood om de balans te herstellen.

'Hoe komt het eigenlijk dat er geen Burger Queen bestaat?' vraagt Ziba, terwijl we met z'n zessen naar het loket rijden. 'Er bestaat tenslotte wel een Burger King.'

'Misschien is de King wel getrouwd met de Dairy Queen,' mompelt Nathie.

Paula rijdt omzichtig naar het raampje toe. De Lincoln Continental van 43 tante Glo is zo enorm dat we hem de Lincoln Continentale Breuk hebben gedoopt, en ermee manoeuvreren heeft wel wat weg van met de Queen Mary een droogdok binnenvaren. Op Paula's verzoek krijgen we zes kronen bij onze bestelling. 'Iedereen *moet* een kroon dragen,' zegt ze. 'Het is gewoon *essentieel*.' Echt wat voor Paula. Vervolgens zegt ze dat we moeten bedenken welke koning we graag zouden willen zijn.

Jee. Er zijn er zoveel om uit te kiezen. Je hebt koning Arthur, koning Ludwig, koning Hendrik de Achtste... En dan is er nog koning Hendrik de Vierde, deel Een en Twee zeg maar. En dan nog de wat minder duidelijke koningen: King Kong, King Size, Martin Luther King. En natuurlijk de Koning der Koningen, tot in alle eeuwigheid enzovoort. Je hebt de King Family Singers. Je hebt Stephen King. En nog een hele waslijst van Edwards, Karels, Georgen, en dan nog eens al die Lodewijken.

Nathie kent indrukwekkend genoeg alle vorsten van Engeland, vanaf Willem de Veroveraar, uit zijn hoofd. We kunnen dit verifiëren omdat Paula altijd de Wereldalmanak bij de hand heeft in het dashboardkastje. De handleiding van de auto en de registratiepapieren bewaart ze in de kofferbak, want: 'De kans is veel groter dat ik wil weten wat het tiende artikel van de Grondwet ook alweer inhoudt dan dat ik wil weten hoe ik een wiel moet verwisselen.' Tante Glo rijdt niet meer sinds haar beroerte, dus is Paula zo vrij geweest de auto volledig aan te passen aan haar eigen vreemde behoeften. Ze heeft bijvoorbeeld alle stoelen bekleed met haar oude *Hello, Dolly*-kostuums.

Ja, inderdaad: we rijden dom rondjes door Wallingford. Verveeld, net als altijd. Als je een tiener bent, lijkt het of de dagen eeuwig duren. En dat komt echt niet alleen doordat we in Wallingford wonen. Ik ken mensen in Manhattan die precies hetzelfde zeggen, en zij leven *midden in* de geweldigste stad op aarde, christusnogantoe. Omdat we toch niets beters te doen hebben, stel ik voor dat we even naar Kramptown rijden om naar het huis te kijken waar ik heb gewoond toen we vanuit Hoboken hiernaartoe verhuisden en nog niet beter wisten.

Omdat ze zelf uit Kramptown komt, is Paula een beetje gevoelig wat dit onderwerp betreft. Ze klaagt dat wij 'Wallies' allemaal snobs zijn. Ach, wat mij betreft: als iemand je beschuldigt van snobisme, bevestigt dat alleen maar dat je iets hébt om snobistisch over te doen. Maar goed, we rijden dus langs mijn oude huis omdat je zoiets nu eenmaal doet als verveelde tiener op een warme zomeravond.

Het huis is een simpel split-levelgeval, niet zo heel anders dan dat van tante Glo. In wezen is het niet meer dan een flinke garage waar een huis tegenaan gebouwd is. Maar iets in de voortuin trekt onmiddellijk de aandacht. Daar, midden in een bed bloedarmoedige viooltjes, staat misschien wel de allerlelijkste tuinversiering die ik ooit heb gezien. Ik bedoel, we hebben het hier niet over een onschuldige tuinkabouter. Nee, er staat een afgrijselijke groene keramieken boeddha van wel een meter hoog, zijn dikke armpjes blij opgeheven, zijn kwabbige mannentietjes hangend over zijn abnormaal grote buik, zijn tandeloze grijns vertrokken in een ijselijke en vagelijk verontrustende kramp van vreugde.

Ik kan het niet geloven. Verdomme, iemand heeft een groene boeddha dwars op mijn herinneringen geplant.

In een vlaag van verzengend inzicht spring ik spontaan de auto uit en laat me als een aanvallende commando achter een muurtje zakken. Ik doe alsof ik sluipschutters probeer te ontwijken. Ik hoor de verbaasde kreten van mijn vrienden achter mijn rug, maar die moedigen me alleen maar aan om door te zetten. Ik spring op en zigzag over het gras naar de boeddha. Mijn Burger King-kroon plant ik pontificaal op zijn hoofd. Onder een brutaal schuine hoek natuurlijk, dat spreekt voor zich.

En ik zweer het je: het is alsof hij ervoor gemaakt is om die kroon te dragen; hij lijkt nog breder te glimlachen, alsof hij wéét hoe goed hij hem staat. Op dit moment wordt ons *Manifest voor de Zomer van Magie en Ondeugd* geboren.

We noemen het Creatief Vandalisme.

We nemen ons heilig voor om als Bobby uit *A Chorus Line* flair en leven in de brouwerij te brengen in de slaperige voorstadjes van New Jersey, onder Paula's voorwaarde dat we geen schade toebrengen aan persoonlijke eigendommen of ons met criminele activiteiten bezighouden. Echt een Paula-voorwaarde.

Als dus die film van mijn leven wordt gemaakt, wordt de zomer van 1983 een snelle montagesequentie van luchthartige adolescente streken. Niet de domme rotzooi die je meestal ziet in films, zoals playbacken met haarborstels of elkaar met de tuinslang natspuiten onder het autowassen. Nee, je zult alleen echt coole, Creatief Vandalisme-dingen zien die we écht hebben gedaan, zoals paspoppen in warenhuizen in compromitterende poses neerzetten of in de koeling van de supermarkt klimmen en doen alsof je het ingevroren lichaam van Walt Disney bent.

Dat laatste noemden we 'Disney Holiday on Ice'.

Je ziet ons op wilde zo-ho-ho-mernachten terwijl we rondscheuren in de Lincoln Continentale Breuk (Paula als aangewezen chauffeuse, de anderen als aangewezen zatlappen), en net zolang afwasmiddel in de fontein in het centrum spuiten tot het schuim over de rand komt, Paula's enorme beha in de vlaggenstok van school hijsen, een hoelahoep tekenen rond de rode poppetjes in het stoplicht, en natuurlijk blijven we de boeddha bezoekjes brengen.

Keer op keer zie je me duiken en sprinten over het grasveld om hem aan te 45 kleden. Eerst met Paula's heilige-communiesluier, daarna met Dougs suspensoir, dan met de oude bloemetjesbadmuts van tante Glo; en elke keer is de boeddha volkomen, bijna onbegrijpelijk gelukkig met zijn nieuwe uitdossing. Je ziet hoe Doug en ik de boeddha naar de voordeur slepen en een ontbijtdienblad met sinaasappelsap, geroosterd brood en een halve grapefruit op zijn opgeheven dikke armen zetten, klaar voor het Boeddha Ontbijtservice-belletje. Je ziet ons midden in de nacht aan de bel trekken en vervolgens de huiseigenaren naar de deur komen, die hem liggend op hun stoep vinden, met een bloemenkrans om zijn nek en een lege fles Southern Comfort naast hem op de stoep, alsof hij in katzwijm is gevallen na een wilde nacht swingen in de Boeddhabar.

Ondertussen beleven Al en Dagmar hun eigen privézomer vol *Magie en Ondeugd*. In theorie heb ik er geen moeite mee dat Dagmar de nachten bij ons doorbrengt, maar in de praktijk vind ik het eigenlijk behoorlijk stuitend. Het spijt me, maar het is gewoon vernederend om je hoofd met een kussen te moeten bedekken om de hete apenliefdegeluiden van je vader in de aangrenzende kamer niet te hoeven horen. Als ik denk aan mijn vader die Dagmar bestijgt terwijl zij in zijn brede, harige rug klauwt, wil ik alleen maar gillen.

Al probeert zijn nachtelijke gewoontes te rechtvaardigen in een van zijn kromme 'van vader tot zoon'-gesprekjes: 'Kijk, je moet me goed begrijpen jochie, wat de seks betreft ben ik volkomen monotoon.'

Hé, dat zijn zíjn woorden, niet de mijne.

Maar uiteindelijk ben ik natuurlijk dolblij dat er iemand in huis rondloopt die me begrijpt – een echte kunstenares. Eerlijk gezegd heb ik geen idee wat ze in Al ziet, maar dat maakt niet uit. En Al smijt met geld alsof hij het persoonlijk drukt en neemt zelfs mijzelf, Dagmar en Kelly mee naar Sinatra in de Meadowlands. In een skybox.

Als we The Voice zien optreden, komen Al en ik heel dicht bij een gedeelde religieuze ervaring. Zelfs met een toupet, een pens en een zwieper in zijn vibrato die groter is dan Paula's Lincoln Continentale Breuk, klinkt Frank nog steeds alsof hij elke song met een cocktail in zijn hand zingt, een gleufhoed kwajongensachtig over één oog getrokken.

Voor ik er erg in heb, is het de laatste avond van *Grease*. En ik moet zeggen:

al is mijn kritiek op Walgelijke Wanda terecht, haar timing bij de slotopkomst is geweldig. Kelly en Doug komen het podium op met 'Greased Lightning', doen net als in de film, en krijgen een enorm applaus, dat het feit dat ze allebei niet zo heel erg goed zijn helpt verdoezelen. En op het eind, als de cast een collectieve buiging maakt, daal ik als Teen Angel aan een touw neer, precies zoals in de originele Broadway-versie. (Oké, het was mijn idee, maar

Walgelijke Wanda was verstandig genoeg om mijn suggestie over te nemen.) Ik ben helemaal in het wit, met een paar vleugels die ik zelf gemaakt heb en een gouden aureooltje dat, voor het komische effect, boven mijn hoofd op en neer wiebelt. Het is allemaal redelijk voorspelbaar; ik stal de show al eerder met mijn enige nummer, maar die touwtoestand op het einde is verpletterend. Het lijkt op het moment waarop Peter Pan voor het eerst vliegt. Een publiek zo enthousiast krijgen is even verslavend als drugs. En ik ben absoluut verslaafd. Bovendien hoef ik nu niet mee te doen aan Walgelijke Wanda's schokkerige seinpaalchoreografie.

Al en Dagmar komen naar de slotavond (het zou niet bij Al opkomen om naar elke voorstelling te gaan, zoals tante Glo doet). Achteraf zegt Dagmar achteloos dat ik 'goet' ben, met het air van een critica die alles al gezien heeft, wat het tot een superieur compliment maakt. Alleen de slecht geïnformeerde massa gilt hoe goed je wel niet bent; mensen die weten waar ze het over hebben zeggen dingen als: 'Je was goed', of: 'Ik zie wel iets in je werk.'

Ik neem Dagmars vreemd ruwe hand in de mijne en geef haar de Europese tweewangenkus. Ik bespeur iets ongebruikelijks aan een van haar knokige vingers: een diamant, ongeveer formaat Volkswagen Kever.

'Wauw, wat is dat?' vraag ik.

'Feliziteer ons maar,' zegt ze. 'Je fader en iek gan troien.'

zeven

Het is vreemd. Het is absoluut enorm *vreemd*. Op een morgen word ik wakker, doe wat druppels in mijn ogen, haal mijn zus op en rijd in de richting
van het stadhuis van Wallingford, waar mijn vaders trouwerij op het pro-
gramma staat. Ongeveer net zo romantisch als het afhalen van een visver-
gunning.

De minimalistische elegantie die Dagmar introduceert in ons grote, sma-
keloze huis, is trouwens helemaal cool. Waar je ook kijkt, word je nu geconfronteerd met haar strenge zwart-witfoto's. Griezelig lege ruimtes: verlaten
parkeergarages, vuile toiletten, een hele serie onopgemaakte motelbedden.
Ik begrijp niet helemaal waar ik naar kijk, maar als collega-kunstenaar res-
pecteer ik haar werk. Ik ben zelfs bereid om mee te werken als Dagmar me
vraagt of ik niet naar de logeerkamer wil verhuizen, zodat ze mijn kamer als
studio kan gebruiken. 'Noordelaike belichtiek is zo belangraik voor het
verk.'

Dagmar trekt elke centimeter vloerbedekking uit het huis. Als fotografe
heeft ze een bijna pathologische afkeer van stof, en daarnaast is ze ook nog
eens allergisch voor stofmijt, iets waarvan ik nog nooit gehoord heb. Ze laat
me een brochure zien vol met super close-upfoto's, zodat de microscopische
insecten eruitzien als afgrijselijke, enorme reptielen. 'Skielfers van je dode
hoid blaiven in het klaid hangen,' zegt ze onheilspellend, 'en die kraig je er
nooit, nooit meer oit.'

Ik neem aan dat kunstenaars zo hun excentriciteiten mogen hebben.

Dagmar zorgt ervoor dat de vloerbedekking wordt vervangen als zij met
Al op huwelijksreis is. 'Tenslotte,' zegt ze tegen Al, 'ies er niemand dan thois.'

'Eh... ik ben er dan toch?' zeg ik.

'O, dat ies vaar,' zegt ze. 'Goed zo, dan kun je de verkers bienenlaten.'

Ik ben bereid haar deze kleine misstap te vergeven, omdat ik weet dat mijn
uren in dit huis geteld zijn, met of zonder De Stofmijten die Detroit Opaten.
Een van de laatste dingen die mijn moeder tegen me zei voor ze vertrok, was
dat ik moest proberen een goede relatie op te bouwen met wie mijn vader
ook maar zou gaan hertrouwen, omdat ik op een gegeven moment ook het
huis uit zou gaan en hij dan iemand nodig zou hebben om voor hem te zorgen. En parket ziet er natuurlijk ook stukken gedistingeerder uit dan tapijt.

Dus ik heb het huis voor mezelf, voor twee volle weken. (Oké, ik en de verkers dan.) Ik weet wat jij nu denkt: fee-heest-je! Maar ik ben van plan om mijn tijd kluizenaarachtig goed te besteden. Ja, het klopt dat ik mijzelf heb laten meeslepen door Paula's enthousiasme voor de *Zomer van Magie en Ondeugd*, maar met Ziba in Zuid-Frankrijk met haar gemanicuurde moeder, Kelly in Cape Cod en Nathie op computerkamp (echt iets voor Kaaskop) kan ik me nu dan eindelijk eens rustig richten op het *Verzameld Werk van Shakespeare*. Door alle afleiding ben ik niet veel verder gekomen dan het lezen van *A Midsummer Night's Dream*, de helft van *The Comedy of Errors* en kijken naar de Elizabeth Taylor/Richard Burton-versie van *Taming of the Shrew* 's avonds laat op de tv. Maar ik heb nog een paar weken voor school begint en als ik de historische stukken oversla (wie geeft er nou nog ene moer om die Richards en Hendrikken?) en er twee per dag lees, kan ik de resterende vierentwintig nog makkelijk uitlezen voor het schoolseizoen begint.

En aan mijn conditie werken natuurlijk.

Maar natuurlijk moet ik Paula eerst helpen met haar last-minute shopping voor Juilliard (zo veel schoenen, zo weinig tijd) en investeren in onze bijzondere band, voor ze vertrekt naar míjn opleiding. We plannen een soiree bij het zwembad, met Doug, voor haar laatste avond, gecombineerd met een afscheidsbezoekje aan de groene boeddha.

Ik kom met een verjaardagstaart. Paula heeft iets met verjaardagstaarten. Ze gelooft dat ze magische krachten bezitten, omdat ze doordrenkt zouden zijn met wensen. Omdat er altijd wel ergens iemand jarig is, is er geen enkele reden om de kracht van de verjaardagstaart niet aan te spreken als je er behoefte aan hebt. Ik bestudeer de almanak in mijn dashboardkastje en vraag of de bakker GEFELICITEERD, COCO! op de taart wil spuiten, ter ere van Coco Chanel. Het enige vervelende is dat Doug niet komt opdagen. Ik bel naar zijn huis en zijn eigenaardige buitenlandse moeder vertelt me dat hij is 'gaan stappen met een paar jongens van het footballteam'.

Doug laat ons zitten. Het is godverdomme niet te geloven.

Ik zit met Paula in het donker en we slaan naar de muskieten terwijl ik de kaarsjes op Coco's taart aansteek. Dit is het magische verjaardagstaartmoment waar Paula en ik verslaafd aan zijn. Dat moment waarop ze het licht uitdoen en iedereen naar je begint te glimlachen en dat je moeder de deur binnenkomt. Het enige licht in de kamer komt van de vlammetjes op de taart die het gezicht van je moeder verlichten. En je moeder glimlacht trots, met die speciale 'Ik ben je moeder'-glimlach, en jij glimlacht de verlegen 'Dit is mijn dag'-glimlach. En dan doe je je ogen dicht en doe je een wens, en je mag wensen wat je maar wilt, want het is jóuw dag. En dan blaas je de kaarsjes uit en iedereen klapt, en dan – het allerbeste –, dan krijg je een stuk taart.

Paula's moeder is lang geleden gestorven en de mijne is lang geleden vertrokken; daarom krijgen we allebei maar niet genoeg van dat gevoel.

Ze blaast de kaarsjes uit, niet op haar gewoonlijke 'doe-een-wens'-manier, maar op een 'ik-wil-godverdomme-nu-taart'-manier. Ze is stil. 'Dit had mijn magische zomer moeten worden,' zegt ze dan zachtjes.

'Je bént magisch, zus,' zeg ik. En precies op deze cue verschijnen er vuurvliegjes.

49

Ze laat het taartmes vallen. 'O ja? Als ik zo magisch ben, hoe komt het dan dat niemand van me houdt?' Haar ogen vullen zich met tranen.

Ik sla een arm om haar heen. 'Ik hou van je.'

'Ja, maar als een vriend,' verzucht ze. 'Het is altijd *als een vriend*. Kan ik niet, voor één keertje maar, *meer* betekenen voor iemand?'

We eten allebei twee stukken taart. We besluiten om nog een stuk te delen en eten dan de rest ook maar op, omdat het jammer is om weg te gooien.

'Och, ik zou het bijna vergeten!' zegt Paula. 'Ik heb een afscheidscadeautje voor je.'

Zíj is degene die weggaat, maar heeft een cadeautje voor míj. Zo is Paula. Ze rommelt in haar Mary Poppins-tapijttas en haalt een plat doosje te voorschijn. 'Het pakpapier heb ik zelf gemaakt,' zegt ze.

Ik neem de tijd om de zelfgetekende figuren van nonnen en boeddha's te bewonderen en maak de doos dan langzaam open.

Ik zie een wit priesterboordje.

'Is het niet *schitterend*?' zegt Paula stralend. 'Ik heb er een van tante Glo gejat.'

'Eh... dank je wel?'

'Het is om bier mee te halen, sufferd.' Paula doet me het boordje om en ik bekijk mezelf in haar spiegeltje. Met mijn lange krullen en kerkelijke boordje lijk ik precies een hippe jonge jezuïet. Ik begin onmiddellijk een korte biografie te construeren van een wietrokende, gitaarspelende rebelse priester. Vader Nozem.

We weten ineens niet wat we moeten zeggen, iets wat ons echt nooit overkomt. Alsof het op de een of andere manier verkeerd is om, zo dicht bij het moment van afscheid, een gesprek te beginnen. Net als op het vliegveld, vlak voordat je iemand uitzwaait. Of wanneer je moeder vertrekt om zichzelf te zoeken en je niet weet wanneer je haar weer zult zien. Paula stelt voor dat we de boeddha met Thanksgiving gaan bezoeken, maar we weten allebei dat het niet hetzelfde zal zijn. Morgen vertrekt mijn Paula naar Manhattan en zal haar leven veranderen, het mijne niet. Ik zit nog een heel jaar vast in dit verdomde Wallingford.

'Ik moet eigenlijk nog even bij tante Glo langsgaan voor ik vertrek,' zegt ze, al weten we allebei dat tante Glo diep in slaap op de bank beneden zit, met het licht van een herhaling van *The Love Boat* op haar gezicht. Paula loopt met me mee naar het hek. Daar slaat ze haar armen stevig om me heen en drukt haar zachte, kussenachtige borsten tegen mijn borstkas. Ik kan wel janken, maar dat doe ik natuurlijk niet. En dus hou ik haar een tijdje vast en laat haar huilen voor ons allebei. Na een tijdje klop ik haar op haar rug, het Internationaal Erkende Signaal voor 'einde knuffel', en we laten elkaar los.

'Dit is *absurd*,' zegt ze, en ze duwt met haar wijsvingers onder haar ogen, zodat haar mascara niet verder uitloopt. 'De stad is maar een uurtje rijden hiervandaan. Je kunt er de *hele* tijd bij zijn als je wilt.' Ze trekt mijn priesterboordje recht. 'Ik zal je heel, heel, heel snel weer zien.' Ze kust de lucht tussen onze gezichten, draait zich om en loopt terug naar het huis.

'Wees magnifiek,' zeg ik, en ze zwaait met haar kleine druppelhandje, zonder zich om te draaien, net als Liza Minnelli aan het einde van *Cabaret*.

Paula.

Het gegrom van MoMs dieselmotor geeft mijn stemming perfect weer. Hoe kon Doug ons zo laten zitten? Hoe kon hij zo ongevoelig zijn? Begrijpt hij dan niet hoe Paula zich moet voelen? Ik stop waar de Wallingford Avenue een T-splitsing maakt met Washington Street en probeer te beslissen welke kant ik op ga. Het is eigenlijk te laat om nog bij Doug langs te gaan, maar aan de andere kant: waarom zou ik rekening met hem houden? Hij heeft toch ook geen rekening met ons gehouden? Kan mij het schelen. Ik rijd richting de zuidkant.

Tussen de noord- en zuidkant van Wallingford liggen treinrails. Over het algemeen is er weinig verschil tussen de twee kanten, maar wijken als die van Doug dragen zonder twijfel bij aan de reputatie van de zuidkant als de 'verkeerde-kant-van-het-spoor'. Wijken waar het aantal auto's voor een huis groter is dan het aantal inwoners, omdat er altijd ergens een wrak ligt voor de reserveonderdelen. Wallingfords stenen muurtjes en houten hekjes zijn hier verdwenen en we zien alleen veiligheidshekken en kippengaas.

Het licht bij Dougs deur knipt vanzelf aan als ik aanbel. Ik sla de motten van me af als Dougs eigenaardige buitenlandse moeder opendoet. Ze heeft dezelfde gebeeldhouwde trekken als Doug, maar de scherpe contouren van haar gezicht versoepelen aan de uiteinden, alsof haar gezichtsbotten vraagtekens zijn. Ze zegt niets tegen me en loopt als een bang konijntje achteruit weg uit de deuropening. Ze roept Doug.

'Wie is daar?' blaft Dougs vader uit de huiskamer. Mevrouw Grabowski schuifelt naar hem toe en ik buig me naar binnen om meer te zien. Meneer Grabowski zit in zijn gemakkelijke, of eigenlijk ongemakkelijke, stoel. Zijn massieve schouders passen er nauwelijks in. Hij knijpt zo hard in de dikke gecapitonneerde armleuningen dat het lijkt alsof hij ze er elk moment af kan scheuren om ze op te eten.

'Ik vroeg: wie is daar?' gromt hij, zonder zijn grote vierkante hoofd van de televisie weg te draaien. Het enige wat hij nog mist zijn twee bouten aan weerskanten van zijn nek.

'Het is Teen Angel,' fluistert mevrouw Grabowski. 'Met een priesterboordje om.'

Oeps. Dat was ik vergeten.

Doug klost in boxershort en T-shirt de trap af en is verrast me te zien. Hij stapt naar buiten.

'Hé, wat is er aan de hand?' vraagt hij.

'Misschien moet ik dat aan jou vragen,' bits ik. Ik klink meer als Bette Davis dan me lief is.

'Waar heb je het over, man?'

Ik rol met mijn ogen. 'Paula's afscheids-zwembadsoiree? De boeddha? Hallo, gaat er nu ergens een belletje rinkelen?' Ik haat het dat ik nu acteer, maar kan mezelf niet meer inhouden.

'O, hé, het spijt me, man, maar een paar gozers van football kwamen langs en ik... nou ja, ik ben vergeten jullie te bellen.'

Ik zeg even niets en kijk hem aan, terwijl hij schuldbewust met zijn voeten schuifelt in het afbladderende portiek. Het gesjirp van krekels vult de stilte.

'En dat was het dan?' sis ik. 'Is dat alles wat je te zeggen hebt? Je laat Paula zitten op haar laatste avond voor ze naar Manhattan vertrekt en dan is dit het beste dat je kunt bedenken? "Een paar gozers van football kwamen langs?"'

'Ik zei toch sorry? Wat moet ik dan nog meer doen?'

Ik heb geen idee. Ik voel een golf van misselijkheid opkomen en even denk ik dat het van al die taart komt, maar dan voel ik plotseling jeuk over mijn hele lichaam, alsof ik uit mijn vel ga springen, alsof mijn lichaam niet groot genoeg is om de vulkaan die in me tot uitbarsting komt binnen te houden, alsof ik – als ik nu niet meteen vertrek – spontaan in vlammen zal opgaan of het in mijn broek ga doen. Mijn adem gaat zwaar, als van een vrouw met beginnende weeën, en ik besef dat ik, als ik hier nog een seconde langer blijf staan, in huilen uit ga barsten als een dom, kinderachtig, jaloers tienermeisje. En dat is echt het laatste dat ik wil dat Doug nu van me ziet.

Dus stamp ik het portiek uit en ren naar MoM, maar het portier blijft hangen en gefrustreerd schop ik ertegenaan en verberg mijn gezicht en hoop dat ik vanzelf verdwijn tegen de achtergrond van de auto. Ik voel Dougs hand op mijn schouder.

'Hé man, gaat het een beetje?'

Ik schaam me diep voor hoe zacht mijn lichaam moet aanvoelen onder zijn hand. 'Dus zo gaat het vanaf nu?' vraag ik. 'Je trekt de hele zomer op met het Toneelteam en als school weer begint, loos je ons? En ga je weer naar die gozers van football?'

'Dat heb ik niet gezegd...'

Mijn gezicht gloeit en mijn onderkaak wil maar niet ophouden met trillen. 'Wat moest ik ánders denken toen je ons liet zitten? Nou? Nou?' Ik krimp ineen bij het geluid van mijn eigen stem, maar ik kan niet ophouden. 'Het lijkt wel alsof jij echt Danny uit *Grease* bent en ik, ik...'

Hou op, Edward. Hou gewoon je bek en stap in de auto.

'... ik Sandy ben, en niet cool genoeg voor je ben.'

Ik geloof mijn eigen oren niet. Ik ben Sandy niet; ik ben een godsgruwelijke idioot.

'Ik heb nooit gezegd dat je niet cool genoeg was,' mompelt Doug.

'O, maar dat hóéft ook helemaal niet hoor,' sneer ik. 'Ik weet bést dat iedereen ons een stelletje idioten vindt omdat we ons vreemd uitdossen en voor publiek liedjes uit musicals zingen. Weet je, láát ons maar een stelletje idioten zijn. Wij zijn het *Toneelteam*. En als je je schaamt om met ons gezien te worden, krijg dan maar de kolere. Want weet je, uiteindelijk zijn wij, zijn wij...'

'Magnifiek,' zegt Doug en hij pakt me bij mijn schouder. 'Jullie zijn magnifiek.'

Zijn ogen zijn heel blauw, met kleine witte vlekjes erin, net als bij de aarde als je die vanuit de ruimte bekijkt.

'Het spijt me, man,' zegt hij. 'Ik ben soms een klootzak.'

'Nee, nee. Dat ben je niet,' zeg ik. 'Zij zijn tenslotte je vrienden. Ik begrijp het best.' Ik geef hem een stomp tegen zijn arm zoals jongens onder elkaar doen.

Hij lacht. 'Zeg, waarom drink je volgende keer niet een biertje met ons mee?'

Drinken met een paar gozers van football? Je bedoelt met diezelfde gozers die, in de derde klas, mijn superprecies nagemaakte *Heidi in de Zwitserse Alpen*-kijkdoos in de fik hebben gestoken? En er daarna overheen piesten om het te doven? Die lui? Is hij helemaal knétter?

'Ja, waarom niet?' zeg ik.

Watje.

acht

Goed, als mijn leven dus ooit verfilmd mocht worden, moeten ze van het grote einde-van-de-zomer-knalfeest bij mij thuis niet de gebruikelijke puin-hoop maken die je altijd in tienerfilms ziet. Ik bedoel: ik ben echt veel te slim om het voltallige leerlingenbestand van school bij mij thuis uit te nodigen, zodat ze het met de grond gelijk kunnen maken. Oké, natuurlijk steekt iemand per ongeluk een bank in de fik, en besluiten een paar gozers van football, (kortweg EPGVF) in de huiskamer te gaan overgooien met een zitzak, tot die openbarst en de vloer bedolven raakt onder zoveel piepschuim balletjes dat het een deken vers gevallen sneeuw lijkt. Maar dat is minder belangrijk. Er is veel meer aan de hand.

Zie je, nu we allemaal meerderjarig zijn, zijn er geen ouderejaars meer om tegen op te kijken en hoeven we dus niet meer rottig tegen elkaar te doen om hogerop te komen in de maatschappij. We *zijn er.* Het feest is net een topconferentie (toegegeven: een behoorlijke luidruchtige), zo een waar je voor het eerst kennismaakt met mensen tegen wie je jarenlang niet durfde te praten.

Mensen als Amber Wright, die arriveert met haar eigen Barbie-burgerwacht die stuk voor stuk zwaaien met een six-pack bier alsof het een handtasje is. Ik doe een poging om ze bij de deur met een soort Rat Pack-coolheid te begroeten, in een zijden smokingjasje, sabbelend op zo'n pijpje waar je bellen mee kunt blazen, maar ze schuiven achteloos langs me heen, alsof ik mazzel heb dat ik op mijn eigen feestje aanwezig mag zijn.

En dan zijn er nog mensen als Thelonious 'T-J' Jones die, voor zover ik weet, de eerste zwarte is die ooit dit huis binnengelopen is zonder er iets te hoeven schoonmaken. T-J neemt een paar een paar zwarte gozers van football mee (kortweg EPZGVF) en ik overschrijd ruimschoots alle grenzen van betamelijkheid om ze zich op hun gemak te laten voelen.

Wallingford High School heeft vijftienhonderd leerlingen, van wie minder dan honderd zwart. Met uitzondering van atleten als T-J hebben ze de neiging om bij elkaar te blijven klitten en een verrassend groot aantal van hen blijkt familie van elkaar te zijn. Als ze niet aan het sporten zijn, delen ze de ruimte aan de onderkant van de sociale piramide met andere onbegrepen minderheden als de Audiovisuele Patrouille (voorzitter: Nathan Nudelman), het Latijnclubje (voorzitter: Nathan Nudelman) en de Schaakvereniging (voorzitter: Nathan Nudelman). Verder inbegrepen: mannelijke atleten die aan een individuele sport als zwemmen of hardlopen doen (of aan non-sporten als golf en bowlen), allerlei vrouwelijke atleten, en natuurlijk de drumband, die iedereen wel kan schieten.

T-J komt binnen met een traytje bier in zijn enorme kanonskogelarmen. 'Yo, T-J, alles kits?' roep ik en ik steek mijn hand op voor een high five.

T-J kijkt me aan alsof ik gek ben (wat waarschijnlijk wel klopt) en negeert mijn vraag, dus ik maak van mijn uitgestoken hand een vuist om mijn solidariteit met Black Power te betuigen. Hij schudt zijn hoofd en kreunt als Lurch uit *The Addams Family*.

Weet je, ik weet natuurlijk best dat het echt klote is om deel uit te maken van een gediscrimineerde minderheid, maar het moet toch ook wel gaaf zijn dat er mensen zijn die je automatisch cool vinden omdat je dat bent, zeg maar. Om maar te zwijgen over groot geschapen...

Ik draai het licht bijna uit en loop de huiskamer in om Sinatra's *Songs for Swingin' Lovers* op te zetten. Normaal gesproken heeft onze huiskamer eigenlijk niets huiselijks. Hij is zo kaal en formeel ingericht dat mijn zus en ik hem al zo lang als ik me kan herinneren 'het Meubelmuseum' noemen. Maar vanavond is het dan toch aardig huiselijk aan het worden. Ik meng me onder de mensen als Hugh Hefner op een sexy, swingend feestje rond zijn Playboy-landhuis.

Als het donker wordt, begint het huis behoorlijk op *De tuin der aardse lusten* van Hieronymus Bosch te lijken. Elke kamer-met-deur wordt bezet door op seks beluste stelletjes; ik voel me een beetje een exploitant van een motel waar per uur kamers verhuurd worden. Omdat alle badkamers gebruikt worden voor vleselijke doeleinden, loop ik de tuin in om te plassen.

Ik sta juist een rododendron te bewateren als Doug ineens naast me staat. 'Pardon mijnheer, maar dit bosje is bezet,' zeg ik.

'Yo, Ed, ik zocht je.' Hij ritst zijn Levi's met één hand open, reikt er diep in en haalt er vervolgens iets uit dat lijkt op een pik, maar dan groter. Ik bedoel, het lijkt op de tekenfilmversie van een lul.

'Man, je moet echt iets aan dat vriendinnetje van je gaan doen,' zegt hij.

'Ja, ze heeft soms een behoorlijk kwaaie dronk,' zeg ik en ik probeer niet te kijken. 'Ik denk dat het komt doordat ze zo'n brave is als ze nuchter is.'

Doug houdt zijn lid niet vast als hij plast; hij staat daar gewoon met zijn handen op zijn heupen alsof hij erop vertrouwt dat zijn pik helemaal uit zichzelf kan urineren bij gratie van zijn immense grootte. Geen wonder dat hij zo hoog in de, eh... pikorde zit. 'Neuh, dat is het niet,' zegt hij. 'Ik ging hartstikke lekker met Ziba daarnet, tot Kelly er ineens bij kwam liggen. En nu krijg ik ze niet meer uit elkaar.'

'Wat moet ik daaraan doen dan?' Niet kijken. Niet kijken.

'Ga haar even opvrijen, wil je?' Hij kijkt naar beneden. 'Melkboer eenoog hier moet nodig een bestelling afleveren.'

Nu word ik toevallig opeens behoorlijk geil, dus ik ga naar binnen en vind de meisjes opgekruld op de Liefdesbank in het Meubelmuseum, diep in gesprek, zoals alleen meisjes die even mooi zijn dat kunnen. Ik grijp midden in een zin een hand van Kelly, gebaar met mijn hoofd naar Doug en Ziba om ons te volgen en leid ze door de keuken langs de achterkant van het huis naar de glazen schuifpui van Als slaapkamer. Ik heb zijn kamer van binnenuit op slot gedraaid, zodat niemand er iets zal kunnen verkloten (ik zei toch dat ik te slim was om iemand mijn huis te laten verwoesten!), maar heb speciaal voor een gelegenheid als deze de schuifpui opengelaten.

De maan schijnt zilverachtig de donkere kamer in en ik trek Kelly naar me toe. Ik druk mijn bekken tegen haar aan en verwijs Doug en Ziba naar de Flauwvalbank bij de garderobe. Doug grijnst een duivelse grijns en ik zie dat hij gauw het bovenste knoopje van zijn broek losmaakt, waarschijnlijk omdat Rogier de Liefdesspier er anders niet meer in past.

Ik strijk Kelly's steile, zijdeachtige haren opzij om haar lange, slanke nek te kussen. Ik adem de schone, koperpoetsachtige geur van haar huid in en adem lichtjes uit in haar oor, omdat ik weet dat dat haar gek maakt. Ik merk dat ik haar heb gemist toen ze in Cape Cod zat. Belangrijker: ik heb dít gemist. Ze gooit haar hoofd in haar nek, het Internationaal Erkende Signaal voor 'Kus me, idioot', en ik open met een diepe, agressieve tongzoen, waardoor een biersmaak zich door onze monden verspreidt. Ze slaat een gespierd been rond mijn heupen en duwt haar onderlichaam tegen me aan. Ik lach een veelbetekenend lachje in haar mond. Ze voelt, ruikt en smaakt zo lekker dat ik haar ter plekke wil verslinden. Met een snelle beweging pak ik haar andere been, leg dat om mijn middel en draag haar de kamer door. (Fijn om te merken dat die danslessen nog ergens goed voor zijn.) Zo hobbelen we naar voren en vallen lachend op het bed.

Ik steun op mijn ellebogen en kijk in haar ogen; haar oogwit en tanden glanzen in het maanlicht. Ze is mooi. Ik wil net haar borsten in mijn handen nemen als ik vanuit een hoek van de kamer Ziba heel hard 'Nee!' hoor roepen.

Kelly en ik kijken net op tijd op om Ziba Doug tegen de grond te zien gooien, waar hij met een droge bonk neerkomt.

'Wat heb je in godsnaam...?' zegt hij.

Ziba richt zich in haar volle amazonelengte op, zwaait haar lange haar over een schouder en stapt domweg over hem heen. 'Zwijn,' zegt ze en ze loopt naar buiten.

Getver.

Kelly geeft me een duwtje, zodat ik van haar af rol. 'Ik kan beter even gaan kijken wat er is,' zegt ze, en ze stapt met een 'Sorry hoor' over Doug heen naar buiten.

Ik snap er niets van. Gisteren nog, tijdens de lunch, vertelde Ziba hoe ze in Saint Tropez een nacht lang wild tekeer is gegaan met twee jongens van twintig, maar Doug hoeft zijn broek maar open te ritsen of ze flipt helemaal. Hmm... Aan de andere kant...

Ik kijk naar Doug, die inmiddels geknield op de grond zit. 'Kut, kut, kut,' zegt hij, alsof hij ergens pijn heeft. Ik wil net een hand uitsteken om hem te helpen als hij omhoogstuitert, een zweepslag in de lucht. 'Ze heeft me zo op-gegeild, man,' zegt hij. 'Ik ontplof bijna.'

Hij kijkt hulpeloos naar beneden, naar zijn kruis. Zijn blootliggende eikel steekt boven zijn broeksknoop uit en is zo groot als een deurknop. We kijken er allebei naar, alsof er zojuist iemand binnen is gekomen. Het lijkt alsof de tijd stilstaat en ik voel mijn hart achter mijn oren kloppen. Ik kijk naar Dougs gezicht en zie ineens dat het maar een paar centimeter van me van-daan is, zijn lippen van elkaar, de warmte van zijn adem zacht op mijn wangen.

Alstublieft God, laat hem hetzelfde voelen als ik.

negen

Doug likt langs zijn lippen en slikt. Zijn grote adamsappel stuitert in zijn hals.

'Ik moet nu even iets drinken,' zegt hij.

Hij wurmt zich langs me heen, frunnikt aan zijn kruis en loopt door de openstaande schuifpui naar buiten.

Ik sta stil en staar naar buiten. De maan schijnt zo helder dat hij schaduwen op het grasveld werpt. Ik weet niet wat ik moet doen, maar elke vezel van mijn lijf zegt me dat ik achter hem aan moet. Dus ga ik ook naar buiten en loop bijna Duncan O'Boyle, aanvoerder van het footballteam, omver. Duncan heeft een mager, fretachtig gezicht en lang, rossig blond haar, waar ik jaloers op ben omdat hij het met een scheiding in het midden draagt. Ik heb dat ook eens geprobeerd, maar mijn haar is zo dik dat ik op Karel Coyote leek nadat er een aambeeld op zijn hoofd was geland.

'We hebben een probleempje,' deelt hij mee. Hij legt uit dat Kevin 'Boonbrein' Boonschoft, een enorme sint-bernard van een jongen, en kaaskop van de populaire jongens, geprobeerd heeft met de oude identiteitskaart van zijn broer bier te halen, maar toen bijna gearresteerd is, omdat de jongen van de drankwinkel in de klas had gezeten met die broer. Duncan fixeert me met zijn gele kraalogen. 'En nou heb ik gehoord dat jij een manier weet om bier voor ons te scoren,' zegt hij.

Eigenlijk heb ik Duncan O'Boyle nooit gemogen. Toen we in de tweede klas zaten heeft hij Nathie een keer het dak van zijn huis op gelokt om te gaan 'heglopen' boven op de vijf meter hoge ligusterstruiken rond zijn tuin. Nathie ging eerst. Hij had dertig hechtingen.

Maar dat ik alles waar Duncan voor staat verfoei en minacht, betekent natuurlijk niet dat ik geen indruk op hem wil maken.

'Tuurlijk,' zeg ik, 'wacht heel even, oké?'

Ik zoek Nathie op en vraag hem of hij de boel even in de gaten wil houden en onderbreek een parend stelletje in mijn kamer om mijn vader Nozemboordje om te doen. Ik zet ook een ziekenfondsbrilletje op mijn neus, dat ik gedragen heb toen ik Motel Kamzoil, de kleermaker in *Fiddler on the Roof*, speelde. Ik oefen wat jezuïetengezichten voor de spiegel als ik de garagedeur hoor kraken. Ik ren naar buiten en zie Duncan Als Midlifecrisis achteruit de oprijlaan af rijden.

'Godverdomme, wat krijgen we nou?' schreeuw ik. 'Dat is mijn vaders auto!'

Duncan grijnst naar Roger Young, quarterback van EPGVF, in de passagiersstoel. 'Dat heb je mooi mis, vriend,' zegt Duncan, 'dit is geen auto. Dit is een pik op wielen.'

'Prima, maar dan wel mijn vaders pik. Zet hem terug.' Ik tik op de auto en wijs naar de achterbank, die zo strak om Boonbrein heen zit dat het lijkt alsof hij de auto aangetrokken heeft.

'Moet je zien,' zeg ik, 'ik pas er niet eens meer bij. En je hebt mij nodig om het bier te halen.'

Duncan lacht. 'Weet je wat? We maken even een ritje en pikken je daarna op, goed?' Hij geeft gas en zet de auto in de eerste versnelling, maar voor hij kan wegrijden spring ik op de kofferbak en pers mijn benen naast Boonbreins klerenkastlichaam. Ik hang half op de auto en zie er vast uit als de katholieke ceremoniemeester die het St. Patricksdag-defilé afneemt.

'Gaan, Blauwe Duivels, gaan!' roept Duncan (wat een achterlijke sportjongensyell) en hij geeft plankgas.

Klootzak.

Psychopaat als hij is, doet Duncan zijn best om me uit de auto te laten vliegen; hij maakt expres te scherpe bochten en remt opzettelijk hard. Het is niet zo gemeen als het klinkt. Als je elke week een sport beoefent waarbij je mensen buiten westen over een grasveld sleurt, is moord-per-automobiel gewoon gezond, vrolijk loltrappen. Gelukkig zijn al die danslessen echt ergens goed voor geweest, want het lukt me om de hele weg in balans te blijven. Maar als we gestopt zijn verkloot ik het. Ik probeer kalmpjes uit de auto te springen, net als Magnum PI, maar val plat op mijn reet op de parkeerplaats bij de slijterij. Iedereen lacht – niet op een valse manier, maar zodat ik weet dat ze wel waardering kunnen opbrengen voor de ironie van het gebeuren: iemand kan wel blijven zitten in een sportmodel dat met honderdtwintig over onverharde wegen scheurt, maar valt om zodra het ding eenmaal stilstaat.

Pijnscheuten schieten door mijn ruggengraat en ik grimas naar de jongens om aan te geven dat ik alleen maar doe alsof ik verga van de pijn. Ik hobbel de slijterij binnen en hoop dat mijn kreupelheid bijdraagt aan mijn volwassen imago.

Een zwaargebouwde man die er als een Hell's Angel uitziet hangt achter de toonbank. 'Hé, vaaader,' zegt hij, 'kaaan ik je ergens mee hellupuh?'

Ik zend een schietgebedje naar St. Genisius, de beschermheilige van alle acteurs of – in dit geval – van alle glasharde leugenaars, maar de man let meer op het reliboordje dan op de persoon erin. Ik buig me over de toonbank, alsof ik niet wil dat iemand ons hoort. 'Zuster Paula van het Klooster van het Bloedende Hart zei dat ik hier bier moest gaan halen.' Ik zeg het met een kortademig, Pater Mulcahy-uit-MASH-achtig stemmetje. 'Weet je misschien welk merk ze altijd koopt?'

'Maar natuuurlijk, vaaader,' zegt de Hell's Angel met een samenzweerderig knikje. 'Iedereen hier weet dat vader Adfundum ze graag lust.' Vader Adfundum is de oude zatlappriester die Paula in het leven heeft geroepen om te verklaren waarom ze hier elk weekend als non een tray goedkoop bier komt kopen.

'Mijn naam is vader Ozem, trouwens,' zeg ik. 'Nico Ozem. Ik ben nieuw hier in de buurt.'

'Aangename kennismaking, vaaader. En waar is zuster Paula?'

'Ze is, eh... overgeplaatst naar Manhattan.'

De Hell's Angel kijkt me aan alsof er iemand over zijn puppy heen gereden is. 'En waarom is ze geen afscheid komen nemen?' vraagt hij.

'Het ging allemaal heel plotseling,' leg ik uit. 'Daarom hebben ze mij erbij gehaald om vader Adfundum te assisteren – we hebben een enorm personeelstekort op dit moment.'

De Hell's Angel smijt een tray bier op de toonbank. 'Nou, God zegene haar maar dan,' zegt hij.

'Ja, God zegene haar,' zeg ik, zo heilig als ik maar kan. Hij neemt mijn geld aan, maar aarzelt dan. 'Weet u, vaaader,' zegt hij, 'altijd als zuster Paula hier binnenkwam, was het alsof de kerk met haar mee naar binnen kwam, begrijpt u wat ik bedoel?'

'We zijn er om te dienen,' zeg ik. Wat gebeurt er nou in godsnaam?

De Hell's Angel leunt met zijn ellebogen op de toonbank en zegt zachtjes: 'Ik heb een moeilijke week gehad, vaaader...'

Twintig minuten later kom ik de drankwinkel uit. 'Waar bleef je nou?' vraagt Duncan.

'Wist ik veel dat ik ook nog de biecht moest afnemen?' zeg ik.

(Als ik het later aan Paula vraag, zegt ze alleen maar: 'Wees jij nou maar aardig tegen die arme Larry. Zijn moeder is erg ziek geweest en hij is behoorlijk gestrest.' Zó Paula om dat te zeggen.)

Mijn stuitje brandt en klopt. Ik ben niet in de stemming voor grappen, dus ik gijzel het bier net zo lang tot Duncan bereid is om op de kofferbak te klimmen en ceremoniemeester van het defilé te spelen. Ik wil gewoon zeker weten dat mijn vaders auto heel thuiskomt.

Dan ga ik achter het stuur zitten.

Ik weet niet precies wat me overkomt, maar ineens rijd ik erger dan Duncan. Ik scheur met gierende banden de hoek om, zigzag door heuvelachtige achterafstraatjes, rijd vol gas en verniel Als achterophanging waarschijnlijk volledig door expres door diepe gaten in de weg te rijden. Als we bij school komen, rijd ik er niet omheen, maar ploeg domweg dwars over de sportvelden; ik race een paar rondjes om het honkbalveld en Duncan hoest bijna een long op van het rondvliegende stof.

Eenmaal terug in Oak Acres neem ik nog een binnendoorroute via het grasveld van onze buurman meneer Foster. Oké, ik geef toe: dit is meer Vandalisme dan Creatief, maar meneer Foster is dan ook de man die elke zaterdagmorgen om zes uur opstaat om zijn oprit met een machine schoon te maken. Dus hij verdient het.

EPGVF lachen zich een breuk.

De rest van de avond behandelt Duncan me met een soort mokkend respect, maar de anderen en hij grijpen elke gelegenheid aan om Doug af te zeiken, omdat hij in een musical heeft gespeeld en van zingen houdt. Ze noemen hem Florence Nightingale zonder door te hebben hoe enorm stom dat klinkt.

Ik weet zeker dat Duncan met mij vecht om Dougs aandacht. Hij haalt allerlei 'komische' dingen uit hun verleden naar boven waar ik niets vanaf weet en die, om eerlijk te zijn, niet eens zo heel grappig zijn. Doug reageert door te laten merken dat hij weet waar mijn keukenhanddoeken liggen en door het over ons te hebben als 'wij', en uiteindelijk daagt Duncan me uit voor een drinkwedstrijd of zoiets achterlijks. Niet dat ik dat erg vind. Alcohol helpt om de kloppende pijn in mijn stuitje te verlichten. Maar het is alsof er twee miniversies van ons op Dougs schouders zitten, een Teen Angeltje en een Blauwe Duiveltje, allebei vechtend voor zijn ziel.

Doug blijft bij mij slapen. Terwijl we het huis opruimen en de gasten afzeiken, geef ik me over aan een fantasie waarin mijn voorstedelijke split-levelhuis eigenlijk een verbouwde zolder in SoHo is, en Doug en ik samenwonen. Ik wil hem zo graag vertellen dat ik biseksueel ben, dat het mijn lot is een afwijkend seksueel leven te leiden, een leven dat zeker stukken interessanter zal zijn dan het bekrompen leven dat hem staat te wachten als hij hier in Wallingford blijft. Ik wil hem meenemen naar Neverland, ik wil zijn Peter Pan zijn en wil dat hij een van mijn Darling-kinderen is. Sterker nog: ik wil zijn pik in mijn hand voelen en hem 'schatje' horen zeggen.

Maar ik kijk hem alleen maar aan en vraag of hij me naar de eerstehulppost wil rijden.

'Ik heb mijn kont gebroken geloof ik,' zeg ik.

Watje.

tien

Er zit een scène in *South Pacific* waarin Nellie, de boerse verpleegster, en Emile, de beschaafde Fransman, samen een duet zingen dat 'Tweelingmonologen,' heet, maar dat duet hebben ze nooit echt samen gezongen. Mary Martin, die de oorspronkelijke Nellie speelde, was bang dat haar stem zou wegvallen tegen die van Ezio Pinza, de bas van de Metropolitan Opera die Emile speelde. En dus wisselden ze de coupletten uit, zongen hun gedachten naar elkaar. Zo zitten Doug en ik ongeveer in de eerstehulppost te praten. Behalve dan dat we nogal vaak worden onderbroken door mensen met meerdere steekwonden of hartaanvallen.

Als je samen 's avonds laat in een ziekenhuis zit, ga je elkaar bijna automatisch over je leven vertellen. Ik vertel Doug hoe de zestiger en zeventiger jaren mijn moeder geraakt hebben als een vrachtwagen vol windorgels en haar tot het Feministisch Ontwaken brachten, en dat ik dat volkomen begrijp, omdat ik – als ik getrouwd was met Al en voor de rest van mijn leven in Wallingford moest wonen, ook niet zou weten hoe snel ik er weg moest komen. Ik vertel hem hoe ze haar rooms-katholieke opvoeding vaarwel heeft gezegd en het juk van de burgerlijke onderdrukking afgeworpen heeft om totaal funky te worden. En dat, als ik nu bij haar op bezoek ga, we altijd coole new age-achtige dingen doen samen, zoals onze chakra's in balans brengen of hennepsieraden maken.

Doug vertelt me over zijn enge vader met het vierkante hoofd. De gelukkigste jaren van zijn vaders leven speelden zich af in Duitsland, toen hij daar was gestationeerd. Maar toen moest hij naar Vietnam en werd hij gek. En nu heeft hij een hekel aan zijn eigen leven, omdat hij in een busje rondrijdt en taarten bezorgt. Doug zegt dat zijn vader soms zijn frustraties op hem botviert, zoals die keer dat hij het eikenhouten dressoir omvergooide, hem de hele straat door joeg en hem een mietje noemde. 'En toen werd ik groot genoeg om terug te vechten,' zegt Doug. 'Nu schreeuwt hij alleen nog maar tegen de televisie.'

Doug vertelt me ook dat zijn enige rustpunten om bij te komen van al het zinloos rondgierende testosteron om hem heen de zomers in Duitsland waren, bij zijn moeders homoseksuele broer, de voormalige olympisch gymnast.

Tot hij mij tegenkwam natuurlijk. (Zucht.)

Hierna leert hij me zijn complete vocabulaire van vieze Duitse woorden: *Schwantzlutscher* (pikzuiger), *Arschlecker* (kontlikker) en, onze favoriet, *Hosenscheisser* (broekschijter).

Als de dokter eindelijk verschijnt, vertelt hij me dat ik een 'contusie' op mijn 'coccyx' heb, wat Latijn is voor: 'Je bent op je reet gevallen.' Gelukkig is er niets gebroken en hij geeft me twee weken vrijstelling van gymnastiek. En zo'n rubberen zwemband om op te zitten.

Ik voel de pijn in mijn kont (of, zoals Doug het noemt: *Arschschmerz*) helemaal niet, omdat ik, net als Nellie in *South Pacific*, verliefd ben op een fantastische jongen. Ik grijns dwaas voor me uit, zoals een maanverlichte nacht weerkaatsen kan in de dauwdruppeltjes, om het zo maar eens te zeggen.

Tot Al en Dagmar thuiskomen.

Ik zweer het je: ze zijn nog geen vijf minuten binnen of ze hebben al haarfijn door dat ik een feestje heb gegeven, hoewel ik de vulling van de zitzak er korreltje voor korreltje in terug heb gestopt en alle kussens, inclusief die van de canapé, heb omgedraaid. De bijna afgestudeerde klas van 1984 heeft Dagmars nieuwe hardhouten vloeren beschadigd.

Ze is furieus. 'Veet je niet dat je niet over de vloer mak lopen met je *skoenen* aan!' gilt ze.

Nee, dat wist ik niet nee. Ik heb altijd aangenomen dat een vloer de binnendeurse versie is van de grond buiten; vloeren zijn – dacht ik – gemaakt om te betreden. Maar in Oostenrijk denken ze daar blijkbaar anders over. Al geeft me een maand huisarrest, maar ziet duidelijk ook niet wat er in godsnaam mis is met de verdomde vloeren.

Maar goed. School is geweldig, een warm toevluchtsoord na de vrieskou die ons huis langzaam binnensluipt. Met uitzondering van mijn typelessen, een noodzakelijk kwaad dat Al mij oplegt, ook al weet ik zeker dat ik er nooit iets aan zal hebben als acteur, en gymles, een noodzakelijk kwaad dat de wet mij oplegt, heb ik een prettig rooster.

De eindexamenstof voor geschiedenis gaat bijvoorbeeld stukken beter sinds mevrouw Toquitz het heeft overgenomen van meneer Duke, die als coach van het meisjesatletiekteam vorig jaar de fout maakte om neuken in te roosteren als baan-en-veldactiviteit.

Het eindexamen Frans ziet er ook veelbelovend uit, niet omdat madame Schwartz zo *intéressante* is (is ze niet), maar omdat Ziba onverwacht meedoet. Ik zeg onverwacht, omdat ik zeker weet dat Ziba meer dan vloeiend Frans spreekt en dus overduidelijk de boel zit te flessen om een makkelijke voldoende te halen. Prompt kijkt ze haar volledige eerste lesuur dan ook alleen maar naar buiten, totaal overdressed in een chique plooibroek en zijden bloes. Ze beantwoordt de haar gestelde vragen afwezig en lijkt meer op een vrouw die in een café op haar minnaar zit te wachten dan op een leerlinge op een middelbare school in een voorstadje in New Jersey.

Als de les voorbij is vertelt ze me dat ze eigenlijk nooit echt in school geïnteresseerd is geweest. 'Ik leer hier niets waar ik wat aan heb. Ik wil andere dingen weten, over mode en film,' zegt ze terwijl ze door de gang loopt alsof het de Champs-Élysées is. 'En deze school is met afstand de allerergste.' Ze zwaait met haar hand naar de hordes leerlingen en zegt: 'Jullie hier zijn toch zulke snobs.' Het maakt haar niet uit dat de meeste van die snobs haar gewoon kunnen verstaan. 'Ik snap werkelijk niet waar jullie zo snobistisch over doen. Begrijpen jullie niet dat jullie in *New Jersey* wonen?'

'Ik weet het, ik weet het,' zeg ik, en ik voel me bijna even cool als zij.

'Ik durf te wedden dat niemand hier ooit nog van Fellini heeft gehoord,' zegt ze.

Ik leg haar uit dat je van de cultuurloze Filistijnen hier niet mag verwachten dat ze de meesters van de renaissance naar waarde weten te schatten.

En dan is er het eindexamen Engels met meneer Lucas.

Meneer Lucas.

Ik weet zeker dat niemand die Ted Lucas ooit ontmoet heeft, is weggegaan zonder een uitgesproken mening over hem. Hij is zo'n man over wie iedereen wel iets te zeggen heeft. Het anti-Lucas-kamp vindt hem neerbuigend en arrogant, wreed zelfs. Hij deelt nagekeken repetities uit in dalende cijfervolgorde, stuurt leerlingen naar de directeur wegens 'geestelijke absentie' en is ooit bijna ontslagen omdat hij een boek naar een leerlinge gooide, iets waar hij absoluut geen spijt van heeft. Hij schijnt toen gezegd te hebben: 'Ze had geluk dat het *Metamorfosen* was en niet *Moby Dick*.'

Ik vind hem geweldig.

Soms debiteer ik met opzet een platitude of zeg iets ongeïnspireerds in een discussie, alleen maar opdat hij over zijn bril naar me kan turen terwijl hij: 'Dank u, meneer Zanni, maar dit was reeds duidelijk' zegt. Maar meestal probeer ik indruk op hem te maken. Als meneer Lucas over zijn baard begint te strijken en naar boven staart, betekent dat dat je hem aan het denken hebt gezet. En als je dat lukt bij iemand die zo briljant is als meneer Lucas – nou, *dank u*, maar dan ben je duidelijk zelf ook niet stom.

En het allerbeste: hij is vroeger acteur geweest – een echte, bonafide, klassieke karakterspeler, afgestudeerd aan de Royal Academy of Dramatic Art in Londen, iemand die Shakespeare en Molière en Tsjechov door het hele land heeft gespeeld. Maar toen kreeg hij een of andere rugkwaal en moest hij het acteren opgeven, iets wat de semi-tragische mystiek die hem omgeeft alleen maar versterkt. Er circuleerden allerlei theorieën over de oorzaak van zijn handicap; de meest populaire was dat hij gewond was geraakt in Vietnam.

Dat verklaart waarschijnlijk ook waarom hij meestal een slecht humeur heeft. Hij loopt met van die krukken die om je pols vastzitten en ik heb hem er meer dan eens, als een reusachtige bidsprinkhaan, mee zien uithalen naar een groepje leerlingen, terwijl hij riep: 'Uit de weg, stelletje minderjarige delinquenten! Zien jullie dan niet dat hier een kreupele loopt!'

Wat mij betreft werpt meneer Lucas paarlen voor de zwijnen. Hij heeft behoorlijk wat problemen gekregen met zijn Vietcong-versie van onze productie van *The King and I,* ook al bespaarde zijn benadering de school een hoop geld voor kostuums. En niemand snapte waarom hij mij in *The Glass Menagerie* Tom liet spelen als aangelijnde hond. Terwijl het zo klaar als een klontje was. Eerlijk gezegd denk ik dat directeur Farley de scène waar ik op het kleed pies gewoon walgelijk vond. De leerlingen begrijpen ook niet veel van meneer Lucas. Ze zijn meer onder de indruk van het feit dat hij de WC-Frisman op tv heeft gespeeld dan van de rest. Meneer Lucas zegt dat dat alleen maar bewijst dat zijn carrière al door de plee getrokken was voor hij hier kwam.

Op onze eerste schooldag deelt hij syllabi uit, alsof we colleges op de universiteit lopen. 'Ons thema dit jaar,' zegt hij, en hij wijst naar een absurd lange boekenlijst, 'is *Rebellen met een reden.* We beginnen met *Oedipus Rex.*' Hij gooit wat exemplaren van het stuk onze kant op zonder op te kijken, wat misschien een verklaring is voor hoe hij dat meisje geraakt heeft met *Metamorfosen.*

'*Oedipus Rex,*' zegt hij met een stem die galmt alsof zijn lichaam een holle klok is, 'is een hartverwarmend klein familiedrama. Onze held vermoordt zijn vader, gaat met zijn moeder naar bed en steekt zichzelf de ogen uit. Als dit vorig jaar geschreven was, stond het schoolbestuur het nu te verbranden op het grasveld voor dit gebouw, maar omdat het tweeduizend jaar oud is, wordt het geschikt geacht voor jullie weke kleine hersentjes. Ik wil van jullie allemaal een opstel met als onderwerp: heeft Oedipus nu wel of niet tragische tekortkomingen? Aanstaande maandag inleveren.'

De klas kreunt.

'Ach, stelletje zeikerds,' zegt hij. 'Jullie kunnen tenminste al lopen.'

Thuis wordt de sfeer steeds gotischer. Met haar klauwen stevig in Al voelt Dagmar zich vrij om het Beest in zichzelf los te laten. De transformatie is zo snel en schokkend dat het bijna een horrorfilm is – *Ik was een overrijpe Oostenrijkse weerwolvin.* Ze vertelt mijn zus op niet mis te verstane wijze dat ze niet meer haar was mag komen doen (waarom begrijp ik niet; Karen heeft haar toch nooit gevraagd of zíj die was wilde wassen?) en ze zegt tegen mij dat ik mijn vrienden moet verbieden mij te bellen als ik er niet ben, omdat dat haar stoort bij haar 'verk'. Ik probeer uit te leggen dat mijn vrienden er alleen achter kunnen komen of ik thuis ben of niet door te bellen, maar dan begint ze over de geweldige wijze waarop men vroeger, toen zij een klein meisje was, de dingen aanpakte. Elk gesprek dat deze vrouw met mij aangaat, begint met de woorden: 'Iek ben opgevoed met...', en dan volgt er een willekeurig voorbeeld van hoe geweldig het leven in nazi-Oostenrijk was. O, en verder is alles wat ik doe ook nog te luidruchtig, wat heel raar klinkt uit de mond van een vrouw die zelf zó luidruchtig is tijdens de seks dat zelfs de Nudelmans aan de overkant haar klaar horen komen. Inmiddels zit Al zo onder de plak dat hij niet eens doorheeft dat hij met een raaskallende gekkin is getrouwd.

65

Gelukkig heb ik een hoop buitenschoolse bezigheden die me buitenshuis houden (mijn lessen in New York, bijvoorbeeld), plus mijn oude noodplan voor als ik huisarrest heb: zogenaamd oppassen. Al heeft nog steeds niet door dat de momenten waarop ik bij de denkbeeldige familie Thompson moet oppassen – Jason (9), Kyra (6) en de kleine Michael (nu bijna een jaar) – samenvallen met mijn huisarrestperiodes. Ik heb al wat biertjes het huis uit gesmokkeld, verpakt in 'Vrolijke Versmurfdag!'-papier alsof het verjaardagscadeautjes zijn voor de kinderen. Vreemd genoeg ben ik in de loop der jaren echt gesteld geraakt op de kleine onderkruipsels; het feit dat ze niet bestaan verandert daar niets aan.

De repetities voor ons herfststuk, *The Miracle Worker*, zijn begonnen. Ik heb er geen belangrijke rol in. Ik speel wel de grootste mannelijke rol – Helen Kellers vader natuurlijk – maar het is en blijft een bijrol. Meneer Lucas neemt me apart en vertelt me dat hij expres iets heeft uitgezocht zonder grote mannelijke rol omdat hij wil dat ik me volledig richt op de Juilliard-auditie.

Het is voor iedereen (inclusief mijzelf) duidelijk dat Kelly de rol van Annie Sullivan krijgt, een behoorlijke kluif. Ze is er bloednerveus van, maar ik beloof haar erdoorheen te coachen. De eerste keer dat we het samen doorwerken, lijkt helemaal nergens op, maar het is natuurlijk ook lastig om een stuk te lezen dat draait om iemand die blind, doof en stom is. Ik doe hierna, op de set, nog even mijn auditiemonologen.

Amadeus gaat geweldig. Mijn klassieker is 'Bottom's Dream' uit *A Midsummer Night's Dream*, eigenlijk vooral omdat dat het enige Shakespearestuk is dat ik uiteindelijk afgelopen zomer heb gelezen. Het is best grappig en het gaat goed, maar meneer Lucas zegt dat hij iets anders voor me gaat zoeken, voor een beter contrast.

Na de repetitie zet ik Kelly thuis af en race met Nathie naar huis om me in mijn danskleren te hijsen voor de repetities van *Anything Goes*, een stuk dat Kelly en ik choreograferen bij Wallingford Playhouse, het lokale theatergezelschap. Dus zo moet het voelen om op Juilliard te zitten: rennend van de ene repetitie naar de andere, barstensvol artistieke inspiratie, denk ik, terwijl ik rondrijd. Ik zeg tegen mezelf dat ik Paula moet vragen hoe het daar echt is – als ze tenminste ooit een telefoonaansluiting krijgt in dat hol waar ze nu woont.

Ik parkeer de auto voor de deur. Dagmar heeft mijn plekje in de garage ingepikt met de Corvette die Al voor haar heeft gekocht als huwelijkscadeau. Als tegenprestatie heeft Dagmar bijpassende siernummerplaten voor hen allebei gekocht – op die van hem staat 'SEIN' en op die van haar 'IHR'. Het is raar om via de voordeur mijn eigen huis in te lopen, alsof ik er op bezoek kom. Elk geluid dat ik maak in de gang echoot door het huis, omdat er geen vloerbedekking meer is om het te dempen. Ik trek mijn schoenen uit en glijd over het parket, als Tom Cruise in *Risky Business*. Per ongeluk sla ik een uitgave van *Forbes* uit de grote, harige handen van Al, die net de hoek om komt.

'Waar heb je gezeten?' vraagt Al. 'Je hebt het avondeten gemist.'

'Waar heb je het over?' zeg ik en ik loop de keuken in. 'Het is toch nog lang geen woensdag?' Ik trek de koelkast open om te zien wat erin ligt. Dagmar staat bij het fornuis en kijkt naar me; ze roert in een grote pan, in iets dat op warme chocolade lijkt.

'Maak er keine bende van!' zegt ze. 'Iek heb net alles opgeroimd.'

Al kijkt op zijn Rolex. 'Schiet nou maar op, jochie,' zegt hij, 'anders komen we te laat.'

'Te laat? Voor wat?'

'Hoezo "voor wat"? We gaan naar de Introductieavond Hogere Opleidingen. Ik heb de folder van de week ergens op je bed gelegd.'

Ik snuffel aan een paar vreemd ruikende sukadelappen. 'Ik ben vorig jaar al geweest,' zeg ik. 'En er zat geen enkele toneelschool bij.'

'Ja, dus?'

'Dus heb ik me aangemeld voor Juilliard, NYU en Boston University.'

Al kijkt naar Dagmar, die in haar pan blijft roeren. 'Jongen, misschien moeten we eens uitzoeken of er ook nog andere mogelijkheden zijn,' mompelt hij.

Omdat hij geen oogcontact met me lijkt te willen maken, krijg ik een drukkend gevoel op mijn borst. 'Andere mogelijkheden?' vraag ik.

'Ja, kweenie,' zegt Al. 'Daarom gaan mensen toch naar zo'n avond? Om uit te zoeken wat dat zijn?' Hij steekt een harige hand in zijn zak en rammelt met zijn kleingeld.

Ik spreek langzaam en duidelijk, alsof ik een toegevoegd docent ben en hij een verstandelijk gehandicapte leerling. 'Ik wéét wat ik wil gaan doen,' zeg ik. 'Dat weet ik al jaren. Daarom heb ik alvast de allerbeste toneelscholen in het land geselecteerd.' Ik draai me om, maar voor ik de keuken uit loop zeg ik: 'En trouwens, vanavond kan ik helemaal niet. Ik moet repeteren.'

'Nou, ik denk dat je dat dan maar even moet vergeten vanavond.'

Vergeten? Waar heeft hij het in godsnaam over? 'Ik kan dat niet vergeten,' sputter ik. 'Ik ben de *choreograaf*. Ik ben *verantwoordelijk* voor deze repetitie.'

'Nou, en ik ben verantwoordelijk voor jou en ik zeg dat je vanavond naar de Introductieavond Hogere Opleidingen gaat.'

De woorden zijn een klap in mijn gezicht. Zo heeft mijn vader me nog nooit toegesproken. Hij steekt zijn hand naar me uit om het goed te maken, maar ik draai me om.

'Luister eens, Eddie,' zegt hij. 'Ik weet dat je het leuk vindt om met dat toneelgedoe bezig te zijn.' Hij maakt een vaag gebaar dat aangeeft hoe onbenullig hij dat allemaal eigenlijk vindt. 'Maar het wordt tijd dat je die *spielerei* eindelijk eens achter je laat en gaat nadenken over je toekomst.'

Mijn oren beginnen te gloeien. 'Al, ik dénk na over mijn toekomst. Ik ben bloedserieus over mijn acteerwerk.' Dagmar pakt een garde en begint driftig de cacao op te kloppen, iets wat me mateloos stoort. Ik voel dat mijn hart sneller begint te kloppen.

'Kom op, jongen,' zegt Al grinnikend. 'Je snapt best wat ik bedoel. Het wordt tijd dat je iets normaals gaat doen. Een goede opleiding – bedrijfskunde bijvoorbeeld.'

'Bedrijfskunde?' zeg ik en ik spuug het woord uit alsof het een rotte druif is. 'Waar haal jij in 's hemelsnaam het idee vandaan dat ik *bedrijfskunde* zou willen studeren? Waarom denk je dat ik in de stad al die lessen gevolgd heb? Of in al die toneelstukken heb gespeeld? Acteren is geen hobby van me. Het is wat ik bén.'

'Ach, doe alsjeblieft niet zo dramatisch, ja,' zegt Al.

Ik draai me om naar Dagmar en zeg: 'Dagmar, jij bent een kunstenares. Jij begrijpt me toch wel? Leg hem uit hoe het zit.'

Dagmar kijkt niet op van haar cacao. Ze mompelt: 'Vat iek begraip is dat je moet doen vat je fater je opdraagt. Jai bent, hoe zeg iek dat, ain grote vis ien een klaine vaiver.' Ze vult voor Al een mok en brengt hem de cacao, alsof hij de kasteelheer zelve is.

'Ja! En daarom moet ik ook nog meer oefenen!' zeg ik, 'En Juilliard is de meest prestigieuze toneelschool van het land.'

'Flauwekul,' zegt Al, en hij wuift het idee met zijn hand weg. 'Hoe vaak moet ik je nog vertellen dat het bij acteren gaat om wie je kent? De meeste rotzooi die je op tv ziet, kan ík zelfs nog spelen.'

Dagmar trekt rubberen handschoenen aan om te gaan afwassen. 'Maar ík wil geen rotzooi op tv spelen,' zeg ik, terwijl ze de kraan wijd opendraait. 'Ik wil hard oefenen om een karakteracteur te worden.' Het is om gek van te worden dat iemand die zo slecht geïnformeerd als Al hier over mijn artistieke toekomst mag beslissen.

'O, ik snap het al,' zegt Al, 'en hoeveel gaat het kosten om te studeren voor *karakteracteur*?' Hij spreekt het woord uit met even grote minachting als waarmee ik 'bedrijfskunde' heb uitgesproken.

'Het collegegeld is tienduizend dollar per jaar.'

Al snuift. 'Dus verwacht je van mij dat ik veertigduizend dollar van mijn zuurverdiende geld ophoest, zodat jij een beetje toneel kunt gaan spelen in een of andere omhooggevallen dramaschool die je gaat opleiden tot helemaal *niets*?'

Waarom doet hij alsof dit allemaal nieuw voor hem is? Ik roep al jaren dat ik naar de toneelschool wil. 'Maar dit is mijn droom, pa,' zeg ik.

Al zucht, alsof hij meer dan genoeg heeft van mijn geklets. 'Luister goed, jochie, als jij achter een of ander luchtkasteel aan wilt jagen, doe dan vooral je best, maar verwacht alleen niet van mij dat ik het ga betalen.'

'Maar... maar jij en mam hebben toch altijd gezegd: "Wees wie je wilt zijn, als het jou maar gelukkig maakt. Als je een vuilnisman wilt zijn, wees dan een vuilnisman, maar dan wel de béste vuilnisman die er is"? Weet je dat nog?'

'Ach, dat heb ík nooit gezegd,' zegt Al. 'Misschien heeft je gestoorde moeder iets dergelijks gezegd, maar ik niet.'

Dat is gelogen!

'Maar je stond erbij,' huil ik. 'Ik weet het zeker.' Er trekt een waas voor mijn ogen. De kamer wordt mistig. Ik pak het aanrecht beet om niet om te vallen. 'En hoe moet ik mijn collegegeld dan zelf gaan betalen? Ik heb toch niets?' De muren komen op me af.

'Hoor eens, jochie, ik ga niet betalen voor jouw acteerschooltje, punt uit. Als je een echte opleiding wilt gaan volgen, dan ga je maar bedrijfskunde doen en anders kun je het vergeten.'

Als stem klinkt ver weg, alsof ik onder water sta. Dus zo voelt de verdrinkingsdood. 'Als ik een graad moet gaan halen in bedrijfskunde,' hoor ik mezelf zeggen, 'kan ik net zo goed meteen verschrompelen en afsterven. Hoor je me? Verschrompelen en afsterven. Ik ga dóód!'

'Und jetzt ies het genoeg!' gilt Dagmar. Ze rukt haar handschoenen uit en smijt ze op het aanrecht. 'Je fater ies je helemaal niets skoeldig. Hoor je mai? Niets! Jái bent hem skoeldig voor zain gedoeld met jou, terwijl jai al die jaren met jouw onzien bezieg bent keweest!'

'Luister eens, schatje,' zegt Al.

'Nein, iek kan hier niet meer tegen.' Ze beent naar me toe en schudt een knokige vinger pal voor mijn gezicht. 'Jai en jouw zoester zain gewoon lelijke verpeste bastaardkienderen...'

'Dagmar...'

'... die niets wat deze man voor joelie doet weten te waarderen, terwijl hai joellie helemaal allein opvoedt, omdat joelie kestoorde mutter joelie verlaten heeft!'

Mijn bloeddruk vliegt omhoog. 'Wáág het niet nog íéts over mijn moeder te zeggen!'

Dagmars ogen puilen uit en haar mond is akelig vertrokken. 'Jetzt weet iek vaarom jouw muter jou niet meer vielde!' krijst ze.

Een golf van woede slaat door me heen en ik wil de grote keukentafel om- 69 vergooien, zoals dat ook wel in films gebeurt, of beter nog: een bord stuk- slaan op die vieze allergische rotkop van haar. In plaats daarvan sla ik zo hard als ik kan met mijn vuist op het aanrecht.

En dat doet heel, heel erg zeer.

Dagmar deinst achteruit alsof ik haar geslagen heb. Ik draai me om en stamp zo hard ik kan de keuken uit. Mijn hand klopt en bonkt, mijn polsslag dendert door mijn hoofd en de woede trekt zo hard door me heen dat ik op mijn benen sta te trillen. Ik grijp naar mijn schoenen, gooi de voordeur open en smijt hem keihard achter me dicht. Dan schreeuw ik het uit, zo hard als ik kan. Het echoot door de buurt.

Aan de overkant van de straat stapt Nathie net de voordeur uit. 'Wat is er?' roept hij.

'INSTAPPEN! NU!' gil ik, alsof we vluchtelingen zijn en de grensovergang moeten halen voor hij dichtgaat. Nathie rent zijn grasveldje over en springt in MoM. We scheuren weg, de donkere nacht in.

elf

Ik ben zo opgewonden en paniekerig tijdens de repetities dat ik na steeds even naar buiten moet, een blokje om moet lopen, om kalm te blijven. De volgende vraag maalt steeds maar door mijn hoofd: wat moet ik doen? Wat moet ik doen? Godzijdank houdt Kelly de boel draaiende. Na de repetities gaan we naar haar huis, een plek waar ik me altijd beter voel.

Kelly woont in een gezellige Tudor-cottage in Wallingford Heights, dat aan een groot bos grenst. Het huis heeft een sprookjesachtige uitstraling en je verwacht eigenlijk dat er een vriendelijke houthakker met zijn vrouw en kinderen woont. In geen geval een gescheiden, aan de drank verslaafde therapeute met haar dochter.

Als we uit de auto stappen wijst Kelly naar de hemel. 'Kijk,' zegt ze, 'oogst-maan.'

Nathie en ik draaien ons om en daar hangt, als een reusachtige pompoen, een feloranje maan.

Ik sta achter Kelly en sla mijn armen om haar heen zoals je dat doet in musicals als je een duet zingt terwijl je allebei naar het publiek blijft kijken. Mijn handen glijden omhoog en pakken voorzichtig haar borsten beet. De avondlucht is koel en ik voel haar tepels hard worden in het balletpakje.

Het is een troostrijk gevoel.

We doen de voordeur behoedzaam open, zodat dat we de manische katten die de voordeur bewaken niet opschrikken. Vervolgens gooien we onze jassen gewoon maar ergens neer, want zo'n soort huis is het.

Kelly's moeder is niet iemand die zich druk maakt over de schadelijke effecten van dode huidcellen in haar vloerbedekking. 'Ach,' zegt ze op haar nononsense, New England-manier, 'het zou me niets verbazen als er ergens een lijk onder mijn vloerbedekking ligt.' Haar huis is net zo opgeruimd als de gemiddelde familiezolder en is een populaire hangplek voor slordige tieners. Voor je ergens gaat zitten, moet je eerst altijd een stapeltje ongelezen *New Yorkers* verwijderen, of wat rondslingerende breinaalden of een paar wijnglazen. En soms een vergeten kerstversiering. De afstandsbediening van de tv is een verhaal apart: die heeft de irritante gewoonte om altijd precies op de plek te liggen waar je wilt gaan zitten, maar mysterieus te verdwijnen als je wilt zappen. Elk beschikbaar horizontaal oppervlak – tafels, stoelen, vensterbanken, de piano en niet te vergeten elke traptrede, zowel naar boven als naar de kelder – wordt benut als opslagplaats. Het hele huis is één grote, open kast. 'Een opgeruimd huis is een symbool van een slecht ingericht leven,' beweert Kathleen.

Waar je ook kijkt, alle muren zijn bedekt met scheefhangende foto's die het leven van Kelly en haar studerende broer en zus, Brad en Bridget, vertellen. Kathleen adoreert haar kinderen zo dat ze extra fotootjes in de hoeken van bijna alle fotolijstjes heeft gestoken.

Alles in dit huis straalt liefde uit.

Kathleen staat als we binnenkomen aan het aanrecht selderij in geitenkaas te duwen met een Bartles-and-Jaymes-wittewijnspritzer in haar hand. Haar balletpakje en maillot zijn vochtig, dus heeft ze net getraind op haar Jane Fonda-video, oftewel 'Breek een been met Jane', zoals ze het noemt. Daarom heeft ze nu ook harde tepels – best een beetje gênant als je bedenkt dat ze de moeder van mijn vriendinnetje is. Op haar drieënveertigste ziet Kathleen er niet wezenlijk anders uit dan op het oude zwart-wit bruidsportret dat in de huiskamer aan de muur hangt. Ze kan die foto tot diep in de nacht analyseren. 'Zie je dat preutse glimlachje?' zegt ze dan, met het air van een schooljuf in een museum. 'Let op die handen, discreet voor de schoot gevouwen, let op de prachtige witte jurk. Ik was Miss Kuisheidsgordel 1961.'

Kathleen.

Ik vertel haar hoe zwaar de stenen en brandende pijlen van mijn afgrijselijke lot me hebben getroffen en ze luistert oplettend, haar wenkbrauwen gefronst in therapeutische concentratie. Af en toe vraagt ze iets, voor de duidelijkheid, maar verder knikt ze alleen met haar blonde hoofd en maakt bevestigende mm-mm- en eh-heh-geluidjes. Als mijn verdriet weer bovenkomt terwijl ik vertel, reikt ze over de tafel om mijn hand te pakken en staan er tranen in haar ogen. Alsof ze voor mij huilt, omdat ik dat zelf niet kan.

'Wat moet ik nou doen?' besluit ik.

Kathleen slaat haar spritzer achterover en bonjourt Kelly en Nathie de kamer uit. Ze wil even alleen met me praten. Terwijl zij schouderophalend de kamer uit lopen, schenkt Kathleen voor ons allebei een spritzer in. 'Kijk eens,' mummelt ze zachtjes op een breekbare Katharine Hepburn-manier. 'Je ziet eruit alsof je er wel eentje kunt gebruiken.' Er zijn ongetwijfeld mensen die op therapeutische basis alcohol schenken aan minderjarigen op z'n minst dubieus vinden, maar wat mij betreft is Kathleen mijn soort therapeute.

Ze hangt achterover in haar stoel, het licht van de glas-in-loodlamp werpt schaduwen op haar hoge adellijke jukbeenderen en ze kijkt me lange tijd aan met Kelly's ogen. Of misschien moet ik zeggen: met Kelly's rechteroog, het blauwige. Ze zucht en zegt: 'Edward, kan ik je vertrouwen?'

'Natuurlijk,' zeg ik.

'Dit mag je echt aan niemand vertellen, zeker niet aan Kelly. Begrijpen we elkaar?'

'Ja, Kathleen.' Een van de allercoolste dingen aan Kathleen is dat ze ons als volwassenen behandelt.

'Weet je wat Kelly's vader me heeft gegeven voor ons twintigjarig huwelijk?'

Natuurlijk weet ik dat niet. Wat heeft dit te maken met hoe ik mijn toneelopleiding moet gaan betalen?

Kathleen verwacht geen antwoord. 'Hij gaf me een cruise naar de Cariben,' zegt ze, 'en herpes.'

Ik kijk haar aan en weet niet wat ik moet zeggen. Ik heb er nooit bij stilgestaan dat mensen van middelbare leeftijd herpes kunnen krijgen, zeker niet mensen met een streng katholieke opvoeding. Ze staart me aan en knikt, haar lippen samengeperst.

'En niet eens de goedaardige variant,' zegt ze. 'Nee, de variant waar je de rest van je leven mee rondloopt.' Ze neemt een flinke slok van haar Bartles-and-Jaymes. 'Ik vertel je dit zodat je een beetje begrijpt wat er met mannen gebeurt als ze de middelbare leeftijd bereiken.' Vervolgens vertelt ze me haar theorie over de Mannelijke Menopauze. Kathleen heeft over bijna alles een theorie. Deze gaat ervan uit dat, omdat het babymaakmechanisme van een mannenlichaam er niet, zoals bij vrouwen, mee uitscheidt, mannen van middelbare leeftijd die zich via hun vrouw met hun sterfelijkheid geconfronteerd zien, een verhoogde biologische noodzaak voelen om de soort alsnog in stand te gaan houden. En dus vreemd gaan met jongere, vruchtbare vrouwen.

'Maar dat is niet omdat ze meer kinderen willen, al gebeurt dat ook wel,' legt Kathleen uit terwijl ze zich nog een spritzer inschenkt. 'Eigenlijk is hun nieuwe, jongere vrouw een soort van dochter, eentje waar ze nog mee naar bed kunnen gaan ook.'

'Dagmar is niet jong,' zeg ik. 'Ze is van jouw leeftijd.'

Dat kwam er niet zo uit als ik bedoelde.

'Doet er niet toe,' zegt Kathleen en ze draait haar glas rond. 'Ze is een kind, omdat ze hem nodig heeft om haar te onderhouden.' Kathleen is een vrouw die haar theorieën niet laat verzieken door zulke inconsequente dingen als feiten.

'Maar wat moet ik nu doen?' vraag ik. Oké, ik zeur misschien een beetje, maar daar heb ik eigenlijk best wel recht op, vind ik. Dagmar heeft me tenslotte het gras behoorlijk voor de voeten weggemaaid, of moet ik zeggen: de vloerbedekking?

Ze staat op. 'Nu moet je je vader gaan bewijzen dat je een man bent geworden,' zegt ze. 'De tijd dat je je kinderlijk en afhankelijk opstelde is voorbij. Laat hem zien dat je zijn hulp niet meer nodig hebt, dat je heel goed in staat bent om je eigen collegegeld te betalen.'

'Maar ik ben helemáál niet heel goed in staat om mijn eigen collegegeld te betalen!'

Kathleen buigt zich over de tafel, het licht van de glas-in-loodlamp beschijnt haar gladde, sproetige gezicht. 'Edward, dit wil ik nóóit meer van je horen, begrijpen we elkaar? Je bent *heel* goed in staat om je eigen collegegeld te betalen, en dat ga je doen ook. Je zult wel moeten.' Ze schuift een stoel aan en neemt mijn handen in de hare. 'Hoor eens, lieverd, ik weet dat het er niet goed uitziet en dat je je verraden voelt en doodsbenauwd bent. Maar de enige manier om uit deze situatie te komen is *erdoorheen* te gaan.' Met een vinger streelt ze zachtjes over mijn gezicht. 'Tussen nu en straks gaat er van alles gebeuren, maar één ding weet ik zeker: jij hebt een kracht in je waar je je nog niet eens van bewust bent en je zult ooit versteld staan over wat je allemaal hebt gedaan. Ik geloof in jou, niet alleen in je talent, maar in de persoon Edward Zanni. Er is zoveel meer aan de hand dan je beseft. Echt waar, dat garandeer ik je.'

Er zijn momenten in je leven waarop je jezelf alleen maar via de ogen van iemand anders kunt zien, waarop de enige reden om te geloven dat je ooit iets zult bereiken is dat iemand anders het ziet. Dit is een van die momenten.

'Tja, ik moet nu echt deze zweetkleren uittrekken,' zegt ze. 'We hebben het er nog wel eens over, oké?'

Ze staat op en loopt weg. Bij de deur draait ze zich om en kijkt me aan. 'Onthoud wat ik gezegd heb, Edward. En vergeet nooit dat ik aan jouw kant sta.'

Kathleen.

Ik wil Kathleens glas in de gootsteen zetten, maar laat het bijna vallen als ik achter me iemand hoor zeggen: 'Jezus, herpes. Getver.'

Ik draai me om. 'Nathie? Heb je dan nérgens respect voor?'

'Niet echt, nee,' zegt hij, 'en dat is maar goed ook, want je hebt mijn hulp blijkbaar hard nodig.'

Kelly loopt de kamer weer in en geeft me een knuffel. 'Gaat het, liefje?' vraagt ze.

'Leid hem niet af,' zegt Nathie. 'We moeten aan het werk. Ik heb al een beknopt plan van aanpak gemaakt.' Hij schuift een kladblokblaadje over de keukentafel naar me toe. 'Bekijk dit eens.'

Er staat:

Hoe gaat Edward zijn collegegeld betalen?

Werk
Studiebeurzen
Diefstal
Moord

'Moord?' zeg ik. 'Is dat een reële optie?'

'Rustig, rustig. Ik sluit nog even geen enkele mogelijkheid uit.' Hij zet zijn bril op. 'We beginnen met nummer één: werk.'

Van het woord alleen al raak ik gespannen. 'Het is niet eerlijk dat iemand met mijn talent moet werken,' zeg ik.

'Je werkt toch al?' zegt Kelly. 'We worden toch betaald voor de choreografie van *Anything Goes*?'

'Dat is waar ook.'

'Fantastisch,' zegt Nathie en hij tikt met zijn pen op tafel. 'Hoeveel krijgen jullie?'

'Vijfhonderd dollar.'

Nathie schrijft achter Werk: 500 dollar.

'Nee, nee!' roep ik. 'Dat is voor ons allebei.'

Nathie krast de 500 door en maakt er 250 van. 'Misschien kan ik beter een potlood pakken,' zegt hij. Hij haalt er een uit zijn zaketui en schrijft met het puntje van zijn tong uit zijn mond '250 dollar' op. 'Oké, *Anything Goes* dus,' zegt hij, 'dat zijn de doordeweekse avonden.'

'En na schooltijd hebben we altijd repetitie,' zegt Kelly.

Nathie vertrekt zijn deeggezicht. 'Zo hou je niet veel tijd over voor een baantje, Edward.'

'Allebei de shows worden met Thanksgiving opgevoerd,' zeg ik. 'Daarna zou ik een vakantiebaantje kunnen nemen.'

'Goed plan,' zegt Kelly glimlachend. 'Kun je cadeautjes inpakken of, eh... gratis monsters uitdelen in de supermarkt. Daar ben je vast goed in.'

'Prima. Wat verdien ik daarmee?'

'Laten we even zeggen dat je een supermarktbaantje neemt voor de rest van het jaar,' zegt Nathie, 'voor... laten we zeggen twintig uur per week...'

'Twintig uur? Moet ik echt zóveel werken?'

'Hoe duur is Juilliard eigenlijk?' zegt Nathie.

'Tienduizend dollar per jaar.'

Hij kijkt me aan met een blik van: dat lijkt me dan duidelijk.

'Oké, ik snap wat je bedoelt,' zeg ik. 'Hoe ver kom ik met twintig uur in de week?'

'Twintig uur per week van december tot juni, is... even rekenen... zeven maanden, oftewel achtentwintig weken. Achtentwintigmaal twintig uur per week is 560 uur, het minimumjeugdloon is drie dollar vijfendertig per uur, dus dat wordt 1876 dollar.'

'Is dat álles?'

'Ho, ho, ik ben nog niet klaar,' zegt Nathie. 'Als je de hele vakantie fulltime zou werken, en de komende zomer ook, komt er waarschijnlijk zo'n 1500 dollar bij, en dat brengt het totaal dan op 3376 dollar.'

'Plus de tweehonderdvijftig van *Anything Goes*,' zegt Kelly.

'Ach ja, 3626 dollar. Dat is al meer dan eenderde!' Nathie kijkt op en schenkt zijn veel-lip-en-weinig-tand-glimlach. Hij heeft heel kleine tandjes, net een rij Tic-Tacjes, en daar schaamt hij zich voor, dus heeft hij zichzelf deze glimlach aangeleerd. Hij tuurt naar zijn lijstje. 'Nummertje twee: Studiebeurzen.'

Mijn hoofd zakt op mijn borst. 'Daar verdient Al te veel voor. Ik kom niet in aanmerking voor een beurs.'

'Niet zo negatief,' zegt Nathie. 'Je krijgt vast en zeker een paar beurzen op basis van je talent. Ik neem aan dat duizend dollar een voorzichtige schatting is. Dan hebben we 4626 dollar en zijn we al bijna halverwege. Zie je wel hoe makkelijk dit is?'

'Gesteld dat ik geen cent uitgeef tussen nu en...'

'Nummertje drie: Diefstal.'

'Je wilt toch niet serieus dat ik het dievenpad op ga, of wel?'

Nathie zet zijn bril af en staart naar het plafond alsof hij de kosmische implicaties van stelen overdenkt. 'Diefstal is eigenlijk een koud, akelig woord, vind je ook niet?' zegt hij. 'Misschien moet je het zien als geld lenen, zonder de bedoeling het terug te betalen. Denk aan verduistering.'

'Is dat soms minder erg dan diefstal?' vraagt Kelly.

'Het is beter,' zegt Nathie en zijn kraaloogjes glimmen. 'Verduistering is geld stelen van een bedrijf. Een misdaad zonder slachtoffers. Net als fraude. O, fraude is fijn...'

'En met wat voor soort fraude precies zou ik me dan moeten bezighouden?' vraag ik.

'O, dat weet ik niet – rekeningen sturen naar oude mensen voor spullen die ze nooit gekocht hebben...'

'Dat is niet echt aardig hoor,' zegt Kelly.

'Hé! Ik ben gewoon wat aan het brainstormen, ja!' valt Nathie uit. 'Je kunt toch ook een instelling belazeren, een school, of een universiteit? Als je bedenkt hoeveel universiteiten onderzoek doen dat Reagans ruimteschild mogelijk moet maken, dan wordt fraude ineens een daad van burgerlijke ongehoorzaamheid in plaats van een overtreding van de wet.'

'Ik denk niet dat Juilliard onderzoek doet naar ruimteschilden.'

'Daar zit wat in. Laten we het dan maar houden op verduistering. Heeft Al misschien bankrekeningen waarvan je onopvallend bedragen kan overhevelen?'

'Grapje zeker? Al weet precies waar elke cent zit die hij ooit verdiend heeft.'

'Er móét gewoon een manier voor je zijn om dat geld bij elkaar te krijgen,' zegt Nathie. Hij staat op en ijsbeert door de kamer, terwijl hij tegen zijn voorhoofd tikt, zoals Winnie de Poeh doet als hij diep nadenkt. 'Ah! Wat vind je van afpersing? Afpersing is een fantastische bron van regelmatige inkomsten.'

Iets in de manier waarop hij het zegt geeft me een akelig voorgevoel. Spreekt hij uit ervaring?

'Kijk me niet zo aan,' zegt hij, 'schrijf het er nou gewoon maar bij.'

Kelly pakt zijn potlood en noteert 'Afpersing', met een smiley boven de i.

'Afpersing is een volkomen bonafide uitwisseling van geld voor diensten,' vindt Nathie, 'in dit geval Als geld voor ons zwijgen. Het is kapitalisme in zijn puurste vorm; afpersing veroordelen is on-Amerikaans. Denk goed na, Edward: zijn er sappige misstappen in je vaders leven?'

Afgezien van de manier waarop hij voordringt bij de bakker door te doen alsof zijn nummer wordt omgeroepen als niemand reageert? 'Nee,' zeg ik, 'niet echt.'

'Weet je wat? Waarom bel je je moeder niet om te vragen of zij iets weet?' zegt Nathie.

Kelly werpt blikken als dolken en ik zie dat hij meteen begrijpt dat hij niet over mijn moeder had moeten beginnen. Het noemen van haar naam maakt me diep droevig. Ja, mam kan me waarschijnlijk wel het een en ander vertellen. Maar ik heb geen idee waar ze is. Ik heb haar nog zo op het hart gedrukt om niet naar Zuid-Amerika te gaan. Ik heb haar gewaarschuwd dat het daar vol nazi's en drugsbaronnen zit. Maar nee hoor, ze moest zo nodig de Machu Picchu beklimmen om er in contact te komen met haar vorige levens. Ik schuif mijn stoel naar achter en loop naar de koelkast.

'Al vermoorden begint een steeds beter plan te lijken,' mompel ik.

Kathleen komt terug, haar sproetige gezicht helemaal glimmend gescrubd, haar blonde haar donker van het water.

'Dan moeten we ook maar meteen bedenken hoe we Dagmar gaan omleggen,' zegt Nathie, 'voor het geval hij zijn testament heeft veranderd.'

Kathleen zet een ketel water op.

'Zo moeilijk hoeft dat niet te zijn,' zeg ik. 'Mijn zus vindt wel iets in de apotheek om ze te vergiftigen.'

Nathie krabt in zijn kroeshaar. 'En dan hoeven we alleen nog maar het huis in de fik te steken, zodat het lijkt alsof ze in de vlammen zijn omgekomen.' Ik fantaseer over nieuwe hardhouten vloeren die kromtrekken van de hitte en Dagmars foto's die opkrullen aan de muren en zwart worden. Ik glimlach en denk aan haar levenloze lichaam dat wegsmelt, als dat van de Boze Heks uit het Westen. Ik denk aan het verlies van mijn eigen vader. Op dit moment mag hij me dan dood meer waard zijn dan levend, hij is en blijft toch mijn pa.

Ik kijk naar Kathleen. 'Qua moord zijn we er nog niet helemaal uit,' zeg ik.

Kathleen graait in een keukenkastje en haalt een mok met de tekst: HET LEVEN IS KORT. EET JE TOETJES EERST! te voorschijn. 'O, moordgedachten maken me niet bang,' prevelt ze. 'Het zijn de suïcidalen waar ik me zorgen om maak.' Ze glimlacht, tikt me op de wang en ik voel me plotseling een stuk beter.

Misschien heeft ze gelijk en ben ik echt in staat tot dingen waarvan ik nog nooit heb durven dromen.

Ik kijk Nathie aan. 'En stel nu eens dat ik twee keer zo hard werk,' zeg ik. 'Stel dat ik veertig uur per week werk in plaats van twintig, of een baan vind die beter verdient; dan moet het toch lukken om die tienduizend dollar helemaal in mijn eentje bij elkaar te krijgen, of niet?'

'Niet ondenkbaar,' zegt Nathie.

Kathleen pakt een pot honing uit de kast.

'Dan ga ik dat doen,' zeg ik. 'Ik ga me aansluiten bij het proletariaat!'

Kelly knijpt me in mijn schouder. 'Goed zo, jochie,' zegt ze.

Ik knik en zeg: 'Hoe moeilijk kan een "echte baan" nou tenslotte helemaal zijn?'

twaalf

78 De volgende morgen word ik wakker met 'I Did it My Way' in mijn hoofd; ik ben er klaar voor om dit varkentje te wassen. Er hangt vorst in de lucht en de kou maakt dat ik me koel en doelgericht voel, zoals eerstejaars op dure scholen in New Hampshire zich moeten voelen. Zelfs de wetenschap dat ik zo meteen naar het noodzakelijk kwaad dat de wet mij voorschrijft, namelijk 'lichamelijke opvoeding', moet, kan mijn stemming niet bederven. Ik verheug me er zelfs op, voor het eerst in mijn schoolcarrière. De bovenbouwers op Wallingford High mogen namelijk zelf uitkiezen wat voor sport ze doen. Natuurlijk kiest iedereen de meest zinloze sporten – boogschieten of golf of badminton. Sporten die niemand echt kan en waar ook niemand in geïnteresseerd is.

Nadat ik me heb omgekleed in een passend oneerbiedige sportoutfit (tie-dye hippieshirt met bloemetjesbermuda, mijn stille protest) loop ik de gymzaal in op zoek naar juffrouw Esel, mijn gymlerares en aarts-Nemesis.

Teresa Esel ziet eruit als een filmster. Jammer genoeg voor haar is het Bela Lugosi. En omdat het lot of haar genetica haar zo bedonderd heeft, heeft deze menselijke vuilniswagen zich vast voorgenomen om zoveel mogelijk mensen zich net zo miserabel te laten voelen als zijzelf. Ze heeft maar één tragische tekortkoming: dat ze een achterlijke, vadsige zeug is.

Als ik naar binnen loop staat ze midden in de gymzaal geparkeerd.

'Ach kijk eens aan, Edward Zanni heeft besloten ons met zijn gezelschap te vereren,' sneert ze.

'Ik voel me al een stuk beter, dank u,' zeg ik. 'Wat zijn we aan het doen? Volksdansen?'

Dit is een steek onder de gordel. Esel en ik kunnen niet meer door één deur sinds de les waarin ik protesteerde tegen het feit dat jongens werden uitgesloten van volksdansen, op grond van de antidiscriminatiewet.

'Laat me eens kijken,' zegt ze en ze sabbelt op haar pen terwijl ze haar klembord raadpleegt. Ik zie dat haar harige bovenlip vruchteloos bewerkt is met waterstofperoxide. Het moet echt klote voelen als je zo lelijk bent.

'Je gaat football spelen en daarna basketbal.'

'Hè? Ik ging toch boogschieten en...'

'Je bent te laat met intekenen.'

'Ja, maar ik heb een briefje van de dokter!'

'Jammer dan. Had je je maar op tijd moeten inschrijven.'

Ik zie hoe mijn klasgenoten hun pijl en boog pakken en sloom op hun piepende gympen de zaal door lopen, lachend en babbelend op een sympathieke golfclubachtige manier. Een stel overactieve tweedeklassers vecht ondertussen om een bal en gooit die vervolgens zo hard mogelijk door de ruimte.

'Dit is niet eerlijk!' jammer ik.

'Pech, jochie,' zegt ze.

Het kwaad. Het kwaad. Het *kwaad*. Ik zou graag dwars door haar voortuin rijden, maar ze woont waarschijnlijk onder de grond.

Ik loop het buitenveld op en zie met het schaamrood op mijn kaken dat ik de enige bovenbouwer ben in een groep brugklassers met hersens zo groot als een erwt, het soort leerlingen dat gym *leuk* vindt. Waarschijnlijk omdat dat het enige vak is waar ze goed in zijn. Vanaf de overkant van het veld staren mijn klasgenoten naar me alsof ik een achterlijk misbaksel ben dat in een speciaal busje naar school gebracht wordt.

En het wordt nog erger: ik moet stoppen met *The Miracle Worker*. Ik ben nog nooit gestopt met een toneelstuk (waarom zou ik?), maar gelukkig heeft meneer Lucas begrip voor mijn totaal verklote situatie. 'Edward, op dit moment is het belangrijk,' zegt hij, 'dat je wordt aangenomen op Juilliard. Het zou me niet verbazen als je vader ook overstag gaat als het zover is.'

Zijn stem is zacht en oprecht, en ik voel me een dwaas, omdat mijn leven zo'n puinhoop is dat hij *aardig* tegen me moet doen. 'Vergeet *The Miracle Worker*,' zegt hij. 'Het stuk is volledig acteurbestendig. Zelfs al zou je Sylvester Stallone als Helen Keller casten, dan barst het publiek nog in tranen uit.' Nathie ziet eindelijk de mogelijkheid om een personage te spelen dat zijn puberteit voorbij is en overtuigt meneer Lucas ervan hem mijn rol te geven. Het maakt niet uit dat Nathie even lang is als het meisje dat zijn zes jaar oude dochter speelt; het maakt allemaal deel uit van het concept. 'Meneer Nudelmans miniatuurgestalte benadrukt dat de vader een kleinzielige, geestloze man is,' zeg meneer Lucas. Ik fluister naar Nathie dat hij aan Al Zanni moet denken.

Ik moet me gaan wijden aan de gehate letter F in de encyclopedie en proberen de ogenschijnlijk arbitraire regels van het football te onthouden. Dat ik pagina's tekst met een jambische pentameter kan onthouden helpt me hier niet. Ik krijg maar niet door wat een 'down' is. Dus vraag ik Doug of hij even langs wil komen om me een paar tips te geven. Met het vooruitzicht een footballbal door mijn achtertuin te gaan werpen met Doug voel ik me erg mannelijk en herfstachtig en ga ik zelfs een footballshirt kopen bij een sportwinkel om alvast in mijn rol te komen. Bovendien ben ik blij dat ik een paar dansbewegingen goed kan gebruiken bij deze sport.

'Wat vind je d'r van?' roep ik terwijl ik sierlijk omhoogspring om de bal te vangen.

'Als je het zo doet, ziet het eruit als flikkerfootball,' zegt hij.

Ik krimp instinctief in elkaar bij het horen van dit andere F-woord, maar Doug grinnikt alleen maar zijn satergrijns en even denk ik dat misschien alles toch wel goed komt met de wereld. Ik ren op hem af alsof ik een fullback ben die net de bal heeft bemachtigd (Zie je? Zie je hoeveel ik al weet?) en het lukt me hem tegen de grond te werken. Ik ga op zijn buik zitten en probeer zijn bovenlijf tegen de grond te drukken, maar hij is te sterk voor me en gooit me op mijn rug. Hij klimt boven op me, en dat is natuurlijk precies waar ik op gehoopt had.

'Overtreding!' schreeuw ik. 'Vijfmeterschot, vijfmeterschot!' Doug lacht. Het is heerlijk om Doug aan het lachen te maken.

We worden onderbroken door het geluid van de achterdeur die openklapt.

'Zo ies het kenoek!' roept Dagmar. 'Met zoelke herrie kan iek niet verken! Ka weg! Ka weg, jongens!'

Dagmars stiltefetisj knaagt aan mijn zenuwen. Ze beweert dat muziek haar irriteert en heeft me zelfs gevraagd te stoppen met neuriën, fluiten of zingen. In mijn eigen huis. Ze is de boosaardige tweelinghelft van Julie Andrews.

'We gingen al weg,' zeg ik, en ik doe net alsof ik de bal naar haar hoofd wil gooien. Stomme teef.

Ik stop met mijn danslessen in de stad, maar ga wel door met de choreografie van *Anything Goes*, omdat Kelly en ik ervoor betaald krijgen. Onze gebruikelijke aanpak is dat ik de mensen vertel waar ze moeten gaan staan en dat Kelly de stappen voordoet. Maar ik kan me zo slecht concentreren de laatste tijd dat ze bijna alles van me heeft overgenomen. Het is fijn om te zien dat ze echt goed is, veel inventiever en met veel meer gezag dan ik ooit achter haar gezocht had. De cast vindt haar geweldig. Ze is geduldig en begrijpend, zelfs als iemands tapschoen uit vliegt tijdens een nummer en haar hard in haar buik raakt. Ze zou het goed doen bij het dansprogramma van Bennington.

En ikzelf? Ik heb andere dingen om me druk over te maken.

Mijn eerste baan is hulpparkeerwacht bij het exclusieve, door maffiosi gerunde Italiaanse restaurant van Kramptown. Het is een makkelijk baantje en ik krijg geen onaardige fooien. Plus de mogelijkheid om in chique auto's te rijden, wat goed bij mijn zelfbeeld past. Tot ik per ongeluk de sleutels van iemands Jaguar in de auto laat liggen terwijl de motor draait. De eigenaar staat erop dat ik op staande voet word ontslagen. Ik vind eerlijk gezegd dat je, als je je een Jaguar kunt veroorloven, je ook best wat generositeit jegens je medemens kunt veroorloven. Maar goed.

Het is niet heel erg dat ik deze baan kwijtraak, want ik kan meteen aan de slag als bezorger voor de Bloemenboetiek, de plaatselijke bloemenzaak. Dit is een geweldige klus. Ten eerste bezorg je de hele dag bloemen bij mensen, en wat is daar nu niet prettig aan? Ten tweede: als je bloemen aflevert, is iedereen blij je te zien, tenzij je moet bezorgen bij bijvoorbeeld een begrafenis. Of per ongeluk achteruit in iemands BMW parkeert, en dat is precies wat ik doe op mijn derde en laatste werkdag.

Kathleen zeg dat ik onbewust mijn agressie jegens mijn vader uit door luxeauto's te vernielen, en alleen al om te bewijzen dat ze ongelijk heeft, zoek ik expres nog een bezorgbaantje, nu als pizzabezorger. Ook dit is een baan waarbij iedereen blij is je te zien. Ik bedoel, ik heb nog nooit iemand 'Shit, daar is de pizzajongen! Snel alle lampen uit! Misschien gaat hij dan weg' horen zeggen. En deze keer rijd ik een Honda Civic aan gort, dus daar gaat Kathleens theorie.

Ondertussen werken meneer Lucas en ik aan de volmaakte monoloog voor mijn auditie. We proberen Mercutio's sterfscène uit *Romeo and Julia*, voornamelijk als oefening om lichamelijke pijn in te voelen, omdat meneer Lucas zegt dat ik te veel de pias uithang.

'Nee! Nee! Nee!' buldert hij nog voor ik klaar ben. 'Mercutio heeft een vleeswond in zijn buik, meneer Zanni, geen halve maagzweer. Nog een keer, en gebruik dan uw gevoelsgeheugen, denk aan de echte wonden die u ooit hebt gehad.'

Omdat ik alle lichamelijke activiteiten waarbij je gewond zou kunnen raken altijd vermeden heb, concentreer ik me op de enige serieuze kwetsuur die ik ooit heb opgelopen: vader Nozems val van de kofferbak van Als Midlifecrisis. Ik wankel rond en kreun, terwijl ik mijn handen tegen mijn stuitje druk alsof Mercutio met een degen in zijn reet gestoken is. Ik weet dat het er vreemd uitziet, maar probeer het te compenseren door met een dramatisch, Charlton Heston-achtig, door-de-tanden-heen-pratend stemgeluid te praten.

'Dat was prima,' zegt meneer Lucas. 'Nu hoeft u alleen nog maar een klok te luiden en u bent Quasimodo.'

Exit Mercutio.

Ik ben zo brutaal om een van Hamlets monologen te willen proberen, die met *Oh, that this too too solid flesh would melt*, om precies te zijn. Ik weet het: het is de grootste rol in het complete theatrale werk, maar ik lijk op Hamlet; voor zover ik het kan beoordelen, is Hamlet ook een mokkende tiener met rotouders. Ik bedoel, hier heb ik een stuk waarin ik me echt kan verplaatsen.

Bij Hamlets moeder denk ik aan mijn Boze Stiefmonster. Ik probeer het uit voor meneer Lucas en ik moet zeggen dat ik behoorlijk trots ben op de manier waarop mijn stem breekt bij die tekst over het gebroken hart.

'Gefeliciteerd, Mr. Zanni,' zegt hij. 'U hebt de ham teruggebracht in *Hamlet*.'

Exit Hamlet.

Meneer Lucas stelt Edmund in *King Lear* voor, omdat ook hij nogal kwaad is op zijn vader. En woede lijkt zo ongeveer het enige te zijn wat ik de laatste tijd kan spelen. De monoloog wordt er monotoon van. Meneer Lucas geeft me allerlei aanwijzingen om andere emotionele kleuren te vinden. ('Doe alsof je op een bus staat te wachten', 'Doe alsof je zojuist de penicilline hebt uitgevonden' – dat soort adviezen). Maar om eerlijk te zijn: hoe harder ik eraan werk, hoe slechter het wordt. Ik weet dat ik een probleem heb als hij zijn bril afzet en in zijn ogen wrijft. 'Zo is het wel genoeg, Edward,' zegt hij. 'Je spel doet me pijn.'

Exit Edmund.

En de tijd tikt door...

Mijn volgende baantje is bordenrondbrenger in een steakrestaurant, al noem ik het zelf liever 'bedieningsassistent'. Maar als ik een bord vol sappige ribbetjes recht in de schoot van een onthutste mevrouw assisteer, ontdek ik dat ik alweer ander werk moet gaan zoeken. Het is niet eerlijk. Mensen reageren zo overdreven op de kleinste foutjes. Een vleeswondje bij een pekinees is al genoeg om je te laten ontslaan bij de hondentrimmer, ook al had je het haar er kunstig overheen geschikt, zodat je er niets meer van zag. En in de korte tijd dat ik krantenbezorger ben, worden er een paar klanten helemaal gestoord als ik een paar keer hun ochtendkrant 's avonds bezorg. Die mensen moeten gewoon wat meer slapen, dan zijn ze vast een stuk minder zeikerig.

Natuurlijk baal ik ervan dat ik al mijn baantjes kwijtraak, maar ik beschouw mijn ongeschiktheid voor het Werkend Bestaan als het zoveelste teken dat ik geschikter ben voor een Leven in de Kunsten.

In Huize Smetvrees kunnen Al en ik het ondertussen echt nergens meer over hebben. Als een van ons het onderwerp vervolgopleiding ter sprake brengt escaleert het gesprek meteen in een oorlog met gebalde vuisten, deuren slaan en schreeuwen zo hard als je kunt. Ik kan nauwelijks ademhalen als ik thuis ben. Ik voel me als Antigone: door een hardvochtige tiran veroordeeld om levend te worden bijgezet in een grafkamer met hardhouten vloeren.

God, ik mis mijn moeder.

Maar denken aan Antigone inspireert me tot het vinden van de juiste monoloog: Haemons toespraak aan zijn vader. Onbegrijpelijk dat ik er niet eerder aan heb gedacht. Ik lijk als twee druppels water op Haemon. We zijn alle-bei gevoelige, onbegrepen zielen, met een benepen despoot als vader. Hier is dan eindelijk een dramatische monoloog met pijn waar ik iets mee kan. Hij drukt alles uit wat ik wil zeggen en dus oefenen Al en ik hem luidruchtig door het huis heen, gewoon om Dagmar te stangen en misschien, heel mis-schien, om mijn vader te laten begrijpen wat ik wil. Mijn vader die steeds verder weg lijkt, als een gestalte op een verdwijnende kust.　　83

Vader, u moet niet denken dat slechts uw woord waar is en geen ander.

(Hoor je dat, Al, harteloze klootzak.)

Want als er een man is die denkt dat alleen hij wijs is in zijn woorden en da-den, hij boven allen – zo'n man is niets meer dan een lege grafkamer.

(Precies, en het zal je nog berouwen, als ik je niet bedank in mijn toespraak bij de oscaruitreiking.)

De wijze is niet beschaamd om zijn eigen onkunde te laten blijken; hij be-grijpt dat de ware kracht ligt in vrijheid van geest, niet in starheid.

(Hallo-o?)

Hebt u niet aanschouwd wat er gebeurt tijdens winterstormen? De bomen die aan waterstromen staan buigen mee en sparen hun takken, maar de stijve en starre sterven af, met wortel en tak? Of hoe de zeevaarder die zijn zeil altijd strak houdt en het nooit laat verslappen er uiteindelijk alleen maar in slaagt zijn boot te laten kapseizen?

(Dit zijn nou metaforen, snap je wel?)

Vader, ik ben misschien jong, maar het is uw plicht te luisteren naar de stem van de rede. Alstublieft, ik smeek het u, verhard uw hart niet en laat uw woede betijen.

(Alsjeblieft, alsjeblieft, alsjeblieft.)

Intussen gaat de misère die Lichamelijke Opvoeding heet onverminderd door. Op een gegeven moment breek ik tijdens het vlaggetjesvoetbal door met de bal. Ik maak de simpele fout de vlag te veroveren van iemand van mijn eigen team en word publiekelijk afgezeken door Darren O'Boyle, Duncans jongere broertje en overduidelijk een toekomstige vrouwenmishandelaar. Darren heeft dezelfde misselijke knaagdierenkop als zijn broer en je kunt meteen zien dat hij op een jat-je-lunchtrommel-tijdens-het-speelkwartier-manier gemeen is. Hij geniet al een maand met smakelijk sadisme van het laten zien hoe stoer hij is door een bovenbouwer systematisch te vernederen. Ik ben het echt spuugzat. En dan gaan we ook nog basketballen, weer een spel waar ik helemaal niets van begrijp, met de bijkomende vernedering van spelen met en zonder shirtje. Ik bespreek het probleem met Ziba tijdens onze lunch in haar favoriete restaurant, La Provençal. Totnogtoe heeft niemand van de conciërges of leraren gemerkt dat zij en ik altijd op hetzelfde tijdstip de school verlaten voor zogenaamde afspraken bij de dokter, en deze tijd besteden aan uitgebreide lunches.

'Waarom pak je niet gewoon de hamer om iets te breken?' oppert ze, terwijl ze haar waterglas gebruikt als vingerkommetje. 'Iets kleins dat je toch niet direct nodig hebt, een vinger of een teen bijvoorbeeld.'

'Ik weet het niet,' zeg ik. 'Ik weet niet of ik daar genoeg lef voor heb.'

'O, anders wil ik het wel voor je doen, darling,' zegt ze, alsof ze aanbiedt mijn kat te voeren.

'Wil je dat voor me doen?'

'Maar natuurlijk. Jij bent mijn oase in deze culturele woestijn. Nathan en jij zijn de enige echte heren op deze school. Voor de rest zie ik alleen maar door hormonen opgejaagde criminelen die het romantisch vinden om je een donkere kamer binnen te sleuren en je als een hond te beklimmen. Je vinger breken is wel het minste dat ik voor je kan doen.'

'Nou, eh... dank je wel?'

'Graag gedaan,' zegt ze glimlachend.

Voor ik mijn toevlucht neem tot automutilatie, wend ik me tot Nathie voor advies. Ondanks zijn vele irritante karaktereigenschappen kan Nathie in dit soort situaties zo betrouwbaar zijn als een Japanse auto, en tweemaal zo efficiënt. Zijn oplossing is typisch Nathie: even simpel als totaal gestoord.

'We breken gewoon 's nachts in bij ons op school en wijzigen de intekenlijst,' vindt hij.

'En hoe wilde je dat precies gaan doen?' vraag ik.

'Simpel. We krassen jouw naam door bij basketbal en zetten je op de lijst van een van de "laat maar"-sporten. Je kunt altijd nog tegen Esel zeggen dat een van je vrienden je al had opgegeven.'

'Nee,' zeg ik. 'Ik bedoel, hoe wil je bij ons op school gaan inbreken?'

Nathie rammelt met zijn sleutelbos, die hij, om zijn reputatie als volslagen kaaskop in stand te houden, aan zijn riem heeft hangen. 'Het bezit van de sleutels van deze school is gewoon een van de privileges en verantwoordelijkheden die ik als organisator van de podiumopbouw heb.'

Nathie.

'Dus eigenlijk,' zegt hij, 'is het niet eens echt inbreken; je zou het kunnen omschrijven als "naar binnen lopen na ontsluiting" en dat is geen strafbaar feit.'

'Maar zelfs áls ik mijn naam op die lijst zet, denk je dan echt dat Esel me 85 zal geloven als ik zeg dat iemand anders me al had ingeschreven?'

Nathie vertrekt zijn kleine deeggezicht. 'Kom ooooop,' zegt hij. 'Als Esel echt zo slim was, denk je dan dat ze hier *gymles* stond te geven?'

Het is misschien niet het beste idee dat hij ooit heeft gehad, maar we kunnen het proberen.

dertien

Oké, voor het geval je ooit je plaatselijke middelbare school gaat ontsluiten om er naar binnen te lopen, wil ik je even waarschuwen dat het niet zo simpel is als het klinkt. De grote deur openmaken en naar binnen lopen gaat dus niet. Om voor mij onduidelijke redenen geeft Nathies sleutel alleen maar toegang tot de kelderruimte, waar ook de verwarmingsketel staat. De ruimte lijkt op de set van een horrorfilm, vol met zwetende en met mos bedekte pijpen, onverklaarbaar gebonk en een klein, met kippengaas afgesloten gedeelte, verlicht door een kaal peertje, waar de maniakale seriemoordenaar meestal op de nietsvermoedende nachtwaker staat in te hakken. Vanaf het kippengaas kun je op je knieën een trap op kruipen, zodat je geen bewegingssensoren activeert. Vanwege het gemak waarmee de in de regel niet erg atletische Nathie deze taak volbrengt, denk ik dat hij dit vaker doet.

Als we eenmaal boven zijn, op de begane grond, kunnen we ons vrijer bewegen, al zijn we ons natuurlijk hyperbewust van de mogelijkheid om betrapt te worden. Doug is met ons mee (zonder hem zou het gewoon niet hetzelfde zijn) en we lopen gedrieën door de lege gangen. Het enige geluid is het piepen van mijn gymschoenen op de linoleumvloer. Waarom inbrekers in films altijd op gympen lopen snap ik niet; die dingen zijn niet erg effectief. Ze zouden ze piepers moeten noemen. En om het nog erger te maken kraakt mijn linkerknie ook nog bij elke stap die ik zet. 'Jezus, Ed, je lijkt goddomme wel een eenmansorkest,' fluistert Doug.

Alles ziet er 's nachts vreemd uit: de klaslokalen, de gangen, de kantoren. Het is allemaal een beetje sinister en eng, alsof we onze school in een boosaardig parallel universum bezoeken. Ik ben me bewust van elke echo, elke lichtstraal, elke beweging.

Het is opwindend.

Nathie gaat Doug en mij voor naar de gymzaal en laat ons daar achter, terwijl hij naar de adminstratie gaat om wat strafformulieren te onderscheppen en wat valsheid in geschrifte te plegen voor zijn 'cliënten'. Zo te horen heeft hij een klein huisvlijtbedrijfje opgestart onder de rijken op school: blanke jeugdige drugsverslaafden die zich flinke geldsommen kunnen permitteren voor het opschonen van hun absentielijst.

'Ik ben hier weer om twee uur,' zegt hij. 'Ga nergens heen. Jullie weten niet waar de detectoren zitten.'

Doug en ik lopen via de meisjeskleedkamers naar Esels kantoortje. Terwijl we daar lopen, dringt het ineens tot me door dat gymleraren elke dag via een kleedkamer naar hun werk gaan. Toegegeven, het heeft iets sexy's, maar over het algemeen moet het goed klote zijn. Zeker voor mannen. Er zijn niet veel dingen die erger stinken dan de voeten van puberjongens.

De deur van het kantoortje van juffrouw Esel zit op slot.

'Wat nu?' vraagt Doug.

'Laten we maar even op Nathie wachten.'

Doug wandelt naar de kluisjes van de meisjes en probeert wat deurtjes open te trekken. 'Ik heb me altijd al afgevraagd hoe de meisjeskleedkamer er vanbinnen uitziet,' zegt hij.

Ik kijk om me heen. 'Niet heel erg anders dan die van de jongens, toch?'

'Nee, da's waar,' zegt hij.

We lopen de doucheruimte door en openen de deur naar het zwembad. De hal is vochtig en ruikt naar chloor en schimmel. Het water klotst eentonig in de filters.

Doug trekt zijn Groucho Marx-wenkbrauwen omhoog. 'Ga je mee zwemmen?' vraagt hij.

Het water is zwart en eng, en ongetwijfeld koud, maar de kans om Doug naakt te zien laat ik niet aan me voorbijgaan. Meestal moet ik er een hoop moeite voor doen – te vroeg bij zijn huis staan om hem misschien te betrappen terwijl hij onder de douche vandaan komt, of mezelf uitnodigen om te komen logeren, terwijl ik even het feit negeer dat ik van zijn vader, de verbitterde rondrijdende taartbezorger, acuut koude rillingen krijg. Doug schopt en trekt zijn kleren uit zoals kleine kinderen doen, alsof hij niet kan wachten om bloot te zijn. Maar de manier waarop hij zijn T-shirt uittrekt heeft iets sierlijks. Hij pakt het aan de onderkant vast en trekt het over zijn hoofd in plaats van het shirt, wat ik dus doe, bij de schouders te pakken en het over zijn hoofd te wurmen. Ik spreek met mezelf af om mijn T-shirt in het vervolg ook zo uit te trekken. Doug schrijdt langs me heen, de spierbundels van zijn afgetrainde benen zijn als een modeltekening in *Gray's Anatomy* en ik schaam me dat ik zo flubberig ben. Hij gaat naakt op de rand van het zwembad staan, rolt met zijn cobra-achtige rugspieren en laat zijn rug kraken, waarna hij een volmaakte snoekduik maakt, recht het zilverzwarte water in. Ik klim half het trapje af en kijk hoe hij als een dolfijn ronddartelt. Zijn billen komen zo nu en dan boven water. Hij zwemt naar me toe.

'Kom je nog?'

Ik zit in dat stadium tussen erin willen en bang zijn voor de definitieve duik. Dus ik hang ik daar, klappertandend en rillend als een idioot. 'Het is echt heel koud,' zeg ik met bibberende onderkaak.

'Watje,' zegt hij en hij grijpt me bij mijn pols. Hij trekt me met een ruk het water in. Het enige wat ik hoor is de plons. Het water glijdt langs mijn lichaam en ik voel me behoorlijk gedesoriënteerd. Ik zwem naar de oppervlakte en zoek Doug, maar ik zie hem niet. In schoolslag zwem ik naar het midden van het bad, ik weet niet goed wat ik nu moet doen. Het is best eng, midden in de nacht in dit zilverzwarte water zwemmen; ik verwacht elk moment het melodietje van *Jaws* te horen.

Op dat moment pakt Doug me bij mijn voet en trekt me onder water.

We worstelen, we laten allebei de ander niet bovenkomen om adem te halen. Overal waar ik Doug aanraak voelt zijn lichaam gespierd aan en ook al stik ik bijna, ik ben er jaloers op. Het moet geweldig zijn om door het leven te gaan met zo'n ferm, solide lijf. Alsof je een stevig fundament hebt. Als we het allebei niet meer houden, zwemmen we naar de oppervlakte.

'Erg leuk,' hijg ik.

Doug glimlacht een wolfachtige glimlach. Ik voel zijn benen tegen de mijne aan schuren terwijl we watertrappelen. Hij ziet er knap uit zo, met zijn natte haar uit zijn gezicht, als een filmster uit de jaren veertig. Iets in me dwingt me bijna me naar hem toe te buigen en hem op zijn mooie lippen te kussen. Ik bijt op mijn lip.

'Is er iets?' vraagt hij.

'Nee niets. Hoezo?'

'Je kijkt me zo vreemd aan.'

'Dat komt doordat je er vreemd uitziet,' zeg ik en ik sla op het water. Hij schiet omhoog en duwt me onder. En weer suist het water me in de oren. Ik grijp naar zijn benen en beland met mijn hoofd tegen zijn kruis. En plotseling zit Doug op mijn schouder, zijn pik tegen mijn nek gedrukt, de spieren achter op zijn heupen trekken strak onder mijn hand. Ik moet hem van me af duwen om op adem te komen en als ik dat doe is Doug ineens achter me. Hij steekt zijn hand tussen mijn benen en trekt aan mijn pik.

Ik gil als een klein meisje, het geluid weerkaatst door het zwembad. Doug zwemt op zijn rug van me weg.

'Herniacontrole,' zegt hij met een knipoog.

Zo droom ik mijn fantasieën over een mannelijke minnaar: ruw en speels en grijpgraag – ik geniet van de pure mannelijkheid van ons spel. Ik volg Doug naar het ondiepe, waar we handstandjes maken en wedstrijdjes adem inhouden doen tot het bijna twee uur is.

We hebben geen handdoeken, dus gaan we op de tegels zitten om op te drogen. Doug ligt achterover met zijn hoofd op zijn armen en zijn ogen gesloten. Ik staar naar zijn slanke, gebeeldhouwde lichaam, dat me aan Jezus aan het kruis doet denken. (Ligt het nou aan mij, of is het vreemd dat de

Kerk beeltenissen van onze gekruisigde Heer heeft hangen die hem meer als een triatleet uitbeelden dan als martelaar?)

'Ed? Mag ik je iets vragen?'

Ik kijk omhoog en zie dat Doug zijn ogen open heeft. Betrapt.

'Tuurlijk,' zeg ik.

'Beloof je me dat je het niet verkeerd opvat?'

'Tuurlijk niet,' zeg ik.

89

Ik voel dat mijn hart een slag overslaat. Jammer genoeg schiet mijn bloed naar mijn kruis.

Doug komt overeind en steunt op zijn ellebogen. 'Ben jij homo?'

veertien

90   Hij doet er niet moeilijk over; hij maakt er geen enkel, echt geen enkel probleem van. Hij herinnert me aan zijn homovriendelijke achtergrond (de
alomtegenwoordige homoseksuele Duitse atletische oom). Hij lijkt mijn bi-
seksualiteit zelfs te bewonderen, alsof het een avontuurlijke seksuele bandiet
van me maakt. Sletje the Kid.

'Maar ik hoop dat je begrijpt dat ikzelf niet zo ben,' zegt hij. 'Er is helemaal
niets mis mee, natuurlijk, maar ik ben gewoon hartstikke hetero, begrijp je?'

Me dunkt dat zijn protest te luidruchtig klinkt. Nu moet ik alleen nog een
manier vinden om zijn weerstand te breken zonder mijn toevlucht te nemen
tot een klap op het hoofd met een zwaar voorwerp.

Het lukt Nathie niet om Esels kantoortje binnen te komen, en hij biedt
aan mijn vinger voor me te breken. Ik bedank hem vriendelijk en besluit
mijn aandacht weer op het collegegeldprobleem te gaan richten.

Ik heb geluk: meneer Lucas wil mijn zaak bij Al bepleiten. Alleen al van de
gedachte aan hun ontmoeting (ook verschenen onder de titel *Botsende We-
relden*) krijg ik pijn in mijn borstkas, alsof iemand mijn hart fijnknijpt en
niet los wil laten.

Om mijn identiteit als kunstenaar te benadrukken wil ik voor de gelegenheid een mintgroene harembroek en een judovest aantrekken, maar Kathleen zegt dat ik me beter behoudend kan kleden (normaal noemt ze dat) en
dus trek ik een beige broek aan met een net shirt erop, dat ik zelfs in mijn
broek stop. Ik doe ook nog zo'n afschuwelijke kakkersriem om, die eruitziet
alsof iemand hem zelf geknoopt heeft. Met mijn Hall and Oates-kapsel erboven zie ik eruit als een lesbische golfer.

Omdat ik even zonder werk zit (je pleegt een paar persoonlijke telefoontjes tijdens telemarketing – en hup: je mag vertrekken), glip ik door de achterdeur de aula binnen en kijk naar de eerste doorloop van scène 1 van *The
Miracle Worker*. Het is de eerste keer dat ik naar de show kijk sinds ik ermee
gestopt ben. Op het moment dat Kelly opkomt, vergeet ik spontaan al mijn
zorgen. Haar optreden als Annie Sullivan is een openbaring voor me. Ten
eerste speelt ze volledig geloofwaardig, tot aan het Ierse accent en de slechte
ogen van haar personage toe. Ik vergeet dat ik naar Kelly kijk, zo word ik
door haar optreden meegesleept. Ik had geen idee dat ze zo goed was. Ze is
echt, zo ontzettend echt, dat ik bijna moet huilen (aangenomen dat ik zoiets

zou kunnen, natuurlijk), deels omdat ik zo trots op haar ben en deels omdat ik zélf zo graag daar op het podium had willen staan om zo ontzettend echt te spelen.

Als aan het einde van de repetitie de lampen weer aangaan, zie ik Doug tegen de muur naast de ingang leunen. Zijn springerige haar is nat van de douche na het sporten en er zitten natte plekken op zijn T-shirt alsof hij zich te haastig heeft afgedroogd om hier op tijd te zijn. Hij gooit zijn sporttas en honkbaljack over een schouder en wandelt het gangpad af terwijl hij met een hand op zijn borstkas klopt om te applaudisseren. Kelly zet de zonnebril die ze voor haar rol draagt af om te zien wie daar aankomt, en straalt van enthousiasme als ze ziet dat hij het is. Hij laat zijn spullen op de vloer vallen en springt met een lichte beweging het podium op; hij rent op Kelly af en slaat zijn armen om haar heen – net iets te lang voor een gewone vriendschappelijke omhelzing. Hij laat haar los, maar blijft met zijn apenhanden haar magere onderarmen vasthouden, enthousiast knikkend terwijl hij praat en haar ongetwijfeld complimenten maakt over haar optreden. Kelly kijkt verlegen naar de grond, maar kijkt af en toe naar hem op vanonder haar pony. Ze maakt voorzichtige 'Vind je dat echt?'-gebaartjes. Ik sta achter in de aula en kijk naar hen. Ze zien er goed uit met z'n tweeën: zo slank, zo gezond en zo volkorenbrood dat ik ze eigenlijk niet wil storen, maar ik word zo verteerd door jaloezie dat ik ongemerkt al naar het podium ren om ze uit elkaar te trekken.

Ik weet niet op wie van de twee ik het meest jaloers ben en ik wacht niet tot ik bij het podium ben om 'Hé!' te roepen. Ze draaien zich om, verbaasd maar blij me te zien. Kelly spreidt haar armen naar me uit terwijl ze op me af loopt, op de manier waarop je een baby aanmoedigt om zijn eerste stapjes te zetten. Ik glijd haar omhelzing binnen en geef haar een lange kus, pal onder Dougs neus. Ik houd haar gezicht in mijn handen en kijk in haar verschillend gekleurde ogen.

'Je was geweldig,' zeg ik, alsof mijn mening er meer toe doet dan die van Doug, en dat is ook zo. 'Dit is absoluut het beste dat je tot nu toe hebt gedaan.' Kelly lacht en omhelst me stevig.

'Ik kan echt acteren, of niet soms?' fluistert ze in mijn oor.

Ik til haar op en draai haar rond in de lucht – iets waar ik eigenlijk nét niet sterk genoeg voor ben. 'Ja, ja, absoluut!' zeg ik, terwijl ik haar ronddraai. Ik laat haar los, maar pak haar handen vast. 'Ik zou je het liefst zelf naar huis willen brengen nu,' zeg ik, 'maar ik moet iets regelen met Al en...'

'O, het is al goed,' zegt Kelly, 'Doug zet me wel af.' Ze draait zich niet om om het te vragen. Ik krijg de indruk dat ze sinds mijn afwezigheid hier regelmatig door Doug wordt thuisgebracht.

Vanuit de aula brult de stem van meneer Lucas: '*Ex*zellent werk, dames en heren, *ex*zellent.' Hij tuurt over zijn bril en zwaait met zijn kruk naar Kelly. 'Juffrouw Corcoran, juffrouw Corcoran, juffrouw Corcoran,' zegt hij. 'U zit vol verrassingen. Vandaag was uw beste dag totnogtoe.'

Kelly is zo verrukt dat ze als een kind op en neer springt.

'En nu wegwezen jullie,' zegt hij. 'Meneer Zanni en ik hebben een afspraak.'

Doug steekt zijn duimen naar me op en pakt zijn sporttas en Kelly's rugzak. Kelly geeft me een vluchtige kus op de wang en fluistert 'Succes!' in mijn oor. Een golf van verdriet overspoelt me, een gevoel van 'ik-kijk-naar-mijn-moeder-terwijl-ze-voorgoed-vertrekt', het samengeknepen gevoel in mijn borst is weer terug. Al, klootzak, dit is jouw schuld.

En precies op dat moment knallen de zware auladeuren open en slentert Al naar binnen, in een vrijetijdsbroek en een met elastische stof afgewerkt leren jack. Hij blijft stilstaan om Kelly op zijn gebruikelijke vieze manier te begroeten: hij neemt haar gezicht tussen zijn harige handen en kust haar vol op de mond. Ik erger me mateloos aan zijn luchtige maniertje van 'ik-heb-de-wereld-in-mijn-zak'. Iemand die met opzet het leven van zijn zoon wil ruïneren zou op z'n minst het fatsoen moeten hebben om zich wat in te houden. Ik kijk hem aan. Hij loopt kauwgombellen blazend en rammelend met zijn kleingeld op ons af en ik vraag me af hoe het mogelijk is dat ik afstam van iemand die een met elastische stof afgewerkt leren jack draagt.

Hij stapt op ons af alsof hij de tent zojuist heeft gekocht, kraakt met zijn harige knokkels en zegt: 'Oké jochie, wat had je?'

Ik stel Al voor aan meneer Lucas, die voor deze keer zijn beste zondagsschoolbeentje voor zet. Al steekt zijn hand uit om hem te groeten, maar de armen van meneer Lucas zitten vast in de polshouders van zijn krukken. Hij probeert een arm te bevrijden en slaat daardoor met een kruk keihard tegen Als scheenbeen.

Vanaf dat moment wordt het alleen maar erger.

Al laat zijn grote lichaam in een stoel op de voorste rij zakken en spreidt zijn armen over de stoelruggen. Hij aait over de bekleding alsof hij moet beslissen of hij de stoelen gaat kopen of niet. Ik haal een plastic stoel voor meneer Lucas en ga op de koude vloer naast hem zitten. Hij kijkt Al aan. 'Meneer Zanni, ik heb u gevraagd vanavond hiernaartoe te komen om mijn mening te horen, niet alleen als Edwards dramadocent, maar ook als oud-leerling van de Royal Academy of Dramatic Art in Londen en professioneel acteur.' Meneer Lucas somt zijn curriculum vitae op op een manier die indruk moet maken, maar Al friemelt ondertussen een stuk kauwgom uit het papiertje, verpakt het stukje waar hij op kauwt erin en steekt het verse kauwgompje in zijn mond. Hij kijkt op zijn horloge.

Meneer Lucas gaat dapper verder. 'Mogelijk ziet u niet hoe veelbelovend uw zoon is. Edward maakt een zeer goede kans om aangenomen te worden op Juilliard...'

'En wat moet ik daarmee?' zegt Al. Het is walgelijk zo onbeschoft als hij doet tegen iemand die zo ontwikkeld is als meneer Lucas. Ik probeer zijn kauwgom met behulp van telekinese zijn luchtpijp in te laten vliegen.

'Juilliard is de toneelschool die in dit land het hoogst aangeschreven staat,' zegt meneer Lucas zonder te knipperen. 'Hun blijk van goedkeuring betekent vast wel iets voor u.'

'Vast wel,' zegt Al, 'maar is het die veertigduizend dollar waard?'

'Kun je een prijskaartje hangen aan de waarde van een opleiding, meneer Zanni? Ik geloof van niet.'

'Lulkoek,' snuift Al, 'natuurlijk kun je dat. Als ik ook maar één moment zou denken dat Eddie hier een kans had om deze investering terug te verdienen, mocht hij meteen gaan. Maar de meeste acteurs verdienen nooit ene rooie rotcent, en weet je waarom?' Al wacht niet op meneer Lucas' antwoord, maar gaat meteen door, alsof zijn ongefundeerde mening er iets toe doet. 'Acteurs begrijpen geen bal van zakendoen en willen het ook niet begrijpen. Daarom zijn het bijna allemaal losers. In godsnaam! Ik heb vóór morgenavond als acteur veertigduizend dollar voor je verdiend als ik dat zou willen. Niet omdat ik goed kan acteren, maar omdat ik weet hoe ik geld moet verdienen! Wat Eddie nodig heeft is een betere neus voor zaken, niet vier jaar rondjes lopen op een dramaschooltje. Hij dóét al zo dramatisch.'

'Maar ik wil helemaal niet afstuderen in jouw gore bedrijfskunde!' gil ik.

'Dit bedoel ik nou,' zegt Al.

Meneer Lucas staart me met gefronste wenkbrauwen aan, het Internationaal Erkende Signaal voor 'Hou jij je grote muil eens even, stommeling,' en gaat dan verder tegen Al. 'Meneer Zanni,' zegt hij, 'misschien kunnen we een tussenweg vinden die jullie allebei precies geeft wat jullie willen. Laten we niet vergeten dat Edward een excellent cijfergemiddelde heeft in... de vrije vakken. Het is nog niet te laat om een School voor Vrije Kunsten in overweging te nemen. Of een Ivy League-school. Edward zou bijvoorbeeld een excellente student Engelse letterkunde zijn.'

'Zodat hij later, wat – leraar kan worden?' Al spuugt het woord zo minachtend uit dat ik weet dat deze discussie al beslist is nog voor die is begonnen. En om eerlijk te zijn: ik ben net zo kwaad. Ik wil helemaal geen Engels studeren, op een School voor Vrije Kunsten of waar dan ook. Ik wil acteren! Waarom begrijpt niemand dat? Aan wiens kant staat die meneer Lucas eigenlijk?

Meneer Lucas zet zijn bril af, haalt een zakdoek uit zijn jaszak en begint zijn bril te poetsen. 'De waarde van een Vrije Kunsten-opleiding,' zeg hij met een lerarenstem, 'ligt niet zozeer in de daadwerkelijke kennis die men daar opdoet, maar in het feit dat men leert om zelfstandig te denken. Als Edward die vaardigheid heeft verworven, kan hij op welk gebied hij maar wil uitblinken, of dat nu zaken of de kunsten is.'

'En dat weet je zeker?' zegt Al. 'Mag ik je wat vragen, Lucas? Hoeveel heb je afgelopen jaar verdiend?'

'Ik denk niet dat dit enig...'

'Oké, laat maar zitten, je hebt mijn vraag al beantwoord. Wil je weten hoeveel ik dit jaar verdiend heb?' En weer wacht hij niet op antwoord. 'Honderdtwintigduizend,' zegt hij.

'Dat is indrukwekkend veel,' mompelt meneer Lucas.

'Ja, dat dacht ik ook.' Al staat op en haalt zijn autosleutels uit zijn broekzak. 'Dus, met alle respect, Lucas: waarom zou ik in godsnaam naar jou luisteren?'

Meneer Lucas denkt even over deze vraag na en zegt dan zo vlak mogelijk: 'Omdat ik, met alle respect, het idee heb dat ik uw zoon beter begrijp dan u.'

Al kijkt naar meneer Lucas alsof hij een vreselijke ziekte heeft. 'Ja, dat denk ik ook,' zegt hij.

vijftien

Ik speel de scène nog eens in mijn hoofd af, terwijl ik naar Kelly rijd. Ik wen- tel mezelf in mijn haat voor mijn vader en sla mijn handen beurs op het stuur van MoM, gefrustreerd omdat meneer Lucas gefaald heeft. School voor Vrije Kunsten, m'n reet. Wat denkt hij wel niet? Als ik een kans maak om aangenomen te worden op Juilliard, de beste acteerschool van het land, dan hoor ik daar toch thuis? Je gaat een kampioen speerwerpen toch ook niet vertellen dat hij maar mikado moet gaan spelen, als een godverdomd doekje voor het bloeden omdat hij niet naar de Olympische Spelen mag? Debiele, kreupele ex-acteur. Hij is net zo'n kruk met mensen als met lopen.

Het zielige bestaan van Ted Lucas houdt me zo bezig dat ik door rood rijd. Een luid getoeter brengt me terug in de werkelijkheid. Automatisch zwaai ik met beide handen en roep verontschuldigingen naar de man die uitgeweken is om me niet te raken. Hij schudt met zijn vuist, zijn gezicht is vertrokken van woede en vloekend verwenst hij die verwende, achterlijke rijkeluiszoontjes achter het stuur van hun Mercedes. Langzaam rijd ik verder met beide handen angstvallig aan het stuur. De ramen beslaan van mijn adem.

Ik tik zachtjes op Kelly's deur, want ik weet dat Kathleen vanavond spreekuur houdt voor haar cliënten, (of, zoals wij ze noemen: criënten) in haar kantoortje in het souterrain. Op criëntendagen moet je je schoenen uitdoen en op je tenen door het huis lopen. Kelly en ik noemen het 'Anne Frank in het Achterhuis spelen'. Kelly doet open. Ik moet er echt beroerd uitzien, want ze strekt haar armen naar me uit alsof ze Florence Nightingale is en ik een gewonde frontsoldaat ben. Ik leg mijn hoofd op haar schouder, sluit mijn ogen en laat me troosten. In haar armen ligt het zo lekker dat ik me voel alsof ik aanleg in een veilige haven. Ik duw haar stevig tegen me aan terwijl ze met kalme, vloeibare handen over mijn rug wrijft.

De vloer kraakt. Ik open mijn ogen en zie Doug van de bank opstaan. Zijn shirt hangt uit zijn broek en zijn haar zit nog springeriger dan normaal. Hij frommelt in zijn kruis en ik vraag me ineens af of Kelly's bezorgde blik niet meer te maken heeft met betrapt worden dan met echt om mij geven. Maar bij Doug zie ik geen schaamte- of schuldgevoelens; hij straalt net als altijd zijn James Taylor-achtige 'roep-mijn-naam-maar-en-ik-zal-er-voor-je-zijn, ja-ik-zal-er-zijn'-sympathie uit en glijdt op zijn sokken over de hardhouten vloer naar ons toe, dus misschien zie ik spoken. Hij omarmt Kelly en mij in een stille driemansknuffel, zijn lange, gespierde armen passen makkelijk om ons heen. Het voelt zó goed om mijn hoofd op zijn schouder te leggen. Kelly's gezicht straalt naar ons allebei, alsof dit de liefste uiting van mannenvriendschap is die ze ooit gezien heeft. We schommelen gedrieën heen en weer; ik met mijn neus in Dougs nek, Doug met zijn neus in die van Kelly en Kelly met haar neus in die van mij. Ik druk mijn vrienden steviger tegen me aan. Ik voel zoveel liefde voor ze, voor mijn beste vriend en mijn vriendin. Ik houd van ons alle drie. Wat voor relatie Kelly en Doug in mijn afwezigheid ook zijn begonnen, die lijkt ons nu alleen maar dichter bij elkaar te brengen.

Ik kijk naar Kelly en ze glimlacht vanonder haar pony verlegen naar me, zoals Lady Diana doet en ik kan niet anders dan me naar haar toe buigen en haar kussen. Ze opent haar mond en haar tong glijdt langs mijn tanden. Ze weet dat ik daar gek van word. Ik open mijn ogen en zie Doug met open mond ademhalen.

Kelly's lippen en de mijne gaan open. Zo staan we daar gewoon en houden elkaar vast. We giechelen, heel, heel zachtjes. Doug en Kelly kijken elkaar even aan en kijken daarna gelijktijdig naar mij. Hun ogen boren zich een weg naar mijn ziel. Ik begrijp meteen dat ze mijn toestemming willen om elkaar te zoenen. Ik kan alleen maar knikken. Kelly buigt haar hoofd naar Doug om zijn kus te ontvangen en ik voel mijn adem stokken. Doug en Kelly elkaar te zien zoenen is waarschijnlijk het allersexyste wat ik ooit heb meegemaakt en als ik op een of andere manier mee kon doen, deed ik het meteen. Doug opent zijn ogen en knipoogt naar me. Hij krabt me achter mijn oor alsof ik zo'n trouwe lobbeshond ben die aandacht nodig heeft. Dan trekt hij ons met zijn sterke harde armen naar de huiskamer, naar de bank. Kelly lacht en laat zich er achterover op ploffen. Een uitnodiging voor ons allebei. Doug en ik laten een hand onder haar shirt glijden over haar stevige, platte buik. We pakken ieder een muffin-achtige, zachte borst. Ik voel de haartjes op zijn arm.

'Jij hier? Wat een verrassing,' fluister ik.

Doug reikt achter haar rug en maakt Kelly's beha los. We zuigen allebei aan een tepel, hard en klein als een erwt. Terwijl we haar broek openritsen en zij ons tegelijkertijd uit onze broek probeert te bevrijden raken onze armen in de knoop. We lachen weer, alle drie. Doug heeft geen geduld meer; hij staat op en trekt simpelweg zijn jeans en onderbroek tot op zijn knieën.

Ken je die sciencefictionfilms uit de jaren vijftig waarin de komkommers na een kernramp zo groot als een stadsbus zijn geworden? Nou, zo groot is Dougs erectie. Kelly staart ernaar, en ik zweer het: haar mond valt open. Ze grijpt hem stevig beet, alsof dat het beste is dat ze kan doen; niemand weet uiteindelijk waar zo'n ding uit zichzelf toe in staat is. Ze bestudeert ons allebei, als een huisvrouw op de groenteafdeling die kijkt welke courgette ze gaat kopen. Mijn erectie ziet er mager uit vergeleken bij die van Doug. De zijne zou makkelijk een gezin van vier kunnen voeden, ik ben meer een tussendoortje. Verdomde Al met zijn kloterige genen. Weer een reden om hem te haten.

'O, mijn god,' zegt Kelly.

Niet helemaal het warme, steunende commentaar dat ik verwacht, maar daar kan ik haar moeilijk de schuld van geven. Ik zou zelf ook liever Dougs pik hebben dan de mijne. Toch blijft het onaardig van haar, zeker omdat ik toch al het vermoeden heb dat deze kleine *ménage à trois* voornamelijk ter mijner ere gehouden wordt...

'Mijn moeder!' sist ze.

Eén korte freudiaanse seconde lang snap ik niet waarom de penissen van twee tienerjongens een meisje aan haar moeder doen denken, maar dan hoor ik de voetstappen van Kathleen op de keldertrap en realiseer ik me dat ze binnen een paar seconden in de kamer zal staan. We vestigen alle drie een nieuw olympische record Snel Aankleden, ploffen op de lange sofa vol kussens en grijpen het eerste dat in onze buurt ligt, zodat het lijkt alsof we heel druk bezig zijn met maakt niet uit wat, als het maar geen groepsseks is.

Kathleen komt vermoeid binnen en we doen alledrie alsof we verrast zijn haar te zien – je kent het wel: 'Hé! Hallo!'

'En, hoe was het?' kirt Kelly iets te enthousiast. Ze slaat haar armen voor haar borst over elkaar, zodat haar moeder niet kan zien dat ze geen beha aanheeft. (Die ligt op dit moment ergens tussen de kussens op de bank.)

'Och, die arme mensen,' zegt Kathleen en ze leunt tegen de deurpost. 'Zoveel pijn, zoveel pijn.' Ze zucht diep. 'Ik heb een borrel nodig.'

Ze loopt dwars door de kamer, maar stopt om eens goed naar me te kijken. 'Sinds wanneer brei jij, Edward?' wil ze weten.

'Helpt tegen de zenuwen,' zeg ik.

Kelly, Doug en ik zwijgen over wat er gebeurd is, maar we beseffen heel goed dat we vanaf nu een soort driehoeksverhouding hebben. Doug en ik hebben samen een enorme bos bloemen gekocht voor Kelly's première van *The Miracle Worker* (goed, hij steelt hem terwijl ik de bediende afleid – een stukje wraak op de Bloemenboetiek vanwege mijn ontslag). We draaien om haar heen als de Tarleton-tweeling om Scarlett O'Hara in *Gone With the Wind*. Ik moet zeggen dat dit twee-vrienden-strijden-om-hetzelfde-meisje me wel bevalt, onder de voorwaarde natuurlijk dat ik uiteindelijk het meisje krijg. Dat ik Kelly als aas gebruik om Dougs grote vis binnen te halen is niet iets waar ik trots op ben, maar je moet roeien met de riemen die je hebt, nietwaar?

Thanksgiving nadert en dus ook de jaarlijkse Grote Wedstrijd, die de belangrijkste gebeurtenis van het jaar moet voorstellen, omdat we die spelen tegen onze aartsrivaal Battle Brook High. Ter voorbereiding van dit gebeuren worden we allen geacht deel te nemen aan een spirituele schoolsamenkomst.

Ik haat die kloterige spirituele schoolsamenkomsten.

Om de een of andere onverklaarbare reden treedt dan altijd het Showkoor op. Ons Showkoor is show noch koor. En om het nog erger te maken wil juffrouw Tinker ook dit jaar per se dat we de 'Mary'-medley zingen, hoewel die absoluut niets met spirituele samenkomsten te maken heeft, wat haar niets kan schelen. De medley begint met een a capella, een zesstemmige versie van 'Mary's a Grand Old Name', waarna de meisjes 'How Do You Solve a Problem like Maria?' uit *The Sound of Music* zingen en de jongens tegelijkertijd in contrapunt 'Maria' uit *West Side Story*. We klinken alsof we een non met een agressieprobleem kussen. Als absoluut dieptepunt doen we daarna 'Proud Mary', compleet met een slappe imitatie, want aangepast voor de ritmisch minder validen onder ons, van de originele Tina Turner-choreografie. We hebben ongeveer net zoveel soul als het Daklozenkoor van het Leger des Heils. Het publiek probeert zijn minachtig niet langer te verbergen en lacht steeds harder, zelfs tijdens onze afsluiter, een best ontroerende vertolking van Schuberts 'Ave Maria'.

Middelbare scholieren zijn met voorsprong het allerergste publiek.

Juffrouw Tinker lijkt net als Nathie immuun voor welke vorm van vernedering dan ook, lacht breeduit en dapper naar ons met haar eekhoorntanden en spoort ons aan om te 'Glimlachen! Glimlachen!' en even het reële gevaar – dat er dingen naar ons gegooid kunnen worden – te vergeten. Deze vrouw lijdt óf aan terminaal zelfbedrog, óf ze zit onder de medicijnen. Na afloop glijdt het Showkoor op de stoelen van de eerste rij, zich ongetwijfeld afvragend of het mogelijk zou zijn om met plastische chirurgie hun gezicht voor de rest van het schooljaar onherkenbaar te laten verbouwen.

Directeur Farley, Kluns van het Universum, komt het podium op. 'Oké mensen, nu even rustig graag. Rustig,' zegt hij, en stapelt belediging op belediging door om een extra applaus voor ons te vragen. Nu durven ze geen boe te roepen; wat je wel hoort is een lauw, verplicht geklap. Ik krimp op mijn stoel ineen en pak Kelly's hand.

'En nu komt er iets héél bijzonders, gaan jullie er maar goed voor zitten, want dit wordt genieten. Ze brengen voor de eerste keer de breakdance-gekte naar Wallingford High... (hij spreekt het uit als break-dance-gekte, alsof het een woord uit een vreemde taal is, waar hij een hoop moeite voor moet doen om het niet verkeerd uit te spreken) meisjes en jongens, een warm applaus voor de Four Masters!'

Het doek schuift open en op het toneel staan twee dozijn zwarte jongens. Het publiek huilt van het lachen, terwijl iedereen tot dezelfde afschuwelijke conclusie komt: deze jongens kunnen niet tellen. Het is afgrijselijk, veel erger dan wat het Showkoor heeft moeten doorstaan. Ik zie T-J in een glimmend trainingspak naar voren rennen en schreeuwen: 'Hij bedoelt vast *Floor* Masters!', maar hij komt nauwelijks boven het gelach en de harde muziek uit.

Ik kijk naar Kelly. Ze bijt op haar lip en knijpt hard in mijn hand. Zoals ik al zei: middelbare scholieren zijn echt het allerergste publiek.

De mensen van het Showkoor zitten geïnteresseerd op het puntje van hun stoel, met hun hoofden schuin, als antropologen die de lokale voorouder-dans van een bezoekende Zoeloe-stam bestuderen. Oké, het is neerbuigend, maar toch is het lang niet zo erg als drie sopranen die paniekerig naar achteren rennen omdat nagenoeg alle zwarte jongens van school op het toneel staan en hun handtasjes nog in de kleedkamer liggen.

Alsjeblieft, wie komt me uit deze kouwekaktent bevrijden?

Kelly en ik gaan samen naar de Grote Thanksgivingwedstrijd. Laat ik meteen goed duidelijk maken dat ik nog nooit naar de Grote Wedstrijd ben geweest. Om eerlijk te zijn kan de Grote Wedstrijd m'n rug op. Maar Doug speelt, en Kelly gaat kijken en ik ga dan maar mee om te voorkomen dat die twee samen iets doen zonder mij.

Het is een frisse herfstdag met een hemel zo blauw als het bloed dat door de aderen van de oude garde van Wallingford stroomt. De lucht ruikt scherp naar droge bladeren en ik ben vastbesloten om er bij deze gelegenheid zo herfstig en footballachtig als mogelijk is uit te zien. Ik trek een visserstrui aan en een met dons gevoerd vest. En in plaats van mijn eeuwige Sinatra-gleuf-hoed zet ik een wollen pet op. Omdat Kelly cheerleader is geweest, lever ik deze keer niet het ironische, afstandelijke commentaar, wat ik wel in het ge-zelschap van bijvoorbeeld Ziba of Nathie gedaan zou hebben. Uiteraard is het wel het gebruikelijke slaapverwekkende gebeuren – start, stop, start, stop – maar de cheerleaders van Battle Brook zijn fantastisch, het is een bijna vol-ledig uit zwarte meisjes bestaande groep met een nogal uitdagende choreo-grafie, die niet slecht zou doen in *Soul Train*. Ze hebben ook geweldige *cheers*, zoals deze:

Vlaggen-stok, Vlaggen-stok,
Wimpel, Wimpel!
Wij gaan jullie pakken,
Simpel, Simpel!
Zwaai die vlag,

Zwaai nog een keer!
Want jullie gaan keihard neer!

Veel beter dan: 'Klaar om te gaan, klaar om te knokken!' als je het mij vraagt. Ik zie hoe ze hun ronde, ferme billen schudden terwijl ze joelen, en ik schaam me voor Amber Wright met haar Wallingford-rah-rahs, die er net zo uitdagend uitzien als een patrouille meisjespadvinders. De supporters van Wallingford zien ook hoeveel beter ze zijn en een stel dronken rijkeluiszoontjes ergens hoog op de tribune begint te scanderen:

'Hé ha, schreeuw elkaar maar na,
Straks werken jullie voor mijn pa.'

Ik zie mensen lachen en elkaar besmuikt aanstoten; ze vinden het duidelijk een goede grap, maar willen niet dat iemand dat ziet.

Kelly zit helemaal in de wedstrijd en ik voel me een debiele eikel, omdat ik mijn vriendin moet vragen wat er precies gebeurt. Een heel semester football heeft me niet geholpen de geheimen van dit spel, laat staan de aantrekkingskracht ervan, te doorgronden. En dus geniet ik maar van Dougs gracieuze gestalte op het veld en registreer ik elk stukje lichaamstaal dat zou kunnen wijzen op latente homoseksuele verlangens.

Na de wedstrijd wacht ik met Kelly bij de kleedkamers op Doug. Ik weet niet of dit uitzinnige fangedrag deel uitmaakt van de wedstrijdetiquette en ik voel me vreemd en ongemakkelijk zoals we daar staan te niksen. T-J komt naar buiten en zegt 'Hoi!' tegen vier mij onbekende zwarte meisjes.

Kom op, Edward, praat nou eens niet als een klootzak.

'Yo, T-J,' zeg ik. 'Hoe gaat-ie, gozer?'

Ik ben een klootzak. Waarom gedraag ik me toch zo stom in het gezelschap van zwarten?

'Yo, Edward, alles goed?' mompelt hij.

'Te gekke wedstrijd,' zeg ik.

'Ja, jammer dat we verloren hebben.'

Verdomme. Dit soort problemen hebben wij nou nooit in het theater. Zelfs als een stuk volkomen kut is geeft niemand dat hardop toe.

T-J stelt de meisjes voor als zijn nichtjes, die op Battle Brook zitten: Bonté, Shezadra en nog eentje wier naam ik niet goed versta, maar het klinkt als Pneumonia. Hij kijkt over zijn schouder naar het vierde nichtje, een klein meisje dat eruitziet als een cherubijntje met een dik donsjasje en een capuchon. 'En dit is Margaret,' zegt hij.

Arme Margaret. Niet alleen konden haar ouders geen mooie namen be-

denken toen zij werd geboren, blijkbaar waren de mooie genen ook al vergeven. Zwart of blank, iedere groep heeft zijn eigen kaaskop...

Doug komt in tenue bij de kleedkamer aan, zijn haar piekt alle kanten uit
omdat het zo lang onder zijn helm gezeten heeft. Kelly en ik zwaaien en hij
komt naar ons toe. Duncan en de EPGVF staren naar ons alsof we van een
andere planeet komen.

Kelly omhelst Doug, wat lastig is met die schoudervullingen, kust hem op
zijn wang en zegt: 'Je was geweldig!'

'Vind je?' zegt Doug. Zijn ogen glanzen als glimmende knikkers terwijl zij
achter elkaar alle goede footballbewegingen die hij in de wedstrijd gemaakt
heeft opnoemt. Ik kan er op deze plaats geen enkele noemen, omdat ik geen
flauwe idee heb waar ze het over heeft. Ze gaat er behoorlijk lang mee door,
alsof ze Phyllis Godverdomme George zelf is die de maandagavondwedstrijd
verslaat.

O god. Zij is een blondine met lange benen die van football en pijpen
houdt en hij is een gespierde atleet met een gevoelige kant en een enorme
pik.

Ik kan het wel vergeten!

zestien

102 Kelly en Doug mogen dan misschien allebei van football houden, ík ben uitgenodigd voor het Thanksgivingdiner. De hele weg naar de auto ben ik daarom degene die Kelly's hand vasthoudt. De bladeren knisperen onder onze voeten en de herfstlucht voelt fris op onze huid. Ik duw haar tegen MoM aan en we vrijen wat, midden op de parkeerplaats. Af en toe houden we op om naar een bekende te zwaaien. Ze smaakt zo lekker en haar lichaam voelt zo vertrouwd aan dat het voorbestemd lijkt dat ze bij me past. Dit 'naar-de-grote-wedstrijd-gaan-met-je-vriendinnetje' voelt goed. Lekker normaal en typisch Amerikaans. Zoals elke tiener zich hoort te voelen. Ik mag van mezelf even dromen dat ik een kekke kakker ben met onregelmatige Kennedy-achtige gelaatstrekken en een door de wind in model geblazen haar. Ik pak Kelly steviger vast.

Haar en het gevoel wil ik vasthouden.

In Kelly's huis is het warm en het ruikt er naar eten. We lopen de keuken in, waar Kathleen met meelbestoven handen worstelt met de bladzijden van een receptenboek. Op het aanrecht staat een open fles chardonnay.

'Is het niet een beetje vroeg voor wijn?' vraagt Kelly.

'Hoort bij het recept,' bitst Kathleen. Ze heeft een moeilijke dag. Haar twee andere kinderen zijn er niet, Brad zit bij de ouders van zijn vriendin en Bridget studeert in Europa. 'O, lieverd,' zegt ze tegen me, 'Paula Amicadora heeft een paar keer voor je gebeld.' Ze geeft me een elektriciteitsrekening waar ze achterop een telefoonnummer heeft gekrabbeld. Terwijl Kelly haar moeder helpt bij het koken en regelmatig chardon-nee souffleert, ga ik op zoek naar de telefoon in de nucleaire holocaust in de huiskamer. Als ik hem gevonden heb, onder *When Bad Things Happen to Good People,* rijdt net de Lincoln Continentale Breuk de oprijlaan op.

Ik ga naar buiten en ben precies op tijd om Paula uit de langzaam rijdende auto te zien springen, een en al wiebelende krullen en tieten.

'*Edward!*' roept ze, haar wijde mond in maximale doek-op-alle-lichten-aan-stand. Ze heeft een frambooskleurige baret met een lange struisvogelveer op en een lange jas van geplet fluweel in de kleur van geplette kikkers aan. Ze huppelt over het gras naar me toe en tilt me bijna van de grond als ze me omhelst. We laten elkaar los en ze mept me met haar tasje van nepbont op mijn schouder. '*Fuck, fuck,* wat is er aan de hand?' vraagt ze.

'Hoe bedoel je?'

'Ik belde naar je huis en kolonel Klink weigerde me te vertellen waar je was – *weigerde pertinent* –, dus belde ik hiernaartoe en Kelly's moeder vertelde dat je naar de wedstrijd was – *fuck*, de *football*wedstrijd nota bene –, dus ik wist meteen dat er iets *verschrikkelijk, verschrikkelijk* mis was.'

'Ik was er inderdaad, klopt,' zeg ik, genietend van de ironie.

Paula trekt een verbijsterd horrorfilmgezicht. 'O mijn god. Wie *de fuck* ben jij in godsnaam en wat heb je met Edward Zanni gedaan?' zegt ze.

'Wat heb jij ineens met *fuck*?' vraag ik.

'O, dat is iets New Yorks,' zegt ze. Ze gooit haar sjaal over een schouder en gaat dan samenzweerderig verder: 'En ik *zeg* het niet alleen, Edward ik *doe* het ook!'

'Nee!' roep ik.

'Ja!' roept ze terug en ze wrijft in haar kleine handjes en springt op en neer. Ik pak een van haar vlezige armen en duw haar naar de schommelbank op de veranda. 'Je *moet* me alles vertellen,' zeg ik.

'Goed,' zegt ze, 'hij heet Gino Marinelli. Ik weet het, het klinkt als een macaronirecept, maar hij is een briljante filmstudent op de NYU. We hebben elkaar ontmoet toen ik auditie deed voor zijn film.'

'Ga je in een film spelen?' vraag ik.

'Dat heeft hij nog niet gezegd, eigenlijk, maar wat maakt het uit, ik ben geen *maagd* meer! Is het niet *extatisch*? Ik, het meisje dat altijd de moederrollen kreeg!' Paula pakt een zakspiegeltje en bestudeert haar gezicht. 'O, en het is zo goed voor mijn techniek, Edward, je gelooft het bijna niet, ik heb bij een improvisatie mijn ontmaagding gespeeld en de leraar gaf me een negen plus! Een *negen plus*!'

'Wat, simuleerde je een orgasme voor de hele klas?'

'Nee, idioot, alleen voor hem, je weet wel, omdat het zo persoonlijk en onthullend is. O Edward, je moet, je *moet* absoluut aangenomen worden op Juilliard. Het is zo... *diep*. En volgend jaar, o mijn god, volgend jaar... Je raadt nooit wie er volgend jaar les gaat geven. Kom op, raden!'

'Eh...'

'John Gielgud. Sir John *fucking* Gielgud. Het is toch niet te geloven! Edward? Voel je je wel goed? Je gaat toch niet kotsen?'

'Het gaat prima,' zeg ik met mijn hoofd tussen mijn knieën.

'Wat is er Eddie? Kom op zeg, je maakt me bang.'

'O, zusje...'

Ik pak haar kleine druppelhandje en vertel haar het onsmakelijke familiedrama. Ik vind het prettig dat ik mijn verhaal kwijt kan, maar het is vreemd dat mijn leven in zo'n korte tijd zo drastisch veranderd is. Als ik alles verteld heb staat Paula op, trekt haar handschoenen uit en zegt: 'Edward, je kunt maar één ding te doen.'

'Vadermoord?'

'Nee,' zegt ze. 'Je moet jezelf financieel onafhankelijk verklaren.'

'Financieel onafhankelijk? Wat is dat?'

'Dan emancipeer je jezelf. Ik ken mensen die dat gedaan hebben. Je moet Als huis uit en al zijn geld weigeren, zodat hij je niet meer als financieel afhankelijk kan opvoeren bij de belastingen. Dan bekijkt Juilliard alleen jouw financiële situatie, niet die van hem, en kom je in aanmerking voor financiële steun – beurzen en zo.'

De storm in mijn hoofd gaat liggen. 'Kan dat echt?' vraag ik.

'Jazeker.'

'Geweldig!'

'Je moet alleen wel drie jaar lang belastingpapieren kunnen overleggen dat je onafhankelijk bent voor je in aanmerking komt.'

'Drie jaar? Dan ben ik bijna eenentwintig! Dan ben ik rijp voor het museum.'

'Klopt,' zegt Paula, 'maar je bent dan wel vrijgesteld voor je afstudeerjaar. Dus hoeven we alleen nog maar uit te zoeken hoe je die eerste drie jaar kunt betalen. Je kunt ook jezelf inschrijven, de opleiding een jaar uitstellen en wat geld verdienen en de laatste twee jaar alsnog een beurs krijgen. Ach, we vinden er wel wat op. Maak je geen zorgen.'

'En hoe zit dat dan met sir John fucking Gielgud?'

'O, dat,' zegt Paula. 'Ach, ik weet zeker dat wat ze over hem zeggen, dat hij een briljante leraar is en zo, overdreven is. Maar ik zal veel aantekeningen voor je maken, dat beloof ik. Het belangrijkste is op dit moment dat je aan jezelf denkt, Ed. Waarom zou Al je mogen gebruiken als belastingaftrekpost als hij weigert je te steunen? Voor je achttiende moet je dat huis uit zijn, Edward, dat moet!'

'Maar dat is al over vijf weken!' zeg ik.

'Nou, dan kun je maar beter gaan pakken, nietwaar?'

Tegen de tijd dat we het eten op hebben is Kathleen zo be-chardonnay-veld dat ze de trap op wankelt richting bed. Kelly begint me spontaan de kleren van het lijf te rukken, alsof ik een verjaardagscadeautje ben en ze geen geduld heeft om me fatsoenlijk uit te pakken. Ik vermoed dat haar apengedrag ergens verband houdt met een met modder bevlekte Doug op het footballveld eerder deze dag, maar bedenk dat een potje vrijen precies is wat ik nodig heb om mijn zinnen te verzetten. We duiken de kelder in.

Als je dit boek goed gelezen hebt, weet je dat we dus naar Kathleens kantoortje gaan, waar ze haar criënten ontvangt. En als je denkt dat ik me niet bewust ben van de symbolische implicaties van vrijen op de bank van een psychotherapeute, nou, dan heb je helemaal gelijk. Ik heb er totaal geen benul van.

We vallen tongend op de bank, kleren vliegen in het rond. Ik grijp Kelly's borsten alsof ik een drenkeling ben. Ze snakt naar adem.

'Sorry,' fluister ik.

'Maakt niet uit,' zegt ze, 'het is lekker.' Ze zet haar nagels in mijn rug. Je zou denken dat ik onderhand wel gewend ben aan Kelly's seksuele honger, maar ik moet er iedere keer weer aan wennen door haar lievebuurmeisjeslook. Ik geef haar een uitgebreide tongzoen en zij grijpt in mijn kruis, en op dat moment voel ik het: ik heb geen stijve.

Dat is me nog nooit gebeurd, het lukte me tot nu toe altijd moeiteloos. Een golf van paniek trekt door me heen, maar ik zeg tegen mezelf dat het vast maar tijdelijk is. Ik pak Kelly's hand en zuig op haar vingers om mezelf even wat tijd te geven en begin hard tegen haar aan te rijden, het lijkt wel een hartmassage.

Niets. Helemaal niets.

Wat is er in godsnaam mis met me? *Mission control* aan penis – over! Kelly schuurt haar bekken tegen het mijne en ik bok en bonk, in de hoop dat er iets gebeurt, maar nee, mijn pik is vandaag geen heer van stand.

Het idee dat Kelly in mijn broek op zoek is naar een hotdog, maar een cocktailworstje vindt, is echt vernederend, zeker omdat ze Dougs metworst al in handen heeft gehad. En dus doe ik wat iedere jongen met gezond verstand zou doen: ik zak op mijn knieën en ga haar beffen. Ik heb het nog nooit gedaan en heb het vast verkeerd getimed, want als ik me in haar lik kreunt ze: 'O ja schatje, praat met me.'

Alsof ik al niet genoeg aan mijn hoofd heb! Moet ik ook nog zorgen voor ondertiteling? Ik had haar ook nooit dat abonnement op de *Cosmo* moeten geven.

'Wat moet ik doen...?'

'Doorgaan,' zegt ze en ze duwt mijn gezicht weer in haar kruis.

'Ik kn nt prtn zo,' snorkel ik in haar bekken. Ik klink als iemand die wordt gewurgd.

'O ja, heerlijk,' knort ze.

'Ik stk.'

Ze siddert en krijgt kippenvel op haar roze huid. Fijn dat er in ieder geval iemand geniet.

'Je bgrpt ht nt.'

'Doorgaan,' zegt ze.

Ik heb geen idee waar ik het over moet hebben, ik heb nog nooit met een vagina gepraat, dus zeg ik maar wat in me opkomt: *De Nachtelijke Rit van de Zilversmid.*

Ik weet niet of mevrouw Sugden dit in gedachten had toen we het van haar in de derde klas uit ons hoofd moesten leren, maar ik kan je verzekeren dat Longfellows gedicht en een soepele tong een effectieve vervanging voor een onverwacht niet-beschikbaar stijve ruiter zijn. ('Mijn moeder is modern-model-majoor-generaal' doet het ook goed trouwens.) Het belangrijkste is dat Kelly tevreden is, daar gaat het om. Op een gegeven moment probeert ze haar lichaam te buigen, misschien om me terug te geven wat ik haar geef, maar ik houd haar tegen door mijn hoofd uit haar kruis te halen en op mijn beste, meest gevoelige, new age-achtige, pro-feministische, Alan Alda-achtige manier te zeggen: 'Laat me even focussen op jou, oké?'

Kelly gaat weer achteroverliggen, blij dat ze niets hoeft; ze strekt haar armen alsof ze een poes is die over haar buik geaaid wil worden, of in dit geval in haar poes gelikt wil worden. Ik pak haar stevige billen in mijn handen en dring met mijn tong dieper in haar. Ik reciteer alle Shakespeare-monologen die ik uit mijn hoofd ken. Ze snakt naar adem en stoot met haar heupen alsof ze me in één keer naar binnen wil zuigen, wat me, om eerlijk te zijn, op dit moment best prettig lijkt. Ik ben zo geschrokken dat ik geen erectie heb dat ik het allerliefste de geheime lagen van haar lichaam afpel en naar binnen wil kruipen, me een weg naar binnen wil banen langs de vochtige muren van haar vagina tot ik helemaal verdwenen ben, de wrede wereld en mijn slappe pik achter me latend. En dan als een foetus, als een baby, opgerold in haar baarmoeder liggen; warm, vochtig en vredig.

Het goede nieuws is dat mijn tactiek werkt: voor de linguïsten onder jullie die goed van de tongriem gesneden zijn: een snelle jambische pentameter maakt mijn vriendinnetje zo gek dat haar bekken bijna mijn oren raakt als ze klaarkomt. Het slechte nieuws is dat ze nu niet meer van ophouden weet.

zeventien

Al na een paar keer gaat Kelly mijn 'jouw-orgasme-is-het-enige-wat-ik-be- langrijk-vind-schatje' verdacht vinden. Ik ben zeventien en dan is het onnatuurlijk om zo attent te zijn. Maar wat ik ook doe: mijn pik blijft slapper dan een gekookte wortel. Ik word er gek van.

Op het banenfront gaat het al niet veel beter. In mijn wanhoop solliciteer ik op een baan als kamermeisje in een motel aan de snelweg. De manager is een oude Aziatische dame en ze snapt mij niet.

'Waarom jij wil kamermeisje zijn?' zegt ze. 'Jij een jongen.'

'Ik heb gewoon een baantje nodig en ik dacht, omdat ik goed kan schoonmaken...'

'Maar jij een jongen.'

'Nou, en?'

'Ik wil geen problemen.'

'Maar ik...'

'Jij een jongen. Jij jongenswerk zoeken. Ik wil geen problemen.'

We gaan zo een tijdje door, tot ik besef dat ik óf op een onoverbrugbare culturele kloof ben gestuit, óf met een knettergekke vrouw sta te praten.

Mijn laatste kans is het winkelcentrum. Niet te geloven dat ik zo diep ben gezonken. Ik kom nota bene uit koloniaal Wallingford! We doen hier niet eens boodschappen!

Ik reageer op de 'Hulp Gezocht'-advertentie van het fastfoodrestaurant Kip Smaklip. Ik vind het afgrijselijk om in een tent te moeten gaan werken met een naam die klinkt als een figuur uit de verhalen van Beatrix Potter en bid tot God dat ik geen stom hoedje op hoef. Kip Smaklip zit in de voedselstraat, een oranjegele belediging tegen de menselijkheid die Dante, als hij nog zou leven, zeker als een van de cirkels van de Hel zou bestempelen. Een uienring van de Hel om precies te zijn. Ik sta in de rij achter twee jongens uit wier achterzak van hun Jordache-spijkerbroek een kam steekt, een bevestiging dat dit inderdaad het Winkelcentrum-waar-de-tijd-stilstaat is. Het meisje achter de toonbank heeft een blond, uitgezakt permanent met zwarte uitgroei – eigenlijk kun je het geen kapsel noemen – en heeft zwarte mascara op haar wimpers gesmeerd voor de 'mijn-vriend-slaat-me'-look.

'Welkom bij Kip Smaklip. Hoe kan ikkie helllupu?' zegt ze zonder haar lippen te bewegen.

Jordache-broekjongen 1 duwt zijn kruis tegen de toonbank en zegt: 'Ik, eh... ben als de kippen bij jouw smaklippen.' Hij kijkt over zijn schouder naar Jordache-broekjongen 2, die hem een stomp geeft en geluidloos lacht. Blijkbaar poëzieliefhebbers.

'O, ja, joh,' mompelt meisje Geenkapsel. 'Ben jij dan die rotkop die ik zo meteen in zijn ballen schop?'

Hier hebben de Jordache-broekjongens niet van terug. Ze bestellen twee porties kipdippers, betalen en verdwijnen zo snel mogelijk. 'Nog een kiplekkere dag verder,' roept meisje Geenkapsel ze na op een toon die meestal gebruikt wordt voor zinnen als: 'Nog één stap en ik breek allebei je benen.' Ik loop naar de toonbank en zeg dat ik voor de baan kom. Meisje Geenkapsel reageert met hetzelfde enthousiasme.

'O, ja, joh?' zegt ze.

Ik vul het inschrijfformulier in met leugens en geef het haar terug. Ik zeg dat ik deze baan echt heel hard nodig heb en dat ik iedere dienst wil draaien die niet binnen de schooltijden valt.

'Klinkt goed,' zegt ze, 'maar bij Kip Smaklip doen we alles op de Kip Smaklip-manier. We passen ons niet aan, aan niemands tijdschema. We betalen meer dan het minimumjeugdloon, weet je, dus verwachten we meer van je.'

Het minimumjeugdloon is drie dollar vijfentwintig per uur. Kip Smaklip betaalt drie dollar vijfendertig per uur. Ik werk er nog geen dag en dan begrijp ik wat er voor die extra tien cent per uur van me verwacht wordt. Nog erger is dat ik elke dag diensten draai met een meisje dat te dom is om te beseffen wat voor klotebaan dit is. We noemen haar 'Leuk Shirt', omdat ze altijd een vrolijk woord heeft voor iedereen die zo'n laag IQ heeft dat hij iets wil eten bij Kip Smaklip. 'O, waar heb je die oorbellen vandaan?' kirt ze dan, of: 'Leuke broek zeg!', en, uiteraard, haar standaardtekst: 'Leuk shirt!' De klanten zijn dol op haar.

En wij zijn natuurlijk de gebeten hond.

Ik vermaak mezelf door me Leuk Shirt voor te stellen in situaties waar haar opgewekte gebabbel minder gewaardeerd zal worden: op een begrafenis ('Leuke kist!'), in een ziekenhuis ('Chique katheter!'), of in een gevangenis ('Leuke overall, joh, staat je geweldig!) Maar meestal fantaseer ik dat ik de domme teef in de hete olie verzuip.

Ik voel me Pip de weesjongen uit *Great Expectations*: ik doe werk dat ik haat en waar ik zeker weten te goed voor ben. En net als Pip heb ik grootse verwachtingen, of zoals Sinatra zou zeggen: *high hopes*, al blijft het lastig dat niet te vergeten als je beroepsmatig dingen moet zeggen als: 'Wilt u hier een van onze kiplekkere bijgerechten bij?' Gelukkig kom ik geen bekenden tegen, behalve T-J, die in het weekend bij Meister Burger werkt. Soms knikken we kort maar krachtig naar elkaar van de ene kant van de voedselstraat naar de andere, alsof we gevangenen zijn en we niet willen dat onze bewaarders ons snappen. Zijn baas, een zweterige klomp vlees met een over zijn kale schedel gedrapeerde lok haar, staat de hele dag naast hem bij de grill te foeteren en te kankeren.

Om de eindeloze cyclus van ellende die mijn leven is te completeren, is er ook nog basketballen tijdens de gymles bijgekomen. Net als bij football heb ik geen flauw idee hoe ik dit absurde spel moet spelen en wil ik het niet leren ook. Wat mij betreft is het een hoop overbodig heen-en-weergeren, wat ik dan ook maar ga doen, in de hoop dat het lijkt op meespelen. Maar ik probeer natuurlijk zo min mogelijk te doen. Zoals verwacht laat juffrouw Esel ons met en zonder shirtjes spelen, wat voor mij echt heel erg is, want ik volg al de hele herfst geen danslessen meer en moet nou heen en weer rennen met het bij Kip Smaklip verzamelde vet.

Bijzonder slopend.

Weer, net als bij football, ben ik niet alleen de slechtste speler, ik ben ook nog de oudste. En weer is daar Darren O'Boyle, die etterige brugger, die kijkt alsof hij een beroerte krijgt van elk klein foutje dat ik maak, zoals de bal afspelen naar iemand van het andere team. (Hoe worden de gemene jochies toch zo gemeen? Zijn hun ouders soms ook zo gemeen? Je kunt heel wat aanmerkingen hebben op Al en Barbara Zanni, maar ze hebben hun kinderen niét gemeen opgevoed.) De vinger-verbrijzelen-met-hamer-optie begint steeds aantrekkelijker te klinken.

Alsof dit allemaal nog niet erg genoeg is, word ik steeds zenuwachtiger over mijn auditie bij Juilliard. Als ik er alleen al aan denk dat ik die monologen moet houden voor meneer Lucas tijdens dramales, krijg ik al de riebels. Ik snap niet waarom, verdomme. Normaal gesproken rén ik het podium op. Ik vraag Ziba de tekst mee te lezen voor het geval ik een souffleur nodig heb.

Ik loop op het podium naar voren en kijk naar de grote zwarte vlek die het publiek is. 'Ik ben Edward Zanni,' begin ik. (Meneer Lucas heeft me 'Ik ben' in plaats van 'Mijn naam is' aangeraden, omdat het zekerder, assertiever klinkt.) '... en dit is Haemons monoloog uit *Antigone* van Sophocles.'

Alles gaat nog goed. Ik doe mijn ogen dicht om me te concentreren. Even later open ik ze weer, net zoals mijn mond.

Ik weet goddomme geen enkele zin meer!

'Sorry, ik begin opnieuw,' zeg ik.

'Nee!' brult meneer Lucas, zijn stemt echoot door het donker als de stem van God. 'We doen alsof dit een echte auditie is!'

'Het spijt me. Ik ben een beetje nerveus denk ik,' zeg ik.

'Ga verder!'

Wat heb ik in godsnaam? Ik ken deze monoloog vanbinnen en vanbuiten, van achter naar voren. Ik heb hem tig keer in Kelly's vagina geoefend. Ik sluit mijn ogen weer om me te concentreren. De beginregel is: *Vader, u moet niet denken dat slechts uw woord waar is en geen ander.* Hebbes! Ik open mijn ogen.

'*Vader, u moet niet denken dat slechts uw woord waar is en geen ander. Want als er een man is die denkt dat hij alleen wijs is...*'

O, mijn god.

'Tekst?' vraag ik.

'*In zijn woorden en daden...*' zegt Ziba.

'*In zijn woorden en daden... eh...*'

Ik geloof dit niet. Dit overkomt toch alleen andere mensen?

'Tekst?'

'*Zo'n man is niets meer dan een lege grafkamer...*'

'*In zijn woorden en daden, hij boven allen – zo'n man is niets meer dan een lege grafkamer...*'

'*De wijze*,' souffleert Ziba.

'Ik weet het, niet zeggen,' mompel ik. '*De wijze... De wijze...*'

'*... is niet beschaamd...*'

'*... is niet beschaamd om zijn eigen onkunde te laten blijken, hij begrijpt dat zijn ware kracht ligt in...*' Ik stop. 'Sorry, het gaat gewoon niet,' zeg ik. Mijn kleren zijn doorweekt van het angstzweet. Ik zie Kelly en Nathie met vertrokken gezichten op de eerste rij zitten.

'Ach, natuurlijk gaat het,' zegt meneer Lucas. 'Het gaat zelfs hartstikke goed, maak je geen zorgen.'

O, shit. Als meneer Lucas aardig gaat doen, gaat het echt heel erg slecht.

'Wacht nog heel even,' zeg ik. Edward, concentreer je. Concentreer je. Concentreer je.

'Ik heb echt geen flauw idee hoe de tekst verder gaat,' zeg ik.

'Ziba, wil je de rest van de tekst alsjeblieft aan Edward voorlezen.'

Ziba leest: '*Hebt u niet aanschouwd wat er gebeurt tijdens winterstormen? De bomen die aan waterstromen staan, buigen mee en sparen hun takken, maar de stijve en starre sterven af, met wortel en tak? Of hoe de zeevaarder die zijn zeil altijd strak houdt en het nooit laat verslappen er uiteindelijk alleen maar in slaagt zijn boot te laten kapseizen? Vader, ik ben misschien jong, maar het is uw plicht te luisteren naar de stem van de rede. Alstublieft, ik smeek het u, verhard uw hart niet en laat uw woede betijen.*'

'Misschien moet jij maar auditie voor Juilliard gaan doen,' zeg ik en ik probeer een lachje.

'Nou jij,' zegt meneer Lucas.

Ik schraap mijn keel en masseer mijn nek. 'Oké,' zeg ik: '*Hebt u niet aan-*

schouwd hoe de zeevaarder tijdens winterstormen zijn zeil altijd strak houdt...
en... O, dit klopt niet...'

'Doorgaan!' brult meneer Lucas.

'*Met zijn stijve starre wortel en tak in de wind,'* gil ik terug.

De klas begint te lachen en mijn gezicht gloeit. Dat wordt de rest van mijn leven kipburgers bakken bij Kip Smaklip.

Na de les stelt Ziba voor om met Kelly en Nathie naar de film te gaan, gewoon, om de hele toestand even te vergeten. (Ik vind het gewoon een andere manier om te zeggen dat ik slecht was.) We gaan naar *Yentl.*

Ik ga er eigenlijk van uit dat iedereen die dit boek leest een zekere basiskennis heeft van het oeuvre van Barbra Streisand, maar voor het geval dat niet zo is, nog even kort het verhaal: *Yentl* gaat over een jong joods meisje in Oost-Europa rond het fin-de-siècle, die zich als jongen verkleedt zodat ze naar een *yeshiva* kan om de thora te bestuderen. Ze wordt verliefd op een medestudent die, natuurlijk, niet weet dat ze een meisje is. Een soort *Tootsie on the Roof*, zeg maar.

Terwijl we in het donker naar Yentl zitten te kijken besef ik ineens hoeveel zij en ik op elkaar lijken: we kunnen allebei niet naar de school van onze dromen, we barsten allebei en plein public zomaar in gezang uit en we zijn allebei zo verliefd op onze beste vriend dat het bijna fysiek pijn doet.

Het is echt zo. Ondanks mijn erectieproblemen met Kelly is één blik op Doug voldoende om me harder dan een voorstopper te maken.

Ik deel dit diepe inzicht natuurlijk met niemand en luister naar Ziba, die de film analyseert als we naar de auto lopen. Ziba neemt *le cinéma* zeer serieus, wat bijvoorbeeld blijkt uit het feit dat ze ons dwingt tot het einde van de aftiteling te blijven zitten en altijd alles vergelijkt met het werk van Kurosawa. 'De regie was verrassend gepolijst,' verklaart ze, 'en de cinematografie was verbazingwekkend goed, maar ik denk dat het verhaal beter tot zijn recht gekomen zou zijn als er Jiddisch was gesproken, met ondertiteling.'

Dit uit de mond van een moslima.

'Barbra Streisand had gewoon Amy Irving moeten neuken,' zegt Kelly.

We staan allemaal stil.

'Wat? Wat is er?' vraagt ze.

Ook al heb ik bijna een triootje met haar gedaan en *dirty talk* in haar vagina gefluisterd, Kelly verrast me telkens weer met dit soort uitspraken.

'Interessant,' zegt Ziba terwijl ze erover nadenkt. 'Maar hoe doen ze het zonder penis?'

Kelly denkt even na. 'Ze kunnen elkaar beffen.'

Dit gesprek gaat wat mij betreft een verkeerde kant op, dus verander ik van onderwerp: 'Hebben jullie ook gezien dat Yentl hetzelfde brilletje had als vader Nozem?'

'Ja,' zegt Nathie. 'Misschien moet jij ook in een yeshiva gaan wonen.'

'Ik denk niet dat ze katholieken willen, Nathie.'

'Dan niet. Een klooster dan?'

Kelly steekt haar arm uit en houdt me tegen, zoals je iemand tegenhoudt die bijna voor een auto stapt. 'Ik heb het!' zegt ze.

'Je hebt wat?'

'Je kunt bij ons komen wonen!'

'Hoe bedoel je? Dat zou je moeder nooit goedvinden.'

'Wel als ze denkt dat je homoseksueel bent.'

'Maar dat ben ik toch niet?' zeg ik, en mijn stem klinkt hoger dan bedoeld.

'Tuurlijk niet, gekkie,' zegt Kelly. 'Je moet gewoon doen alsof – je weet wel, net zoals Yentl doet alsof ze een jongetje is.'

Nathie knikt bedachtzaam alsof hij diep onder de indruk is. 'Weet je, dat is helemaal niet zo'n slecht idee, Kelly.'

Kelly's ogen glanzen. 'Dit gaat echt leuk worden, Edward!' zegt ze. 'Ik ga mijn moeder eerst vertellen dat het uit is tussen ons en dan wil ze me natuurlijk psychoanalyseren. Dan zeg ik iets als dat je mijn hart gebroken hebt, maar dat ik het wel begrijp omdat je homo bent, maar dat ik nu niet meer zeker weet of ik mannen ooit nog wel kan vertrouwen, bla, bla, bla...'

Nathie en Ziba werken deze voorlopig alleen nog mentale ramp verder met haar uit; ze bedenken verschillende manieren waarop Kelly mijn latente homoseksualiteit ontdekt kan hebben. Ze vermaken zich met het blijkbaar hilarische voorstel dat Doug en ik stiekem geliefden zouden kunnen zijn. Kelly fluistert in mijn oor: 'En het mooiste is dat we zo vaak samen kunnen zijn als we maar willen...'

In de yeshiva zouden ze zeggen: '*Oi vey.*'

achttien

Als ik iedereen heb afgezet, ga ik niet direct naar huis, maar blijf wat rondrij- den en denk na over Kelly's idee. Stel, ik vertel Kathleen dat ik homo ben. Dan vertel ik haar tot op zekere hoogte de waarheid, maar lieg ik eigenlijk tegen Kelly, omdat zij denkt dat ik een echte hetero ben. Aan de andere kant: als ik stiekem met Kelly foezel, lieg ik overduidelijk tegen Kathleen. Aan weer een andere kant: hoe bedreigend ben ik voor haar dochter als ik toch geen erectie heb? Ik krijg er hoofdpijn van.

Om alles nog erger te maken, blijft Doug door mijn onderbewuste spoken. Ik weet dat hij veel te veel het type bergschoenen-en-flanellen-hemd is om mijn gevoelens ooit te beantwoorden, maar juist dat verboden, dat 'door het lot uit elkaar gehouden geliefden'-aspect maakt hem onder andere zo aantrekkelijk. Ik zie ons als een moderne Romeo en Julia, of in dit geval Romeo en Julius. Ik fantaseer dat we ouder worden en trouwen (gewoon met vrouwen, bedoel ik), maar elk jaar een romantisch rendez-vous hebben, net als in *Same Time, Next Year*. Ik droom dat we een hut in de bossen gehuurd hebben, onze nietsvermoedende echtgenotes zijn er ook bij, en dan glippen we weg, de bossen in om te jagen of zo, en gaan elkaar dan neuken zoals stoere, gezonde buitenmannen dat doen.

Ik heb het niet meer. Aan hem denken is al een marteling, maar wel een heerlijke, zoals de transcendentale doodsstrijd die je ziet op schilderijen van gemartelde heiligen. Ik word gek.

Ik rijd naar Dougs huis.

Het is te laat om aan te bellen, dus sluip ik behoedzaam over de krakende veranda en gluur door het raam naar binnen. Vanuit meneer Grabowski's ongemakkelijke stoel kijkt iemand naar porno op de kabel. Ik kan niet zien wie. Ik weet bijna zeker dat het Doug is, door de plukjes spriethaar die boven de stoel uitsteken, maar ik wil het risico niet lopen dat het zijn enge vader is. Na een tijdje staat de gestalte eindelijk op en rekt zich uit. Aan de boxershort en het footballshirt zie ik dat het inderdaad Doug is. Ik tik zachtjes op het raam. Doug vouwt zijn handen als een duikbril om zijn ogen en drukt die tegen het glas om te zien wie er tikt. Als hij me herkent, wijst hij naar de voordeur om aan te geven dat hij open gaat doen.

'Wat is er?' fluistert hij.

'We moeten praten,' zeg ik, en ik schuif langs hem heen naar binnen.

De kamer lijkt verstikkend klein voor het enorme dat ik zo meteen ga vertellen. Als een gekooid dier ijsbeer ik over het smerige tapijt. Doug kijkt bezorgd.

'Wat is er, man?' zegt hij.

'Ik weet niet hoe ik dit moet brengen, Doug, ik val maar gewoon met de deur in huis...'

'Wat heb je gedaan, man – iemand omgelegd?'

'Doug, ik ben serieus.'

'Oké,' zegt hij, 'zeg het dan maar gewoon.'

Ik weet zeker dat ik twee klaplongen heb en dat ik onmogelijk genoeg lucht kan krijgen om te praten, maar blijkbaar klopt dat toch niet helemaal, want ik hoor mezelf zeggen: 'Ik ben verliefd op je.' Gewoon zomaar, alsof de woorden uit mijn mond op het tapijt rollen.

En vervolgens ratel ik verder: 'Het spijt me, ik moest het je gewoon vertellen; ik kan het niet meer voor me houden; ik ben totaal, halsoverkop, waanzinnig straalverliefd op je. Ik denk wel duizend keer per dag aan je en 's nachts nog véél vaker. Ik word gek, ik weet niet meer wat ik doe. Als ik je zie moet ik me tot het uiterste beheersen, moet ik iedere keer elk beetje zelfbeheersing aanspreken om niet de kamer door te rennen en je te omhelzen.'

Wat ik nu ook zo graag zou willen doen. Ik wil hem omhelzen en hem met kussen overladen, maar ik durf het niet. Doug laat me waarschijnlijk eerder aan zijn pik zuigen dan dat hij aan zoiets intiems als een kus begint.

Hij zegt geen woord, maar zijn ijzig kijkende ogen beginnen langzaam te ontdooien, zomaar, ineens. Ik weet niet eens of hij dat zelf beseft, omdat hij totaal niet reageert terwijl de tranen over zijn wangen lopen, alsof er water vanaf een rots een rivier in druppelt. Ik heb absoluut geen idee wat dit betekent.

'Het spijt me zo,' fluistert hij. 'Ik... ik kan het niet.'

Ik rijd door de donkere, slapende straten van Wallingford en voel me leeg, uitgeblust en een enorme idioot. Ik had een fantastische, intense vriendschap met een sterke lichamelijke homo-erotische kant en nu heb ik het volledig verprutst, zoals Franky S. zou zeggen: *By saying something stupid like I love you.* Waarschijnlijk wil Doug me nooit meer zien of spreken. En wat het allemaal nog erger maakt: ik heb geen verblijfplaats meer, ken Haemons kutmonoloog nog steeds niet uit mijn hoofd, heb een vader die niets om me geeft, een boze stiefmoeder die me haat, een echte moeder die waarschijnlijk door Zuid-Amerikaanse guerrilla's gekidnapt is, en ik heb zoveel porties kipdipper gegeten dat mijn broek niet meer dicht kan. En als klap op de vuurpijl word ik ook nog eens gedwongen om te basketballen met een stel bruggers die zo uit *Lord of the Flies* zijn weggelopen. Het wordt me te gek.

Het is hamertijd.

Ik loop zo langzaam mogelijk onze donkere keuken in en zoek in de rommella naar een hamer. Maar in plaats van het gebruikelijke assortiment paperclips, punaises en elastiekjes kijk ik recht in het zongebruinde, bijgewerkte gezicht van mijn zuster Karen, in zalige onwetendheid van het feit dat ze in een rommella ligt in plaats van aan de muur hangt waar ze hoort. Ik pak de foto eruit en vervolgens kijk ik naar mezelf, zorgeloos glimlachend boven mijn veterstropdas. Ik draai me om en kijk naar de muur waar de afgelopen tien jaar onze schoolportretten hebben gehangen en zie dat er nu een grote foto hangt van een fruitschaal van Dagmar.

Oké: misschien, héél misschien, als ze ons vervangen had door iets van vergelijkbare sentimentele waarde, bijvoorbeeld haar voorvaderlijke Oostenrijkse berghut, of een portret van haar teerbeminde vader, de nazicollaborateur, was ik misschien niet zo boos geworden. Maar om nou door een foto van een kutfruitschaal vervangen te worden is echt de druppel.

Ik breek. Als een bevroren wortel in de winter.

Al wandelt in een onderbroekje de keuken in; hij lijkt sprekend op de eerste vent die in de menselijke evolutie op twee benen probeert te staan.

'Wil je me dit even uitleggen?' vraag ik en ik wijs naar Dagmars foto.

'Vind je hem mooi?' vraagt Al. Hij krabt over zijn harige buik en trekt de koelkast open. 'Dagmar heeft er het afgelopen weekend een leuke prijs mee gewonnen.'

'O ja joh? La-die-kutje-da,' zeg ik.

Al kijkt over zijn schouder. 'Hé, pas godverdomme goed op je woorden, jochie.'

'Je snapt het echt niet hè?' zeg ik met stemverheffing en ik pak onze foto's uit de rommella. 'Zie je dan niet wat ze doet? Ze heeft ons in de *rommella* gelegd, Al. Je eigen kinderen! Betekenen die dan helemaal niets voor je?'

'Stel je niet zo aan,' zegt Al.

Voor bepaalde dingen ben ik zeer allergisch. 'Stel je niet zo aan' staat in de top-drie samen met 'Wil je alsjeblieft wat zachter doen?' en 'Geen persoonlijke telefoontjes toegestaan'. Ik voel me kwaad worden. 'Waarom ondersteun je haar artistieke carrière *wel* en de mijne *niet*?'

'Wat ik met mijn geld doe, is godverdomme *mijn* zaak,' zegt Al en hij smijt de deur van de koelkast dicht. 'Als ik er zin in heb kan ik het allemaal aan kauwgomballen en hoeren uitgeven.'

'Voor de helft doe je dat al,' mompel ik.

Al zwaait met een harige vinger voor mijn gezicht. 'Pas op je woorden, kleine etterbak. Je hebt het wel over mijn vrouw, ja! En besef heel goed dat deze vrouw meer voor me doet dan jij en je luie zuster ooit voor me gedaan hebben. Al die jaren heb ik jullie helemaal alleen opgevoed, en wat krijg ik van jullie? Niks dan stank voor dank!'

'O, tuurlijk! Al die negens en tienen die ik gehaald heb, alle prijzen, alle hoofdrollen, dat noem jij stank voor dank?'

'Ik heb het over *respect*, jochie. Over *gehoorzaamheid*. En misschien af en toe een beetje waardering op zijn tijd. Denk je dat ik niet weet dat je me achter mijn rug om uitlacht, meneer Eregastrol, alsof ik daar te stom voor ben? Jij en je zus doen alsof ik een geldautomaat op wieltjes ben. En nu is er voor de verandering eindelijk eens iemand die aan mij denkt! Iemand die schoonmaakt en voor me kookt, iemand die voor me zorgt en van me houdt. Dus ja, je hebt helemaal gelijk, jochie: haar carrière ga ik zeker steunen.'

'O, dus eigenlijk bedoel je dat als je met mij kon neuken en ik je reet zou likken, je mij ook zou steunen?'

'Lelijke, zieke...'

'Oké, wat je wilt. Al, kijk goed; daar ga je,' zeg ik en ik wijs naar mijn lippen. Ik zeg met mijn beste acteursmimiek: '*Lik mijn reet!*'

Heerlijk om het eindelijk eens hardop te zeggen.

Achter me hoor ik gegrom alsof de poorten van de hel zich openen en ik draai me net op tijd om om te kunnen bukken voor een wijnglas dat in mijn richting gegooid wordt.

'Satanskind!' gilt Dagmar, maar omdat ze Oostenrijks is, spreekt ze het totaal verkeerd uit, met het accent op de laatste lettergreep. 'Zatanskiiend! Ga wek! Jai godverdoemde *zatanskiiend!*' Ze wil me met haar ontblote klauwen openkrabben, Al moet haar tegenhouden. 'Jai ondankbare zatanskiend, jai... jai...' – Het schuim staat haar op de lippen – 'jai... *Schwanzlutscher!*'

Toevallig weet ik dankzij Doug dat ze me zojuist een pikzuiger heeft genoemd wat me de zeer bevredigende kans biedt om met mijn gezicht vlak bij het hare te zeggen: 'Ja, ik weet dat jij niets liever doet, kreng.'

Dagmars ogen worden groot en ze probeert zich als een dolle hond hijgend en kwijlend uit Als greep los te worstelen, omdat ze geen fatsoenlijk Engels weerwoord weet. Ik schrijd langs haar heen de gang in, ietsje meer Bette Davis dan mijn bedoeling was.

'Bel me maar als ze dood is,' zeg ik en ik gooi de deur zo hard als ik kan achter me dicht.

Ik laat me tegen de deur vallen om op adem te komen. De scherpe, koude nachtlucht bijt in mijn vlees. Binnen hoor ik Dagmar nog altijd als een op hol geslagen harpij gillen.

'*Zatanskiiend!*'

Ik begin te rennen om een zo groot mogelijke afstand tussen mijzelf en Huize Smetvrees te scheppen.

negentien

Ik ren helemaal naar Kelly's huis en bonk net zo lang als een gek op de deur tot Kathleen opendoet. Ik ben doorweekt van het zweet en ik voel de vrieslucht in mijn longen branden. Ik stort me hyperventilerend in Kathleens armen met het gevoel dat ik elk moment kan gaan kotsen. Kelly verschijnt boven aan de trap. 'Een deken,' zegt Kathleen, 'snel.'

'Waarom haten ze me zo?' hijg ik. 'Waarom?' Ik voel me alsof ik ga verdrinken en ik grijp haar beet alsof ze mijn laatste reddingslijn is. 'Het enige dat ik wil is studeren, ik wil gewoon acteur worden, ik wil alleen maar...'

'Ik weet het schatje. Sssjt. Alles komt goed.' Samen met Kathleen zak ik op de vloer. Ze wikkelt me in een wollen deken.

'Ik snap het echt niet,' zeg ik. 'Er zijn zoveel doodgewone kinderen met ouders die van ze houden. En ik doe zo mijn best en...'

'Sssjt,' zegt ze, 'rustig nou maar.' Ze vraagt Kelly om warme kleren voor me te halen.

'Hij zal er nog spijt van krijgen,' zeg ik. 'Als ik beroemd ben en hem niet bedank in mijn oscartoespraak. Hij zal zich deze avond herinneren als hij beseft dat zijn kinderen hem haten. Wacht maar...'

Kathleen zegt niets, maar houdt me stevig vast, neuriet en wrijft over mijn rug, zoals mijn moeder dat deed als ze me in slaap zong:

Ik ben een eenzame petunia in een uienveldje,
En ik huil de hele dag door...

Kelly komt weer binnen. Ik hoor Kathleen fluisteren: 'Wat is dat in godsnaam?'

'Ik kon zo gauw niets anders vinden,' fluistert Kelly terug.

'Edward, schatje,' zegt Kathleen, 'je moet je natte kleren uitdoen en dit aantrekken.' Ik doe mijn ogen open en zie dat ze een nachtjapon in Schotse ruit met een kraag van witte ruches in mijn handen heeft gestopt. Voor het eerst in een eeuwigheid moet ik lachen. We lachen alle drie.

'Als je vader je straks eens kon zien,' zegt Kathleen.

Ik ga me omkleden en Kathleen trekt een fles wijn open. We krijgen allemaal een flink glas. 'Vrolijk kerstfeest, godverdomme,' zegt ze.

'En een gelukkig nieuwjaar, godverdomme,' antwoord ik. We proosten.

We worden alle drie zo dronken als een tor, al is het een doordeweekse avond. Kelly is duidelijk het zatst van ons drieën en besluit, om redenen die zij alleen kent, haar *Evita*-lp op te zetten en het hele ding van a tot z voor ons mee te zingen. Daarna kruipt ze in een hoekje achter de kerstboom en zegt: 'Hallo allemaal, ik ben de pratende kerstboom. Vrolijk kerstfeest godverdomme', waarna ze onder zeil gaat.

Kathleen en ik kijken in het donker naar de knipperende kerstboomlamp-jes. 'Wat moet ik nu?' zeg ik.

Ze draait haar glas rond en rond. 'Bij ons komen wonen natuurlijk!'

'Dus Kelly heeft je al verteld...'

Kathleen lacht. 'Dat je homo bent? Ach kom, schatje, dat had ik toch allang door.'

Ik ben blij dat Kelly's plan werkt, maar een beetje meer ongeloof van Kathleens kant was leuk geweest.

'Je denkt toch niet dat je hier mocht komen wonen als ik dacht dat je met mijn dochter aan het rotzooien was?'

Ik kijk weer gespannen, denk ik, want Kathleen begint weer over mijn rug te wrijven. 'Maak je geen zorgen,' zegt ze. 'Vannacht even niet, oké? Morgen mag het weer.' Ze zucht diep en ik zucht mee. Ik begin me weer warm en veilig te voelen. 'Help je me nu even om de ster boven op de boom te zetten? Die ster daar ja. Helemaal bovenop, waar hij hoort.'

Als dit de slechtste nacht van mijn leven is, dan mogen er nog wel een paar komen.

Als je jezelf financieel onafhankelijk verklaart, mag je niet meer dan zevenhonderd dollar van je ouders aannemen, wat betekent dat ik van alles op moet geven: geen geld, geen verzekeringen, geen auto, niets. MoM achterlaten is het moeilijkst. Nathie en ik bedenken nog wel een plan waarbij we de auto van zijn ouders onder aan een helling parkeren en de handrem van die van mij eraf halen, zodat allebei de auto's total loss zullen zijn en Al een nieuwe voor de ouders van Nathie moet kopen, maar uiteindelijk doe ik precies hetzelfde als mijn moeder vroeger: ik loop gewoon de deur uit. Ik neem mijn boeken, mijn kleren en een paar platen uit Als Sinatra-collectie mee. Ik scoor wat extra geld door een advertentie te plaatsen en de meubels van mijn slaapkamer te verpatsen. (Nog een idee van Nathie.) Als Al ontdekt dat ze weg zijn zegt hij: 'Je had die meubels niet mogen verkopen. Die spullen zijn van mij.'

'Nee,' zeg ik, 'die spullen zijn nu van Marvin Nelson uit Camptown, New Jersey.' Negentig procent van de wet gaat over bezittingen.

Al schudt zijn hoofd. 'Hoeveel heb je ervoor gekregen?'

'Vijfhonderd dollar,' zeg ik.

'Zoveel?' vraagt hij. 'Dan is Marvin genaaid.' We glimlachen allebei en lachen kort. Al is er natuurlijk op tegen dat ik wegga, hij vindt me egoïstisch. Als hij het over Kathleens huis moet hebben, noemt hij alleen het adres, alsof ik in een van zijn huurpanden zit. Maar mijn beslissing om te vertrekken heeft de spanning tussen ons verminderd. Af en toe hebben we zelfs een bijna-vriendelijk moment, zoals net ten koste van Marvin. Maar Dagmar heeft een radar die elke keer als Al en ik ook maar een beetje vriendelijk tegen elkaar zijn alarm slaat. En dan sluipt ze binnen, terwijl ze lotion op haar ruwe, eeltige handen smeert.

'Daize kamer laikt zoviel groter zonder al die rotzooi erien,' vindt ze.

Vuile teef.

Paula komt druk en enthousiast thuis van haar eerste geweldige semester op Juilliard en dat irriteert me natuurlijk mateloos. Ze wil verder gaan waar de Creatieve Vandalen gebleven waren: de boeddha bezoeken en kerststalletjes herschikken tot de 'Aanbidding van de Heilige Tuinkabouter', maar ik zie er de lol niet meer van in. Afgelopen zomer lijkt een eeuwigheid geleden en ik voel me oud, uitgeput en bitter. Meestal houd ik het nauwelijks uit in mijn eigen vel. Ik slaap amper en kan me niet concentreren. Het enige dat me lukt, is eten, dus als tante Glo voorstelt om kerstkoekjes te bakken, denk ik: ach, waarom ook niet?

Tante Glo vraagt of we wat voor haar willen zingen en Paula en ik doen een paar kerstliedjes. Tante Glo rolt het deeg uit en huilt. Paula's fluwelen stemgeluid maakt me bijna zelf aan het huilen (aangenomen dat ik dat kan, natuurlijk). Ik kijk naar haar wijde mond, geopend in een gelukzalige glimlach, naar haar gladde, ontspannen, vlezige keel, terwijl de tekst als water uit haar vloeit. Ze is zo open, zo ongecompliceerd, zo vrij.

Ik kan haar soms wel wurgen.

Daarna vraagt Paula of ik mijn auditiemonologen wil doen.

'Oké, ik begin met mijn moderne, goed?' zeg ik.

'O, nee, nee,' zegt Paula, 'met de klassieke. Daar zijn ze echt in geïnteresseerd. Het draait om een klassieke training. We krijgen zelfs schermlessen.' Ze springt op om me verschillende *en garde-* en *touché-*bewegingen voor te doen. 'Is het niet *magnifiek*?'

Paula en tante Glo gaan er eens goed voor zitten, terwijl ik me oplaad voor Haemons monoloog.

'Oké, Edward, kalm aan,' mompel ik tegen mezelf. 'Je kunt dit best. Ontspan je. Ontspan je. Ontspan je godverdomme!'

Ik ben zo bang dat ik mijn tekst weer niet weet dat ik h-e-e-l e-r-g l-a-n-g-z-a-a-m spreek, alsof Haemon een moeilijk lerend kind is. Paula schudt haar hoofd en knijpt haar ogen tot spleetjes terwijl ze naar me kijkt, alsof ik heel ver weg ben. Als ik klaar ben vraagt ze: 'Eh... heb je nog iets anders ingestudeerd, misschien?'

'Ja, Mercutio's sterfscène,' zeg ik.

'O, dat klinkt *geweldig*,' zegt Paula. 'Vindt u ook niet, tante Glo?'

'O ja, ik ben dol op een goede sterfscène. Hebbie *Terms of Endearment* al gezien? Met Debbie Winger? Die ging echt mooi dood in die film.'

Ik doe Mercutio's sterfscène en deze keer probeert Paula ontspannen te kijken, maar onwillekeurig verkrampt haar gezicht zo vaak dat ik halverwege stop.

'Je vindt het afschuwelijk,' zeg ik. 'Ik zie het.'

'Ik vind het niet afschuwelijk,' zegt ze. 'En trouwens: je moet je niet focussen op hoe ik reageer, je moet je focussen op de scène.'

'Maar wat is er dan?'

'Nou... het lijkt wel of je, hoe noem je dat... geen contact maakt met je pijn.'

'Wel jezus christus – sorry, tante Glo –, wat is er nou zo geweldig aan pijn?'

Paula plukt een denkbeeldig draadje van haar lange wollen rok. 'Heb je niet nóg iets anders, Ed?'

'Ik heb nog "Bottom's Dream", maar...'

'O ja, dóén: "Bottom's Dream", absoluut,' zegt ze. 'Vindt u ook niet, tante Glo?'

'Dromen zijn zalig,' zegt tante Glo. 'Ik heb ooit eens gedroomd dat Liberace mijn gootsteen ontstopte.'

'Zie je wel?' zegt Paula. Ze glimlacht haar doek-op-lichten-aan-glimlach om me aan te moedigen.

En dus doe ik 'Bottom's Dream' en daarna mijn moderne monoloog uit *Amadeus*. Paula en tante Glo lachen op alle goede momenten. 'Zeker weten: deze twee doen,' zegt Paula. 'Geloof mij maar.'

'Maar ze lijken zo op elkaar. Moet ik niet ook iets anders laten zien, zodat ze kunnen zien wat ik allemaal kan?'

'Niet als je gee... Niet iedereen is goed in dramatische scènes, Edward. Maar maak je geen zorgen, het komt goed.'

Goed komen? Het moet helemaal niet goed komen. Het moet ongelofelijk verbijsterend goed zijn! Ik heb hier alles voor opgegeven: ik ben uit mijn ouderlijk huis getrokken, heb mijn auto opgegeven en werk godverdomme bij Kip Smaklip!

'O ja, en maak je niet druk als ze niet om een tweede monoloog vragen,' zegt Paula. 'Dat hoeft niet te betekenen dat ze je niet goed vonden.'

Maar dat betekent het wél, dat weet iedereen.

Ik ben een verloren...

twintig

Kathleen en Kelly gaan naar 'Omies huis' aan Cape Cod, voor een heerlijke kerst-in-Kennedy-stijl, en laten mij achter met twee neurotische katten en een stationwagon die zo oud is dat we hem Huifkar gedoopt hebben. Ik heb geen zin om me een zielig dickensiaans weeskindje te voelen op een familie-vakantie van een ander, dus ik neem contact op met Nathie.

'Wat doen jullie joden met kerst?' vraag ik hem.

'We halen Chinees en gaan naar de film,' deelt hij mee. 'Er gaat niks boven een joodse kerst.'

Op eerste kerstdag kijken we naar *Terms of Endearment*. Tante Glo heeft gelijk: die Debbie Winger gaat echt mooi dood. Ik zit in het theater te huiveren in mijn stoel en probeer haar pijn in te voelen, op zoek naar die emotie in mijzelf.

'Gaat-ie een beetje?' fluistert Nathie.

'Ja hoor, prima,' zeg ik tandenknarsend.

'Na Chinees eten krijg ik ook altijd last van mijn darmen,' zegt hij.

Donderdag na kerst neem ik met Paula de trein naar New York, omdat ik al om tien uur 's ochtends auditie moet doen. Ik heb een ruimvallende zwarte coltrui gekozen omdat (A) zwart slank afkleedt en (B) ik hem over mijn broek kan dragen zodat het niet opvalt dat mijn spijkerbroek veel te strak zit. Ik draag er een paar zwarte gymschoenen onder en mijn lange tweedehands overjas overheen. Paula vindt het een goede look. 'Zeer Serieuze Jonge Acteur,' zegt ze. 'Je zult het *magnifiek* doen, ik weet het zeker!' Ze knijpt me bemoedigend in mijn arm. Maar helaas, hoe meer ze me opjut, hoe meer ik ervan overtuigd raak dat ik echt zwaar klote ben. Want anders had ik al die aanmoedigingen toch niet nodig?

Paula woont in Hell's Kitchen, maar de buurt lijkt meer op Hell's Bathroom, als je het mij vraagt. Een soort platgeschoten Beiroet, maar dan kouder. Twee hoeren staan in minirok en nepbontje te rillen voor de ingang van Paula's flatgebouw. Ze begroet ze vrolijk.

De langste kust haar hartelijk. 'Dank je wel, meisje, voor dat flesje Shalimar,' zegt ze.

'En de penicilline,' zegt de ander. 'Meid, je bent een godsgeschenk.'

'Jullie ook een vrolijk kerstfeest,' zegt Paula stralend. 'Dit is mijn vriend

Edward.' Ik steek mijn hand uit naar de dames en zie dat de langste eigenlijk een man is. Zijn (haar? Oké: haar) grote mascara-ogen boren zich in die van mij.

'Ik ben Anita,' zegt ze, 'Anita Mandalay. Waar heb je al die tijd gezeten, lekkertje?'

'Eh... New Jersey?' zeg ik.

'Nou pas maar op dan, misschien stop ik je in mijn kerstkous.' Anita gooit haar hoofd in de nek en lacht, zodat een mond vol gouden vullingen zichtbaar wordt. En blaasjes, ongetwijfeld herpes.

'Aangenaam,' zeg ik. We gaan naar binnen. Het stinkt er naar zweetvoeten. Paula noemt het een lagehurenparadijs, wat een eufimisme is voor vlooienhotel.

'Is het niet ongelofelijk *bizar* hier?' vraagt ze. 'De mensen hier zijn zó *echt*, Edward. Naast me woont een ongehuwde tienermoeder met een drugsdealend vriendje. Aan de overkant wonen Pakistani die kleedjes voor mijn deur neerleggen om richting Mekka te bidden.

'Aan welke kant ligt Mekka dan, van hieruit?'

'De gang door, langs de badkamer,' zegt ze.

'Delen jullie de badkamer?'

'Ach joh, je went eraan. O, Edward, hier wonen is *zo* goed voor mijn acteerwerk...'

'Als je ooit een drugsdealende moslim moet spelen wel, ja.'

'Doe niet zo provinciaal! O, wat is het al laat,' zegt ze, naar haar enkel kijkend. 'Over een halfuur heb ik met Gino in de stad afgesproken en hij vindt het verschrikkelijk als ik te laat kom. Moet je nog naar de wc voor we gaan?'

Ik gluur er even naar binnen: roestige buizen, gebarsten tegels en bladderende verf. Ik krijg nog liever spontaan tetanus.

'Nu even niet,' zeg ik.

We nemen de ondergrondse naar de Village om daar te gaan eten met haar vriendje, de pasta-achtige Gino Marinelli. We zijn een kwartier te vroeg bij de Griek en wachten drie kwartier op Gino.

'Daar is hij!' gilt Paula eindelijk. Ik kijk het restaurantje goed door, maar zie niemand die ook maar in de verste verte op ene Gino Marinelli lijkt.

'Waar dan?' vraag ik, maar Paula is al opgesprongen en huppelt het restaurant door. Ze omhelst een berg haar met iemand eronder. Bij een naam als Gino Marinelli verwacht je een ronde gehaktbal van een vent, maar deze Gino lijkt meer op de bassist van een heavy metalband. Zijn lange, magere benen zitten in een superstrakke stone-washed spijkerbroek en hij heeft een leren jasje aan met schoudervullingen zo groot als die van een footballspeler. Ik kan zijn gezicht niet zien, omdat zijn haar ervoor hangt en omdat hij Paula een lange, natte tongzoen geeft zonder haar lippen aan te raken. Zoals Gene Simmons van Kiss Mick Jagger zou zoenen, zeg maar. Hij grijpt haar grote, zachte billen met beide handen beet en begint ter plekke tegen haar op te rijden, tot ze zich loswurmt en naar mij wijst. Ze neemt hem bij de hand en leidt hem als een pony het restaurantje door.

'Edward, dit is Gino. Gino, Edward.'

Ik steek mijn hand uit, maar hij wil iets waarbij we onze vuisten tegen elkaar aan moeten slaan, of zoiets. Hij glijdt bij ons aan tafel en bestudeert me vanachter zijn haargordijn.

'Het is zo *heerlijk* dat jullie twee elkaar eindelijk ontmoeten!' kraait Paula. Gino knijpt zijn ogen tot spleetjes. Hij denkt er duidelijk anders over.

Ik zet mijn gezicht op 'grijns' en probeer die vast te houden. 'Paula heeft me verteld dat je op de filmacademie studeert.'

'Gino gaat een briljant filmmaker worden,' kraait Paula. Gino kijkt haar strak aan en ze bloost. 'Ik bedoel, hij *is* een briljant filmmaker. Vertel Edward eens over je filmproject, schatje.'

Gino klikt zijn aansteker open en kijkt ernaar terwijl hij met het vuur speelt. 'Neuh, vertel jij het maar,' zegt hij, achteroverleunend in zijn stoel. Zijn stem is nauwelijks hoorbaar, alsof die te lui is om uit zijn strot te klimmen.

'Oké... Het gaat over een vrouw – ik dus – die haar T-shirt kwijtraakt en halfnaakt heel New York afstruint, op zoek naar dat T-shirt. Uiteindelijk wordt ze doodgeschopt voor de Beurs in Wall Street. Het wordt allemaal nogal bloederig – behoorlijk Scorsese.'

'Ga je dat topless doen?' vraag ik.

'Ja, maar het is erg artistiek,' zegt Paula. 'De vrouw verliest haar T-shirt, snap je? Het is een metafoor voor de strijd van de vergeten armen van deze stad.'

'En ze had natuurlijk de grootste tieten van iedereen die auditie deed,' zegt Gino.

'Is hij niet *grappig*?' jubelt Paula en ze overdekt zijn gezicht, of wat je ervan kunt zien, met kussen. Hoe hij in godsnaam iets door zijn cameralens kan zien met al dat haar is mij een raadsel.

Hij duwt Paula van zich af, fluistert: 'Effe pissen', en glibbert weg. Paula leunt over de tafel heen. 'En hoe vind je hem, Edward?' vraagt ze, terwijl haar kleine handjes opgewonden fladderen.

Wat ik van hem vind? Hij is afgrijselijk. Hij is helemaal fout, fout, fout. Stop hem in bad en knip dat haar eraf, voor hij je al je geld aftroggelt en je dumpt voor een ander. Hij is een weerzinwekkend, walgelijk laag-bij-de-gronds varken, en je kunt zó makkelijk veel beter krijgen.

'Hij is te gek!' zeg ik.

Watje.

Als Gino terug is, bestelt hij een bord aardappelpuree met jus. Na een paar onwilllige eenlettergrepige antwoorden weet ik dat hij in Brooklyn bij zijn ouders woont en dat hij een oom heeft die Robert De Niro kent. Maar het is Paula die het gesprek gaande houdt. Onze Gino is maar in één ding geïnteresseerd, misschien moet ik zeggen: twee dingen. Hij buigt zich naar Paula en fluistert iets in haar oor.

'Vanavond niet,' giechelt Paula. 'Ik heb Edward.'

Gino steekt zijn tong in haar oor en ik zie zijn hand naar haar kruis gaan. Paula sluit haar ogen en kreunt zachtjes. Ik scheur mijn papieren servetje in kleine stukjes en doe alsof ik niet doorheb dat hij haar voor mijn neus zit te vingeren.

Gino leunt over de tafel en glimlacht voor de eerste keer naar me. Opeens straalt hij en ik begin te begrijpen wat Paula in hem ziet. 'Hé, Edje,' zegt hij, 'jij kunt je zelf wel een uurtje of twee vermaken, hè?'

'Tuurlijk,' zeg ik.

'Maak er drie van,' zeurt Paula.

Ze laten mij de rekening betalen. Ik werk Gino's aardappelpuree naar binnen en stap de koude, vochtige straten van Greenwich Village in. Ik wil een filmpje pakken, maar ik voel me veel te zenuwachtig om stil te zitten. Dus drentel ik wat rond, bekijk de bakstenen gebouwen en probeer me Greenwich Village in de tijd van Henry James voor te stellen. Op een bord in een etalage staat: *Wij drukken alles af als we de goede mogen houden.* Ik ontdek dat ik voor Toto Foto sta. De plek waar we Nathie van een klein saai mannetje getransformeerd hebben in een klein, nog saaier vrouwtje. Ik ben dus vlakbij Something for the Boys.

Ik sla de hoek om, steek over en twijfel of ik wel of niet naar binnen zal gaan. Kom op zeg, zo erg is het toch niet? Je bent er toch al eerder geweest? Maar naar een homobar gaan met een stel schoolvrienden is iets heel anders dan er alleen naar binnen wandelen. Er kan dan van alles gebeuren. Met iederéén kan iets gebeuren.

Waar wacht ik verdomme nog op?

De tent zit maar halfvol. Een paar jongens kijken op als ik binnenkom. Niemand treedt op, maar een groepje mannen hangt om de piano en zingt: 'I'm Just a Girl Who Can't Say No.' Het is er behoorlijk warm, dus trek ik mijn lange tweedehands overjas uit. Ik probeer volwassen over te komen als ik aan de bar een biertje bestel en aansluiting probeer te vinden bij de pianogroep. Het plafond hangt vol met strengen kerstlichtjes, het is net een met sterren bezaaide nachthemel. De pianojongens wijzen onder het zingen naar elkaar en veranderen lachend de tekst in: '*You're* just a girl who can't say no.' Blijkbaar voelen ze zich volkomen op hun gemak en normaal. Tenminste, zo normaal als een groep volwassen mannen die Ado Annie uit *Oklahoma!* nadoen zich kan voelen. Als het lied uit is, ziet de pianist me. Het is de vent van afgelopen zomer, de man met het Humpty Dumpty-gezicht. Hij geeft me een knipoog en begint de intro van 'Corner of the Sky' te spelen. De muziek trekt me als een magneet naar hem toe. 'Niet te geloven,' zeg ik terwijl hij met me flirt. 'Dat je dat hebt onthouden!'

'Och, schatje, ik ben een ramp met namen, maar ik vergeet nooit iemands lijflied. Ga je nog wat zingen of hoe zit dat?'

Ik pak de microfoon en zing 'Corner of the Sky' voor een klein, maar aandachtig publiek. Ze kijken glimlachend en glunderend naar me. Ik voel me jong en aanbeden. Ik buit die aanbidding een beetje uit, net zoals toen bij de Wallingford Musical Damessociëteit. De reacties zijn vergelijkbaar, alleen flirtten de dames niet zo met me. Niet zo onbeschaamd, tenminste.

Als ik klaar ben, geeft de pianist me een klapje op mijn kont. 'Hoe oud ben je eigenlijk, mijn eigen Corner of the Sky?'

'Oud genoeg,' zeg ik. 'En hoe oud ben jij?'

'Te oud, liefje, veel te oud,' zegt hij en hij begint 'Time to Start Livin' uit *Pippin* te spelen.

De hele groep is eigenlijk te oud. Minstens dertig plus, denk ik. Maar terwijl ik in deze kleine bar met ze om de piano hang, is het net alsof ik ben opgenomen in een geheime broederschap, een soort vrijmetselarij waar ieder lid de complete *Sound of Music*-liedjes kan meezingen. Ook de liedjes die eruit gehaald werden.

Een reclamejongen met een bruin kleurtje uit een tube en een Duran Duran-kapsel begint tequila-chasers voor me te bestellen voor bij mijn bier, en het duurt niet lang voor ik me warm, blij en nog aanbiddelijker voel. Hij heet Dwayne, maar spreekt het uit als Dwijn, en daarom vind ik hem een eikel. Maar daar zet ik me overheen omdat hij al onze drankjes betaalt uit een dik pak bankbiljetten dat bij elkaar gehouden wordt door een clip in de vorm van een dollarteken.

Als we 'Losing My Mind' zingen, word ik een beetje melancholiek. Ik moet aan Doug denken:

I want you so,
It's like I'm losing my mind.

Dwijn masseert mijn nek, zijn lange, dunne vingers betasten mijn huid. Ik vind hem niet echt aantrekkelijk – zijn gezicht heeft de kleur en de textuur van een papieren zak – maar het kan me niets meer schelen. Na maanden plannen te hebben gemaakt en strategieën te hebben verzonnen om Doug te versieren, voel ik me door deze man die me aanraakt – die me begeert – eindelijk weer mezelf.

Op een gegeven moment willen alle biertjes en tequila's er weer uit, dus wankel ik naar het toilet. Er zijn er twee, een waar HEREN op staat en een waar MANNEN op staat. Ik twijfel, ik probeer te beslissen wat ik ben van-avond.

Ik kies voor MANNEN.

Ik heb net mijn broek opengeritst als Dwijn naar de pisbak naast me wankelt. Hij bekijkt mijn pik, glimlacht een zodat-ik-je-beter-kan-opeten-mijn-liefje-glimlach, haalt de zijne te voorschijn en trekt er even aan. Ik vind hem niet echt aardig, maar kijk toch naar beneden om te zien wat hij heeft en ben opgelucht dat hij ongeveer net zo'n grote heeft als ik.

Hij plast niet.

Klote Doug. Waarom zou ik mezelf pijnigen en achter hem aan lopen als er hier in Manhattan rijke mannen in toiletten rondlopen die met hun penis naar me kwispelen? Ik begin ter plekke een nieuw leven: Edward Zanni, lief-desknaap. Ik droom dat ik het favoriete manlijke gezelschap ben van een rijke onroerendgoedmagnaat, die in een penthouse met een groot terras vol met potplanten woont.

Plassen lukt natuurlijk niet, zeker niet als Dwijn mijn pik vastpakt. Zijn lange vingers zijn koud en ik ril even. 'Maak je geen zorgen, lief jochie,' zegt hij. 'Papa doet je geen pijn.'

Getver.

Hij duwt me tegen de muur, begint me te strelen en likt over mijn keel. Zijn tong is lang en reptielerig, net als zijn vingers. Hij glijdt met zijn handen over mijn buik en ik schaam me dat ik niet beter in vorm ben. Och, dat dit o zo harde vlees toch smelte.

'Ontspan je toch, jochie,' zegt hij en hij wrijft zijn kruis tegen het mijne.

Ik heb geen stijve.

Shit.

Ik sluit mijn ogen en grijp de koude metalen knop boven de pisbakken, Kom op pik, wat is er mis met je? Kom eens uit de kast. Laat jezelf zien! Dwijn port met zijn stijve in mijn slappe alsof hij die tot gehoorzaamheid wil dwingen. Ik voel zijn ongeduld.

'Sorry,' zeg ik en ik prop mezelf weer in mijn broek. 'Het lukt niet.' Ik duw hem aan de kant en ren de deur uit.

Buiten de toiletten leun ik tegen de muur en probeer wat te kalmeren. Wat is er in godsnaam mis met me? Oude mannen worden impotent, niet zeventienjarige jongens! En ik had mezelf er net van overtuigd dat ik bij Kelly geen stijve kreeg omdat ik homoseksueel ben, en dus niet biseksueel! Maar als je ook bij mannen geen stijve krijgt, wat ben je dan? Een trutto-seksueel. Een slappe-zak-seksueel. Een ik-weet-het-niet-seksueel. Ik sluit mijn ogen en haal diep adem. Dwijn beent langs me heen en ik kan de koude wind bijna voelen.

Was ik hier maar nooit naar binnen gelopen. Ik ga naar de bar en bestel een whisky, drink hem op en bestel er nog een, net zoals de gekwelde dronkaards in films. Oké, ik geef toe dat ik dit altijd al eens heb willen doen. De whisky smaakt naar terpentine, maar ik voel een warme gloed op mijn wangen en in mijn nek. Ik leg mijn hoofd op de bar en probeer te vergeten wie ik ben.

En dan dringt als een baken in de mist vanaf de andere kant, bij de piano, een lied mijn bewustzijn binnen. Ik herken de melodie, maar ben de titel kwijt, ik zoek koortsachtig in de mentale catalogus van muziek- en theater-trivia om daar achter te komen. De stem ken ik ook – een volle, geschoolde bariton, misschien van iemand die ik ken van een Broadway-castalbum? Het lied zwelt aan en ontvouwt zich, duwt tegen mijn hersens tot ik het plotseling herken:

> What's wrong with wanting more?
> If you can fly then soar,
> With all there is, why settle for
> Just a piece of sky?

Het is het slotlied van *Yentl*, waar Barbra aan de reling van een schip staat (trouwens ook wanneer ze 'Don't Rain on My Parade' zingt in *Funny Girl*) op weg naar een beter leven in Amerika.

Dit is een teken. Zeker weten. Een boodschap voor mij alleen. Ik duw mezelf van de bar af en zigzag de ruimte door, naar de lokkende stem, vastbesloten om me door de boodschapper te laten inspireren en vervullen. De zanger houdt de laatste noot een eeuwigheid lang aan en precies op het moment dat hij klaar is breek ik door de dolenthousiast klappende menigte. Hij draait zich om en kijkt me recht in de ogen.

'Edward?' zegt hij.

'Meneer Lucas?'

eenentwintig

Het appartement van meneer Lucas ziet er net zo uit als hijzelf: netjes, com- pact, pedant. De keuken is niet veel groter dan een telefooncel, maar hij heeft een klein terras dat uitkijkt op een rustig pleintje. De kamer kookt van de hitte en meneer Lucas trekt zijn trui uit. Het is de eerste keer dat ik hem niet in een sportjasje zie en ik ben verrast te zien hoe gespierd hij is, zeker voor iemand die de veertig is gepasseerd. De mouwen van zijn poloshirt zitten strak om zijn dikke, gespierde armen, ongetwijfeld beresterk van het jarenlang rondslepen met zijn benen. Hij loopt moeizaam naar het toilet.

Ik heb nooit seksuele gedachten over meneer Lucas gehad, maar nu ik naar hem kijk vraag ik me af of zijn beschadigde ruggengraat zijn seksueel functioneren zou belemmeren. Ik plof op de bank, spreid mijn benen in een hopelijk verleidelijke pose en doe net alsof ik Paula bel, maar geen gehoor krijg. Je zou verwachten dat iemand met erectieproblemen het wat kalmer aan zou doen, maar hoop doet leven, nietwaar? Meneer Lucas komt terug met een glas water en aspirines. 'Neem er maar een paar om morgen erger te voorkomen,' zegt hij en hij draait sierlijk op een kruk.

Ik moet zeggen dat hij het een-leerling-in-een-homobar-tegen-het-lijf-lopen goed oppakt. Aan de andere kant is het niet iets wat ik aan anderen ga vertellen, want dan moet ik namelijk ook uitleggen wat ik er zelf deed. Dus delen meneer Lucas en ik samen een geheim. We horen allebei bij de Broederschap.

'Izzut oké als ik hier op de bank neerplof?' vraag ik.

Hij kijkt me vernietigend aan over zijn bril. 'Zo te zien doe je dat al, Edward,' zegt hij en hij gooit een deken naar me.

'Dank u.' Ik zou dolgraag mijn coltrui uittrekken, maar dan kan hij zien dat ik de bovenste knoop van mijn broek niet meer dicht krijg. 'Mag er een raam open?' vraag ik.

'Het is hier of te heet of te koud,' zegt hij. 'En de verwarmingsbuizen rammelen de hele nacht, als de geest van Jakob Marley.'

Ach, wat kan mij het verdommen. Ik stik hier. Ik trek eerst mijn broek en daarna mijn trui uit.

'Goed dat ik in de buurt was,' zegt meneer Lucas en hij kijkt de andere kant op. 'Je kunt tegenwoordig niet voorzichtig genoeg zijn... Ik neem aan dat je wel eens van aids hebt gehoord?'

Dit is niet het sexy, pre-coïtale gesprek waar ik op hoopte. 'Ja, van gehoord,' mompel ik.

Meneer Lucas legt een hand op mijn arm. 'Even serieus, Edward. Veel homoseksuele mannen in deze stad zijn ziek.' Hij haalt zijn hand weg en rilt. 'Het is angstaanjagend.'

Een goede reden om seks te hebben met iemand die je kunt vertrouwen, zou ik zeggen.

'Nou, je kunt beter wat gaan slapen,' zegt hij. 'Morgen is de grote dag voor je.'

'U hebt echt ongelofelijk veel boeken,' zeg ik om tijd te rekken. Ertegenaan hangend om niet om te vallen bestudeer ik de keurig gealfabetiseerde planken. Een hoop auteursnamen ken ik – Brecht, Shakespeare, Whitman, Woolf – maar van evenzoveel heb ik nog nooit gehoord – Isherwood, Lorca, Maupin.

Meneer Lucas glimlacht naar de boeken als naar oude vrienden. 'Wat lees jij eigenlijk?' vraagt hij. 'Ter ontspanning, bedoel ik.'

Ontspanning. Ik heb niet meer aan ontspanning gedacht sinds Dagmar bij ons introk, laat staan aan lezen. 'Niets,' zeg ik.

Meneer Lucas fronst. 'Wat was het laatste niet-verplichte boek dat je gelezen hebt?'

Daar moet ik even over nadenken. '*The Catcher in the Rye*,' zeg ik uiteindelijk. 'Omdat ik kwaad was dat de andere klassen het moesten lezen, maar wij niet.'

'*The Catcher in the Rye* lezen tieners sowieso wel, verplicht of niet,' zegt meneer Lucas. Hij gaat op de leuning van een luie stoel zitten. 'Wat vond je ervan?'

'Salinger is een klootzak.'

Meneer Lucas lacht, iets dat hij niet vaak doet.

'Hou je niet in voor mij,' zegt hij. 'Wat vond je er echt van?'

'Nou, die jongen hè, Holden Caulfield, waar elke tiener zich mee kan identificeren, wat gebeurt er met hem op het eind? Holden wordt gek! Dazznie echt bemoedigend.'

'Dat hoeft het toch ook niet altijd te zijn?'

'Nou, als je het mij vraagt, had die Holden last van homoseksuele paniek.'

Meneer Lucas trekt aan zijn baard. 'O ja?'

Ik pak een exemplaar van Salinger van de plank. Het staat naast een dichtbundel van ene Sappho, wie dat ook mag zijn. 'Het staat in het deel waar hij logeert bij zijn leraar Engels.' Ik loop naar meneer Lucas, geef hem het opengeslagen boek en lees over zijn schouder mee. 'Kijk, hierzo. Nadat zijn leraar hem heeft geprobeerd te versieren, zegt Holden: "Dit is nou al de twintigste keer dat me dit gebeurt." Twintig keer! Sorry hoor, maar ik heb maar twee woorden voor Holden Caulfield: Ho Mo.'

Meneer Lucas geeft me het boek terug, maar ik blijf staan waar ik sta, mijn kruis dicht bij zijn gezicht. 'Als je het mij vraagt,' zeg ik zachtjes, 'zou Holden een stuk gelukkiger zijn geworden als hij het wél met zijn leraar gedaan had.'

Meneer Lucas schraapt zijn keel en staat op. Hij legt zijn hand op mijn arm voor steun en zet zijn bril af. Zijn ogen zijn mooi en zacht, als van een hert. 'Dat denk ik niet, Edward,' zegt hij. 'Volgens mij zou het met Holden, als hij met zijn leraar naar bed gegaan zou zijn, nog veel slechter afgelopen zijn.' Hij klopt me op mijn schouder en wil weglopen. Ik grijp zijn arm.

'Zelfs als Holden echt wilde?' zeg ik. Kus me dan. Alsjeblieft, alsjeblieft, één kusje maar.

Meneer Lucas zucht. 'Ik weet dat je dit nu nog niet kunt begrijpen, Edward, maar een leerling vertrouwt zijn leraar volkomen, meer dan hij zich realiseert en meer dan elke leraar zou willen. Dus hoe verleidelijk het aanbod ook is' – hij glimlacht naar me – 'de leraar... kan het gewoon niet.' Hij strijkt met een vinger over mijn wang en ik laat me in een stoel vallen.

Kan niet. Waarom is het altijd: kan niet?

Meneer Lucas hobbelt naar de boekenkast en zoekt iets. 'Ik ga je iets belangrijks vertellen, Edward, en ik wil dat je goed naar me luistert.'

'Gaat u me overhoren?'

'Ik meen het serieus.'

Ik ga rechtop zitten.

Hij trekt een boek van de plank. 'Na mijn ongeluk dacht ik dat mijn leven voorbij was. Ik heb een jaar in bed gelegen – en ben maandenlang in revalidatie geweest. Ik wist niet of ik ooit nog zou kunnen lopen. Mijn carrière als acteur was voorbij en wat betreft mijn liefdesleven: ik was plotseling onzichtbaar geworden. Ik zal eerlijk tegen je zijn: ik wist niet of ik nog verder wilde leven. Het enige dat ik nog had, waren mijn boeken. Soms werd ik 's ochtends met zoveel pijn wakker dat ik echt niet verder wilde leven, maar dan dacht ik: nee, Ted, je mag jezelf vandaag niet vermoorden. Je zit midden in een hartstikke goed boek. Ik weet dat het vreemd klinkt, maar ik ben iemand die, als hij eenmaal aan een boek begint, per se wil weten hoe het afloopt, zelfs als ik het slecht vind. En dus bleef ik lezen, puur om in leven te blijven. Ik las zelfs twee of drie boeken tegelijk, zodat ik, als ik het ene uit zou hebben, nog in het andere bezig zou zijn. Ik deed wat ik kon om niet in het grote, gapende gat te vallen. En boeken vullen de lege ruimtes, snap je. Als ik op een bus moest wachten, of alleen moest eten, had ik altijd een boek in de buurt om me gezelschap te houden. Soms denk ik dat ik boeken aardiger vind dan mensen. Mensen kunnen je laten vallen als een baksteen. Ze zullen je teleurstellen, je bedriegen, je pijn doen en je verraden. Boeken niet. Boeken zijn zelfs beter dan het leven. Zelfs vóór mijn ongeluk vertrouwde ik al op boeken. Begin jaren zeventig was er een belachelijke code waarmee je andere homoseksuele mannen kon laten zien wat je wilde door een bepaalde kleur zakdoek in je kontzak of door de manier waarop je sleutels aan je riem hingen. Ik weigerde natuurlijk om daaraan mee te doen, maar dat bracht me wel op het idee om altijd een boek bij me te hebben. Ik snap hoe idioot en theatraal het nu klinkt als ik je vertel dat ik in een bar een exemplaar van Ginsbergs gedichten op zak had, maar het was míjn manier om de wereld te vertellen wie ik was: ik was een lezer. En geloof het of niet, het werkte. Het trok andere lezers aan, gevoelige, intelligente mannen. We eindigden niet altijd in bed, maar het leidde regelmatig tot heel bijzondere gesprekken. Dus laat ik nooit meer horen dat je niet in een boek bezig bent, Edward Zanni. Het zou je leven wel eens kunnen redden.'

Hij gooit het boek dat hij in zijn handen heeft op zijn gebruikelijke nonchalante manier naar me toe. 'En begin hier maar eens mee.'

Ik kijk naar de titel. *A Boy's Own Story*, van Edmund White.

'Ik denk dat je het beter zult vinden dan *The Catcher in the Rye*,' zegt hij.

'Bedankt,' zeg ik. Hij zal best wel gelijk hebben. Als ik dan toch niet groot geschapen ben, kan ik net zo goed aan mijn belezenheid gaan werken.

Meneer Lucas doet het licht in de huiskamer uit.

'Meneer Lucas, mag ik nog wat vragen?'

'Jawel,' zegt hij.

'Hoe bent u... je weet wel, gewond geraakt?'

Ik zie zijn gezicht van opzij en kan daarom niet zien wat hij van mijn vraag vindt, maar hij zucht diep en leunt tegen de deurpost. 'Ik was op een openingsfeestje voor een productie van *Henry the Fourth, deel Een*. Ik had te veel gedronken en ben van de trap gevallen.'

Ik weet niet wat ik dacht te gaan horen, maar dit zeker niet.

'O, dat spijt me,' zeg ik.

Hij doet het licht in de gang uit, zodat het helemaal donker is.

'Lang niet zoveel als mij,' zegt hij.

Het gerammel van Marleys geest maakt me wakker en ik stommel naar het toilet, buig me als een vraagteken voorover en vraag me af hoe het me gelukt is om in mijn slaap mijn huid binnenstebuiten te keren. Alles doet me zeer: mijn rug, mijn hoofd, zelfs mijn haar. Ik doe het licht in de badkamer aan en gluur naar mezelf in de spiegel. Heilige Maagd Maria, ik zie eruit als Sylvester Stallone in de laatste scène van *Rocky*. Ik draai de kraan open, maar nee, nee: water herrie, water slecht. Ik heb niet alleen een gigantische kater, nou ben ik ook nog klaarwakker. En ik heb honger. Fantastisch. De digitale klok geeft 5:45 aan. Ik wil meneer Lucas niet wakker maken. Om precies te zijn wil ik meneer Lucas niet eens tegenkomen. Niet nadat ik me zo verschrikkelijk misdragen heb vannacht. Ik sluip weer naar de huiskamer en trek mijn Bijzonder Serieuze Jonge Acteur-outfit aan. Die stinkt naar verschaalde sigarettenrook, mijn huid trouwens ook. Ik trek de deur zachtjes achter me dicht en vergeet *A Boy's Own Story*.

De mist is zo dik dat ik de andere kant van Washington Square Park niet eens kan zien. De hemel verkleurt van zwart naar grijs en ik blijf even staan om dit melancholieke moment op me in te laten werken voor mijn acteren. Ik ga in mijn lange tweedehands overjas en met mijn pijnlijke haar ineengedoken op een bankje zitten, kijk naar de wolkjes die mijn adem maakt en denk Holden Caulfield-achtige dingen als: hoe komt het toch dat je nooit duivenkuikens ziet? Zo voelen mensen op zwart-witte Franse ansichtkaarten zich dus. Ik merk dat ik snak naar een kop koffie en een sigaret, ook al drink ik geen koffie en rook ik niet.

Ik slenter naar het restaurantje waar we gisteren gegeten hebben en ga achterin aan dezelfde tafel zitten. Ik dacht dat wat eten me goed zou doen, maar krijg alleen een stukje muffin door mijn strot. Ik kijk op mijn enkel hoe laat het is: 6:45. Drieënhalf uur voor mijn auditie. Als ik nou eens even mijn hoofd op tafel leg, een paar minuutjes. Ik moet gewoon even liggen, wat uitrusten, dan komt het wel goed. Een paar minuutjes slaap maar...

tweeëntwintig

Shit. Shit. Shit. Shit. Shit! Welk restaurant laat je verdomme drie uur aan een tafeltje slapen?

Ik sprint door de kronkelige straatjes van Greenwich Village en ben ervan overtuigd dat iemand ze heeft verlegd, enkel en alleen om mij te pesten en te laat te laten komen. De hele stad – nee, het hele universum spant met Al samen om me geen acteur te laten worden. Waar is die verrekte ondergrondse, of bus, of taxi? Mijn koninkrijk voor een taxi!

Mijn hele lichaam zweet. Mijn oogleden, mijn knokkels, de bovenkant van mijn voeten – alles is nat. Eindelijk vind ik de ingang van de ondergrondse, maar boven aan de trap hoor ik een trein aankomen. Als in een nachtmerrie lijken de trappen drie keer zo lang te worden. Dit ga ik niet halen.

'HOUD DIE TREIN TEGEN!' gil ik als een bezetene en ik sprint de diepte in. Ik schuif een zweterig, verkreukeld biljet onder het plexiglas door naar de lokettiste. Een jonge latino leunt binnen in de trein tegen de deur om hem open te houden. Ik spring over de slagboom en sprint naar binnen.

Ik zak door mijn knieën om op adem te komen. 'Hartstikke bedankt,' hijg ik naar de jongen. 'Ik moet over vijf minuten bij het Lincoln Center zijn.'

Hij schudt zijn hoofd. 'Dan moet je de trein richting noord hebben, man. Deze gaat naar zuid.'

SHIIIIIIIT!

Ik gooi mijn Sinatra-hoed op de vloer en trek aan mijn toch al pijnlijke haren. Ik grom (ja, echt waar) en knars gefrustreerd met mijn tanden. Een klein oud dametje met zo'n boodschappentas op wieltjes die New Yorkers gebruiken, graait in haar portemonnee en gooit snel een dollar in mijn hoed, alsof ze bang ik dat ik zal gaan bijten. Ik wil roepen: 'Ik ben niet dakloos, stomme trut!', maar besef ineens dat ik dat eigenlijk wel ben en dat ik die dollar best goed kan gebruiken. Haar vriendelijkheid kalmeert me even en ik buk me om hem te pakken. Ik glimlach verontschuldigend en zeg: 'Mijn eerste dollar collegegeld.'

'Voor je medicatie mag ook,' zegt ze.

Ik wissel van metro en begin aan de lange rit naar het Lincoln Center. Ik kom in ieder geval te laat. En dat was het dan. Ze zullen me een complete randdebiel vinden. Mijn haar zit geplet en is vet, ik heb me niet geschoren en ik stink naar zweet en verschaalde rook. Ik word alleen toegelaten als Juilliard acteurs zoekt die op dakloze junkies lijken.

En natuurlijk verdwaal ik dan ook nog in het Lincoln Center. (Waarom, waarom, waarom heb ik dit niet beter voorbereid?) Ik stuif door het complex op zoek naar de juiste ingang, mijn overjas fladdert achter me aan. Als ik die eindelijk gevonden heb, ram ik de dubbele deuren van de lobby van het theatergebouw open. De klok aan de muur geeft 10:30 aan.

Kutterdekutterdekut!

Paula staat aan de overkant. Met wapperende armen stuift ze naar me toe. 'Mijn *god*, wat is er met jou gebeurd vannacht? Ik was totaal *verbijsterd*. Ik dacht echt dat ze...'

Ik duw haar opzij en loop naar de balie. De vrouw erachter kijkt me aan alsof ik een zwerver ben die per ongeluk naar binnen gelopen is. 'Ik ben Edward Zanni,' hijg ik.

Ze controleert haar lijst. 'Je bent te laat.'

'Weet ik...'

'Nu moet je wachten tot we ergens een gaatje vinden.'

'Prima,' zeg ik, 'het spijt me echt heel erg, ik...'

'Vul deze kaart in en ga daar maar zitten,' zegt ze en ze zwaait in de richting van een groepje jonge acteurs die als een stel gekken monologen voor zich uit mompelen.

Paula slaat haar arm om me heen en neemt me mee. 'Je gaat het *helemaal geweldig* doen,' zegt ze en ze maakt haar tasje open. 'Ik zal wat oogdruppels in je ogen doen.' Ze heeft ze net vol visine gespoten als de vrouw achter de balie mijn naam roept: 'Edward Zanni!'

Ik wankel halfblind als Oedipus door de ruimte.

'We hebben weer een afzegger,' zegt ze. 'Jij bent.'

'Maar ik heb nog niet eens mijn formulier...'

'Loop die gang maar in. Je wordt gehaald als ze zover zijn.' Versuft, met mijn overjas over een schouder, wankel ik door de gang. Dit is niet echt. Dat kan niet. Een verveeld kijkende student met een clipboard kijkt me aan en vraagt: 'Walter Mancus?'

'Nou, eigenlijk ...'

Hij gooit de deur open. 'Jouw beurt.'

Dit is verdomme toch niet te geloven! Is dit dan na al mijn harde werken en alles wat ik heb opgeofferd het einde? Ik wankel een kamer binnen met verlaagd plafond, geluiddempende tegels en fluorescerend licht. Ik had een verduisterd theater verwacht, maar ik staar recht in de ogen van het vuurpeloton. Ze zitten maar een paar meter van me vandaan: een man van middelbare leeftijd met een indrukwekkende bos haar dat als een brandingsgolf over zijn hoofd rolt, een oudere man in een tweedpak en met een walnootgezicht, en tussen hen in zit een vrouw, kaarsrecht als een keizerin, alsof ze uit graniet is gehouwen. De mannen ken ik niet, maar de vrouw is Marian Seldes, de *grande dame* van het Amerikaanse toneel en leidster van de drama-afdeling van Juilliard.

'Walter Mancus?' vraagt ze.

'Nee, Edward Zanni,' hoor ik mezelf snotterig zeggen. Het is ijskoud in de kamer – de verwarming staat waarschijnlijk de hele vakantie uit –, mijn zweet voelt klam aan op mijn huid.

Marian Seldes fronst haar wenkbrauwen en frutselt met haar papieren, alsof ik er wat aan kan doen dat ik Walter Mancus niet ben. Haargolf slaat zijn armen over elkaar en zucht. Tweedman glimlacht een vriendelijke-winkeliersglimlach en zegt: 'En wat heb jij voor ons voorbereid, Walter?'

'Ik ben niet, eh... Ik bedoel...'

Haargolf rolt met zijn ogen. 'Wat is je monoloog?' vraagt hij ongeduldig.

Ik krimp ineen en hoor mezelf zeggen: 'Haemon uit *Antigone*.'

Waarom zeg ik dat nou? Ik had moeten zeggen: 'Bottom's Dream.' Zeg dat dan. Zeg dat dan, Edward! Voor het te laat is.

Haargolf kijkt me aan alsof hij wil zeggen: 'Nou, waar wacht je nog op?' en ik hoor mezelf zeggen:

> *Vader, u moet niet denken dat slechts uw woord waar is en geen ander.*
> *Want als er een man is die denkt dat hij alleen wijs is...*

Maar de volgende klotezin weet ik niet meer.

Mijn gezicht gloeit plotseling, mijn kruis is nat van het zweet, mijn voeten jeuken en branden zo erg dat ik ze wel af kan bijten om ermee tegen mijn hoofd te slaan. Sukkel. Sukkel. Sukkel! Marian Seldes rommelt nog steeds met haar papieren, Haargolf kijkt naar buiten en Tweedman knippert vanachter zijn dikke brillenglazen naar me. Improviseren, Edward, doe wat, maakt niet uit wat. Maakt niet uit wat.

'... want als er een man is die denkt dat hij alleen wijs is,' zeg ik en slik, '... dan is die man volkomen van de pot gerukt.'

Marian Seldes en Haargolf kijken tegelijk op.

'Ja,' zeg ik, 'zo'n man is echt afschuwelijk ziek in zijn hoofd. Want misschien denk je dat ik, omdat je mijn vader bent, braaf zal opzitten en pootjesgeven, dat je me alles kunt laten doen wat je wilt, maar ik kom nu je vertellen, zielige ouwe man, dat jouw shitgedrag me echt tot HIER zit.' Ik voel het snot uit mijn neus druipen en produceer een afgrijselijk slurpgeluid als ik het weer naar binnen zuig. 'Ik ben doodziek van je eeuwige afkeuring, doodziek van je machtsmisbruik, doodziek dat je me geen geld wilt geven, doodziek van je...'

Ik voel dat mijn maag zich omkeert, als een vulkaan die op springen staat. Ik kan er niets tegen doen. Of ik moet kotsen, óf ik krijg een hartaanval, óf ik schijt zo in mijn broek.

'Ik ben er *doodziek* van dat ik het volgens jou nooit goed doe,' brul ik. 'Waarom kun je... waarom kun je... O god...' Ik wrijf met mijn vuisten in mijn ogen en probeer mijn gevoelens onder controle te krijgen, probeer mezelf weer onder controle te krijgen, en om me wat van die verdomde monoloog te herinneren. Dit is geen acteren. Dit is een zenuwinzinking. *Veelbelovende Jonge Acteur Wordt Krankzinnig Op Auditie, Aanvang Film Om Elf Uur.*

'Waarom kun je niet gewoon van me houden zoals ik ben? Waarom kun je me niet accepteren zoals ik ben?' gil ik. Alles wordt wazig om me heen en de kamer begint te draaien. Mijn gezicht barst uiteen in minuscule stukjes en ik stik zowat in mijn eigen snot. Ik voel me in mijn eigen vel gevangenzitten en sla met mijn vuisten tegen mijn hoofd alsof het een boksbal is. 'Ik haat je, waarom zie je dat niet? Ik haat je om wat je me aandoet, ik haat je om hoe ik over mezelf denk. Ik haat je, ik haat je, ik haat je, ik haaaaaaat je, jij vuile achterlijke reetlikkende kut-achternalopende pad met stront-in-plaats-van-hersens!'

Ik stop en sla mijn handen over mijn ogen omdat ik anders vooroverval. Mijn haar doet weer pijn. Mijn knieschijven knallen er zo af. En wil iemand me alsjeblieft, alsjeblieft vertellen dat ik zojuist niet 'vuile achterlijke reetlikkende kut-achternalopende pad met stront-in-plaats-van-hersens' gezegd heb op mijn Juilliard-auditie? Ik haal mijn handen weg en ontdek dat het hele panel me met open mond aanstaart. Ze houden hun hoofden schuin, alsof ik een abstract schilderij ben dat ze proberen te snappen.

'Welke vertaling van *Antigone* was dat precies, jongeman?' vraagt Marian Seldes.

Zeg iets, Edward. Een naam. Ted Lucas, Doug Grabowski, maakt niet uit, maar red je zielige leventje.

'Kweenie,' zeg ik.

Marian Seldes kijkt naar beide mannen naast haar. 'Nou,' zegt ze, 'ik denk dat we wel genoeg gezien hebben. Dank je wel.'

Dat was het dan. Ze gaan me nooit naar een tweede monoloog vragen. En waarom zouden ze? Ik ben allang blij dat ze de bewaking nog niet geroepen hebben om me eruit te zetten. Mijn enige troost is dat ze misschien denken dat ik Walter Mancus ben en dat ze er nooit achter komen wie ik echt ben. Ik zeg niets en draai me om. Ik wankel de kamer uit, mijn overjas sleept over de grond. Het is voorbij. Dat wordt de rest van mijn leven kipburgers bakken bij Kip Smaklip, New Jersey.

Als een zombie struin ik door de lobby. Paula loopt naar me toe, ik duw haar aan de kant, ram de dubbele deuren open en ga ten overstaan van Paula, de mensen bij de balie en alle aanwezige acteurs uitgebreid over mijn nek. Ik kots het Lincoln Center finaal onder.

De hele week hierna blijf ik in bed. Ik ben niet echt ziek, maar lijd aan algehele malaise. Een kwijnende heldin uit een negentiende-eeuwse roman, zeg maar. Ik slaap het grootste deel van de dag en Kelly en Kathleen lopen op hun tenen om me heen alsof ik een criënt ben die ze niet willen storen. Uit hun bezorgde gezichten maak ik op dat het echt niet goed met me gaat. Het enige voordeel is dat ik een smoes heb om niet met Kelly te hoeven rotzooien. Dat zou me nooit lukken.

Paula spreekt een paar keer in. Net als Nathie, die uiteindelijk dan maar verontschuldigend inspreekt dat hij nu al aangenomen is op de faculteit bedrijfskunde in Georgetown. Ik bel ze geen van beiden terug en kijk die paar uur dat ik wakker ben televisie. Alleen kinderprogramma's. Meneer De Uil houdt van me zoals ik ben.

Op mijn verjaardag gaat het wat beter met me, alhoewel ik niets van mijn moeder hoor. Ze had best een kaartje kunnen sturen. Ik probeer mezelf wijs te maken dat ze dat naar Als huis heeft gestuurd en dat Dagmar hem uit boosaardigheid heeft weggegooid. Maar hoe dan ook: ik kan niet ontkennen dat mijn leven volkomen kut is. Toch is dit míjn bijzondere dag en heb ik me vast voorgenomen om er iets van vreugde uit te halen. Op 5 januari hangt er altijd al een mistroostig, afgetuigde-kerstbomen-aan-de-straat-achtig sfeertje, waar voor mij dan die dit-is-voor-kerst-en-voor-je-verjaardag-uitspraak nog bijkomt. Toch vind ik de symmetrie van nagenoeg het hele kalenderjaar dezelfde leeftijd hebben wel prettig. Op deze manier hoort elk hele jaar bij je leeftijd, wordt het niet ergens op een onnatuurlijke manier gesplitst, zoals wanneer je in mei of oktober jarig bent. Het maakt het simpeler. Het jaar dat ik tien was: 1976. Het jaar dat ik veertien was: 1980. Het jaar dat ik achttien werd, eindelijk voor de wet volwassen: 1984.

Het is mijn onafhankelijkheidsdag.

Op de ochtend van mijn verjaardag sta ik vóór de middag op. Terwijl ik uit bed klauter zie ik mezelf in een flits in de spiegel. Wat ik zie verbaast me. Ik heb me langer dan een week niet geschoren en omdat ik Als weerwolfgenen heb, heb ik ineens een volle baard.

Ik weet niet of het me staat, maar ik vind het wel leuk. Ik voel me er volwassener door, mannelijker. Dat ik de flanellen nachtpon in Schotse ruit van Kelly's zuster aan heb, vergeet ik even.

Als ik de slaapkamerdeur opendoe ligt er een envelop op de vloer. Op de buitenkant staat: *Voor alle jaren dat we je gemist hebben in ons huis. Liefs van Kathleen en Kelly.* Ik scheur hem open, er zit een verjaardagskaart voor een éénjarige in:

> *Vandaag ben jij 1, lieve schat!*
> *Hoera, geweldig vinden we dat!*
> *Omdat je vandaag 1 bent,*
> *Twaalf maanden, schoon*
> *Willen we graag zeggen:*
> *'We houden van je, zoon!'*

Zoon. Ik ben geadopteerd. Een paar stappen verder ligt nog een kaart, die is voor een tweejarige, gevolgd door eentje waar *Voor een grote jongen van drie!* op staat. En boven aan de trap ligt er een met *Wauw! Je bent 4!* En zo loop ik door de jaren heen de trap af, de keuken in; daar ligt de laatste kaart, voor een achtttienjarige, op de keukentafel. Er ligt een cadeautje bij: Uta Hagens *Respect for Acting*. Ik neem aan dat ze dit boek gekocht hebben omdat het het beste boek over acteren is en niet als kritiek op mijn mislukte auditie.

Hoop ik...

De bel gaat en de katten stuiven weg. Ik loop de gang door, doe de deur open en... daar staat hij, met een feestmuts op en een ballon in zijn hand.

De boeddha.

Voor het eerst sinds 1983 lach ik hardop.

'Gefeliciteerd met je verjaardag,' zegt een stem, en als ik me omdraai zie ik Doug tegen de muur hangen, met een Cheshire Cat-grijns om zijn lippen.

Ik voel me onmiddellijk stukken beter. Goed, het is misschien geen liefdescadeau, maar wel een vriendschapscadeau; het betekent dat Doug weer vrienden met we wil zijn. We geven de boeddha een ereplaats in de tuin en gaan lunchen.

Het interieur van Mamma's is overdag even donker als 's nachts, en door het felle winterlicht lijkt het overdag zelfs donkerder. De grote, gestoffeerde banken tussen houten schotten vormen een natuurlijke habitat en schuilplaats voor mannen met maffiaconnecties en voor spijbelende middelbareschoolleerlingen. We bestellen allebei kip scaloppini.

'En wat drinken jullie, jochies?' vraagt de ober, met nadruk op 'jochies'. Blijkbaar geen wijn voor ons. Misschien als de baard wat voller is.

'Doe mij maar een cola,' zegt Doug.

Ik klak met mijn tong. 'Weet je, doe ons maar twee 7-Up's.'

'Hoezo?' vraagt Doug. 'Ik vind 7-Up helemaal niet lekker.'

'Omdat je cola alleen bij rund- en varkensvlees drinkt,' leg ik geduldig uit om hem niet voor schut te zetten waar de ober bij is. 'Bij kip en vis drink je 7-Up of Sprite.'

Hij moet nog veel leren.

Doug praat me uitgebreid bij over wat er allemaal op school is gebeurd, totdat hij abrupt stopt en zegt: 'Niet omdraaien.'

Het grappige is dat als je tegen mensen zegt dat ze zich niet moeten omdraaien, dat het eerste is dat ze doen. Het is bijna een uitnodiging om het wél te doen, alsof je ze overhaalt om in een zoutpilaar te veranderen. Dus natuurlijk draai ik me om. En wie zie ik binnenkomen? Mijn boosaardige stiefmonster.

Gelukkige kutverjaardag.

Ze heeft nog een Meister-rasgenote bij zich, een blonde Walküre, net als zijzelf. Ze lopen doelgericht het restaurant binnen en gaan aan het tafeltje naast ons zitten. Slechts een dun wandje scheidt ons. Ik raak in paniek en doe het eerste dat in me opkomt: ik verstop me.

Kijk, ik weet best dat onder een tafel glijden in een restaurant een beetje een *Happy Days*-aanpak is van een crisis, maar nu ik er zit kan ik moeilijk weer te voorschijn komen zonder eerst goed na te denken hoe ik dat zo onopvallend mogelijk moet doen. Dus blijf ik zitten en betreur mijn kolossale stomheid. Doug laat zijn vork vallen om met me te kunnen praten.

'Blijf waar je zit,' sist hij. 'Ze praten Duits.'

Op het eerste gezicht slaat deze uitspraak nergens op, maar ik begrijp meteen dat hij bedoelt dat hij wil gaan afluisteren en dat mijn rentree hem zou verraden. Dit geeft me een goed gevoel over mijn beslissing – zo van: 'O, dus dáárom zit ik onder de tafel.' Ik ga verzitten op een kleverige vloer in een Italiaans restaurant en doe afstand van mijn verjaardagslunch.

Het wordt een behoorlijk lange zit, maar Doug is zo attent om me eten aan te geven. Ik voel me net de gezinshond die de restjes krijgt. Om mijn vernedering compleet te maken zit ik exact op ooghoogte met Dougs kruis; niet alleen een prettig uitzicht, maar ook een tantaluskwelling. Een uur en meerdere aanvallen van beenkramp later mag ik eindelijk boven water komen.

'Waar hadden ze het over?' vraag ik Doug, terwijl ik het restaurant uit hink.

'Vergeet niet,' zegt hij, 'dat ik geen Duits studeer...'

'Ja, ja, ja. Vertel nou maar.'

'Goed, als ik het goed begrepen heb is Dagmar niet alleen om zijn geld met je pa getrouwd; ze besteelt hem ook.'

'Wat? Weet je dat zeker?'

'Ze vertelde haar vriendin dat ze stiekem geld overhevelt naar een geheime rekening. Ze zei dat Al het haar makkelijk maakt, omdat hij haar alles leert over zijn zaken, tijdens – hoe noemde ze dat ook al weer? O, ja – zakendiners.'

Ik wil wat zeggen, maar iemand ziet me aan voor de ober, hoewel ik echt een oude admiraalsjas en beenwarmers aan heb, en vraagt om meer slasaus.

'Niet mijn tafel,' zeg ik.

Als ik thuiskom, vergeet ik meteen deze nieuwe ontwikkeling, want daar, op de vloer, tussen de post, ligt een brief van Juilliard.

Een dunne envelop.

Iedereen weet wat een dunne envelop betekent: een afwijzing. Universiteiten sturen geen dikke pakketten met folders en plattegronden van de campus enzovoort als ze je toch gaan afwijzen. Ik weet niet waarom ik zo teleurgesteld ben; het is tenslotte niet echt een verrassing. Ik had hem alleen niet zo snel verwacht. Gelukkige kutverjaardag in het kwadraat.

Ik wil hem eerst ongeopend weggooien (waarom zou ik er moeite voor doen?), maar neem aan dat ik het maar beter netjes af kan maken. Ik maak de envelop open.

2 januari 1984

De Juilliard-school
Afdeling Drama
60 Lincoln Center Plaza
New York, NY 10023

Edward Zanni
1020 Stonewall Drive
Wallingford, NJ 07090

Beste Edward,

Laat me de eerste zijn om je te feliciteren met je toelating tot de afdeling Drama van de Juilliard School, Groep xvi.

O. Mijn. God.

De afdeling Drama is er trots op de hoogst aangeschreven leerschool te zijn voor de beste jonge acteurs van Amerika. We hopen oprecht dat Juilliard de school van jouw keuze zal zijn.

Dit móet een vergissing zijn. Op ditzelfde moment maakt die arme Walter Mancus zijn afwijzingsbrief open en denkt: maar het ging toch hartstikke goed?

drieëntwintig

Ik grijp de telefoon en toets Paula's nummer in. Na zo'n tien keer overgaan hoor ik een verwarde, afwezige stem die van Gino moet zijn, vanachter zijn muur van haar. Dat of de zich prostituerende travestiet van beneden.

'Is Paula daar?' vraag ik.

'Ze is... eh... bezig,' zegt hij.

'Gino, dit is Edward. Ik moet haar ábsoluut spreken.'

Ik hoor Paula mompelen: 'Wie is daar?' en Gino zeggen: 'Au, pas op met die tanden schatje.' De hoorn valt en op de achtergrond klinkt geschuifel.

'Hallo?'

'Ik ben het,' schreeuw ik. 'Ik ben aangenomen, ik ben aangenomen!'

'Ik *wist* het!' kraait Paula. 'Gefeliciteerd!'

'ZIJN ZE HELEMAAL VOLSLAGEN GEK GEWORDEN?' gil ik.

'Hoezo?'

'Zus, ik heb hun school ondergekotst.'

'Ach het is een *kunst*school. Ze zijn wel wat gewend.'

'Maar ik was zó slecht. Ik was zwaar klote.'

'Ik heb wat anders gehoord,' zegt Paula.

'Wat dan?'

'Als je mij had teruggebeld had je het geweten. Ik heb mijn improv-docent gevraagd wat hij van je vond. Je weet wel, die man die me een negen plus gaf voor mijn ontmaagdingsscène?'

Ik hoor Gino 'Hé!' schreeuwen op de achtergrond.

'Gino, doe verdomme niet zo Neanderthalerig,' zegt ze.

'Is hij oud of van middelbare leeftijd?' vraag ik.

'Van middelbare leeftijd, met prachtig haar en een verveelde uitdrukking op zijn gezicht.'

'En toch vond hij me niet afschuwelijk?'

'Nee, zo kijkt hij altijd. Hij is niet blasé, hij is diep... Nou ja, hij zei dat hij in zijn hele docentencarrière nog nooit een auditie als die van jou gezien had.'

Dat wil ik graag geloven ja...

'Hij zei dat je een ruwe, blootgelegde zenuw was, een gapende open wond.'

'Is dat goed of slecht?' vraag ik.

'Grapje zeker, hè? Daar droomt elke acteur van. Ik wist dat je het in je had!'

O, ik *wist* het gewoon. Ik ben zo blij voor... Schatje? ... Hou eens op, wil je, ik zit midden in... Even...'

Ik hoor weer geschuifel van lichamen.

'Luister, ik ga ophangen,' zegt Paula giechelend. 'Er is iets, eh... tussen gekomen. Maar je weet dat ik van je...'

En weg is ze.

Enthousiast en met frisse moed ga ik naar school. Eindelijk komt er lijn in mijn soeperige leven. Ik ben Een van de Beste Jonge Acteurs van Amerika. Ik ben een ruwe, blootgelegde zenuw. Ik ben een gapende open wond. En die Oostenrijkse trut gaat het niet voor me verpesten.

De hele school blijkt het goede nieuws al te weten, en zelfs mensen die me nooit aanspreken, Amber Wright bijvoorbeeld, feliciteren me. Ik ben een grote glimlach. Mijn leven glanst een nieuwe rossig-gouden glans, als een MGM-musical in Technicolor.

Tot het vijfde uur.

Opnieuw een van mijn kolossale stommiteiten: ik heb alweer de inschrijfkans voor de onzinsporten gemist. Juffrouw Esel zet haar paraaf onder mijn absentiebriefje (waarschijnlijk kan ze haar eigen naam niet spellen) en haar mond krult zich tot iets wat je bij mensen met lippen een glimlach noemt. 'Dat wordt een semester basketballen en softballen, Zanni,' zegt ze. Ze gooit haar hoofd achterover en begint keihard te lachen, als een boosaardige directrice van een vrouwengevangenis.

Als ik beroemd ben, is zij de eerste die ik ga vergeten.

Ik ben Een van de Beste Jonge Acteurs van Amerika, verdomme, ik hoor schermen of ballet te studeren, niet doelloos heen en weer te rennen in een middelbareschoolgymzaal. Ik onderga deze totaal overbodige marteling nu al veertig minuten per dag, vier keer per week, elf kutjaren lang. De vakanties niet meegerekend zijn dat 144 gymlessen per jaar, wat neerkomt op een totaal van 1584 lessen; vermenigvuldig dat met de veertig minuten die een les duurt en je komt op 1056 uur non-stop terreur, oftewel een marteling van vierenveertig dagen het klokje rond. Krijgsgevangenen zijn aan minder bezweken.

Maar ik doe het niet meer.

Ik moet een medisch excuus verzinnen, maar helaas is Kelly's vader de enige dokter die ik ken en volgens mij is hij niet ruimdenkend genoeg om het voor me te regelen. Als hij dat wel was, zou Kelly geen gym hebben. Gelukkig ben ikzelf wel ruimdenkend genoeg om een blessure voor te wenden en kan ik goed acteren. God, ongelofelijk dat ik er niet eerder aan gedacht heb! Met mijn gevoelsgeheugen kan ik de pijn oproepen die ik voelde toen ik van Als

Midlifecrisis af donderde. Dat moet toch niet zo moeilijk zijn?

Om te beginnen besluit ik een val te faken, en waar kan ik dat beter doen dan pal voor Esels neus? Ik zorg ervoor dat ik in het team zit dat tegen Darren O'Boyle speelt, al houdt dat in dat ik zonder shirtje moet spelen. Ik realiseer me dat actief meedoen verdacht zou zijn en dus hang ik langs de lijn, nog luier dan anders. Ik doe niet eens moeite om de indruk te wekken dat ik wat doe.

Mijn nietsdoen ontsnapt niet aan commandant Esels aandacht. 'Hé, Zanni,' schreeuwt ze, 'doe eens mee.'

Ik houd mijn hand tegen mijn oor, het Internationaal Erkende Signaal voor: 'Ik hoor niet wat je zegt, stomme koe.'

'Kom op, Zanni, laat die reet van je eens bewegen.'

Precies wat ik nodig heb! Met een snelle, lompe beweging plaats ik mijzelf tussen de basket en de Boosaardige Helse Tweedejaartjes. Ik fladder met mijn armen als een grote, domme vogel die probeert te vliegen. Dit is zo'n moment waar je je hele leven naartoe werkt. Ik zet me schrap en denk: kom maar op, pindabrein.

Darren is het eerst bij me en duwt me opzij. Zijn zweterige arm schampt me, maar ik gooi mezelf door de lucht en land met een dreunende klap op de grond (door met mijn handen op de vloer te slaan, zoals profworstelaars op de tv doen). Esel blaast op haar fluitje.

'Ik heb hem niet eens aangeraakt!' brult Darren.

Juffrouw Esel jogt naar me toe en zakt door haar knieën. 'Alles goed, Zanni?'

Subtiliteit is het sleutelwoord voor deze scène, niet mijn sterkste kant, maar ik móét geloofwaardig overkomen. Ik kijk op met een korte, beschaamde glimlach op mijn gezicht, zodat mijn bovenlip verdwijnt. 'Gaat wel. Niets aan de hand, hoor,' zeg ik.

Ik sta op en krimp ineen, buig voorover en haal een paar keer diep adem, zoals vrouwen dat leren op zwangerschapsgymnastiek, en knijp mijn ogen stijf dicht om er wat tranen uit te persen. Ik ben een ruwe, blootgelegde zenuw.

Juffrouw Esel maakt zich zorgen, ik hoop meer om haar baan dan om mij. 'Ga maar even zitten, Edward,' zegt ze.

Ik wrijf over mijn stuitbeentje. 'Dat lijkt me niet zo'n goed idee,' zeg ik, met mijn tanden op elkaar. Ik ben een gapende open wond.

'Hé,' roept ze naar Darren, die ondertussen met de bal aan het dribbelen is, 'kom jij eens even hier en breng Edward naar de zuster!'

'Maar ik deed helemaal niks,' sputtert hij tegen.

'GA! NU!'

Gefrustreerd smijt Darren de bal op de grond en loopt naar de deur. Ik hink achter hem aan, mijn gympen piepen. Achter me gaat de wedstrijd verder, ik neem aan in een wat menselijker tempo. Darren loopt trots voor me uit, zijn sluike, glanzende haar veert omhoog bij elke stap. Ik wou dat mijn haar ook zo omhoogveerde.

'Sorry,' mompelt hij en hij houdt de deur voor me open.

Ik kreun nog een keer, gewoon om hem te pesten.

Nathie gaat met me mee naar dokter Corcoran, die zijn praktijk heeft in het centrum van Wallingford, in een bakstenen gebouw dat op Independence Hall moet lijken. 'Wat heb je nou aan een absentiebriefje voor maar twee weken?' wil hij weten.

'Ah, daarom heb ik jou, Nathan Nudelman, meestervervalser, nodig,' zeg ik. 'Jij gaat een 1 achter de 2 zetten en er een 21-weekse vrijstelling van gym van maken. Dat is exact het aantal weken tot het einde van het jaar.'

'Maar wie heeft er nou van een 21-weekse vrijstelling gehoord, verdomme?!' zegt hij. 'Denk je niet dat Esel het een béétje vreemd zal vinden?'

Ik herinner Nathie eraan dat als juffrouw Esel echt slim was, ze geen gymles zou geven.

Bij de voordeur wacht ik even om me voor te bereiden. Ik instrueer Nathie: 'Probeer zo zorgelijk mogelijk te kijken, maar trek zelf niet te veel de aandacht, oké?' Nathie knikt, houdt de deur open en ik schuifel naar binnen. Ik loop moeilijk naar de balie en wacht tot de assistente opkijkt. Maar ze heeft het te druk met dossiers op kleur sorteren.

'Ik kom voor dokter Corcoran,' zeg ik na een tijdje.

'Tekenen en gaan zitten,' zegt ze zonder op te kijken.

Ik wil de lijst pakken, maar Nathie houdt me tegen. 'Rustig aan, kerel,' zegt hij, overlopend van bezorgdheid. 'Laat mij het maar voor je doen.'

'Je bent een echte vriend,' kwijl ik terug, maar omdat de assistente niet op- of omkijkt is ons optreden tevergeefs. Paarlen voor de zwijnen.

We bladeren zeker een halfuur lang in oude golftijdschriften. Er komen meer patiënten binnen; die zien er echt slecht uit en ik voel me schuldig omdat ik beslag leg op dokter Corcorans kostbare tijd. Zuster Kleurcode behandelt ze met dezelfde bemoedigende warmte waarmee ze ons ook verwelkomt heeft. En dan eindelijk, op een willekeurig moment, pakt ze de intekenlijst van de balie en roept ze de volgende naam om.

'Wil Meerzaad?' vraagt ze. 'Wil Meerzaad?' Ze kijkt de hele ruimte door, maar niemand reageert. 'Jij daar, met dat tijdschrift voor je gezicht,' zegt ze tegen Nathie, 'ben jij Wil Meerzaad?'

Nathie kijkt met zijn beste Bambi-ogen op. 'Pardon, zuster?' zegt hij.

'Ben jij Wil Meerzaad?'

'Nee, sorry,' antwoordt hij. En daarna, binnensmonds: 'Jij wel hè, slet.'

'Nou, waar is Wil Meerzaad?!' roept ze, boos over het onnodige oponthoud. Ze staat op en tuurt rond om te controleren of ze misschien iemand over het hoofd heeft gezien. 'Wie heet er Wil Meerzaad?'

Nathie duikt weer weg achter zijn tijdschrift.

Eindelijk roept de assistente mijn naam, na herhaaldelijk Lican Muspleyt en Meinke Loten opgeroepen te hebben. ('Meinke Loten? Heeft iemand Meinke Loten gezien?') Kleurcode neemt me mee naar de behandelkamer, bekijkt ongeïnteresseerd mijn gegevens en zegt dat ik mijn kleren moet uittrekken en in mijn ondergoed moet wachten. Ik heb geen idee waarom dokters dit van je willen. Willen ze met je kleren ook je zelfrespect van je afpellen? De ruimte is koud en geverfd in de geruststellende kleur grijs die gereserveerd lijkt te zijn voor behandelkamers en dodencellen. Nadat ik een brochure over osteoporose heb doorgewerkt en ongeveer een millennium heb gewacht, komt dokter Corcoran eindelijk binnen, een en al tandpastaglimlach en onnatuurlijk bruin, zijn askleurige haar grijzend bij de slapen: een echte showmaster.

'Edward!' zegt hij en hij schudt zo krachtig mijn hand dat het meer lijkt of we gaan armpje-drukken. 'Hoe gaat het met je, jongen?'

Ik ben je jongen niet, rondneukende, ontrouwe herpeslijer.

'Prima,' zeg ik.

Watje.

'Goed,' zegt hij zonder me aan te kijken. 'Eens even kijken...' Hij kijkt even op mijn kaart en legt hem weg. Hij slaat de panden van zijn witte doktersjas naar achteren en plant zijn vuisten aan weerszijden van zijn middel, alsof hij de superheld is die Gotham van het kwaad gaat bevrijden. Red ons, Orthopedische Man. 'Vertel me maar, wat is het probleem?' zegt hij.

Een van de Beste Jonge Acteurs van Amerika begint aan zijn optreden. Ik leg uit dat ik afgelopen zomer gevallen ben en een contusie van de coccyx (ik heb bedacht dat medische terminologie het verhaal wat meer gewicht geeft) opgelopen heb en dat ik vandaag weer hard gevallen ben, op dezelfde plek.

Dokter Corcoran grinnikt. 'Een beetje ruw gespeeld, hè?'

Ik grinnik mee en haal veelbetekenend mijn schouders op, op een ja-wij-overenthousiaste-atletische-types-lopen-wel-eens-wat-op-manier. Dokter Corcoran was een groot lacrossespeler tijdens zijn studie – of was het rugby? – ik weet het niet meer. Een van die kaksporten in ieder geval.

'Het lijkt me verstandig om röntgenfoto's laten maken om te zien hoe erg het is, vind je ook niet?'

Dit heb ik voorbereid. 'Ja, prima, alleen...' Ik bijt op mijn lip en kijk naar de grond.

Dokter Corcoran pakt me professioneel bezorgd bij mijn schouder. 'Wat is er, jongen?'

Ik zucht diep en geef hem mijn beste David Copperfield-achtige blik. 'Ik heb geen ziektenkostenverzekering meer, omdat ik mijzelf financieel onafhankelijk verklaard heb,' leg ik uit met een kleine trilling van mijn onderlip. 'Kunnen we die foto's niet... eh... heel even uitstellen?'

Dokter Corcoran fronst zijn wenkbrauwen. 'Ik weet niet of dat zo'n goed idee is, Edward...'

'Maar het is exact dezelfde pijn als de vorige keer,' zeg ik. 'Ik weet zeker dat ik met een weekje of twee niet sporten weer helemaal genezen ben. En als het niet zo is, kom ik echt terug, om ze alsnog te laten maken. Dat beloof ik.'

Dokter Corcoran krabt aan zijn kin en denkt na over mijn voorstel. Even ben ik bang dat hij me de foto's gratis aan gaat bieden, maar dan denk ik aan al die keren dat Kathleen geklaagd heeft over wat een gierige zak hij is.

'Okidoki...' zegt hij.

Pfff.

'... ik wil alleen wel een klein digitaal onderzoekje doen om te kijken of er niets gebroken is.'

Digitaal onderzoekje? Lieve god, ik hoop dat hij het over computers heeft.

'Trek je boxershort naar beneden en ga daar even staan, Edward. Dit duurt maar heel even.'

Gevaar, Scotty, gevaar! Ongeïdentificeerd Object Wil onze Uitlaatpijp Binnendringen.

Dokter Corcoran trekt het onderzoeksbed uit en geeft me een nutteloos vliegtuigkussentje om onder me te proppen. Ik schuif mijn onderbroek naar beneden en leun voorover. De lucht voelt koud aan bij mijn kruis en ik voel mijn ballen zich in me terugtrekken, alsof ze willen zeggen: 'Wegwezen!'

Ik hoor het onheilspellende geluid van een rubberhandschoen. Lieve god, er moet een makkelijker manier zijn om niet te hoeven gymmen.

Zoals een surfer een golf neemt, hopt dokter Corcoran in zo'n dokters-stoel op wieltjes en rolt naar me toe. Ik til mijn hoofd op en kijk tussen mijn benen door naar hem; mijn naakte onderbuik wordt weerspiegeld in zijn brillenglazen. Hij kijkt met Kelly's ogen naar me, eigenlijk moet ik zeggen: met Kelly's linkeroog, het bruine. Het is niet zo gek dat Kathleen verliefd op hem is geworden, het serpent. En dit is niet iets waar ik over na wil denken tijdens een rectaal onderzoek.

Dokter Corcoran zegt wat dokters altijd zeggen voordat ze je pijn gaan doen: 'Ontspan maar even, als je wilt.'

Ik voel een koude rubberen vingertop in mijn bilspleet.

'Dit kan een beetje pijn doen.'

Au. Au. Au. Au. Bezemsteel! Boterkarnton! Gloeiende pook!

'Rustig aan, jongen,' zegt hij, 'ik heb nog niets gedaan.'

O.

'Doe je ogen maar dicht,' zegt hij, 'en denk aan... de Grand Canyon. Of een praaachtige bloem die zich opent in de richting van de zon.'

Ik adem uit en probeer aan grote, open dingen te denken, maar ik kronkel weg als ik zijn vinger naar binnen voel gaan.

'Ontspaaaan je,' mompelt hij.

Ik grijp de zijkanten van de tafel, haal nog eens diep adem en blaas zo rustig mogelijk uit terwijl hij voelt en in me port alsof hij een kalkoen aan het vullen is. Ineens duwt hij zijn vinger naar beneden. Er gaat een schok door mijn lichaam. Ik word een beetje duizelig en dan merk ik het.

Ik krijg een erectie.

Dit is godverdomme niet te geloven. De eerste erectie die ik in zes weken heb krijg ik terwijl ik rectaal onderzocht wordt door de vader van mijn vriendinnetje. Ik probeer aan dode baby's en honkbaluitslagen te denken, maar ik weet helemaal niets van honkbal, behalve dan dat de spelers er heel sexy uitzien in die strakke broeken en... Oké. Nu is het te laat. Kapitein Standvastig salueert fier.

'Sorry,' zeg ik tegen dokter Corcoran.

Hij glimlacht zijn tandpastatanden bloot. 'Geeft niet,' zegt hij, 'die dingen gebeuren.' Dan kijkt hij omlaag en slaat met zijn vrije hand zijn doktersjas opzij.

Er zit een flinke bobbel in zijn broek. Ik ga de rest van mijn leven in therapie.

149

vierentwintig

Wijdbeens lopend kom ik thuis en weet niet waar ik meer van geschrokken ben: van het feit dat ik tijdens een rectaal onderzoek een stijve heb gekregen of omdat de vader van mijn vriendin me gevraagd heeft om eens koffie te komen drinken.

Getver tot de derde macht.

Maar goed, ik heb mijn absentiebriefje voor gym. Ik wil nu alleen nog maar een uitgebreide douche om deze bezoeking van me af te wassen. Ik doe de voordeur open en voel meteen dat er iets mis is. Om te beginnen komt het enige licht in de kamer van flakkerende kaarsen. Ten tweede zingt Sinatra op de stereo 'I've Got You Under my Skin', de opname uit 1956 voor Capitol met die ongelofelijke tochtige-olifant-trombonesolo. Ten derde ligt Kelly op de bank gedrapeerd in een babydoll van zilveren kant met een verlegen kom-naderbij-blik.

'Waar bleef je toch?' koert ze en ze houdt haar hoofdje schuin zoals mooie meisjes dat kunnen. 'We hebben het rijk voor ons alleen!'

O-o.

Ze staat op en draait rond zodat ik haar kan bewonderen. De kanten baby-doll zit strak om het ronde landschap van haar billen. Ze ziet eruit als een model uit de laatste Victoria's Secret-catalogus. Jammer genoeg heb ik in-middels ook een paar geheimen.

Ze danst naar me toe, slaat haar armen om mijn nek en wrijft zich als een jong katje tegen me aan. Ze gooit haar hoofd naar achteren, het Internatio-naal Erkende Signaal voor: 'Kus me, idioot.'

Gelukkig mep ik een foto van de muur terwijl ik naar achteren loop.

'Sorry,' zeg ik. 'Je overvalt me een beetje.' Ik buk om de foto op te rapen. Het is een foto van dokter Corcoran, Kathleen en de drie kinderen, bij Omies huis aan Cape Cod. Ik kijk omhoog naar Kelly en ze glimlacht met een dub-bele rij tanden naar me. Ze woelt door mijn haar.

'Gekkie,' zegt ze. 'Wil je wat drinken?'

Op dit moment wil ik niets liever dan dat, tenzij ze valium bij zich heeft.

'Ga maar lekker zitten,' zegt ze. 'Ik maak een spritzer voor je.'

Ik wankel naar de bank. Dit gevoel moet ik in mijn gevoelsgeheugen op-slaan voor het geval ik nog eens iemand moet spelen die anaal gevingerd wordt door de vader van zijn vriendin.

Ik laat me op de bank vallen en schop mijn schoenen uit. Kelly heeft puin geruimd en voor het eerst zie ik de salontafel. Hij heeft een andere kleur dan ik dacht. En wat belangrijker is: er ligt iets op... condooms.

Dit moet de hel zijn.

Kelly komt terug. Ze klimt op mijn schoot en zet een Bartles and Jaymes aan mijn mond. Ik neem een flinke slok, alsof ik een buikspreker ben en zij mijn pop is. Hoe passend. Binnen een paar minuten zitten mijn vingers in haar, net als die van haar vader daarnet... Probeer aan wat anders te denken, Edward.

Kelly zoent me in mijn nek.

'Hoor eens, schatje,' zeg ik, 'ik plak helemaal. Ik moet eh... even douchen, denk ik.'

'O leuk,' zegt Kelly, 'zal ik je helpen?'

'NEE,' zeg ik, veel harder dan bedoeld.

Kelly staat abrupt op, alsof ik haar geslagen heb. 'Wat heb je?'

Ik buig voorover, met mijn gezicht in mijn handen. 'Ik... Ik kan het niet. Sorry.'

'Wat kun je niet?'

Ik kan geen erectie krijgen, alleen bij je vader lukt dat. Ik kan de druk niet aan dat je moeder hier elk moment binnen kan komen lopen om me op straat te gooien. En ik kan niet omgaan met het feit dat ik nog steeds halsoverkop zin heb in onze vriend Doug.

'Edward, wat *is* er toch?' zegt ze.

Ik zucht diep. 'Ik denk niet... dat we samen moeten zijn,' zeg ik.

'Wat? Wil je verhuizen?'

'Nee, nee!' zeg ik. Jezus, waar zou ik heen moeten? 'Nee, ik bedoel, ik denk dat wij niet samen moeten zijn.'

Kelly's verschillend gekleurde ogen worden groot. 'Wat? Maak je het uit?'

'Het ligt niet aan jou, het komt door mij.'

Ze slaat haar armen voor haar in lingerie gehulde lichaam om het te bedekken en haar ogen krijgen waterverfkleuren. 'Maar waarom?' huilt ze.

'Ik... Ik weet het niet precies.' Ik ben een ruwe, blootgelegde zenuw. Ik ben een gapende open wond. 'Het spijt me zo, Kelly.' Ik wil haar schouder beetpakken, maar ze duwt me weg.

'Weet je, Edward,' zegt ze met trillende stem, 'voor Een van de Beste Jonge Acteurs van Amerika heb je een knap beroerde timing.' Dan draait ze zich om en rent de trappen op. Ik ben een zak.

Omdat Kelly me niet het huis uit kan gooien zonder Kathleen op te biechten dat we tegen haar gelogen hebben, gooit ze me uit het kluisje dat we delen op school. Ze stelt Ziba voor om te delen, wat een behoorlijke verbetering is als je bedenkt dat Ziba alleen maar een pakje sigaretten en een fles bronwater in haar kluisje bewaart.

Ik voel me de lul van de maand, maar kan me nu tenminste gaan richten op manieren om geld te verdienen om Juilliard te kunnen betalen. Nathie en ik beleggen weer een brainstormsessie, deze keer bij hem thuis. Hij heeft zelfs bier gehaald met een behoorlijk echt uitziende identiteitskaart, die hij op de computer gemaakt heeft. ('Waddachje dan dat ik de hele dag op dat ding deed? Pacman spelen?') Hij ziet er nog steeds uit als iemands kleine broertje, maar dat fysieke nadeel lost hij op door heel kwaad tegen Larry-de-jongen-van-de-slijter te schreeuwen: 'Wat heb je? Heb je soms iets tegen dwergen?'

Chez Nudelman is een virtuele replica van Casa Zanni, alleen dan in spiegelbeeld. Ik vind het een soort parallel universum. Ik krijg er zelfs een ondersteboven-achtig gevoel van, omdat Fran Nudelman een voorkeur heeft voor tapijten aan de wanden en behang tegen de plafonds. De Nudelmans zijn ook een omgekeerd evenbeeld van ons gezin: Fran is zo bezeten van haar ouderlijke taak dat Nathie haar achter haar rug om 'zuignap' noemt; Stans medische werk is zo ingewikkeld dat ik je niet eens kan vertellen wat hij doet, en Nathies broer Evan is direct aangenomen op Yale toen hij zestien werd. Ze vormen in essentie een gelukkig gezin, op een naar-elkaar-schreeuwen-van-af-de-andere-kant-van-het-huis-achtige manier, en ik heb me altijd thuis gevoeld bij ze. Joden zijn net Italianen, alleen slimmer.

'Oké, laten we de notulen van onze laatste bijeenkomst eerst even doornemen,' zegt Nathie, en hij trekt een vel papier uit zijn attachékoffertje (zó Nudelmanachtig om te hebben). Er staat 22 september op en het heeft als titel: *Hoe gaat Edward zijn collegegeld betalen?*

'Het eerste item op onze lijst was een baan zoeken. Edward, zou je ons je laatste financiële gegevens op dat front willen doorgeven?'

Ik weet niet precies wie 'ons' zijn, maar besluit hem zijn commissievoorzitterfantasietje maar uit te laten leven. 'Ik heb, eh... 816 dollar – nee, 916 dollar,' zeg ik, omdat ik de honderd dollar die ik van dokter Corcoran heb gekregen meetel.

Ja, ik weet dat dat betekent dat ik een hoer ben. Nou en?

'Is dat het?' zegt Nathie.

'Yep.'

Hij zucht. 'Goed, 10 000 dollar minus 916 betekent dat je nog... laat eens kijken... 9084 dollar nodig hebt.'

'O god, dat lukt me nooit.'

'Haal je hoofd van tafel, mensen eten ervan,' zegt hij. 'Laten we naar nummer twee gaan: beurzen. Enige vooruitgang op dat gebied?'

Niet dat ik niets geprobeerd heb, maar blijkbaar is Al niet de enige die denkt dat acteur worden een verspilling van beurzen is. Volgens mij vinden de beurzentoekennende comités het belangrijker wie er arm is dan wie er talent heeft. 'Ik kom over drie jaar pas in aanmerking voor financiële hulp,' meld ik. 'En tegen die tijd ben ik een museumstuk.'

'Je hebt gelijk,' zegt Nathie, 'maar geen paniek. We hebben nog meer opties. Nummer drie: diefstal.'

Ik heb deze optie nooit serieus overwogen, maar dat was voordat ik aangenomen werd op Juilliard en John fucking Gielgud besloot om er maar één jaar les te gaan geven. En voor ik ontdekte dat mijn levenslange aversie tegen werk goede gronden had.

Ik trek net zo aan mijn baard als meneer Lucas. 'Hoe zou ik dat moeten aanpakken?' vraag ik.

Nathie glimlacht zijn lippige, tandeloze glimlachje. 'Ik hoopte al dat je dat zou vragen.' Hij graait in zijn attachékoffertje en trekt nog een document te voorschijn. 'Ik heb dit gemaakt tijdens de typeles, in plaats van "Pa's wijze lynx bezag vroom het fikse aquaduct" te typen. Lees het even. Het is simpel, maar gedurfd.'

Ik bestudeer het papier en vraag nadenkend: 'Als dit misgaat, zijn we goed de lul, hè?'

'Valt wel mee – alleen jij. Ik heb ervoor gezorgd dat ik op geen enkele manier met de misdaad in verband kan worden gebracht.'

'O, wat een opluchting,' zeg ik.

De bel gaat en Nathie rent naar de deur. 'Maak je geen zorgen,' roept hij. 'Met goed gedrag ben je binnen drie jaar vrij. En tegen die tijd kom je in aanmerking voor financiële steun!'

Ja, ja, aangenomen dat Juilliard ex-bajesklanten accepteert.

Vanuit de gang hoor ik een raspende stem 'Hallo, liefje' zeggen, wat alleen maar kan betekenen dat Tallulah Bankhead uit de dood is opgestaan, of dat het Ziba is.

Ik sta op en ter begroeting houdt ze een brownie in een servetje voor mijn neus. 'Gefeliciteerd,' zegt ze, 'je hebt een Brownie Award gewonnen.'

'Brownie Award?'

'Je hebt toch wel van de Oscars en Emmy's gehoord? Nou, dit zijn de Brownies. We delen ze uit als beloning voor verdienstelijk gedrag.'

'Wie zijn "we"?'

'O, Kelly,' zegt ze, en het lukt haar net niet om onverschillig te klinken, 'en Doug.'

Ik kijk over haar schouder en zie de Huifkar, rokend als een hooibrand, langs de stoeprand staan.

'Lees wat er op het servetje staat,' zegt Ziba.

Er staat: 'Voor het zeggen van vuile achterlijke reetlikkende kut-achterna-lopende pad met stront-in-plaats-van-hersens en toch op Juilliard aangenomen worden.' Nathie heeft ook een Brownie verdiend, omdat hij op school het bewegende podium naar beneden gedraaid heeft, tijdens een uitvoering van het Wallingford Symfonieorkest. Midden in *Eine Kleine Nachtmusik* zonk de complete frontsectie van het orkest, als de Titanic, langzaam uit het zicht. Op Nathies servetje staat: 'Voor het beste special effect van dit jaar.'

'Lieverds, ik moet er weer vandoor,' zegt Ziba en ze geeft ons allebei het Europese-twee-wangen-kus-gedoe. 'We moeten nog de Ralph Waldo Emerson Society-Nekt-me-Met-Haar-Ongenoegen-Prijs voor non-conformisme uitreiken.'

'Aan wie?' vraag ik.

'O, aan dat tweedejaarsmeisje dat haar hoofd kaalgeschoren heeft.'

'Toch niet die met leukemie, hè?'

'O, is dat zo?' zegt Ziba met gefronste wenkbrauwen. 'Nou ja', en ze werpt haar sjaal over haar schouder, 'het blijft een fantastische look.' Ze draait zich om alsof ze op de catwalk staat en loopt heupwiegend terug naar de auto. Ik kan er niets aan doen, maar zie dat de raampjes beslagen zijn.

Het is natuurlijk mijn eigen dikke schuld, maar de gedachte aan Kelly en Doug samen maakt me woedend.

'Wat vind je ervan?' vraagt Nathie, de chocolade van zijn vingers likkend.

'Waarvan?'

'De economische politiek van Reagan, nou goed? Van mijn voorstel, dombo!'

Ik leun met mijn hoofd tegen de voordeur. 'Ik weet het niet, Nathie, ik weet niet of ik wel een gevangenisstraf wil riskeren.'

'Bedenk hoe goed het voor je acteren zou zijn,' zegt Nathie. 'En trouwens, wil je echt de komende drie jaar bij Kip Smaklip werken?'

Ik bijt in mijn brownie en kauw op het vooruitzicht te moeten werken in Het-Winkelcentrum-Waar-de-Tijd-Stilstond terwijl iedereen die ik ken is gaan studeren.

'Oké, we doen het,' zeg ik.

vijfentwintig

Terwijl Nathie de nodige voorbereidingen treft, overtuig ik Ziba ervan om auditie te doen bij het Gemengde Koor (of het Gemangelde Koor, zoals we het graag noemen), zodat ze met ons mee kan naar Washington, DC, voor de grote Korencompetitie in maart. Ik ga met haar mee naar haar auditie, voor morele ondersteuning.

'Wat ga je zingen, kind?' vraagt onze altijd vrolijke juffrouw Tinker en ze trekt een stapel Broadway-zangpartituren te voorschijn.

'Ik ga "Je ne regrette rien" voor u zingen,' zegt Ziba, alsof ze het in een nachtclub aankondigt.

'Och, kind,' zegt juffrouw Tinker, 'ik ben bang dat ik daar de muziek niet van heb.'

'Dat maakt niet uit. Ik heb geen muziek nodig,' zegt Ziba en ze begint, leunend tegen de piano, met haar hoofd omhoog alsof ze Marlene Dietrich is en de camera zoekt, een geluid voort te brengen dat ik alleen maar kan omschrijven als een loeiende koe met een zware verkoudheid.

'*N-o-o-o-o-o-o-o-o-on rien de rien...*'

Juffrouw Tinker probeert dapper haar aanmoedigende crècheleidstersglimlach vast te houden, maar weet duidelijk niet wat ze aan moet met dit vreemde meisje. Ik moet wel zeggen dat wat Ziba aan vocaal talent mist, ze ruimschoots goedmaakt met haar inzet. Het is een behoorlijk lange interpretatie, ongeveer zoals Mussolini het zou zingen.

'Dat was erg... origineel,' zegt juffrouw Tinker als Ziba klaar is, 'maar ik weet niet zeker of je al oud genoeg bent om over spijt te zingen, kind.'

'Dat denk jij,' mompelt Ziba.

Juffrouw Tinker deelt haar mee dat er helaas geen plekken meer vrij zijn voor sopranen of alten, maar Ziba zegt dat ze toch liever met de jongens meezingt. Hoewel het wat onorthodox is, moet zelfs juffrouw Tinker toegeven dat we altijd een extra tenor kunnen gebruiken.

Nathie houdt de overkant van de straat nauwlettend in de gaten om te zien wanneer Al en Dagmar samen weggaan. De eerste stap van zijn zogenaamd simpele plan houdt in dat we inbreken in mijn ouderlijk huis om bij Als financiële administratie te kunnen. Het is natuurlijk geen inbreken, maar ontsluiten en binnenlopen, wat – voor zover wij weten en zoals eerder gezegd – geen misdaad is.

Als Nathie eindelijk belt, ben ik alleen thuis bij Kathleen, zonder auto. Kelly heeft de Huifkar meegenomen, terwijl ze niet van autorijden houdt, om me te pesten. Ik loop naar de garage, misschien staat er een fiets.

Het grappige aan mensen met oud geld is dat het lijkt of ze er trots op zijn om ook oude spullen te hebben. Zelfs als die spullen oude zooi zijn. Daarom lijkt Kathleens garage, in tegenstelling tot die van Al of van Nathies ouders (opgeruimd, goed verlicht, met twee auto's erin) eerder op een overwoekerd tuinhuisje, waar je de sleutel onder een bloempot verwacht aan te treffen als in een Agatha Christie-verhaal. Er kan niet eens meer een auto in. Na een worsteling met de antieke deur en een pijnlijke ontmoeting met een kajak die aan het plafond hangt, tast ik rond in het donker, tot ik een krakerige oude fiets vind die eruitziet alsof Miss Marple hem in haar jonge jaren voor het laatst gebruikt heeft. Het is een vernederende vorm van transport, maar het is alles wat ik heb. Ik fiets langzaam door de ijzig koude straten en word bijna van de weg gedrukt door een stel eikels in een Pontiac TransAm die hun raampje naar beneden draaien en me uitlachen, omdat ik op een fiets met een rieten mandje met plastic madeliefjes zit.

Ik arriveer zwetend en halfbevroren bij Nathie. Ik bel aan en hoor Fran schreeuwen: 'ER BELT IEMAND AAN!'

Nathie doet open. Hij heeft een zwarte broek en een zwarte coltrui aan en een zwart wollig petje op zijn hoofd. Toch ziet hij er niet uit als een inbreker, eerder als een flinke houtskoolbriket. 'Jezus, wat ben je laat!' zegt hij.

'Als jij wat meer je best had gedaan om je rijbewijs te halen, dan had je me kunnen ophalen,' hijg ik.

Nathie haalt zijn schouders op. 'Sommige mensen zijn geboren om te rijden, andere om gereden te worden.' Hij werpt een blik op de Miss Marple-fiets. 'Zet dat ding even achter de heg, wil je? Je verlaagt de waarde van het huis.'

Hij draait zich om en schreeuwt: 'HÉ MA, EDWARD EN IK GAAN NU INBREKEN IN ZIJN HUIS.'

'WAAAAAAAAAAAAAT?' schreeuwt Fran vanuit een kamer.

Vanwege dit soort dingen zou ik hier nooit kunnen wonen.

'WE GAAN EVEN WAT GELD VAN ZIJN VADER VERDUISTEREN OM ZIJN STUDIE TE KUNNEN BETALEN,' schreeuwt Nathie.

Uit een ander deel van het huis hoor ik Stan Nudelman schreeuwen: 'WAT ZIJN JULLIE VAN PLAN, JONGENS?'

'ZE GAAN IN EDWARDS HUIS INBREKEN OM GELD VAN AL TE VERDUISTEREN OM ZIJN STUDIE TE KUNNEN BETALEN,' schreeuwt Fran.

Stan lacht. 'SCHOOIERS!' schreeuwt hij.

Wat Fran en Stan Nudelman betreft, doet Nathie nooit iets verkeerd, daarom heeft hij zoveel zelfvertrouwen, ondanks het feit dat hij een onge-looflijke kaaskop is. Door de jaren heen heeft Nathie ontdekt dat liegen tegen zijn ouders over zijn snode plannen ingewikkelder is dan gewoon de waar-heid vertellen, omdat ze toch weigeren te geloven dat hij in staat is die dingen te doen. Daarom besluipen we nu, met de zegen van Fran en Stan, Als huis.

Het is nog maar een maand geleden dat ik ben vertrokken, maar het huis voelt nu al vreemd en onbekend aan, alsof ik er nooit gewoond heb. En dat is natuurlijk precies wat Dagmar wil. Nathie en ik sluipen de gang door rich-ting Als studeerkamer, onze voeten echoën op de kale vloeren. Ik weet best dat het niet nodig is om te sluipen, maar het voelt prettig om het te doen. We glippen Als kantoortje binnen en Nathie houdt de zaklamp vast terwijl ik de laden van zijn bureau opentrek, op jacht naar chequeboeken. Ik vind onder meer mappen met 'Verzekeringen', 'Investeringen', 'Debiteuren' en 'Belastin-gen', maar betaalcheques vind ik niet. Ik wilde dat ik wat beter had opgelet tijdens Als intens saaie zakendiners.

'Je had toch gezegd dat je wist waar alles lag?' fluistert Nathie.

'Dat dacht ik ook!' fluister ik terug.

'Nou, hier zijn ze anders niet,' fluistert hij.

'Waarom fluisteren we eigenlijk? Er is niemand.'

'Oké,' zegt Nathie, 'even nadenken. Als jij Al was, wat zou jij dan doen?'

Wat ik zou doen als ik Al was? Meteen een andere kapper zoeken. Kom op, Edward, denk na, denk na. Ik stel me voor dat ik gecast ben voor de rol van mijn vader en dat ik zijn drijfveren moet doorgronden. Ik heb echt geen flauw benul hoe mijn vader denkt. Als ik Al zou zijn zou ik... tja, zou ik meer zoals mijzelf willen zijn: een kunstenaar, geen zakenman. Maar als het nu Dagmars cheques waren... Dat zou een heel ander verhaal zijn...

En op dat moment herinner ik me de geheime bankrekening van mijn bo-ze stiefmonster.

'Kom,' zeg ik. Ik ga Nathie voor, de gang door naar Dagmars studio.

De muren zijn bedekt met fotonegatieven en 'verk-in-uitvoeringk': foto's van vergiftigde vuilstortplaatsen, inblikfabrieken en een uitvergrote vuil-container achter een fastfoodrestaurant, en ik betrap mezelf erop dat ik me afvraag waarom een dwangmatig nette vrouw zulke intens smerige plekken fotografeert. Ertussen hangen kinderachtige modefoto's van Dagmar uit haar modellentijd.

'Wat doen we hier precies?' vraagt Nathie, turend naar een foto van een dode eekhoorn.

'Weet je nog van die rekening, waar Doug het over had, waarop Dagmar stiekem geld van Al overhevelt?'

'Ja.'

'Nou, als dit jouw kamer was en je wilde iets verbergen voor Al, waar zou je dat dan verstoppen?'

Daar hoefde Nathie niet lang over na te denken. 'De kast, in de kast!' roept hij.

'Dat noem ik nou je noedel gebruiken, Nudelman.'

Ooit, toen Nathie en ik klein waren, hebben we achter in mijn kleerkast een gat gezaagd, zodat we een geheime plek hadden om dingen te bewaren, rotjes en lucifers en zo (Nathie had toen wat pyromane neigingen, al kon er niets bewezen worden toen de muziekkiosk in het park tot de grond toe afbrandde). Toen ik ouder werd, stopte ik er mijn pornoverzameling in, en af en toe een zakje wiet.

We zetten een tafel opzij en trekken de kastdeur open. Daar, verborgen achter een paar rollen fotopapier, zit het slordig gezaagde gat dat we tien jaar geleden gemaakt hebben. Ik steek mijn hand naar binnen, als vanouds ervan overtuigd dat ik door een rat gebeten ga worden, maar in plaats daarvan voel ik iets dat exact de vorm van een chequeboekje heeft. Ik trek het te voorschijn en zwaai ermee rond. Ik kegel bijna een lamp omver.

'*Wunderbar!*' gil ik.

Nathie grijpt het boekje, slaat het open en zoekt het overzicht. 'Er staat 12 320 dollar op deze rekening,' zegt hij. 'Jezus, Al is echt een kut-achternalopende pad met stront-in-plaats-van-hersens...'

John fucking Gielgud, ik kom eraan!!

Ik houd de zaklamp vast terwijl Nathie voorzichtig een cheque achter uit het boekje trekt. Hij legt uit dat Dagmar op deze manier niet zal merken dat er een cheque ontbreekt totdat het al te laat is. 'En ze kan het ook niet aan Al vertellen, omdat ze dat geld van hem gestolen heeft. Het is de perfecte misdaad.'

We maken een vreugdedansje. 'Nu alleen nog een handtekening vinden die ik kan vervalsen en dan zijn we weg,' zegt hij. 'Weet je waar ze haar afgeschreven cheques bewaart?'

Ik grijns, zeg: 'Die hebben we helemaal niet nodig', en zwaai met de zaklantaarn langs Dagmars foto's. Ze zijn stuk voor stuk in enorme letters ondertekend met 'D. Besessene', alsof ze er zeker van wil zijn dat iedereen ziet dat zij ze gemaakt heeft.

Nathies kraaloogjes beginnen te glanzen. 'Jezus, dit is bijna te makkelijk,' zegt hij. Hij maakt een paar oefenhandtekeningen terwijl ik me op de vloer ontspan. Ik ga op mijn rug liggen en staar naar een stilleven van beschimmeld brood. Voor het eerst in maanden voel ik me compleet en helemaal rustig. Ik heb geld voor een jaar geregeld, een volledig jaar! Nathie schrijft een cheque uit voor $ 10 500: tienduizend voor Juilliard, vijfhonderd commissie voor zichzelf. De rest laat hij op de rekening staan voor het geval Dagmar een cheque uitschrijft.

'Nu moeten we het geld alleen nog witwassen en dan zijn we veilig,' zegt Nathie.

'Oké, leg me nog even uit wat geld witwassen ook alweer inhoudt, ja?'

'Jezus, Edward, heeft Al jullie dan helemaal niets geleerd tijdens die zakendiners?'

Hij wil het net gaan uitleggen als we de garagedeur horen dichtslaan.

'Shit, ze zijn al terug!'

Koortsachtig zetten en leggen we alles weer terug. Nathie knalt nog met zijn hoofd tegen het mijne alsof we Laurel en Hardy zijn, en we rennen als een gek de gang door, richting de voordeur. Maar voor we in de gang zijn gaat de achterdeur al open. Gierend van de adrenaline grijp ik Nathie bij zijn kraag en trek hem achter de sofa in het Meubelmuseum. Mijn hart bonkt zo hard dat het lijkt alsof mijn borstkas zal barsten. Maar ik voel me redelijk veilig. Niemand komt ooit in het Meubelmuseum.

Ik hoor het getik van Dagmars naaldhakken op het linoleum in de keuken, gevolgd door het geluid van Als sleutels die over het aanrecht glijden. 'Ik snap nog steeds niet wat ik deze keer fout gedaan heb,' zegt Al.

'Nou, als je het niet veet, dan ga iek het je zeker niet vertellen.'

'Dat slaat nergens op. Hoe moet ik er dan achter komen?'

'O, je veet het iemmers allang.'

'Nee, ik weet het niet. Ik weet het echt niet.'

'LOIGENAAAAAAR!' gilt Dagmar.

Ik voel dat Nathie rilt. Nudelman-geschreeuw klinkt heel anders.

'Jai speelt spelletjes om mai te martelen!'

Al kreunt. 'Ik heb geen idee waar je het over hebt, godverdomme!' zegt hij. 'Ik heb alleen maar gevraagd "Heb je een leuke avond gehad?" en vanaf dat moment loop je tegen me te gillen.'

'Loik gehad? Loik gehad? Laten we het eens loik hebben!'

Eén seconde lang ben ik bang dat deze scène een soort ziek voorspel is voor een lawaaierige, agressieve partij seks, maar dan hoor ik het onmiskenbare geluid van brekend glas.

'Wat ben je aan het doen, mens? Wil je me dood hebben?' roept Al.

'Nein, jai probeert *mai* dood te maken,' gilt ze. 'Hoe kan iek creëren als iek zucht onder jouw juk, jouw beperkiengen, jouw oordeel? Iek stiek hier! Ik stiek!'

Ik weet hoe ze zich voelt.

Dagmar haalt gierend adem en ik hoor dat ze haar astma-inhalator pakt en inhaleert.

'Alles oké?' vraagt Al.

'Blaif bai me vandaan,' krast ze. Ik hoor het geluid van sleutels die van het aanrecht gepakt worden en het tikken van Dagmars hakken op het linoleum.

'Waar ga je naartoe?' vraagt Al.

'Veg van jou!' brult ze en ze slaat de deur met een knal dicht.

'Gestoorde teef,' mompelt Al.

Uit de garage hoor ik Dagmars stem roepen: 'Zat hoorde iek, *klooooooit-zaaaak*.'

Het blijft een hele tijd stil en ik vraag me af wat Al aan het doen is. Ik durf me niet te bewegen. Ten slotte klinkt er gekraak van brekend glas als Al de keuken uit loopt in de richting van het Meubelmuseum. Ik gluur tussen de bank en een tafeltje door en zie hem diep in gedachten verzonken staan. Hij wiebelt op zijn hakken heen en weer en rammelt afwezig met het kleingeld in zijn zak. Hij ziet er oud uit. Zijn schouders hangen, hij zucht en sloft naar de bar. Hij schenkt zichzelf een flink glas pure whisky in, giet het in zijn keelgat en vult zijn glas meteen weer. Ik geef hem geen ongelijk. Ik wist dat Dagmar een monster was, maar had me niet gerealiseerd dat het zo erg was. Al zet de stereo aan en trekt een plaat uit zijn verzameling.

Frank, natuurlijk. 'That's Life.' Toepasselijke keuze.

Al loopt doelloos de kamer door, pakt meezingend wat snuisterijtjes op en zet ze weer neer. Eerst zingt hij nog zachtjes, maar naarmate de muziek aan kracht wint, wordt zijn stem ook luider. Ik hoor voor het eerst mijn vaders zangstem. Die klinkt precies als de mijne. Hoewel ik natuurlijk eigenlijk moet zeggen dat de mijne precies als de zijne klinkt. Dat wist ik echt niet. Hij heeft een warm, zacht stemgeluid, met een echt vibrato. Ik heb altijd aangenomen dat ik mijn talent van mijn moeder had, de creatieveling van de twee, dus is het een behoorlijke schok om te ontdekken dat ik mijn stem van mijn vader geërfd heb. Al maakt er een complete Las Vegas-stijl show van en hij is echt goed, zo goed dat ik aan het eind bijna applaudisseer. Maar als de plaat is afgelopen, zet hij de stereo uit, zakken zijn schouders weer naar beneden en sloft hij het Meubelmuseum uit, de gang door, naar zijn slaapkamer.

Ik heb bijna medelijden met hem.

De volgende dag na schooltijd gaan Nathie en ik naar de openbare bibliotheek van Wallingford voor achtergrondinformatie. We moeten lopen omdat Kelly weer met de Huifkar weg is, met Doug deze keer, en ongetwijfeld haar maagdelijkheid verliest. Tegen de tijd dat we er zijn, zit de ruimte vol studenten die doen alsof ze werken. We lopen rond, op zoek naar een tafel, tot we Ziba ontdekken, die alleen aan een tafeltje in een hoek zit, met haar Jackie O-zonnebril op, alsof ze zich verbergt voor de paparazzi. Een baan zonlicht valt vanuit een hoog bibliotheekraam precies op haar tafel en ernaartoe lopend zie ik er stofdeeltjes in zweven. Dus zo ziet de lucht die we inademen eruit. Walgelijk. Ziba staart in diepe concentratie naar de drie opengeslagen encyclopediedelen voor haar op tafel.

We leggen onze rugtassen op tafel. 'Wabenje an het doen, Zieb?' vraagt Nathie.

Ze kijkt niet op. 'Ik probeer te beslissen welk van deze drie artikelen ik ga plagiëren voor Amerikaanse geschiedenis.' 161

'Je kunt het beste een beetje van elk gebruiken,' zegt Nathie. De stem der ervaring.

Ziba zet haar bril af en wrijft in haar ogen. 'Dit heeft geen zin. Mevrouw Toquitz gelooft nooit dat ik in staat ben om zoiets saais als dit te schrijven.' Ze slaat met een gefrusteerde knal een boek dicht. 'De Perzische beschaving gaat terug tot 3000 voor Christus,' zegt ze. 'Wat mij betreft is iets wat tweehonderd jaar geleden gebeurd is geen geschiedenis, maar roddelpraat.' Ze draait haar haren in een knot en steekt er een potlood in om ze bij elkaar te houden. 'En wat doen jullie hier?'

Ik kijk Nathie aan. Het lijkt me niet zo'n goed idee om aan wie dan ook te vertellen dat we op zoek zijn naar de naam van iemand die als baby gestorven is en nu ongeveer van onze leeftijd zou zijn geweest, zodat we zijn identiteit kunnen stelen.

'We zijn op zoek naar de naam van iemand van onze leeftijd die als baby gestorven is, zodat we zijn identiteit kunnen stelen,' zegt Nathie.

'Goh,' zegt Ziba, alsof ze dit soort dingen elke dag hoort, 'hebben jullie hulp nodig?' Dit vind ik zo geweldig aan Ziba: ze is volkomen shockproof. Ze beschouwt onze identiteitsvervalsing als een interessant keuzevak, dat ze vanwege haar eigen lesrooster niet heeft kunnen volgen.

We willen de identiteit van een dooie baby stelen omdat we het geld dat we van Dagmars rekening haalden moeten witwassen. Ik wilde gewoon een bank binnenlopen en de cheque verzilveren, maar Nathie zei dat we dat bij Dagmars bank zouden moeten doen en dat zo'n hoog bedrag veel vragen zou oproepen. Door een bankrekening te openen onder een valse naam kunnen we het geld van de cheque gewoon op deze nieuwe rekening storten en er later vanaf halen zonder dat Dagmar ons kan traceren.

Goed, voor het geval je nog nooit iemands identiteit gestolen hebt, het gaat zo: pluis alle overlijdensadvertenties uit de lokale krant na ten tijde van je geboorte en zoek de naam van iemand die als baby gestorven is. Dan laat je een handige en weinig scrupuleuze vriend als Nathan Nudelman er een sofinummer bij zoeken, zodat hij een nieuw geboortebewijs voor je kan vervalsen.

Heb ik geweldige vrienden of niet?

Jammer genoeg ontdekken we, terwijl we oude nummers van *The Towne Crier* op microfiche doorspitten, dat kindersterfte niet vaak voorkomt in Wallingford. Na drie uur zwaar deprimerend leesvoer te hebben gelezen hebben we slechts drie Vietnamese weesjes en twee softenonbaby's gevonden. Ik mag dan Een van de Beste Jonge Acteurs van Amerika zijn, ik denk niet dat het mee zal vallen om een bankbediende ervan te overtuigen dat ik Aziatisch ben of anderhalve meter hoog met stompjes in plaats van armen. Terwijl Nathie en ik ruziën over protheses en make-up zie ik dat Ziba achteroverleunt, weg van haar microfichemachine, en een traan uit haar ooghoek pinkt.

Ik heb Ziba nog nooit zien huilen en ren naar haar toe alsof ik dat kleine Hollandse jongetje ben dat met zijn vingertje het gat in de dijk moet dichten. Ik kniel naast haar neer en lees op microfiche een artikeltje uit *The Towne Crier*, gedateerd 11 juni 1968.

> (Battle Brook) De vier jaar oude LaChance Jones werd dinsdagmiddag tijdens het spelen in haar voortuin gedood. Onschuldig slachtoffer van een kogel bestemd voor haar oom, Leon Madison (28), een veroordeelde misdadiger en waarschijnlijk drugshandelaar. De identiteit van de twee schutters is niet bekend, maar de heer Madison zit vast voor verdere ondervraging. De moeder van het meisje, Alicia Jones (25), werd in haar zij geraakt toen ze haar dochter tegen de kogelregen probeerde te beschermen. Haar toestand is op dit moment stabiel en ze zal waarschijnlijk volledig herstellen.

'Zal waarschijnlijk volledig herstellen,' zegt Ziba hoofdschuddend. 'Alsof je van zoiets ooit kunt herstellen.' Haar stem is zwaar, alsof ze het leed van de hele wereld torst.

We hebben allemaal ons kruis te dragen: mijn moeder is vertrokken, die van Paula is dood, Dougs pa heeft hem de kamer door geslagen. Maar geen van ons heeft een land verloren, een levenshouding. Ziba's familie was in Zuid-Frankrijk op vakantie toen de sjah de macht verloor, waardoor ze van de ene op de andere dag ballingen waren. Hun enige bezittingen waren de spullen die ze bij zich hadden. Hun geld stond op Zwitserse bankrekeningen, maar verder waren ze alles kwijt. Niet alleen hun huis, hun auto's en hun meubelen, ook onvervangbare dingen als familiefoto's en, nog belangrijker: de familie zelf. Ik kan er niets aan doen, maar volgens mij zit haar verdriet veel dieper dan dat van ons.

Naast het artikel staat een foto van een jong zwart meisje. Haar haar is in twee kroezige propjes aan weerskanten van haar hoofd gedraaid, zoiets als Minnie Mouse. Het is zo'n studiofoto met een nepherfstlandschap op de achtergrond. Haar mond staat wijd open, alsof ze lacht, en ze heeft een kleine pompoen in haar mollige armpjes.

'Afschuwelijk,' zeg ik.

'Ja,' zegt Nathie achter me, 'als het een jongetje was geweest hadden we zijn naam kunnen gebruiken.'

Ziba en ik draaien ons allebei om en kijken hem verontwaardigd aan.

'Kijk niet zo,' zegt hij. 'Ik heb haar niet neergeschoten. Ik zeg alleen maar dat het jammer is dat Edward onmogelijk voor een twintigjarige zwarte vrouw door kan gaan, dat is alles.'

Hij heeft gelijk, op zijn kaaskopachtige manier. Als ik de schaarse onbewaakte momenten waarin ik me volkomen Diana Ross voel niet meereken, ben ik geen erg overtuigende zwarte vrouw. 'Exit LaChance dus,' zeg ik.

'Je spreekt het uit als *LaShaaahnce*,' zegt Ziba, de klemtoon aanhoudend, zoals de Fransen dat doen.

'Hoe weet jij dat?'

'Dat weet ik gewoon,' zegt ze. Ze kijkt weer naar het scherm. 'Ik voel... ik weet het niet... bijna een mystieke band met dit meisje.' Ze glijdt met haar lange, spitse vingers over het scherm, alsof ze naar binnen wil. 'LaChance,' zegt ze in zichzelf. 'Klinkt als een gedicht.' Ze draait zich met stoel en al om, om mij en Nathie aan te kijken. 'Waarom geven jullie blanken in dit land jullie kinderen nooit zulke prachtige namen?'

De ondergaande zon schijnt op Ziba's hoge jukbeenderen en haar diepliggende ogen; de andere helft van haar gladde, cacaokleurige gezicht blijft in de schaduw. In dit licht, met haar opgestoken haar, heeft ze wat weg van Billy Holiday die op het punt staat in een nachtclub een gevoelig nummer te gaan zingen.

'Wat kijken jullie ineens naar me!' zegt ze.

zesentwintig

164   Ziba beweert dat ze te oud is om op te treden, alsof ze Garbo in ruste is, maar stemt er uiteindelijk in toe te proberen of ze kans maakt als LaChance. Ik weet niet hoe Nathie aan LaChances sofi-nummer en vervalste geboortebewijs is gekomen en wil het eigenlijk niet weten ook. Wat ik wél weet, is dat hij drie dagen niet op school verschijnt. Ik maak me een beetje ongerust, dus bel ik naar zijn huis.

'Halloooo?' Fran, met een stem die in dat ene woord bijna een octaaf stijgt. Fran probeert, om redenen die alleen haar bekend zijn, Brits te klinken als ze de telefoon opneemt.

'Dag mevrouw Nudelman, met Edward. Is Nathie daar?'

Fran legt de hoorn neer, maar ik kan alles gewoon volgen. 'STAN, WEET JIJ WAAR ONZE NATHAN IS?' schreeuwt ze.

'HIJ ZEI IETS OVER EEN PAAR OFFICIËLE DOCUMENTEN VERVALSEN OF ZO.'

Fran lacht ratelend, als een vork die in de keukenmachine zit. 'DAT JOCH OOK,' zegt ze, maar dan is ze ineens weer Julie Andrews: 'Edwaaaard? Ben je nog daaaaaar?'

'Ik heb het al gehoord,' zeg ik. 'Wilt u hem zeggen dat ik heb gebeld?'

Twee dagen later heb ik nog steeds niets van hem gehoord. Erger nog: ook Ziba verschijnt ineens niet meer op school. Ik waardeer het natuurlijk dat ze zo hard aan mijn zaak werken, maar aangezien ik degene ben die de bak in kan gaan wegens fraude, zou ik het prettig vinden om te weten wat ze allemaal voor me bekokstoven. Ik ben net terug van school en werk me plichtmatig door een lasagneschotel heen als er hard op de deur wordt geklopt. De katten rennen door de gang en gooien een rieten mand omver, waar vreemd genoeg bladmuziek en een paar wanten uit vallen. Als ik de mand aan de kant schop, glijdt er een strook papier door de brievenbus die precies voor mijn voeten landt.

Het is een betalingsbewijs voor 10 500 dollar, gestort op rekening van LaChance Jones.

Ik trek de deur open en daar staat Ziba, haar atletische lichaam nonchalant tegen de deurpost geleund, knabbelend op een brownie. Ze heft het ding alsof ze een toast uit wil brengen.

'Deze heb ik mezelf toegekend voor Beste Optreden als Identiteitsdievegge,' zegt ze.

Ze heeft een habijt aan.

Ik wil haar juist gaan vragen waarom, als Nathie achter haar opduikt.

'Gefeliciteerd,' zegt hij en hij overhandigt me wat papiertjes.

'Wat zijn dit?'

'Bonnetjes. Als je me vandaag niet kunt betalen, mag het morgen ook. Zeg, heb je wat te drinken? Ik heb een nogal nare smaak in mijn mond.'

Hij heeft ook een habijt aan.

'De communiewijn is op, zusters,' zeg ik. 'Mag het ook wijwater zijn?'

'Die kleren waren mijn idee,' zegt Ziba en ze loopt achter Nathie aan de keuken in, 'maar we hebben ze laten vermaken. Degene die dit maakte voor *The Sound of Music* had geen enkel benul van stijl.' Ze gaat zitten. 'Je hebt geen Perrier, zeker?'

'Wat dacht je van een Mountain Dew?'

'Ah, perfect.'

'Ik ook,' zegt Nathie.

'Hoe zit dat nou met die kostuums?'

'Nou,' zegt Nathie, 'het blijkt dat je iets moet kunnen overleggen met je adres erop om een rekening te openen – een telefoonrekening of een elektriciteitsrekening of iets dergelijks. Dus dachten wij bij onszelf: wie hebben een legitieme reden om geen rekeningen te hebben? En toen kwamen we op nonnen. O, lasagne, mjam!' Hij loopt naar de bestekla en pakt een vork.

'En wat nu?' vraag ik, terwijl ik het valse rijbewijs dat Nathie voor Ziba/LaChance gemaakt heeft bewonder. 'Kunnen we het nu overschrijven naar Juilliard?'

'Nee, nog niet,' zegt Nathie, terwijl hij een vork vol lasagne naar binnen werkt. 'We moeten nu nog een manier bedenken om het geld aan je school over te dragen zonder dat het traceerbaar is.'

'Een overschijvingsformulier?' zeg ik.

'Neuh,' zegt Nathie met zijn mond vol. 'Daar zit een vijfhonderd-dollarlimiet op. We moeten een bankcheque zien te versieren.' Hij kucht en begint rood aan te lopen.

Ziba slaat hem op zijn rug en gaat voor hem verder.

'Het probleem met een bankcheque is dat de bank een register bijhoudt van al de cheques die ze uitgeeft.' Ze kijkt naar Nathie. 'Lieve god, Nathan, gaat het een beetje?'

Nathie knikt en neemt een slok Mountain Dew.

'Waarom nemen we het niet gewoon contant op?' vraag ik.

Nathie rolt met betraande oogjes. 'We kunnen Juilliard moeilijk met een koffer vol geld gaan betalen,' gorgelt hij. 'Dat is veel te verdacht.'

'Oké,' zeg ik, 'waarom nemen we het dan niet contant van LaChances rekening op, gaan ermee naar een andere bank en schrijven daar een bankcheque uit?'

'Zou kunnen,' zegt Nathie en hij neemt nog een hap, 'maar het is zo...'

Simpel? Logisch? Makkelijk?

'Ongeïnspireerd,' zegt Ziba.

Nathie knikt. 'Precies. Laten we eerlijk zijn Edward: als Dagmar merkt dat ze tienduizend dollar mist...'

'Tienduizendvijfhonderd,' zeg ik.

'Als ze ontdekt dat ze al dat geld mist, gaat ze zeker weten rondsnuffelen. Je zult een goed verhaal moeten hebben voor dat geld.'

'Ik kan toch zeggen dat ik het verdiend heb?'

Nathie en Ziba werpen me een hou-even-op-joh-blik toe.

'Of ik kan zeggen dat het een beurs is.'

'Dat zou kunnen,' zegt Ziba. 'We kunnen een bijzondere beurs in het leven roepen en die aan Edward toekennen.'

Nathie glimlacht zijn lippige, tandeloze glimlachje. 'Ik bewonder uw slinksheid,' zegt hij.

We trekken een fles wijn open (Kathleen verbruikt er zoveel dat ze het heus niet zal merken) en beginnen een nepbeurs te verzinnen. Nathie verzint dat we het geld kunnen doneren aan Juilliard met de uitdrukkelijke voorwaarde dat het alleen gebruikt mag worden als beursgeld. En met zulke nauwkeurige specificaties dat alleen ik ervoor in aanmerking kom. Op deze maniert stroomt het geld via Juilliard en lijkt het alsof ik er niets mee van doen heb. Ik vind het riskant, maar we verzinnen een beurs van de Katholieke Sociëteit Voor Vastberaden Jongeren uit Hoboken, New Jersey (Vader N. Ozem, Financieel Directeur), voor 'een veelbelovende jonge Italiaans-Amerikaanse acteur uit Hoboken'. Na een paar glazen wijn klinkt het behoorlijk goed.

'Maar hoe weten ze dat je uit Hoboken komt?' vraagt Ziba.

'Mijn geboorteplaats staat op mijn inschrijfformulier,' zeg ik.

'Maar als er nou nog een andere acteur daarvandaan komt? Wat dan?'

Ik schenk haar een vernietigende meneer Lucas-blik en zeg: 'Jij bent duidelijk nog nooit in Hoboken geweest.'

Maar voor alle zekerheid belooft Nathie dat hij de lijst van alle acteurs die dit jaar op Juilliard zijn aangenomen zal opvragen en hun achtergrond zal nalopen.

'Kun je dat dan?' vraag ik.

'Ja, wat denk je dat we de hele dag op de computerclub doen? Pacman spelen of zo?'

Soms word ik een beetje bang van hem.

Naast fraude, valsheid in geschrifte en verduistering is het oprichten van een non-profitorganisatie ook iets waarvan ik nooit gedacht had dat ik het ooit in mijn leven zou doen. Jezus, ik vond het belastingformulier voor Kip Smaklip invullen al lastig genoeg. Maar we hebben geluk: de belastingdienst staat persoonlijke giften tot 10 000 dollar toe. Dus hoeven we ons geen zorgen te maken over een inspectie. Gelukkig maar, mijn misdaaddossier is al dik zat.

Het eerste wat geregeld moet worden, is een postbusadres voor de Katholieke Sociëteit Voor Vastberaden Jongeren. Hiervoor moet ik naar Hoboken, een plek die ik het liefst mijd. Van Kelly mag ik de Huifkar lenen (nu ze officieel iets met Doug heeft, zijn haar gevoelens jegens mij wat milder geworden) en vadertje Nozem brengt een pijnlijk makkelijk bezoekje aan het postkantoor: wie twijfelt er nou aan de motieven van een priester? Maar om de postbus te openen moet ik een adres opgeven (belachelijk, als ik een adres had, had ik helemaal geen postbus nodig!), dus gebruik ik het Klooster van het Bloedende Hart. Op de terugweg rijd ik nog even langs het huis waar ik geboren ben.

Het is moeilijk te vinden, er wordt zoveel bijgebouwd. Hoboken is razendsnel aan het veranderen in dé yuppiewijk van de stad, omdat de huren hier nog betaalbaar zijn. Hierdoor schieten nieuwe woningen en renovatieprojecten als paddestoelen uit de grond. Na een paar keer de weg te hebben gevraagd (mensen zijn altijd zó aardig tegen priesters), vind ik de kleine tweeverdiepingendoos waar ik tot mijn zesde in gewoond heb. Eigenlijk hoort het me niets uit te maken, maar ik ben blij dat het huis er goed verzorgd uitziet. Het is roombotergeel geverfd, met zwarte luiken en een felrode deur. Er staat een nieuwe heg omheen en de boom in de voortuin is inmiddels bijna zo hoog als het huis. Al heeft er ooit een schommel in gehangen, maar Karen en ik speelden daar zo wild mee dat hij losschoot en Karen haar sleutelbeen brak. Daar werd mijn moeder zo hysterisch van dat ze, tegen de tijd dat de ambulance er was, verdoofd moest worden en vastgebonden achter in de ambulance belandde, terwijl Karen voorin naast de chauffeur naar het ziekenhuis reed.

Dat waren nog eens tijden.

Zo gauw we een postbus hebben, gaan we naar het Carrièrecentrum op school om te leren hoe je een fatsoenlijke zakelijke brief schrijft. Nooit gedacht dat je als acteur deze dingen zou moeten weten. Ik geef het liever niet toe, maar ik ben blij dat Al me gedwongen heeft te leren typen. Dit is onze brief:

3 februari, 1984

L.S.

Uit naam van een anonieme schenker aan de Katholieke Sociëteit Voor Vastberaden Jongeren van Hoboken overhandig ik met veel genoegen deze cheque ter waarde van 10 000 dollar aan de Juilliard School, afdeling Drama, met het uitdrukkelijke verzoek het geld aan te wenden om een jaar collegegeld te betalen voor een veelbelovende Italiaans-Amerikaans acteur, geboren in Hoboken, New Jersey.

Onze donateur, zelf afkomstig uit Hoboken, kent uit eerste hand de uitdagingen die beoefenaars van de toneelkunst te wachten staan en hoopt dat deze eerste donatie zal bijdragen aan de ontwikkeling van een getalenteerd individu uit zijn zo beminde geboorteplaats.

Met de meeste hoogachting,

Vader N. Ozem
Voorzitter

De Sinatra-verwijzing was mijn idee. Het klinkt er allemaal wat waarschijnlijker door (Franks vrijgevigheid is legendarisch), en natuurlijk ook wat chiquer en swingender.

Nu mijn eerste jaar veilig is gesteld, vind ik dat ik aan de lentemusical mee kan doen. We doen *Godspell* en ik ben geknipt voor de rol van Jezus, hoewel ik momenteel verschillende misdaden tegelijk pleeg. En ik stop met werken bij Kip Smaklip.

Leuk shirt! Leuk leven! De mazzel.

Het is al erg genoeg dat je een papieren muts moet dragen op je werk, al heb ik er het beste van proberen te maken door de mijne met een zekere flair schuin op mijn hoofd te zetten. Maar tot mijn schrik en afschuw vond mijn baas ook nog eens dat mijn haar te lang was en ik een haarnetje moest dragen. (Meisje Geenkapsel met Uitgedroogd Permanent bevindt zich niet echt in een positie om mij haaradvies te geven.) Met dat kleine, militairachtige baretje en het haarnetje eronder zag ik eruit als een van de Andrews Sisters ten tijde van 'Boogie Woogie Bugle Boy'. Uiteraard niet die middelste, die knappe – nee, die lange, die onhandige, je weet wel, Maxine of Laverne, ik weet nooit wie wie is.

Trouwens, was het Jezus zelf niet die zei: 'Let op de leliën des velds, hoe zij groeien: zij zwoegen niet en spinnen niet'? Waarom ik dan wel? Hard werken mag dan op lange termijn resultaat opleveren, van de vruchten van je luiheid kun je meteen genieten.

De eerste repetitiedag verloopt nogal stroef. Meneer Lucas heeft Kelly ge- vraagd de choreografie te doen ('Ja, jullie verwachten toch niet dat ík het ga doen?' zei hij), en geloof me of niet, maar het is lastiger om elkaar tijdens de repetities te ontlopen dan thuis.

Ik glip backstage naar binnen en kijk toe vanuit de coulissen. Meneer Lu- cas en Kelly kletsen met Ziba, die stage-manager is, en Doug, die mijn tegen- speler is in een dubbelrol van Johannes de Doper en Judas. Ik sta als bevro- ren, weet niet zeker wat ik moet doen en voel me een kaaskop omdat ik zo sta te twijfelen. Achter me hoor ik een stemmetje: 'Dit is belachelijk.'

Ik draai me om en zie Nathie met een vertrokken gezicht nu voor me staan. Hij pakt m'n arm en zegt: 'Mee! We gaan hier voor eens en voor altijd een eind aan maken.'

'Kappen, joh,' zeg ik, maar hij duwt me zo hard naar voren dat ik mijn boeken op het podium laat vallen. Iedereen kijkt naar ons om te zien wat er aan de hand is en ik voel me nog dommer. Ik raap mijn boeken op, vervloek Nathie in stilte, en schuifel richting Kelly. Iedereen doet alsof hij niet naar mij kijkt, behalve meneer Lucas, die dit stukje overdagse soap enorm amu- sant lijkt te vinden.

'Sorry hoor, meneer Lucas,' zegt Nathie, 'we hebben even tijd nodig om iets te regelen hier.'

Meneer Lucas kijkt over zijn bril en mompelt: '*Reeds* duidelijk...'

'Oké, luister,' zegt Nathie tegen Kelly en mij, 'dat jullie thuis niet met el- kaar willen praten, vinden wij hier prima, maar hier op school is dat afgelo- pen, oké? We moeten een show neerzetten en op deze manier vergallen jullie alle pret! Kelly...'

Kelly's verschillend gekleurde ogen zijn vochtig. Ze bijt op haar lip.

'... we weten allemaal dat Edward je rottig heeft behandeld, maar het spijt hem echt heel, heel erg. Hij staat op dit moment onder heel veel druk, dus je moet hem een beetje ontzien.'

Ze kijkt alsof ze iets wil zeggen, maar Nathie gaat direct tegen mij door: 'Edward, je hebt je kans gehad met Kelly en je hebt het verprutst, dus houd eens op met je als een idioot te gedragen in de buurt van haar en Doug.'

Doug snuift. Nathie wijst met een mollig vingertje naar hem.

'Hoor eens manneke, voor iemand die geacht wordt Edwards beste vriend te zijn, heb je bedroevend weinig gedaan om hem te helpen met zijn collegegeld, dus doe wat beter je best, oké? En Ziba...'

'Ja, Nathan?'

'Leuke outfit.'

'Dank je.'

'Geen dank. O, en houd alsjeblieft eens op met dat ijsprinsessenhoudinkje. Doug is echt allang over je heen.' Hij tuit zijn lippen en taxeert ons, alsof hij een sergeant is en wij de meest zielige rekruten die hij ooit heeft gezien. 'Ik werk mezelf een slag in de rondte om Edwards collegeld te betalen. En zo kan ik niet werken. Dus ik tel tot drie en bij drie geven we mekaar een flinke groepsknuffel en gaan weer als vrienden verder, oké? Een... twee... drie!'

Nathie.

Een week later vertrekken twee priesters (vader Nozem en vader Grabowski) en drie nonnen (zuster Ziba, zuster Kelly en zuster Nudelman) in een stationwagen naar Hoboken. Ik weet niet of de vermommingen echt nodig zijn, maar ze zijn inmiddels het officiële uniform van KSVVJ geworden en een teken van onze wederzijdse solidariteit. We passen bij elkaar als het rammalamma-lam bij God.

Ik kleed me graag als priester. Het brengt me niet alleen in een spirituele stemming, maar ook verontschuldigen veel mensen zich tegenover je dat ze niet vaker naar de mis gaan. En dan mag ik ze vergiffenis schenken. Dat is prettig.

Onze eerste stop is LaChances bank in Kramptown, waar Ziba, gewoon voor de lol, de tienduizend dollar in honderddollarbiljetten opneemt. Dat zijn dus *honderd* honderddollarbiljetten. Niemand van ons, behalve Ziba, heeft ooit zoveel geld bij elkaar gezien. We tellen het om beurten en maken om beurten hetzelfde grapje dat we het voor onszelf willen houden. We zijn zo opgewonden dat we geen van allen een normaal gesprek kunnen voeren, dus zingen we de rest van de rit alleen nog maar liedjes uit *Godspell*. (Ik weet dat het heel nichterig is, maar zo zijn we nu eenmaal.)

Om veiligheidsredenen lopen we met z'n allen de bank in Hoboken binnen, hoewel realistisch gezien alleen de meest geharde crimineel het in zijn hoofd zou halen om een priester of non te beroven. Hoboken heeft een lange en respectabele geschiedenis van maffia-achtige praktijken, dus van een priester met tienduizend dollar in contanten kijkt niemand echt op. De hele Kerk kijkt over mijn schouder mee als ik 'Juilliard School' op de bankcheque schrijf.

'Prijst de Heer,' zegt zuster Nudelman.

Ik stop de cheque in de envelop met de brief van de K S V V J, lik die dicht en krijg daardoor een klein sneetje in mijn tong.

We zijn bijna klaar.

Het enige wat er nu nog moet gebeuren, is de cheque op Juilliard krijgen. We hebben een tijdje gediscussieerd over de manier waarop, maar uiteindelijk hebben we besloten dat zelf bezorgen de meest zekere manier is.

We stoppen om ergens te lunchen en ondanks mijn vermomming word ik wéér voor ober aangezien. Als we lachend het restaurant uit komen, hoor ik een bekende stem mijn naam roepen. Ik draai me om en daar op de stoep, onder een hoed met een zwarte voile, staat tante Glo.

'O, mijn schatje,' roept ze en ze werpt haar dikke kleine lichaampje in mijn armen. 'Ik heb tot Sint-Christoffel gebeden om me te helpen, en daar ben je dan om me te helpen. Dank u, God.' Ze slaat een kruis.

'Wat doet u hier?' vraag ik en ik probeer te kijken alsof het heel normaal is dat ik als priester verkleed in Hoboken sta.

'O, Eddie, het was verschrikkelijk.' Ze vist een papieren zakdoekje uit haar tasje om haar neus te snuiten en ziet dan pas de anderen. 'Krijg nou wat, een hele kudde KE'tjes!' zegt ze. 'Jullie zien er prachtig uit, hoor.'

'We doen onderzoek voor onze rol,' zegt Nathie, 'voor *Godspell*.'

Tante Glo lijkt dit niet te begrijpen en zich er niet voor te interesseren. 'Vanmorgen werd ik wakker en besloot dat het een mooie dag was om naar Hoboken te gaan voor de begrafenis van mijn Angelo.'

'Is Angelo dood?'

'Natuurlijk niet,' zegt ze en ze slaat weer een kruis. 'God verhoede! Nee, hij had vandaag een begrafenismis. O, mijn Angelo doet die begrafenismissen zo mooi. Jullie moeten maar eens komen kijken, hij maakt er bijna een musical van. En er is altijd eten na afloop. Maar goed, waar had ik het ook alweer over?'

Ik weet nooit goed wat ik daar op moet zeggen. Ik krijg dan altijd de neiging om over een totaal ander onderwerp te beginnen (Hazewindhonden! Margaret Thatcher! Honger in Afrika!), gewoon om te kijken of ze erop ingaat.

'De begrafenis vandaag...' zeg ik.

'O ja,' zegt ze en ze bet haar nek met een papieren zakdoekje. 'Paula is veel te druk met voorhuwelijkse seks met haar langharige vriendje om me ergens naartoe te rijden, dus zeg ik tegen mezelf: "Gloria," zeg ik, "Gloria, neem de trein." Dus dat deed ik. Maar alles is verbouwd hier, in deze verdomde – sorry vader – stad. Dus loop ik door de straten als een kip zonder kop, en kwam toen, geloofd zij Jezus, Maria, Jozef en alle heiligen in de hemel, jou tegen!'

'Hoe laat is die begrafenis?' vraag ik.

'O, daar ben ik al te laat voor. Ik wil nu alleen nog maar naar huis. Jullie zijn hier niet toevallig met de auto, of wel?'

'Nou, eigenlijk...'

'O, Eddie, doe je oude tante een lol en breng me thuis! Ik betaal je in cannoli. Ik heb net verse gemaakt.'

'Maar...'

'Geweldig. Waar is de auto?'

Ik rol met mijn ogen naar Nathie, het Internationaal Erkende Signaal voor: 'Wat moeten we in godsnaam aan met deze gestoorde ouwe taart?'

'Mevrouw D'Angelo...' zegt Nathie.

'Tante Glo, zuster, als u wilt,' zegt ze. 'Iedereen noemt me tante Glo.'

'We moeten eerst nog ergens in de stad zijn. Is het goed als we nog even langs Juilliard rijden?'

'Geen enkel bezwaar,' zegt ze, 'dan kan ik mijn overspelige nicht eindelijk eens vertellen wat ik van haar denk!'

Volgens mij moeten we tante Glo de paar lolletjes die ze nog heeft niet ontnemen. Dus zetten we haar in de Huifkar.

Ik neem Nathie even apart en fluister: 'Waar ben jij mee bezig?'

'Denk even na man, ze is de perfecte cover,' zegt hij. 'Je kunt je nu in het volle daglicht verstoppen! Niemand zal een priester en een lief oud dametje verdenken.'

'Ik weet niet zeker of dit wel zo'n goed plan is, Nathie...'

'Vertrouw me maar,' zegt hij. 'Je loopt naar binnen, geeft die cheque af en vertrekt. Wat kan daar nou mis aan gaan?'

zevenentwintig

Tante Glo en ik lopen richting de dubbele deuren van het theatergebouw en ik denk terug aan die middag waarop ik 'vuile achterlijke reetlikkende kut-achternalopende pad met stront-in-plaats-van-hersens' riep, pal voor de neus van Marian Seldes. Ik bedenk hoe ironisch het is dat ik juist op de dag dat ik verondersteld werd te acteren alleen maar mezelf kon zijn. En dat ik nu, op een dag waarop ik verondersteld word gewoon mezelf te zijn, aan het acteren ben. Juilliard binnengaan is natuurlijk riskant, maar met baard en bril denk ik dat ik voldoende afwijk van de zwetende, gestoorde gek die hier auditie heeft gedaan. Verder heeft de ervaring me geleerd dat de meeste mensen meer letten op mijn priesterboordje dan op degene die het omheeft. Zo gaat dat bij priesters, echte of niet.

Ik houd de deur open voor tante Glo. Een troep lawaaïerige studenten loopt ons voorbij. Ik ben een beetje bang dat we Paula tegenkomen, maar aangezien zij degene is die het boordje gejat heeft, kan ze er moeilijk vervelend over gaan doen.

De school is behoorlijk klein, vanwege het exclusieve karakter en zo, en iedereen wil blijkbaar een verbijsterd kijkende priester en een oud dametje de weg wijzen. Ik houd de deur van het kantoor Financiële Ondersteuning open voor tante Glo en loop naar de balie. Een zwarte vrouw met tegen haar hoofd aan gevlochten haar zit achter een computerscherm en een grijsharige blanke vrouw kijkt over haar schouder mee. Grijshaartje kijkt verrast op (waarschijnlijk loopt er niet elke dag een vertegenwoordiger van de Kerk haar kantoor binnen) en glimlacht.

'Wat kan ik voor u doen, vader?' vraagt ze. Iedereen is altijd zo áárdig tegen priesters.

Ik staar naar de grond, deels om vader Nozems bescheiden karakter te benadrukken en deels om te voorkomen dat ze mijn gezicht goed kan zien. 'Wilt u zo goed zijn dit over te dragen aan het hoofd van de afdeling Financiële Ondersteuning? Het is belangrijk,' zeg ik met mijn zachte, kortademige vadertje Nozem-stem.

'Maar natuurlijk.' En Grijshaartje zegt tegen juffrouw Vlechthoofd: 'Het is voor jou', en geeft haar de envelop.

Ik houd van New York. In New Jersey zul je nooit iemand met gevlochten haar tegenkomen die ergens verantwoordelijk voor is. De vrouw staat met moeite op, ik zie dat ze heel, heel, heel erg zwanger is, en wandelt naar de balie. 'Goedemiddag, ik ben Laurel Watkins,' zegt ze met een diepe, geschoolde stem. 'Wat kan ik voor doen?'

Wat je voor me kunt doen? Je kunt deze envelop aannemen en doen alsof je me nooit gezien hebt, dát kun je voor me doen.

'We willen graag een som geld doneren voor een beurs,' zeg ik tegen mijn schoenen.

Ze glimlacht. 'Loopt u even mee naar mijn kantoortje?'

Ik werp een blik op tante Glo om te zien wat zij hier allemaal van vindt, maar ze grijnst en lijkt te genieten van deze gelegenheid om nieuwe mensen te leren kennen. Ze komt niet veel buiten de deur.

We lopen naar het kantoortje. Ik zweer je: als Nathie een nek had, zou ik hem wurgen.

Laurel Watkins wijst naar een paar stoelen. 'Wilt u een kop koffie, vader...?'

'Ozem,' zeg ik, 'Nico Ozem. En nee, dank u.'

'En u...?' vraagt ze aan tante Glo.

'Nee, bedankt,' zegt tante Glo, 'het is een lange rit terug en mijn blaas is zo groot als een bruine boon. Ik moet er elke nacht vijf keer uit, echt waar.'

Laurel Watkins kijkt verbijsterd – geen ongebuikelijke reactie op tante Glo – en zegt: 'Het spijt me, maar ik heb uw naam niet verstaan.'

'Gloria d'Angelo,' zegt ze en ze steekt een mollig handje uit, 'moeder van een priester. En ook tante van een stu...'

'Doet u me eigenlijk toch maar die kop koffie,' zeg ik.

'Tuurlijk,' zegt Laurel Watkins, duidelijk niet blij dat ze weer op moet staan. 'Zwart of met suiker en melk?'

'Ja,' zeg ik.

Ze fronst haar wenkbrauwen, staat op en loopt langzaam de kamer uit. Zo gauw ze verdwenen is, grijp ik de vlezige handpalmen van tante Glo. 'Alstublieft, alsublieft, alstublieft, speelt u even mee, oké?' fluister ik. 'Ik leg straks alles uit.'

'Maar natuurlijk, Eddie, ik doe mee,' zegt ze zachtjes – nou ja, de tante Glo-variant van zachtjes dan. Ze haalt een papieren zakdoekje uit haar tasje. 'Kom eens hier, dan veeg ik even dat zweet van je neus.'

Laurel Watkins komt binnen met een klein dienblad waarop een kop koffie, melk en suiker staan. Ik raak het niet aan omdat ik koffie vies vind. 'Mevrouw Watkins, we willen u niet te lang van uw werk afhouden,' zeg ik. 'Alles wat u moet weten staat in deze brief.'

Ze gaat achter haar bureau zitten, zet haar bril op en maakt de envelop open. 'O, mijn hemel,' zegt ze, 'dit is een verrassing. Dank u wel, zeg. Ik weet niet wat ik moet zeggen.'

'O, je hoeft ons niet te bedanken,' zegt tante Glo. 'We zijn slechts de boodschappers...'

'Dat klopt,' zeg ik. 'De eigenlijke donor wil anoniem blijven.'

'Maar natuurlijk,' zegt Laurel Watkins. 'Dat is niet ongebruikelijk.' Ze trekt een manillakleurige archiefmap uit een bureaulade en stopt de brief erin.

Ik ga verder. 'De enige eis van onze donor en van de Katholieke Sociëteit Voor Vastberaden Jongeren is dat het geld gebruikt zal worden voor een veelbelovende jonge Italiaans-Amerikaanse acteur uit Hoboken, New Jersey.'

'Ja, dat heb ik begrepen,' zegt ze en ze zet haar bril af. 'Maar ik hoop, vader Ozem, dat u begrijpt dat het nog wel even kan duren voordat een acteur die aan die voorwaarden voldoet hier aangenomen wordt.'

Ik geef haar een heilig, toegeknepen-ogen-glimlachje. 'Maar natuurlijk, maar natuurlijk,' zeg ik, 'maar onze donor voelt zich bijzonder sterk met zijn geboorteplaats verbonden en hij heeft geduld.'

Tante Glo buigt zich naar voren en zegt: 'Hij is ook een grote steun voor de Katholieke Sociëteit Voor Vastgereden Jongeren.'

'Vastberaden,' zeg ik, 'Katholieke Sociëteit Voor Vastberaden Jongeren.' Ik kijk Laurel Watkins aan. 'Als u verder geen vragen meer hebt... We moeten nog een aantal ernstig zieke mensen bezoeken...'

'Ik begrijp het,' zegt Laurel Watkins, 'en vertel uw donor alstublieft hoe dankbaar we zijn voor deze genereuze gift.'

'Dat zal ik zeker doen.'

'Aangenaam kennis met u te maken, mevrouw d'Angelo,' zegt ze. Verdomme. Natuurlijk is Laurel Watkins iemand die namen onthoudt. En tante Glo is niet iemand die je makkelijk vergeet.

'Van hetzelfde,' zegt tante Glo glimlachend. 'Kom we gaan, schatje,' zegt ze tegen me, 'ik moet een piepie doen.'

We gaan naar buiten, de heldere winterzon in. 'Dat was een aardige vrouw,' zegt tante Glo. Het is winderig op het plein en de scherpe kou beneemt ons bijna de adem. 'En wil je me nu even vertellen wat hier allemaal aan de hand is? Heilige Maria...'

Bij de fontein zit een non op schoot bij een priester en wat verderop zitten twee nonnen nonchalant te roken en hotdogs te eten. Ik ga met tante Glo op een bankje uit de wind zitten. Ik durf haar niet recht aan te kijken. 'Hoor eens,' begin ik, 'het is beter dat u dat niet allemaal weet. Wat er gebeurt, is namelijk slecht.'

Ze legt haar hand op mijn knie. 'Zit je in de problemen, schatje?'

'Nee...' zeg ik. 'Nog niet tenminste... Wel als ik gepakt word...' Waar moet ik beginnen? Hoe moet ik dit kaaskopplan in 's hemelsnaam uit gaan leggen?

Ik vertel haar alles, leg er de nadruk op dat Dagmar het geld zelf al gestolen had en vermijd woorden als verduistering, fraude, vervalsing en geld witwassen. Voor voorbijgangers zal het er wel op lijken dat een priester een spontane biecht van een ouder parochielid afneemt, maar in werkelijkheid is het precies andersom. 'Vindt u me nu een slecht mens?' vraag ik als ik klaar ben.

'Och schatje, dat moet God maar beslissen, niet ik.'

Typisch het antwoord van de moeder van een priester.

'Gaat u het aan iemand vertellen?'

Tante Glo trekt mijn boordje recht. 'Aan wie zou ik het moeten vertellen? Aan je vader? Die man zou zich moeten schamen een talentvolle jongeman als jij niet te willen steunen.' Ze zucht en schudt haar hoofd. 'Bij ons Italianen ben je pas een man als je je vader in elkaar kunt slaan. Belachelijk, maar het is niet anders. Ik dank de Heilige Maagd dat mijn Benny dood is, God hebbe zijn ziel, zodat mijn lieve Angelo iets dergelijks nooit mee heeft hoeven maken. Hij is net als jij, mijn Angelo, gevoelig.' Ze neemt mijn gezicht tussen haar dikke handen. 'Maar luister goed. Kwaad met kwaad vergelden lost nooit iets op, nu niet en nooit niet. Ooit zul je een manier moeten vinden om dit te verantwoorden voor God.'

Ik knik. 'Maar denkt u dat Hij het erg zou vinden als ik ondertussen toch naar Juilliard ga?'

Tante Glo knijpt in mijn wangen. 'Ik weet alleen maar, schatje, dat als jij op een podium staat, je een ultieme uiting van Gods genade bent. En ik kan niet geloven dat God dat tegen zou willen houden.'

Ik geef haar een lange knuffel en ze wrijft over mijn rug, zoals mijn moeder dat vroeger deed.

'Ik kan u nooit genoeg bedanken,' zeg ik.

Ze geeft me een knipoog en zegt: 'Ik verzin wel iets.'

Een week later belt Paula me. 'O mijn god, dit geloof je *nooit!*' schreeuwt ze boven het verkeerslawaai uit. 'Moet je horen wat er op pagina 6 van *The New York Post* staat: "Ol' Blue Eyes heeft het weer gedaan. Bronnen bij de Drama-afdeling van Juilliard bevestigen dat The Voice in hoogsteigen persoon de anonieme donor is van een beurs ter waarde van een volledig studiejaar. Sinatra wilde geen commentaar leveren op het bericht, maar de zanger staat bekend om zijn vrijgevigheid. De vraag blijft: waarom zo geheimzinnig, Frank?"

Ik heb de afdeling Financiële Ondersteuning gebeld en die zeiden dat het een beurs is voor een veelbelovende jonge Italiaans-Amerikaans acteur die, let op: geboren moet zijn in *Hoboken!* Is dat niet o-mijn-god *ongelofelijk!* Alsof hij voor je gemaakt is!'

Ik geef een overtuigend o-mijn-god-wat-ongelooflijk-showtje weg. Ik ben tenslotte Een van de Beste Jonge Acteurs van Amerika.

'Je moet ze metéén bellen,' zegt ze. 'O, Edward, ik zei toch dat er zoiets zou gebeuren? Ik wist het, ik *wist* het gewoon! Pak een pen, dan geef ik je het nummer...'

Ik ken het nummer natuurlijk al (uit mijn hoofd zelfs), maar doe alsof ik het opschrijf. Ik maak een vreugdedansje door de kamer voor ik naar Juilliard bel.

'Hallo, ik ben Edward Zanni,' zeg ik en ik probeer zoveel mogelijk als mezelf te klinken. 'Ik ben eerstejaars in jullie dramaopleiding en wil graag meer weten over die Sinatra-beurs waar *The Post* het vandaag over had.'

'De schenker van de beurs is onbekend, de naam in *The Post* is enkel een gerucht,' vertelt de stem aan de andere kant van de lijn, die ik herken als de stem van vrouw met het grijze haar. '*The Post* had dat nooit mogen plaatsen.'

'O,' zeg ik, teleurgesteld. 'Ik ben namelijk geïnteresseerd, omdat ik uit Hoboken kom en...'

'Hebt u een momentje, alstublieft?'

Ik hoef maar een heel klein momentje te wachten tot een diepe stem zegt: 'Ja, dit is Laurel Watkins. Kan ik u helpen?'

achtentwintig

178 Natuurlijk zegt Laurel Watkins niet direct dat ik de beurs krijg. Ze moet confirmeren zus en checken zo, bla, bla, bla, maar het is duidelijk dat Nathies plan werkt. Ik bedoel: wat kan er nog misgaan?

Nu ik eindelijk ontsnapt ben aan Al Zanni's tirannie, ben ik klaar voor wat *Magie en Ondeugd* in mijn leven. En het reisje met het Gemangelde Koor naar Washington, DC is daar geknipt voor. Als mijn leven ooit verfilmd mocht worden, wil ik dat deze reis een van die snelgesneden montages wordt, vol met luchthartige adolescentenstreken – je weet wel, een zoon van een senator afpersen en zo.

Hmm... Misschien kan ik dat laatste beter even uitleggen.

Eerst zie je ons het refrein van het 'Halleluja-koor' repeteren, ter voorbereiding op de jaarlijkse grote korenwedstrijd in DC. We zien mevrouw Tinker volstrekt serieus klassieke-muziek-dirigent-achtige dingen doen: haar ogen gesloten in stille vervoering of extatisch rondzwaaiend met haar armen – sprekend Sally Field die in *Sybil* worstelt met haar meervoudige persoonlijkheidsstoornis.

Kelly staat bij de sopranen, haar roze huid glanst, haar ogen staan alert en helder – ze is dol op zingen –, haar lippen getuit om de perfecte peervormige klanken te vormen die juffrouw Tinker zo graag wil horen.

We glijden naar Doug bij de baritons aan het andere einde van het koor. Hij grijnst zijn satergrijns met kuiltjes in zijn wangen, de aders in zijn nek kloppen als hij luidkeels zingt – hij is dol op zingen – en naar Kelly's perfecte peervormige mondje staart.

Cut. We zoomen in op de tenoren, waar Ziba staat, een kop groter dan de meeste jongens en twee koppen groter dan Nathie, haar crème-cacaokleurige gezicht licht opgeheven, als een beeld van een Egyptische godin. Ze kijkt bijna blasé, alsof ze 'Geef de aardappels even door, lieverd' zingt in plaats van '*For the lord God omnipotent reigneth.*'

Volgt een close-up van Nathie, zijn deeggezichtje in een brede grijns getrokken. Hij heeft de woorden veranderd in: 'For the lord God impotent reigneth.'

Dan kom ik in beeld; ik sta te bedenken dat er niets grappigs is aan impotentie.

Vervolgens zijn we in de keuken van de Nudelmans, druk bezig en giechelend als dronken elfjes, met het maken van spacebrownies om onze missie – stoned worden bij elk monument dat onze hoofdstad siert – te kunnen volbrengen.

En daar gebeurt het: we eten een brownie bij het Lincoln Memorial, bij het Jefferson Memorial, bij het Washington Monument – de muziek van het 'Halleluja-koor' klinkt luider en luider naarmate wij *higher* en *higher* worden.

Dan zijn we bij het Witte Huis, waar Jonge Republikeinen met vierkante kaken grote buttons uitdelen waar JUST SAY NO op staat. Ziba haalt een lippenstift uit haar tas en verandert haar button in JUST SAY NO NUKES. Een van de Secret Service-mensen blijkt dit erg grappig te vinden en dus geven we hem de Award-Brownie voor 'Meest Coole Geheime Staatsambtenaar'.

Cut. Hier zie je Nathie druk bezig in de badkamer van onze hotelkamer. Met de zelfverzekerdheid van een professional mixt hij limonadepoeder met wodka, omdat die reuk- en smaakloos is en waar onze begeleiders dus weinig van horen te merken.

Cut. Leden van het Gemangelde Koor, die in de rij staan voor hun privilege om maar drie dollar per glas te hoeven betalen voor dit spul. De vraag is zo overweldigend dat we al snel door de wodka heen zijn. Zonder blikken of blozen vult Nathie de lege flessen met kraanwater en ziet grijnzend hoe iedereen stomdronken wordt van limonadepoeder met kraanwater.

En dit zijn we dan de volgende dag tijdens de wedstrijd. We hebben allemaal onze blauwe koorjasjes aan. De jongens met gestreepte stropdassen in de kleuren van school, de meisjes met bloesjes met Peter Pan-kragen. Van de pure adrenaline zijn we alert en wakker en we zingen luidkeels: '*And he shall reign forever and eh-heh-ver.*' Behalve Nathie natuurlijk, die zingt: '*And pee shall reign...*' Natuurlijk is het zeer onprofessioneel om stoned op te treden, maar als je de tenorpartij van het 'Halleluja-koor' eenmaal kent, zit die voor de rest van je leven in je kop. Zo'n stuk is het nu eenmaal.

En we gaan de wedstrijd trouwens toch verliezen. Stoned of niet, we maken geen enkele kans tegen het klappende, swingende en met vraag-en-antwoord zingende gospelkoor uit Newark. We schuifelen bedrukt de bus in en de begeleiders applaudisseren voor ons op die 'rah-rah, goed-je-best-gedaan'-manier die volwassenen gebruiken om je gevoel van eigenwaarde op te krikken, ook al weet iedereen dat je het gewoon beroerd hebt gedaan. Ziba, die alle verplichte activiteiten behandelt alsof ze facultatief zijn, glipt weg om een oud vriendje te ontmoeten, de al eerder genoemde senatorszoon. Kelly en Doug trekken zich terug op hun kamer en hangen een NIET STOREN-bordje aan de deur. De rest gaat naar het zwembad beneden. Nathie en ik dirigeren de alten bij een poging tot synchroonzwemmen.

Als de film van mijn leven gemaakt mocht worden, moet de montage eindigen met de laatste noten van het 'Halleluja-koor': *Halleeeeee-luuuuu-jaaaa!*

Nathie en ik besluiten op onderzoek uit te gaan. We bekijken de stad vanaf het dak van het hotel en jatten een naambordje dat we in de kelder tussen het wasgoed vinden. Er staat HOI, MIJN NAAM IS JESÚS op. Als we terugkomen, zit tot mijn verassing Doug op ons te wachten.

'Ik moet met je praten,' zegt hij.

'Oké.'

Hij kijkt naar Nathie. 'Alleen.'

'Ik ga niet weg,' zegt Nathie. 'Ziba heeft beloofd dat ze Jordan Craig voor me mee zal nemen.'

Jordan Craig is de zoon van senator Jordan Craig sr., de bepaald niet erg edelachtbare baas van een van die vierkante staten waar ik de naam nooit van kan onthouden. Senator Craig staat bekend om zijn steun aan Reagans ruimteschildplan en om seks met vrouwen waar hij niet mee getrouwd is. Aangezien het Nathies diepste wens is om óf ooit zelf politicus te worden, óf om er eentje in zijn zak te hebben, is deze ontmoeting met Jordan jr., die aan Georgetown studeert, belangrijk voor hem.

Ik stel voor dat we het dak gaan bekijken. Je bereikt het door een ladder op te klimmen en je door een soort patrijspoort naar buiten te wurmen. We lopen naar de rand en kijken eroverheen, omdat mensen op daken dat nu eenmaal doen. In de verte steekt het Washington Monument fier de lucht in.

'Waar wil je het over hebben?' vraag ik.

'Kun je een geheim bewaren?'

'Niet echt.'

Hij fronst. 'Dit is ernstig, man. Dit mag echt niemand weten.'

'Oké, oké. Wat is er?'

Hij gaat voor het hek zitten, laat zijn benen door de spijlen bungelen en zucht: 'Het lukt niet.'

'Wat lukt niet? Waar heb je het over?'

'Kelly en ik. Het lukt ons niet.'

'Bedoel je dat je nog geen...'

'We hebben het geprobeerd. Maar dan ben ik er pas half in en dan roept ze al: "Haal hem eruit, haal hem eruit, het doet zeer, het doet zeer."' Doug slaat met zijn handen tegen het hek. 'Het is niet eerlijk, man! Alle meisjes die ik meeneem worden frigide als ze mijn pikosaurus zien.'

Het kan aan mij liggen, maar voor iemand die klaagt dat zijn lul te groot is, kan ik geen sympathie opbrengen.

Doug kijkt naar zijn kruis en fronst zijn wenkbrauwen alsof hij er kwaad op is. 'Niemand heeft me nog ooit gepijpt zonder er half in te stikken,' jammert hij. 'Ik zweer het je, als ik niet snel een goeie pijpbeurt krijg, explodeer ik godverdomme.'

Tijd voor het 'Hallelujah-koor'.

Natuurlijk stribbelt Doug tegen, maar uiteindelijk overwin ik zijn weerstand door te zeggen dat hij me helemaal niet aan hoeft te raken en dat hij gewoon zijn ogen dicht moet doen. Een mond is een mond, toch? Ik ga zelfs zo ver dat ik een stukje van Aldonza's hoerenlied uit *De Man van La Mancha* zing:

> '*Het ene paar armen of het andere...*'

Ik geef toe, het is wat overdreven, maar ik wil met alle geweld dat dit lukt. Om eerlijk te zijn geeft de gedachte dat ik Doug ga pijpen zonder dat hij me een wederdienst bewijst me een wat viezig en eenzaam gevoel, maar dat hoeft niet verkeerd te zijn. En trouwens, waar ben je anders vrienden voor?

Na wat gepraat over of het waar is dat een jongen het beste weet wat een andere jongen lekker vindt, ga ik op mijn knieën, klaar om hem van dienst te zijn. Ik wil Dougs broek openritsen, maar hij houdt me tegen.

'Laat mij dat maar doen,' zegt hij.

Hij ritst zijn broek open, trekt zijn boxershort naar beneden en daar staat Ol' Faithful, klaar om te spuiten. Ik kijk even naar boven om er zeker van te zijn dat Doug zijn ogen dicht heeft en beweeg mijn handen zo zacht en zo vrouwelijk als ik kan over zijn ferme, gespierde benen. De haartjes op zijn huid gaan overeind staan. Ik buig me naar voren, open mijn mond en wil net voor de eerste keer aan zijn liefdeslolly likken als ik een stem achter me hoor.

'Edward?'

KUT! Kutterdekutterdekutterdekutterdekut.

Doug duwt me weg en trekt zo snel als hij kan zijn broek omhoog. Ik draai me zo snel als ik kan om, om te zien wie ons betrapt en – naar alle waarschijnlijkheid – mijn leven voorgoed verruïneerd heeft.

Aan de andere kant van het dak zie ik net, als een ware kapitein Kilroy, zijn kleine kaaskop uit de patrijspoort steken.

'Jullie moeten nu direct komen,' zegt Nathie.

Precies wat we van plan waren, verdomme.

negenentwintig

182 We rennen door de gangen en treffen Ziba voor onze kamer aan, ijsberend en trekkend met haar vingers, alsof ze wil roken.

'Hij wil niet weg,' zegt ze.

'Wie?' vraagt Doug.

Ik doe de deur open en daar op het bed ligt Jordan Craig jr. naar iets sportterigs te kijken op de tv.

Eén blik op de opgeblazen loenzende klomp vlees voor onze neus en ik weet onmiddelijk dat de zoon van de senator het type dispuutjongen is dat afstudeert op bierfusten en groepsverkrachting. Nathie moet zich diep teleurgesteld voelen. Met een stem die klinkt alsof hij moet boeren, vraagt Jordan: 'Wie zijn deze mietjes?'

'Dit zijn mijn vrienden,' antwoordt Ziba, 'Doug en Edward.'

'En dit is onze kamer,' zegt Doug en hij doet een stap vooruit.

Jordan staat op, zijn stekeltjes raken bijna het plafond. Hij grijpt Ziba met een van zijn grote kolenschoppen vast, ongeveer zoals een beer een zalm uit de rivier slaat. 'Waarom gaan jullie kuttenlikkertjes niet ergens anders zeiken, voordat ik jullie helemaal verrot sla?' snauwt hij en hij slaat zijn poten om Ziba, zodat ze zich niet kan bewegen. 'Kom, schatje, geef 'ns een kusje,' gorgelt hij. Het is allemaal nogal *Perils of Pauline*.

Doug wil aanvallen, maar ik kom tussenbeide om erger te voorkomen. 'Luister eens,' zeg ik tegen de bakstenen rug van Jordan, 'zo meteen komen de begeleiders om te kijken of we al slapen, dus zeg gewoon even welterusten en...'

Jordan haalt uit, zomaar ineens. Hij geeft me met de rug van zijn hand een klap dwars over mijn gezicht en ik vlieg tegen het bureau aan. Ik ben nog nooit geslagen, heb de lagere en de middelbare school weten te overleven met alleen maar psychische littekens van scheldpartijen, en ik kan je bij dezen verzekeren dat, in ieder geval op de korte termijn, fysieke beledigingen stukken pijnlijker zijn. Ik zak naar beneden, op de vloer, en de handgrepen van het bureau steken in mijn rug. Ziba wil me helpen maar Jordan werkt haar tegen de grond. Vervolgens draait hij zich om en geeft Doug een kopstoot.

Ik dacht dat ze dat alleen maar deden bij professioneel worstelen.

Doug vliegt Jordan aan en trakteert hem op een regen van vuistslagen in zijn maag. Maar de zoon van de senator heft zijn knie en raakt Doug vol op de kin. Doug kreunt en wankelt achteruit, landt op de vloer en spuugt bloed.

Zeer tevreden over het resultaat kijkt Jordan rond. Hij lacht alsof hij wil zeggen: dat was leuk, en wat gaan we nu doen? Maar er ontsnapt alleen een hard 'Hah!' uit zijn longen; dan laat hij zich op het bed vallen. Hij laat weer een boer en wil juist Ziba bespringen als Nathie vanuit de badkamer 'Pauze!' roept. Hij komt aangewaggeld met een dienblad vol plastic bekers in zijn mollige handjes. 'Wie wil er een cocktail?' zegt hij, alsof het heel gewoon is dat een senatorszoontje zijn drie beste vrienden verrot slaat.

'Wat heb je daar?' gromt Jordan, turend uit zijn rabarberoogjes.

'Alcohol,' zegt Nathie. Hij spreekt langzaam en hard, alsof hij het tegen een achterlijk familielid heeft. 'Probeer het maar, het is lekker.'

Jordan wipt van het bed af en grijpt een plastic beker, waardoor de andere bekers op het blad wiebelen en er alcohol-limonade over de rand klotst. Achter zijn rug glijdt Ziba langzaam naar de muur,

Jordan klokt de inhoud van de beker met stuiterende adamsappel in één lange, misselijkmakende slurp achterover. Ziba's hand gaat naar het eerste zware object in de buurt, een schemerlamp. Ze gebaart naar Doug, die op de vloer zit, dat hij de stekker eruit moet trekken.

Jordan stoot een tevreden 'Ahhh' uit, boert en grinnikt om zijn nieuwste wapenfeit. 'Ik ben drinkkampioen van mijn dispuut,' bralt hij en hij veegt zijn mond af aan zijn mouw.

Papa senator Craig is vast trots.

'Neem er nog een,' zegt Nathie.

Ziba heeft de lamp nu met één hand vast.

'Ze zijn lekker zeg,' zegt Jordan. 'Je proeft die alcohol niet eens.'

Ziba wil de lamp optillen, maar hij zit vastgeklonken aan de tafel. Kuthotels! Ze kijkt rond, op zoek naar iets anders.

Nathie geeft Jordan nog een limonade. 'Weet je,' zegt Jordan, en hij probeert op Nathie te focussen, 'je bent best oké voor een lelijk klein deegmannetje.'

'Dank je.'

'Let op, komt-ie.' Jordan gooit zijn hoofd naar achteren en giet de inhoud van de beker in één keer naar binnen, gevolgd door een luidruchtig 'gloeg'.

En dan, alsof iemand de stop eruit heeft getrokken, verschrompelt hij en stort in elkaar. 'Die laatste viel niet zo goed,' zegt hij en hij boert weer. En hij boert nog een keer. Bij de derde boer weet iedereen wat er gaat komen. Hij begint te kotsen waar hij ligt, de badkamer zou hij nooit gehaald hebben. We deinzen allemaal terug, deels om hem vrij baan naar de wc te geven, en deels omdat je dat gewoon doet als iemand voor je neus begint te kotsen.

We luisteren doodstil naar hoe hij op het toilet zijn ingewanden uitkotst.

Het is zo'n afgrijselijke eindeloze kotssessie, zo een die, op het moment dat je dacht dat het afgelopen was, tóch weer opnieuw begint. Uiteindelijk horen we hem kreunen, gevolgd door een lange stilte.

'En de Zweedse jury geeft een 9,5 voor die kotsstraal,' fluistert Nathie. We lopen op onze tenen de badkamer in en gluren naar het toilet. De zoon van de senator ligt als een aangespoelde walrus op de vloer. Aangespoeld in zijn eigen kots. We zetten de ventilator aan en doen de deur dicht.

'Wat zat er in godsnaam in die bekers, Nathie?' sis ik.

'Schoonmaakalcohol,' zegt Nathie. 'Ik gebruik het om mijn huid mee schoon te maken.'

'Nathie! Je had hem wel kunnen vermoorden.'

'Wat had ik dan moeten doen? Toekijken hoe hij Ziba zou verkrachten?'

Niemand zegt iets; we weten dat hij gelijk heeft. Ziba buigt voorover en geeft hem een zoen, niet haar gebruikelijke Europese-twee-wangen-gedoe, maar een vluchtig kusje op zijn lippen. 'Dank je,' fluistert ze.

Nathies gezicht wordt zo oranje als zijn cheddarkleurige haar.

Er wordt op de deur geklopt. 'Bedcontrole!' schreeuwt iemand.

Weet je, adrenaline is iets raars. Je zou verbaasd staan hoe je kots uit de vloerbedekking krijgt als je gemotiveerd bent. Ik spuit gauw nog wat after-shave door de kamer en doe dan de deur open.

'Hé, luitjes!'

Het is Chuck Mailer, de muziekleraar die het koor op de piano begeleidt. Iedereen noemt hem achter zijn rug Chukkel, omdat hij populair probeert te worden bij de leerlingen, maar eigenlijk een grote kaaskop is. De mensen van de drumband zijn dol op hem.

Hij knipoogt naar Ziba. 'Zeg jongedame, dat je bij de tenoren zingt, wil niet zeggen dat je op de jongenskamer mag slapen. Ha-ha-ha-ha-ha.' Chuk-kel praat alsof alles wat hij zegt leuk is, of het dat nou is of niet. Meestal niet.

Ziba glipt langs hem heen. 'Ik ging er net vandoor,' zegt ze.

Chukkel wrijft even over haar schouder, zoals leraren soms bij vrouwelij-ke leerlingen doen. 'En direct naar huis, hè,' zegt hij, 'ha-ha-ha-ha-ha.'

'Leuk, meneer Mailer,' zegt Ziba vlak. 'Welterusten, jongens.' Ze werpt ons een kushandje toe en glipt de deur uit.

Chukkel klapt in zijn handen. 'Oké,' zegt hij, 'alles nummertje-uno-super-tje-toppertje hier?'

'Alleen toppertje,' zeg ik.

'Ha-ha-ha-ha-ha. Zeg, wat ruik ik precies?'

U bedoelt toch niet de kots van de zoon van een Amerikaanse senator, hè?

'Wat ruikt ú dan?' zegt Nathie.

Chukkel snuift weer. 'Een soort luchtverfrisser of zo.'

Dank u, Heer.

'Een godvruchtige geest hoort in een schone ruimte,' zeg ik. 'Ha-ha-ha-ha-ha.'

'Ha-ha-ha-ha-ha,' zegt Chukkel.

'Ha-ha-ha-ha-ha,' zeggen Nathie en Doug.

'Het is prettig dat jullie zo netjes en rustig zijn,' zegt Chukkel. 'Een paar baritons zijn behoorlijk losgeslagen vanavond. Ik mag dit eigenlijk niet zeggen, maar er was sprake van een gevecht met waterballonnen dat uit de hand liep...'

'Echt waar?' zeg ik passend geschokt. 'Nou, daar hebben wij geen energie meer voor, hoor.' Ik produceer een prachtige gaap.

'Okidoki dan! Slaap lekker, jongens. Zeg, kan ik even naar de wc?'

'Nee!' gillen we alle drie.

Chukkel kijkt moeilijk. 'Want?'

'Hij is kapotgegaan,' zeg ik.

'Het stinkt er verschrikkelijk,' zegt Doug tegelijkertijd.

Chukkel kijkt verbaasd.

'Edward heeft een giga "chemisch afval-achtige" boodschap gedaan,' zegt Nathie, 'en toen... eh... is de wc stukgegaan. Daarom hebben we luchtverfrisser gespoten.'

'Echt waar?' vraagt Chukkel. Hij pakt me bij de schouder om zijn medeleven te betuigen. 'Gaat-ie een beetje, Eddie, jongen?'

Ik vind het niet echt geweldig dat ik gecast ben in de rol van stinkend afvalmonster maar, held die ik ben, ik speel mee. 'Uienringen,' zeg ik en ik wrijf over mijn buik. 'Ik ben er dol op, maar ze zijn niet echt dol op mij.'

Zodra Chukkel verdwenen is, controleren we hoe het met Jordan is die, hoewel dood voor de wereld, gelukkig niet echt dood is.

'Zouden we hem moeten wassen?' vraag ik.

'Laat maar lekker in zijn eigen kots liggen,' zegt Doug, terwijl hij over zijn kaak wrijft. 'Eigen stomme schuld, klootzak.'

'Dan stinkt morgen de hele kamer naar kots,' zegt Nathie. 'We moeten hem schoonspuiten.'

We maken handdoeken nat in de badkuip en dweilen de rotzooi op waar Jordan, zich volkomen onbewust van alle activiteit om hem heen, in ligt. 'We moeten eigenlijk iets met hem doen,' zegt Doug, terwijl hij Jordans schouders optilt zodat ik zijn met kots bedekte overhemd uit kan trekken. 'Toen Boonbrein zich een keer strontlazerus had gezopen, hebben Een Paar Gozers Van het Team hem in een roeiboot zonder roeispanen naar het midden van het Echomeer laten drijven. Dat was lachen, man!' Doug kijkt naar zijn eigen shirt, waar nu kots van de zoon van de senator op zit. 'Getverdemme, wat goor,' zegt hij. Hij trekt het shirt uit en gooit het in badkuip.

Nathie loopt de badkamer uit.

'En waar ga jij ineens heen, Nudelman?' vraagt Doug. 'We kunnen hier wel wat hulp gebruiken, hoor.' Jordans broek zit ook al onder.

'Die broek moet ook uit,' zeg ik.

'Heb jij even mazzel,' fluistert Doug.

'Ach, flikker op man.'

'Ah, jij snapt het!'

Hij heeft gelijk.

Ik maak Jordans broek los en we pakken elk een pijp om hem uit te trekken. Zijn boxershort is ook doorweekt.

'Nou, ga je gang,' zegt Doug en hij klopt op Jordans heupen alsof hij een tweedehands auto is.

Ik buig me over Jordan heen en trek het ding uit. Ik probeer niet te veel te letten op Jordans weerzinwekkende onbesneden pik, een en al rimpels, net een wonton. Ik heb de onderbroek nog in mijn handen als ik verblind word door een lichtflits.

'Wat doe jij in godsnaam?' zeg ik, met mijn ogen knipperend om weer iets te kunnen zien.

'Je tweede jaar collegegeld verdienen,' zegt Nathie.

'Waar heb je het over?'

Hij zwaait met de camera in zijn kleine handjes. 'Eén woord,' zegt hij. 'Chantage.'

'Achterlijke kaaskop,' zegt Doug. 'Dit soort jongens chanteer je niet met een foto waarop ze naakt buiten westen liggen. Deze jongen ligt elke week waarschijnlijk ergens naakt buiten westen.'

'Dat snap ik,' zegt Nathie, 'maar we kunnen hem wél chanteren met naaktfoto's waarop hij seks heeft met een andere jongen.'

Doug en ik kijken moeilijk.

'Hé, niet naar mij kijken,' zegt Doug. 'Edward is de biseksueel hier.'

'Doug!'

'Oeps. Sorry.'

'Hij maakt een grapje,' zeg ik.

Nathie geeft me een wie-denk-je-dat-je-voor-je-hebt-blik. 'O, dus je was alleen maar Dougs veters aan het strikken daarnet op het dak?'

Shit.

'Nee. Stop. Dit is ziek, man,' zegt Doug.

'Rustig maar,' zegt Nathie. 'Ik heb tienduizend dollar helpen ontvreemden en er geen woord over gezegd, of wel?'

Hij heeft gelijk.

'Doe ons een lol en laat die broek van je kont zakken, verdomme.'

'Ik?' roept Doug. 'Waarom ik?'

'Omdat die van jou fotogenieker is.'

Hij heeft alweer gelijk.

'O, ik weet het niet, man...'

Nathie heft vertwijfeld zijn handen op. 'Jezusmina, ben ik de enige hier die zich druk maakt om Edwards collegegeld?'

'Natuurlijk niet,' zegt Doug.

'Hou dan je mond en trek je kleren uit.'

Doug zucht en knoopt zijn spijkerbroek los. Ik beloof mezelf dat ik het de volgende keer ook zo ga aanpakken. De telefoon rinkelt. Ik loop met frisse tegenzin naar de slaapkamer en neem op.

'Hallo?'

'Edward, liefje...'

Of Lauren Bacall kent mijn kamernummer, óf het is Ziba.

'... het spijt me dat ik jullie niet kon helpen met opruimen. Is het erg goor?'

'Neuh, alles onder controle.' Ik zie Dougs onderbroek de gang in zeilen.

'Ik kan maar niet geloven dat Jordan zo'n zwijn is geworden,' zegt Ziba. 'Vroeger was hij een heer.'

'Oké,' hoor ik Larry Flynt jr. in de badkamer zeggen, 'pak hem nu bij zijn schouder, zodat het lijkt alsof hij je wil gaan pijpen. Fantastisch, nu even lachen naar het vogeltje...'

'Het is dat verdomde dispuut,' zegt Ziba. 'Ik had het kunnen weten.'

'Neem die godverdomde foto nou, man!' schreeuwt Doug.

'Gaat het echt goed bij jullie?' vraagt Ziba. 'Ik hoor geschreeuw.'

'Achteruit,' zegt Nathie. 'Je lul zit voor zijn gezicht.'

'We kijken porno,' zeg ik.

'O, jongens denken ook maar aan één ding.'

Terwijl Nathie Doug opdracht geeft om zijn ballen op Jordans voorhoofd te leggen, verzeker ik Ziba dat we een potentiële verkrachter annex zoon van een Amerikaanse senator die buiten westen in onze badkamer ligt geen enkel probleem vinden, nee. O, moet hangen nu, groetjes, doei. Ik hang op en draaf terug om te zien wat ik gemist heb. Ik gluur over Nathies schouder en zie Doug naast Jordan op de vloer liggen. Jordan lijkt met zijn open, kwijlende mond in een staat van rectale extase te verkeren.

'Deze alleen al is waarschijnlijk goed voor een heel jaar collegegeld,' zegt Nathie.

We stappen zoveel mogelijk om en over Jordan heen en poetsen onze tanden, alhoewel het vreemd blijft om te pissen met iemand aan je voeten. Maar tegen de tijd dat we in bed kruipen, denk ik haast glimlachend aan Jordan. Alsof hij een grote sint-bernardshond is, vast in slaap op de vloer van de badkamer.

Ik word wakker van de ventilator in de badkamer. Ik kijk op en zie licht onder de deur door komen. Dan kijk ik op de wekker en zie dat het 3:22 is. Doug ligt vast in slaap naast me, maar Nathie is wakker; zijn afro is afgeplat aan de kant waarop hij geslapen heeft. Zijn hoofd lijkt op de toren van Pisa.

'Hij is wakker,' sist Nathie.

We luisteren hoe Jordan een aanval doet op het het olympisch duurrecord urineren. Hoe langer het duurt, hoe nerveuzer ik word. Gaat hij daarna weer slapen? Gaat hij weer meppen? Denkt hij dat een van ons Ziba is en gaat hij die verkrachten? Ik wil net Doug wakker maken als de kolkende stroom pis afneemt, nadruppelt en uiteindelijk stopt, drup... drup... drup. Jordan kreunt en wankelt de badkamer uit; zijn lichaam formaat koelkast verduistert het badkamerlicht. Ik lig zo stil als ik maar kan, zoals je hoort te doen als je in het bos een grizzlybeer tegenkomt. Jordan laat een lange, billenklapperende scheet en struikelt in de richting van de lege plek in Nathies bed. Hij valt met zijn gezicht in het kussen en binnen een seconde snurkt hij als een kettingzaag. Hij rolt zich op een zij en gooit een armklomp om Nathie heen.

'Wat ik allemaal voor jou over heb...' mompelt Nathie.

dertig

De lange, verticale baan licht die tussen de gordijnen door valt, vertelt me dat het ochtend is; verder is het in de kamer zo donker als in een grot. Ik draai me om om verder te slapen (zoals ik wel vaker doe), maar dan ramt de gedachte aan de gewelddadige senatorszoon met verkrachtersambities in het bed naast me een gat in mijn bewustzijn en ik ga overeind zitten om te zien waar hij is.

Jordan ligt languit, naakt en bewusteloos op het bed en merkt er niets van dat Nathie en Doug zijn polsen met hun koorstropdassen aan het hoofdeinde vastbinden. Ik sta op en we pakken zo stil mogelijk onze tassen. Als dieven glippen we naar buiten, de nacht in, maar wel als dieven die het bordje met KAMERMEISJE, DEZE KAMER KAN SCHOONGEMAAKT WORDEN aan de deur hangen bij vertrek.

Dat zal hem leren.

We brengen een saaie dag door in het Smithsonian Institute (ik bedoel, we hebben net een chantage geregeld...), gevolgd door een nog saaiere busrit naar huis. Kathleen haalt ons op. Als we Wallingford Heights op draaien, zie ik direct dat er iets mis is met de voortuin. Ik volg met mijn ogen het pad van losse stenen naar de voordeur en probeer te bedenken wat. Er ontbreekt iets, maar wat? Als ik mijn weekendtas uit de kofferbak van de Huifkar trek, weet ik het ineens.

'Waar is de boeddha?' vraag ik.

Kathleen bijt op haar lip. 'O, schatje, ik vind het zo rot voor je,' zegt ze, 'hij is gestolen.'

'Gestolen?'

Kathleen knikt. 'Het spijt me.'

Ik kijk naar Kelly en we beginnen allebei keihard te lachen. 'Welke achterlijke doet nou zoiets?' vraag ik. 'Ik bedoel, behalve wijzelf dan?'

Ik weet niet veel van het boeddhisme, maar waarschijnlijk valt dit onder de karmische gerechtigheid. Zou er dan toch ergens een goddelijke orde heersen in dit arbitraire universum?

De volgende morgen spijbel ik van school om Jordans chantagefoto's te laten ontwikkelen. Dat ik dit zonder problemen doe, is tekenend voor hoe corrupt ik inmiddels ben geworden. Het gaat net zo makkelijk als boodschappen doen of bankzaken regelen. Wat ik eigenlijk ook aan het doen ben. Ik bedenk dat de Wallingford Fotomaat vast geen foto's zal willen ontwikkelen van naakte mannen die gesimuleerde seks hebben, dus ga ik naar de enige winkel die ik ken die dat misschien wel doet: Toto Foto in de Village, vlak bij Something for the Boys.

Ik laat het rolletje achter bij de assistent (homo, knap op de verzorgde homo-achtige manier, maar met een te glimmend vochtinbrengende-crèmegezicht). Ik zwerf een uur door de buurt om de tijd te doden. Ik loop een winkel binnen die Dionysus heet – oké, zo ging het niet helemaal: ik steek expres de straat over om een winkel die Dionysus heet binnen te lopen. De etalage staat vol opblaaspoppen in leren outfits die elkaar zogenaamd met de zweep bewerken; dat ik spijbel, betekent natuurlijk niet dat ik niets wil leren.

Dionysus is schoon en goed verlicht, bijna gezellig, wat vreemd is voor een winkel die vanaf tien uur 's ochtends leren harnassen met ijzeren punten en prikkeldraadkorsetten verkoopt. Het meisje achter de toonbank heeft een hanenkam, zwarte lippenstift en draagt het uniform van een katholieke meisjesschool. Ze kijkt niet op als ik binnenkom, zo verdiept is ze in een tijdschrift dat *Sister Fister* heet. De winkel hangt vol met leren parafernalia, allerlei metalen kettingen, clips en opzetstukken, en van de meeste weet ik niet eens wat je ermee moet doen. Ik bewonder een paar dildo's, sommige zo groot als een honkbalknuppel en één in de vorm van Jezus aan het kruis, maar ik word onweerstaanbaar aangetrokken door de tijdschriften achter in de winkel, in het bijzonder door een sectie 'Chicks with Dicks'. Ze zitten in doorzichtig plastic, maar aan de omslagen is duidelijk te zien dat de omschrijving volkomen accuraat is. Ik had er eerlijk gezegd geen idee van dat zulke mensen bestaan. Ik werk me enthousiast door stapels 'hij-dames' en pik er eentje uit die *The Bust of Both Worlds* heet, met iemand die Geni Talië heet in de hoofdrol. Alsof iemand Kelly en Doug tot één persoon heeft samengevoegd. Het enige dat Geni nóg perfecter zou maken is als ze, na de seks, zou veranderen in een pepperonipizza.

Ik koop het tijdschrift.

Terug bij de Toto Foto begroet de assistent me door zijn glimgezicht met een envelop koelte toe te wuiven, alsof hij glimt door wat daarin zit en niet door de industriële vochtinbrenger die hij gebruikt.

'Zijn die van jou?' zegt hij en hij staart naar mijn kruis.

Ik schud mijn hoofd, maar daar kijkt hij niet naar. 'Van mijn vriend,' mompel ik. Best vernederend om als het ware altijd in de schaduw van de pik van je beste vriend te staan. 'Hoeveel krijg je van me?' vraag ik.

Hij geeft me de envelop. 'Laat maar zitten. Maar zeg tegen je vriend dat hij hier altijd welkom is.'

Ik ben iemand die er niet moeilijk over doet de penis van zijn vriend te lenen voor chantagefoto's, dus heb ik er ook geen enkele moeite mee dat ik ze gratis krijg, maar door de onbedwingbare zin van deze jongen in Doug voel ik me tekortschieten. 'Bedankt,' zeg ik tegen mijn gympen.

Vriend Vochtinbrenger leunt op de toonbank. 'En zeg dat hij volgende keer ook foto's van je lekkere kontje moet maken, ja?' zegt hij, met een zeide-spin-tegen-de-vlieg-achtig glimlachje.

Nu is het mijn beurt om me koelte toe te wuiven.

Hij houdt zijn hoofd schuin, zoals mooie meisjes en homo's dat zo goed kunnen. 'Jij hebt niet eens door wat voor een lekkertje je bent, hè jochie?'

Ik heb geen idee wat ik daarop moet zeggen. Hij heeft gelijk, denk ik. Ik heb mezelf altijd best oké gevonden, maar er is niets beters dan een onbeantwoorde liefde om je zelfbeeld naar beneden te halen. De assistent duwt met een vinger mijn kin omhoog en dwingt me hem aan te kijken.

'Liefje, geloof me,' spint hij, 'als ik niet moest werken, gooide ik je over mijn schouder, nam je mee naar mijn huis en dan was je tot dinsdagavond mijn dekhengst.'

Het klinkt misschien vreemd, maar het is eigenlijk het aardigste dat iemand ooit tegen me gezegd heeft. Ik glimlach, draai me om en loop de deur uit, in de blijde wetenschap dat er iemand naar mijn lekkere kontje kijkt.

Terug in Wallingford ben ik nog net op tijd voor Engels. Niet dat ik daar bijzonder gemotiveerd voor ben, ik wil gewoon de foto's zo snel mogelijk aan Nathie geven.

Meneer Lucas geeft weer een van zijn schrijfoefeningen als voorbereiding op het eindexamen. '*1984*,' zegt hij op hoogdravende toon. 'Is Orwells visioen uitgekomen? Worden we onderdrukt door sinistere krachten? Of lijkt het meer op Aldous Huxleys *Brave New World*, waarin het leven draait om irrelevante pleziertjes? Ik wil een opstel van vijf paragrafen over dit onderwerp – stelling, drie inhoudelijke paragrafen en een conclusie.' Door het hele lokaal heen klinkt het geruis van openslaande schriften en het geklik van klappers als leerlingen velletjes geven aan mensen die onvoorbereid naar de les zijn gekomen, zoals ikzelf. Ik schuif mijn tafeltje naar dat van Nathie en haal discreet de foto's uit mijn jasje.

'Wauw,' fluistert Nathie, terwijl hij naar Dougs pik staart, die als een pendule boven Jordans hoofd bungelt. 'Zou hij 's morgens kunnen opstaan zonder voorover te vallen, denk je?' Hij bekijkt snel de rest en levert positief commentaar op zijn talent als pornograaf. 'Ik schrijf Jordan vanavond nog en stuur hem deze schatjes morgen,' zegt hij. 'Zo zie je maar: blijf bij mij in de buurt en je hebt Als geld helemaal niet nodig!'

'Wat ga je schrijven?'

'O, je weet wel, het gebruikelijke: "Geef ons tienduizend dollar of we sturen deze foto's naar je pa en het Republikeins Nationaal Comité", zoiets.'

'Denk je echt hier tienduizend dollar voor te kunnen krijgen?'

Nathie snuift. 'Als Doug minderjarig was geweest het *dubbele*.'

Achter me schraapt meneer Lucas zijn keel. Hoe een man op krukken in staat is geruisloos te sluipen, mag Joost weten.

'Illustraties zijn overbodig, heren,' zegt hij.

Ik ben behoorlijk gaar van het weekend in DC en tegen de tijd dat het vrijdag is, sta ik op instorten. Ook Kelly en Kathleen blijven thuis, omdat Kelly's broer Brad die avond thuiskomt voor de krokusvakantie. We kijken voor de tigste keer naar *Victor/Victoria*. Julie Andrews is als man ongeveer net zo overtuigend als Barbra Streisand in *Yentl*, maar dat geeft niet. We kennen de film zo ongeveer uit ons hoofd, niet alleen de liedjes, ook de dialogen. Brad arriveert vóór de film is afgelopen, wat ik jammer vind, want ik ben dol op de scène waarin Lesley Anne Warren in haar onderbroek staat en je zowat haar schaamhaar ziet.

Brad zat al op Notre Dame toen Kelly en ik iets met elkaar kregen, dus heb ik hem nog maar een paar keer gezien. Maar nu ik zo'n beetje deel van het gezin uitmaak, begroet hij me alsof we oude vrienden zijn en krijg ik zo'n eenarmige omhelzing die jongens elkaar geven om vriendschap te tonen zonder als homo over te komen.

Brad Corcoran is precies zijn vader. Als je de fotoalbums van Kathleen en Jack bekijkt uit de tijd dat ze studeerden (wat Kelly en ik een keer gedaan hebben op een bijzonder koude zaterdag, afgelopen winter), zou je zweren dat het Brad was en niet dokter Corcoran die toen het middelpunt was van saaie borrels van zijn Delta Ramma Lamma Ding Dong-dispuut. Dat slanke sprinterslichaam, die tandpastareclameglimlach, de gebeeldhouwde zongebruinde trekken: hij heeft het allemaal.

Ik voel me ongemakkelijk.

Brad heeft zijn vriendin meegenomen: een vierkant gebouwd hockeymeisje met een haarband, Kit genaamd. Ze is een van die hartelijke kaktypes die algemeen omschreven worden als een persoonlijkheidje, waarmee eigenlijk bedoeld wordt dat ze hun mond niet kunnen houden. Wallingford zit er vol mee: bazige, gespierde vrouwen die om een of andere onverklaarbare reden favoriet zijn bij zwakzinnige patriciërs; je weet wel, Barbara Bush-achtigen en zo.

Het is een beetje een lastige reünie. Kit lacht te veel en te hard om niets bijzonders en Brad vraagt denigrerend naar Kelly's 'dansdingetje', alsof haar toekomstige studie en levensambitie voorbijgaande grillen zijn. Kathleen is duidelijk blij haar zoon te zien, maar is even duidelijk ontdaan vanwege zijn dat-was-komisch-man-verhalen van het goeie ouwe Delta Ramma Lamma Ding Dong. Kathleen, Kelly en ik zijn, op onze eigen functioneel disfunctionele maniertje, de afgelopen maanden een minigezinnetje gaan vormen, een gezinnetje dat meer overeenkomst lijkt te hebben met Kathleens neurotische katten dan met deze twee dartele dodo's. Gelukkig gaan Brad en Haarband ergens in Wallingford nog even wat drinken met vrienden, zodat Kathleen, Kelly en ik onze broodnodige tv en rust krijgen.

Het is Kwart over Stikdonker als ik uit mijn coma word gewekt door een herriemaker. Eerst denk ik dat het Brad is die laat thuiskomt, maar terwijl ik in mijn ogen wrijf, realiseer ik me dat het Brad is die vroeg is opgestaan en nu op de vloer, met zijn voeten onder het logeerbed, sit-ups doet.

Hij is duidelijk geestelijk niet in orde.

Ik gluur zo onopvallend mogelijk naar zijn gladde buik en soepele beenspieren, maar als hij omhoogkomt voor zijn laatste sit-up betrapt hij me.

Oeps.

'Sorry dat ik je wakker heb gemaakt,' fluistert hij en hij glimlacht met twee rijen tanden, zoals Kelly dat ook doet.

'Sgoed,' murmel ik. 'Ik moet er toch uit.'

Dat is een leugen, en een die ik nog moet nakomen ook! Dus slof ik door de gang naar de badkamer om te plassen. Als ik terugkom, sla ik de deur bijna tegen Brads hoofd, omdat hij push-ups doet op het smalle stukje vloer voor onze bedden. Hij springt op en zijn lichaam klapt als een Zwitsers zakmes recht. Hij staat dicht bij me. Hij masseert de plek waar zijn borstkas overgaat in zijn schouders en de spieren trillen onder zijn huid. Zijn ogen zijn groen als Ierse weilanden.

'Ga je mee joggen?' vraagt hij.

Joggen? Nu? Ik steek nog liever spelden in mijn ogen.

Brad buigt zich voorover, strekt zijn armen en zijn boxershort kruipt omhoog langs zijn heupen.

'Ja, is goed,' zeg ik.

Watje.

Ik zoek wat kleren bij elkaar uit de stapel op de vloer – in dit geval mijn gympen, een bermuda en een oud *Chorus Line*-T-shirt dat zo verwassen is dat de dansers ledematen missen. Vergeleken met Brad in zijn strakke outfit van Notre Dame zie ik eruit als een dakloze.

We lopen op onze tenen het huis uit, rekken en strekken een belachelijk korte tijd op het boeddhaloze gras en verdwijnen dan de vroegeochtendmist in. Brad praat irritant veel op dit vroege uur, maar aangezien ik na twee straten al hyperventileer, ben ik hem dankbaar voor zijn geratel, ook al betekent dat nog meer verhalen over de machtige tijden op Notre Dame. Ik heb de fut niet om hem te vertellen dat 'machtig' een woord is dat beter past bij de zwarte burgerrechtenactivisten uit de jaren zestig dan bij Reaganofiele dispuutjongens uit de jaren tachtig. Daarna zaagt hij door over zijn sollicitatiegesprekken voor allerlei geestdodende baantjes op Wall Street. Maar hij heeft mijn volle aandacht als hij zijn T-shirt uittrekt, zodat ik me kan concentreren op de spikkeltjes op zijn rug die in het zonlicht puur goud lijken. Zelfs de sproeten op zijn schouders lijken te glanzen van gezondheid.

Maar als je denkt dat ik enig genot beleef aan het bewonderen van de afgetrainde, gespierde gestalte van de broer van mijn ex-vriendin, van de zoon van de man die me anaal gevingerd heeft tot ik een stijve kreeg, dan heb je het mis. Met elke stap die ik zet, komen akelig duidelijke, onwelkome gedachten aan dokter Corcoran bovendrijven en het lukt me niet ze tegen te houden.

'Weet je, 'Dward,' zegt Brad (als een echte verenigingsjongen heeft hij al een bijnaam voor me), 'je moet een keer met ons meegaan naar het meer. Het is daar echt machtig vissen.'

'Echt waar?' puf ik. 'Klinkt fantastisch...' (Je vader heeft me een stijve gegeven. Je vader heeft me een stijve gegeven. Je vader heeft me een stijve gegeven.)

'Zeil je ook?'

'Jazeker,' lieg ik, 'ik ben een geboren zeiler...' (Je vader heeft me een stijve gegeven. Je vader heeft me een stijve gegeven. Je vader heeft me een stijve gegeven.)

Ik ren tien vervloekte kilometers, hoewel ik halverwege zeker weet dat ik een klaplong heb. Erger is dat Brad last heeft van dat competatieve Kennedy-broertjes-die-football-spelen-op-het-grasveld-voor-de-jachtclub-gevoel, waardoor we het op de een of andere manier binnen de drie kwartier doen. Mijn gezicht is tegen de tijd dat we terug zijn zo rood en nat dat ik eruit moet zien als Carrie op haar prom-avond.

Kit is wakker en moppert op Brad dat hij haar niet gewekt heeft om te gaan joggen, bla, bla, bla. Ze geeft hem een Bloody Mary, het eerste verstandige dat een van hen doet sinds ze hier zijn. Ik plof op de bank neer.

'Heb je honger?' vraagt ze met haar veel te harde stem. 'Ik ben bosbessenpannenkoeken aan het bakken.'

Ik schud mijn hoofd. Brad zegt dat ik als eerste mag douchen, dan gaat hij wel ontbijten. Ik sjok de trap op en ontdek dat Kathleen en Kelly nog op één oor liggen, een van de redenen waarom ik dol op ze ben.

Ik leun met mijn voorhoofd tegen de koele tegels als het douchegordijn wordt opengerukt. Ik schrik me bijna een hartaanval, net als Janet Leigh in *Psycho*.

'Hey, 'Dward. Kom er eens uit, man!' roept Brad. 'Of ben je Bruin aan het trekken?' Hij mept met de rug van zijn hand op mijn bil en lacht alsof hij vindt dat hij een geweldige grap gemaakt heeft, waar hij eigenlijk wel gelijk in heeft. Ik trek het gordijn weer dicht en probeer Franse werkwoordjes te vervoegen om mijn pik te laten slinken.

'Kom, kom, je hoeft je niet voor me te schamen,' zegt Brad. 'Ik woon in een studentenhuis. Ik zie de hele dag naakte gozers.'

Dat beeld helpt niet echt. *J'aime, tu aimes, il aime...*

'En trouwens,' zegt hij, 'je hoeft je nergens voor te schamen, hoor. Een gespierde Italiaanse gozer als jij hoeft alleen maar een beetje te trainen. En hoppa, voor je het weet ben je in vorm.'

'Echt waar?' vraag ik.

'Tuurlijk,' zegt hij en hij trekt het gordijn weer open. 'Als je wilt kan ik je wel helpen met wat dingetjes.'

Ik hoop dat hij dat niet zo sexy bedoelt als het klinkt, maar het is moeilijk om daar achter te komen, omdat hij poedelnaakt achter me staat.

'Als je niet opschiet kom ik erbij, hoor!'

Zo vader, zo zoon, neem ik aan en ik zet de kraan op koud.

eenendertig

196 De week daarop lijkt wel een commandotraining. Elke morgen staan Brad en ik bij het akelig vroege ochtendgloren op om onze long-inklappende jog- en gymnastiekoefeningen te doen, die nog het meest op Grieks-Romeins-worstelen lijken. Het is een marteling, niet alleen omdat mijn spieren zo ver-krampen dat ik tril als iemand met Parkinson, maar ook omdat het begelei-dende homo-erotische commentaar van Brad me gek maakt. (Een keer knijpt hij zelfs in mijn schouderspieren en zegt: 'Hé, 'Dward, als je een meisje was, zou ik je nu neuken.') Maar een beetje homo-erotisch commentaar doet veel voor je conditie. Brad hoeft me maar glimlachend met zijn Ierse ogen aan te kijken en voor ik het weet maak ik van die push-ups waarbij je tussen-door in je handen moet klappen. Ik beloof Haarband en hem zelfs dat ik een keer op Notre Dame langskom om wat 'machtige vaatjes' te legen.

De volgende zaterdag neemt vader Nozem de trein naar Hoboken om onze postbus te legen. Er ligt een brochure van de zomercursussen van het Lin-coln Center (blijkbaar staan we op de mailinglijst), maar nog geen reactie van Jordan. Ik ga de stad in, maar houd eerst een stop op het herentoilet van Penn Station, om vader Nozems boordje en bril te verwijderen.

Paula staat al voor het theater als ik aan kom rennen. Haar kleine druppel-handjes leggen knopen in en uit haar sjaal, die net zo paars is als haar linker-schoen. Vanaf de overkant van de straat roep ik naar haar op de grootse ma-nier van iemand die vertrekt voor een luxe cruise en tussen het verkeer door zigzag ik naar haar toe.

'Sorry dat ik zo laat ben,' hijg ik.

'Maak je geen zorgen, haarballetje,' zegt ze. Ze kroelt in mijn baard en neemt mijn gezicht tussen haar handen. 'Je bent er nu en we zijn samen en dat is het enige wat belangrijk is, of niet soms?'

Ik houd ook van Paula, maar vraag me af waarom ik niet de gebruikelijke 'je bent te laat'-preek krijg. Ze kijkt me met haar Disney-ogen aan en ik zie een dunne blauwe ader kloppen onder de roomwitte huid van haar voor-hoofd. 'Gaat het wel?' vraag ik. Haar doek-op-spot-aan-glimlach is gefor-ceerd.

Ze knijpt in mijn schouder en vist een draadje van mijn visgraten-sport-jasje, of misschien moet ik zeggen: van vader Nozems visgraten-sportjasje.

'Vergeet nooit dat, wat er ook gebeurt, ik er altijd voor je zal zijn,' zegt ze.
Wat is er verdomme aan de hand?

We gaan naar Neil Simons nieuwste toneelstuk, *Brighton Beach Memoires*, dat afwijkt van zijn gebruikelijke stadskomedies. Het is een autobio hoe-ik-volwassen-werd-verhaal – alsof er daar al niet meer dan genoeg van zijn. Maar waarschijnlijk zal elke schrijver ooit wel eens in zijn leven over zijn kindertijd moeten schrijven en Neil Simon is in ieder geval zo slim geweest om het zijne grappig te maken. Toch snap ik niet wat er zo geweldig is aan de jongen die de hoofdrol speelt.

'Vertel me nou eens,' zeg ik tegen Paula als we het theater uit lopen, 'wat heeft die Matthew Broderick dat ik niet heb?'

'Behalve een agent en de hoofdrol in een topstuk op Broadway?' vraagt Paula. 'Niets, eigenlijk.'

'Precies! Ik bedoel, ik had die rol minstens zo goed kunnen spelen. En ik was een stuk grappiger geweest – minder, je weet wel, *doorleefd*.'

'Absoluut,' zegt Paula.

'Wil je bij de toneeluitgang wachten om zijn handtekening te vragen?'

'*Tuurlijk*.'

Het steegje staat vol met de gebruikelijke losers en fantasten zonder een echt leven. Zo heel anders dan wij, serieuze acteurs die meer willen leren over ons vak. We belanden in de rij achter een stel theaterverslaafde dames met blauwspoeling, die herinneringen ophalen aan Brighton Beach en de Grote Depressie. Paula vist een zakspiegeltje uit haar tas, die ze gemaakt heeft van een blauwe knuffelsmurf. Ik vraag hoe het met Gino is.

'O, het is uit,' zegt ze, en ze doet iets met haar krullen.

'Echt waar? O, wat erg.'

'Welnee, dat vind je helemaal niet erg. Hij is een zak.'

'Dat is waar. Ik snap niet wat je in hem zag.'

Paula klikt haar spiegeltje dicht en stopt het weg. 'Hij *begeerde* mij, Edward,' zegt ze. 'Niet omdat ik grappig en talentvol en slim ben, maar gewoon omdat hij me een lekker stuk vond.' Ze kijkt naar beneden en grijpt haar borsten beet, alsof ze ze wil wegen. 'Niemand op school heeft dit lichaam ooit begeerd,' zegt ze. '*Niemand!* Iedereen wilde de dunne meisjes zoals Kelly en Ziba. Persoonlijk vind ik die fascinatie voor meisjes met de bouw van jongetjes een teken van onderdrukte homoseksuele begeerte, maar dat is weer een ander verhaal. Waar het om gaat is dat Gino dan misschien wel minder hersens heeft dan een garnaal, maar hij houdt er wel van om iets vast te kunnen grijpen als hij neukt.' Ze demonstreert het door haar vlezige kont met beide handen vast te grijpen. 'En hij wilde het altijd, Edward. Elke dag, de hele dag, alleen maar neuken, neuken, neuken, neuken, neuken, neuken, neuken, neuken, neuken!

De blauwspoelingen kijken om. Paula negeert ze.

'En een tijd lang was dat *magnifiek*,' zegt ze. 'Maar toen kocht hij een vibrator voor me en realiseerde ik me dat ik iets miste.'

'Hij gaf je zeker geen orgasme, hè?' zeg ik.

'Veel erger,' zegt ze en ze steekt haar pinkje op. 'Ook kleiner dan een garnaal.'

Dit moet je dus nooit zeggen tegen iemand die niet tevreden is over de grootte van zijn apparaat. 'Mag ik je iets vragen,' zeg ik. 'Is het echt zo belangrijk hoe groot je, eh... bent?'

'Ligt eraan,' zegt Paula. 'Voor mij, tja... Zie je deze brede, kind-barende heupen?'

Ik knik.

'Dan heb ik nog twee woorden voor je: grote vagina.'

De blauwspoelinkjes voor ons draaien zich om en lopen met afkeurende gezichten het steegje uit. Terwijl ze zich langs ons wringen mompelt er een: 'Slet.'

Paula's Disney-ogen worden groot. 'Hoorde je wat ze tegen me zei?'

'Ja, slet,' zeg ik.

'Ja!' roept ze en ze klapt in haar druppelhandjes. 'Is het niet *magnifiek*?'

De menigte begint zich te verspreiden, meer uit verveling dan door Paula's schuine praat. Verschillende acteurs uit de show komen naar buiten, maar geen Matthew. Uiteindelijk staan alleen wij er nog. 'Hij wacht waarschijnlijk op het "alles veilig"-signaal",' zegt Paula.

'Zou hij ons uitnodigen in zijn kleedkamer?' vraag ik.

'Zou kunnen.'

Dat zou niet de eerste keer zijn. Paula en ik zijn zo bij Angela Lansbury geweest na *Sweeney Todd* en bij Geraldine Page na *Agnes of God*. De echt grote theatersterren doen dat soort dingen gewoon.

'Misschien maken we zoveel indruk met onze serieuze acteursvragen dat hij ons uitnodigt om tussen de opvoeringen door een hapje mee te komen eten. En dan kunnen we vrienden worden en kan ik een baantje krijgen als zijn eerste vervanger...'

'Dat zou *perfect* zijn!' zegt Paula. 'Dan zou je een baan hebben en hoef je je geen zorgen te maken over...'

'Zorgen maken over wat?'

'O niets. Is dit steegje niet *hemels*? Ik ben dol op dit soort steegjes.'

'Nou, kom op. Wat is er met jou? Je doet de hele tijd al zo vreemd.'

'Oké,' zegt ze, 'laten we wat gaan drinken. Dan hebben we het erover.'

'Waarover?'

'O, niets, echt. Kom, Joe Allen's zit maar een paar straten verder...'

'Nee. Je vertelt het me NU.'

'Maar ik doe het liever...'

'Zus!'

'Je hebt de Sinatra-beurs niet.'

Ze zegt het zo snel dat ik niet zeker weet of ik haar wel goed verstaan heb. 'wat zei je?' vraag ik.

'Dat je de Sinatra-beurs niet hebt. Ze hebben hem aan een of ander neefje van hem gegeven – Anthony Nogwat, uit Hoboken. O, Edward, ik was *in tranen* om je.'

De muren van het steegje komen op me af. Ik word duizelig en moet de deur vastgrijpen om niet te vallen.

Paula wrijft met haar handje over mijn rug. 'Ze zeggen dat hij nooit aangenomen zou zijn, tot dat beursgeld gedoneerd werd...'

Dit kan niet. Dit gebeurt mij niet.

'... en dat ze van gedachten veranderd zijn toen ze zich realiseerden dat er misschien meer geld aan zat te komen.'

Tienduizend dollar weg.

'Ach, de hele toestand is gewoon absurd,' zegt ze, 'volkomen *absurd.*'

Haar stem klinkt ver weg, alsof ik onder water zit.

'Maak je geen zorgen, Edward, je vindt wel een andere manier om je school te betalen. Ik weet het zeker.' Ze omhelst me, maar ik blijf stijf als een plank staan.

De deur gaat open, we worden opzij geschoven. Matthew Broderick stapt naar buiten, met een baseballpetje op en een leren jas aan.

'O, sorry,' zegt hij in het voorbijgaan. 'Ik had jullie niet gezien.'

tweeëndertig

Zo gauw als ik terug ben sprint ik naar de telefooncel op station Wallingford (ik voel me net Superman) en draai Nathies nummer.

Stan neemt op. 'Huizzze Nudelman,' zegt hij, met nadruk op de z. Net als Fran praat ook hij aan de telefoon nadrukkelijk bekakt.

'Ha, meneer Nudelman, met Edward. Is Nathie thuis?' Ik houd de hoorn vervolgens van mijn oor af, vanwege het gebruikelijke geschreeuw, maar tot mijn verrassing praat hij op normale sterkte.

'Nathan is even weg,' zegt hij. 'Hij had het over computerapparatuur die van de vrachtwagen was gevallen, haha.'

Ik weet het niet en ik wil het niet weten.

'Komt hij snel terug?' vraag ik. Ik word claustrofobisch in de cel, dus rek ik het snoer zo ver mogelijk uit en ga buiten op de stoep staan om gulzig de vochtige lentelucht in te ademen.

'Tja, hij moet ooit een keer eten. Is alles oké, Eddie?'

Ik weet niet waarom, maar zijn laatste vraag troost me, maar brengt me tegelijkertijd ook in paniek. Nee, het is niet oké, helemaal niet oké zelfs, maar ik kan onmogelijk vertellen waarom.

Ik wil naar mijn mammie.

'Wilt u hem vragen als hij terug is of hij op me wil wachten?'

'Tuurlijk,' zegt hij. 'Zeg, je bent vast behoorlijk opgewonden over Juilliard, hè?'

Ik weet niet wat ik daarop moet antwoorden.

Natuurlijk gaat het ook nog regenen, en dan geen koel, verfrissend buitje – nee, van die benauwde New Jersey-smogregen. Vader Nozems visgraten-sportjasje begint te jeuken en ik trek het uit en prop het onder een arm alsof het een grijs dood dier is. Op elke straathoek moet ik van arm wisselen, want het wordt steeds natter en zwaarder. Ik versnel naar jogsnelheid in de hoop dat ik dan minder nat word en probeer ondertussen te begrijpen wat er gebeurd is. Ik kan alleen bedenken dat Frank Sinatra het stukje in *The New York Post* gelezen moet hebben en dat hij toen Juilliard erover gebeld heeft. En toen heeft hij, in echt Hoboken laat-nooit-een-kans-lopen-stijl, waarschijnlijk de naam van zijn neefje laten vallen en, in die echte geldinzamel-lik-de-kont-van-potentiële-donoren-stijl, heeft Laurel Watkins precies gedaan wat hij wilde.

En dat allemaal van mijn tienduizend dollar! Het is jammer dat Nathie nu nooit volwassen zal worden, maar het is duidelijk dat ik hem zal moeten vermoorden.

Tegen de tijd dat ik bij de Nudelmans ben, ben ik volkomen doorweekt. Ik hang tegen de deurbel en hoor Fran schreeuwen: 'VERDOMME, WIE GAAT DE DEUR OPENDOEN?'

Ik stap uit mijn modderige gympen, deels uit beleefdheid, maar voorna- melijk omdat mijn voeten jeuken als een gek en ik zo snel mogelijk wil krabben. Ik ga zo meteen uit mijn vel barsten, ik voel het.

Nathie doet open.

'Jezus,' zegt hij en hij bekijkt me van top tot teen, 'wat heb jij gedaan? De ark gebouwd?'

'Frank Sinatra heeft mijn beursgeld gejat.'

'GODVERDOMME, WAT...?'

Drie kamers verderop schreeuwt Fran: 'NATHAN, ALLES GOED?'

'BEETJE TOURETTE, MAM,' brult hij terug.

'Je hebt geen Tourette,' zeg ik en ik wrijf met met mijn blote voeten over de mat tegen de jeuk.

'Dat weten ze niet,' zegt hij. 'Waarom denk je dat ze nooit luisteren naar wat ik zeg?'

Soms word ik echt een beetje bang van hem.

Mijn natte jasje laat ik op de linoleumvloer vallen en ik leun tegen een wandkleed om op adem te komen.

'Wacht, ik ga even een handdoek voor je halen,' zegt Nathie. 'Fran heeft dat wandkleed laten reinigen.' Hij rent op een sukkeldrafje de gang door en trekt ondertussen zijn afzakkende broek op.

Ik buig me voorover, steun met mijn handen op mijn knieën. De spiraalpatronen op het linoleum lijken op die meteorologische kaarten na het nieuws en maken me duizelig. Ik doe mijn ogen dicht.

Nathie komt terug met een kamerjas met PALM BEACH HILTON op het borstzakje en neemt me mee naar de waskamer, waar ik mijn kleren in de droger stop. Ik vertel hem het hele afschuwelijke verhaal en leg bijzondere nadruk op het feit dat dat hele beursgedoe zijn idee was. Nathie kijkt me niet aan terwijl ik vertel, maar scheurt geconcentreerd wasverzachterdoekjes in kleine stukjes.

'Oké,' zegt hij als ik klaar ben, 'eerst moeten we wat eten. Kom, ik heb koosjere dadelkoekjes in de keuken staan.'

'Ik heb geen honger,' zeg ik.

Nathie knippert met zijn kraaloogjes. 'Jezus, je bent echt kwaad, hè?'

Ik drum met een hand op de wasmachine. Hij galmt als een blikken trommel. 'Nathie, vorige maand had ik tienduizend cash in mijn handen en nu heb ik niets meer omdat ik naar jouw kaaskopplannen geluisterd heb!'

'Stel je niet zo aan,' zegt hij en hij loopt als Winnie de Poeh naar de koekjestrommel. 'Je had die tienduizend dollar helemaal nooit gehad als ik er niet geweest was.' Hij trekt het deksel van de trommel. 'Weet je zeker dat je geen dadelkoekje wilt? Ze zijn lekker, hoor.'

202   Ik schud mijn hoofd.

'Dit is gewoon een tijdelijke tegenslag,' zegt hij kauwend. 'Dit zijn gewoon de risico's van het vak. We hebben Jordan altijd nog achter de hand, of niet soms?'

Chantage als iets dat je achter de hand hebt voor als je geldwitwasplannen mislukken, zit me niet helemaal lekker...

Nathie slaat me op mijn rug. 'Je bent gewoon moe, joh,' zegt hij. 'Kom, ik breng je naar huis.' Hij grist een sleutelbos van het haakje naast de deur.

'Maar je hebt geen rijbewijs,' zeg ik.

'Jawel hoor, kijk maar.'

'Ja, maar dat is vals.'

'Dat weten alleen jij en ik,' zegt hij en hij rammelt met de sleutels.

Als ik thuiskom, is het huis stil en donker, en een diepe depressie omhult me als een nat laken. Tienduizend dollar, godverdomme. Ik buig voorover om de katten te begroeten. Vanuit de huiskamer roept een onduidelijke stem mijn naam. Ik sta op, loop naar binnen en zie een ineengedoken gestalte in een hoekje van de bank liggen. Ze heeft er voor zichzelf een plekje vrijgemaakt temidden van de gebruikelijke rotzooi en heeft haar armen om haar opgetrokken knieën geslagen. Ik zie alleen haar blonde kruin in het licht vanuit de gang.

'Kathleen?'

'Kathleen is er niet,' mompelt ze in haar knieën. 'Laat een bericht achter na de piep.'

Op de salontafel staan twee wijnflessen, de ene is leeg, de andere bijna. 'Dit is Edward,' zeg ik, 'wil je doorgeven dat ik me zorgen over haar maak?' Ik haal de flessen weg en zet ze op de bladmuziek van *Godspell* op de piano, zodat ze geen kringen maken.

'Je bent een schat,' zegt Kathleen en ze maakt ruimte op de bank door een transistorradio, een rol keukenpapier en twee telefoonboeken opzij te schuiven. Ze klopt op het vrijgekomen plekje, het Internationaal Erkende Signaal voor: 'Kom op dit morsige, door koekkruimels geteisterde stuk meubel zitten.' Ze kijkt me met rode, vochtige ogen aan.

'Denk jij dat ik alcoholist ben?' vraagt ze.

Ik knik.

Kathleen zucht. 'Ja, ik ook. Dat betekent natuurlijk dat ik hulp moet zoeken, en dat terwijl ik zelf in de geestelijke gezondheidszorg zit.' Ze knippert met haar ogen, alsof ze er niet zeker van is dat ze het goed ziet. 'Waarom heb je een badjas van het Palm Beach Hilton aan?'

Ik trek de stof stevig om mijn benen om er zeker van te zijn dat er niets uit hangt. 'Mode,' zeg ik.

Kathleen legt een slanke hand op mijn pols. 'Weet je,' zegt ze vanuit het niets, 'Brad vond je erg aardig.'

Dat had ik al gedacht door de manier waarop hij zijn kruis tegen mijn kont aan wreef terwijl hij mijn rug probeerde te breken.

'Ik wou dat ik over hem hetzelfde kon zeggen,' zegt Kathleen. Ze draait op een kussen achtjes met een vinger. 'Begrijp me niet verkeerd. Ik hou zielsveel van mijn zoon. Maar tussen ons gezegd en gezwegen vind ik hem niet erg aardig.'

Dat is nogal wat om over je eigen zoon te zeggen. Kathleen pinkt een traan weg. 'Hij is precies als zijn vader geworden.'

Ze moest eens weten.

Ze staat op en pakt de fles wijn van de piano. 'Ach, zo raar zou ik dat niet moeten vinden,' zegt ze. 'Iedereen zegt altijd al dat Brad precies zijn pa is en dat Bridget op mij lijkt.'

'En Kelly dan?' vraag ik.

Kathleen kijkt naar de fles en zet hem weer terug. 'Kelly,' zegt ze. 'Ik krijg geen hoogte van Kelly. Ze heeft zoveel geheimen. Telkens als ik denk dat ik haar begrijp, verrast ze me weer. Ze is net een matroesjkapoppetje; je weet wel, er zit er steeds nog een in.' Ze wankelt langs de muur met familiefoto's en staart ernaar alsof ze ze nog nooit eerder gezien heeft. 'Kelly is mijn hoop voor dit gezin.' Ze wijst naar mijn jeugdportret, dat ik uit de rommella gered heb. 'Kelly en jij. Jullie weigeren allebei te zijn wat anderen van jullie verwachten.' Ze glimlacht. 'Dat bewonder ik in jullie.'

Het voelt raar dat een volwassene je bewondert.

Kathleen bestudeert haar bruiloftsfoto, Miss Kuisheidsgordel 1961. 'Moet je mij zien,' zegt ze. 'Ik had geen flauw idee. Ik stopte in mijn eerste jaar met studeren om te trouwen en werd op onze huwelijksreis zwanger van Bradley. Ik heb mijn meisjes dan ook op het hart gedrukt dat ze het, als het tot seks komt, voorlopig oraal moeten houden. Niemand is ooit met jong geschopt van een pijpbeurt.'

Woorden naar mijn hart.

Ze loopt onzeker naar de bank en gaat op de leuning zitten. 'Weet je, Edward, ik ben echt dol op jullie. Ik zou alles voor jullie doen: liegen, bedriegen,

203

stelen – moorden als dat nodig is. Maar ik moet zeggen dat ik ook begrijp hoe jouw moeder zich voelde. Natuurlijk vind ik het verkeerd dat ze jullie in de steek heeft gelaten, maar je hebt er geen idee van hoe het toen voor ons was. Daar zaten we in onze buitenwijken, brachten onze kinderen van sport naar hobby's, bakten brownies voor goede doelen, en ineens lagen er overal boeken en tijdschriften die ons vertelden dat we onszelf moesten Actualiseren en Bevrijden. Maar we moesten neuzen schoonpoetsen en luiers verwisselen. Het voelde alsof we de boot gemist hadden.'

'Maar je bent toch gebleven,' zeg ik.

Ze glimlacht en woelt door mijn haar. 'Ik had het voor geen geld van de wereld willen missen. Maar als ik het over mocht doen, denk ik niet dat ik zo vroeg kinderen zou krijgen. Ach, ik weet het niet. Het maakt nu ook allemaal niet meer uit.' Ze veegt mijn haar uit mijn ogen en kijkt me aan. 'Wat ik probeer te zeggen, Edward, is: laat geen twintig jaar van je leven voorbijgaan voor je op die boot aanmonstert.'

Ik strek mijn armen naar haar uit en ze omhelst me. Haar aanraking is totaal anders dan die van haar dochter, of haar man, of haar zoon, nu ik het daar toch over heb. Het is de omhelzing van een moeder, warm en troostend, en ik leg mijn hoofd in haar schoot. We genieten samen in het donker van ons slaperige, trieste stukje geluk.

We worden opgeschrikt door een luidruchtig gebonk op de deur. De katten vliegen de gang door en maken krassende geluiden op het parket. 'Ik doe wel open,' zeg ik.

Ik doe de voordeur open en daar staat als een explosie van hete lucht mijn stiefmonster voor me.

'Zatanskieeeeeend!' gilt ze.

Ik gooi de deur dicht.

'Wie was dat?' roept Kathleen vanuit de huiskamer.

'Jehova's getuigen,' zeg ik.

Dagmar begint weer te bonken. Ik trek het gordijntje van het kleine raampje naast de deur opzij. Door het reliëfglas ziet ze er vervormd uit, alsof haar gezicht aan gort is gemept.

Als dat zou kunnen.

'Wat moet je?' roep ik.

'Iek veet dat jai het was!' schreeuwt ze. 'Jai hebt diet gedaan! *Jai hebt diet gedaan!*' Ze duwt een bankafschrift tegen het glas.

'Ga naar huis, mens. Ik weet niet waar je het over hebt.'

'OPEN DAIZE DEUR!' brult ze en ze begint weer te bonken.

Vanuit de gang hoor ik Kathleen mompelen: 'O, jezus christus.' Ze staat op, waggelt naar de deur, doet open en blaft: 'Luister eens heel goed, dame, in dit huis lopen gestoorde mensen naar de kelder, niet naar de voordeur!'

Dagmar doet een stap achteruit en schudt haar hoofd. Haar verwaaide krullen kronkelen als die van Medusa. 'Hij heeft geld van mijn rekening gestolen,' zegt ze en ze geeft het afschrift aan Kathleen.

Kathleen kijkt ernaar en dan naar mij; haar gezicht is zo dichtbij dat ik haar adem voel. 'Is dat waar, lieverd?'

Ik mag dan Een van de Beste Jonge Acteurs van Amerika zijn, ik weet niet of ik het in me heb om tegen Kathleen te liegen. Over wat dan ook. Ik haal diep adem en kijk haar recht in haar ogen.

'Ik heb Dagmars geld niet,' zeg ik.

Hé, dat klopt!

'Dit moet een vergissing zijn,' zegt Kathleen tegen Dagmar. 'Misschien heeft Al het opgenomen en is hij vergeten...'

'Nein!' blaft Dagmar. 'Hai weet niet... Dat ies niet mogelijk.' Ze grist het afschrift terug. 'Maandakmorgen vroeg bel iek de afdeling Finanziële Stoin van Juilliart,' zegt ze en ze klinkt als een Gestapo-officier uit een Tweede Wereldoorlog-film.

Ik voel mijn maag naar mijn knieën zakken.

'Misskien koenen zai me vertellen vie deze LaChance Jones is.'

Het Kwaad. Het Kwaad. Het Kwaad.

'Het gaift niet hoe lang het duurt,' zegt Dagmar en ze zwaait met een kromme vinger naar mijn neus, 'iek gaif niet op totdat jai hiervoor naar de gevankenies gaat, *zzatanskieeeend!*'

En je ouwe moer.

'Nou, bedankt dat je bent langsgekomen,' zegt Kathleen terwijl ze de deur sluit. 'Het was me een afschuwelijk ongenoegen.'

Dagmar draait zich op haar naaldhakken om en druipt in zichzelf mompelend af.

Kathleen doet de deur dicht en leunt ertegenaan. 'Ze moet fantastisch zijn in bed,' zegt ze. 'Dat is de enige verklaring.'

Ik overweeg Nathie te bellen voor advies, maar eerlijk gezegd ben ik zijn aanpak een beetje zat. En ik wil het er ook niet met Kathleen over hebben, hoe begrijpend ze ook is. Ik wil gewoon naar bed en dan heel, heel erg lang slapen en vergeten dat ik ooit geboren ben. Ik val in een diepe, droomloze slaap. Tot ongeveer drie uur 's morgens; dan zit ik stijf rechtovereind in bed en ontdek ik dat ik in mijn slaap al het beddengoed – dekens, lakens, zelfs de matrasbeschermer – van me af heb getrapt. Ik lig stijf als een plank, mijn hartslag bonkt in mijn oren en ik bedenk stap voor stap hoe ik word voorgeleid en berecht en vervolgens in de gevangenis beland waar ze TONY'S TEEF op mijn kont tatoeëren. Uiteindelijk word ik in de gevangenis vermoord en stuurt God mijn eeuwige ziel naar de vurige krochten van de hel om voor eeuwig te branden, omdat ik een heel, heel slecht mens ben. Zoals Hamlet zegt: 'Mijn wandaad is groot. Ziet, ze reikt naar de hemelen.' Klaarwakker door mijn eigen gedachten sta ik om vijf uur 's morgens op en neem de enige ontsnappingsweg die ik kan bedenken: ik ga absurd lang joggen.

De volgende dag houd ik de hele tijd op school de klok in de gaten en bid dat Laurel Watkins óf een andere baan gekregen heeft, óf zo hard op haar hoofd geslagen is dat ze zich Edward Zanni, Gloria d'Angelo en de Katholieke Sociëteit Voor Vastberaden Jongeren niet meer kan herinneren, tot ik me herinner dat Laurel Watkins zwanger is. Dan probeer ik telepathisch haar weeën op te wekken, zodat ze niet aanwezig is als Dagmar belt.

De mededeling komt via de luidspreker op het moment dat meneer Lucas de lege, decadente levens van de niets uitvoerende rijken in *The Great Gatsby* bespreekt. 'Wil Edward Zanni zich zo snel mogelijk op het hoofdkantoor melden? Edward Zanni, zo snel mogelijk naar het hoofdkantoor.'

Mijn klasgenoten maken dat 'oooh'-geluid dat leerlingen maken als iemand wordt weggeroepen naar het kantoor, geheel onwetend van het feit dat de eerstvolgende keer dat ze me zien in het nieuws van acht uur zal zijn, in een oranje overall. Ik voel me eerlijk gezegd vreemd kalm, bijna opgelucht dat het liegen en bedriegen nu eindelijk voorbij is. Loyaal tot het bittere einde loopt Nathie met me mee. Niet om te bekennen, hoor, alleen voor morele steun. ('Waarom zouden we er allebei voor moeten zitten?' zegt hij. 'Je hebt veel meer aan me als ik buiten blijf.') We gaan het kantoortje binnen.

Geen gewapende agenten, die ik wel verwachtte, alleen het geluid van rammelende typmachines en mensen die gewoon hun werk doen. Een van de secretaresses wenkt me vanachter de balie. 'Edward, er is een dame aan de telefoon die je dringend wil spreken.'

Een dame? Ik grijp de hoorn.

'Hallo?'

'O, *goddank*,' zegt de stem aan de andere kant van de lijn.

'Paula?'

'Luister,' zegt ze, 'je moet nu *meteen* naar het politiebureau van Kramptown komen.'

'Waarom? Wat is er?'

'Tante Glo is gearresteerd.'

drieëndertig

Kelly is niet aanwezig bij het achtste lesuur en ik vervloek mezelf omdat ik haar geleerd heb onopgemerkt te spijbelen. We hebben een auto nodig, en snel. Nathie en ik lopen vier scheikundelokalen af voor we Doug eindelijk vinden. Hij lijkt opgelucht dat hij een excuus heeft om aan meneer Nelsons onnoemmelijk saaie les te ontsnappen. Gedrieën rennen we naar Dougs huis en zijn oude Chevrolet. Ik kan eigenlijk beter zeggen dat Doug en ik naar zijn huis rennen om de ouwe Chevy op te halen en dan terug te keren om Nathie op te pikken, die als een puppy hijgend achter ons aan loopt. Ik betwijfel of Dougs koekblik in staat is om helemaal naar Kramptown te rijden, maar het is onze enige optie, dus onder het rijden aai ik over het dashboard, of wat daarvan over is, en probeer het oude beestje aan te moedigen om nog een stukje verder te rijden: 'Schat, nog een *klein* stukje.'

Omdat ik Laurel Watkins plompverloren over de de telefoon heb verteld dat ik in aanmerking kom voor de beurs, verwachtte ik eigenlijk dat Dagmar en zij achter *mij* aan zouden zitten, niet achter tante Glo. Ik ben ook verbaasd over de voortvarendheid van de sterke arm der wet in dezen. Volgens mij heeft tante Glo niet aan Laura Watkins verteld waar ze woont, dus is het me een raadsel hoe ze achter haar adres zijn gekomen. Maar aangezien dit de eerste keer is dat ik me aan fraude en verduistering schuldig maak, ben ik niet echt bekend met het protocol.

Nadat we een paar keer verkeerd zijn gereden (dat ik een crimineel ben betekent nog niet dat ik weet waar het politiebureau is), komen we eindelijk bij het gebouwtje, een karakterloze bakstenen doos. We racen door de gang en ik leg een sceptisch kijkende receptioniste uit voor wie we komen. Ze wijst naar een paar kuipstoelen die lekker zouden moeten zitten, maar dat niet doen, en zegt dat we daar kunnen wachten. Nathie en Doug bladeren door oude nummers van *Reader's Digest* en ik ijsbeer over de geboende vloer. Ik wilde dat ik rookte om mijn zenuwen in bedwang te houden, in plaats van te masturberen, dan kon ik nu een sigaret opsteken. Geloof het of niet: ik ben op dit moment bezorgder om tante Glo dan om mijzelf. Ze moet doodsbe-nauwd zijn.

De receptioniste roept ons en draagt ons over aan een ambtenaar die ons door een lange gang naar een slecht verlichte ruimte brengt, gemeubileerd met overvolle bureaus. Hiertussen zit tante Glo op een hoge stoel, kletsend en lachend met de fine fleur van Kramptown, alsof ze de tijd van haar leven heeft. Zoals in die oude films waarin kleine Timmy of Bobby verdwijnt en iedereen gek is van ongerustheid tot ze hem in het politiebureau, aan het bureau van de hoofdinspecteur vinden, likkend aan een ijsje, met een te grote politiepet op zijn hoofd. Tante Glo ziet ons en zwaait vrolijk met een dik handje.

'De KE'tjes!' gilt ze, alsof ze een feestje geeft en blij is dat we er eindelijk zijn. 'En Maya Angelou!'

Ik draai me om, om te zien of de eminente dichteres inderdaad achter me staat (ik geloof werkelijk alles op dit moment), maar in plaats daarvan sta ik oog in oog met een donkere, bebaarde priester, die verontrustend veel op vader Nozem lijkt. Even ben ik bang dat de arme man uit een klerikale verdachten-line-up is geplukt, maar dan bedenk ik dat tante Glo waarschijnlijk 'mijn Angelo' zei.

Mocht ik me ooit afvragen hoe ik er over vijftien tot twintig jaar uit zal zien, dan hoef ik alleen maar bij de Kerk van de Heilige Verlosser in Hoboken, New Jersey, langs te gaan en vader Angelo d'Angelo op te zoeken. Door de jaren heen hebben we elkaar al een paar keer ontmoet, maar pas nu ik mezelf een paar keer als vader Nozem heb verkleed, realiseer ik me hoeveel we op elkaar lijken. Goed, er zitten grijze haren in zijn krullen en hij ziet er, geloof het of niet, atletischer uit dan ik (ik wist niet dat priesters aan fitness doen), maar verder zijn we – excuseer het woordgrapje – uit hetzelfde kruishout gesneden. Ik vind hem op een verwarrende manier aantrekkelijk.

Angelo lijkt niet echt blij me te zien. Hij loopt rechtstreeks naar zijn moeder.

'Mama, alles goed met je?' vraagt hij.

Tante Glo noemt hem weer Maya Angelou en geeft hem een knuffel die je makkelijk zou kunnen verwarren met een chiropractische behandeling. En dan pas zie ik Paula, die zich afzijdig probeert te houden, in plaats van, zoals gewoonlijk, in het middelpunt van de belangstelling te staan. Misschien omdat ze slechts een balletpakje en een lange tulen repetitierok aanheeft. Ze ziet eruit als een Victoriaanse hoer, opgepakt wegens tippelen in de verkeerde eeuw. Ik loop naar haar toe. Ze kijkt niet blij. 'Op dit moment vragen twee zusters in de oefenruimte zich af waarom de derde zonder hen naar Moskou is vertrokken,' moppert ze.

Tante Glo wil haar plaats afstaan aan Angelo ('Je ziet er moe uit, mijn schat') en stelt ons allemaal aan elkaar voor. Ik vind het knap dat ze de namen van alle agenten heeft onthouden (agent Atkinson, agent Barker, agent Salazar) tot ik zie dat ze naamplaatjes dragen. 'Hebben jullie honger?' vraagt ze aan ons. 'Willen jullie een donut? Deze aardige politiemannen willen vast wel delen.'

Tante Glo.

Paula knielt naast haar en trakteert zeven man op een royale blik in haar negentiende-eeuwse decolleté – dat sowieso al nauwelijks over het hoofd te zien was. 'Wat is er toch?' vraagt ze.

'Jij!' snuift tante Glo. 'Als je niet zo druk was geweest met seks voor het huwelijk met je langharige vriendje, had je het geweten!'

'Heb jij seks voor het huwelijk?' vraagt Angelo.

'Het is uit,' zegt Paula, alsof dat een antwoord op de vraag is.

Ik wenk met mijn pink naar Doug, als verklaring.

Paula vraagt tante Glo: 'Wat heeft dat te maken met uw arrestatie?'

'Nou,' zegt tante Glo, 'aangezien jij weg was, was het niet makkelijk om, eh... iemand te vinden om me te rijden...'

Paula's ogen staan meteen vol tranen. 'Ik heb toch gezegd dat ik zou komen als u me nodig had?' zegt ze en ze neemt tantes kleine handje tussen die van haarzelf.

'Ik ben de mensen niet graag tot last,' zegt tante Glo en ze haalt een papieren zakdoekje uit haar tasje. 'En vanochtend voelde ik me best goed toen ik wakker werd, dus ik zei tegen mezelf: "Gloria," zei ik, "je doet er niemand kwaad mee als je met de Lincoln naar de slager rijdt voor een lekker lamsboutje..."'

Angelo kijkt ontzet. 'Mama, je hebt toch niet...'

'... en voor ik het wist werd ik door de politie aangehouden en moest ik mee naar het bureau.'

'Haar achterlicht deed het niet,' zegt agent Atkinson. 'En toen ik naar haar papieren vroeg vonden we alleen een Wereldalmanak van 1983 in het dashboardkastje.'

Oeps.

'U hebt haar opgepakt voor rijden zonder papieren?' vraagt Angelo.

'Nee,' zegt een stem achter ons. We draaien ons om en de agenten maken plaats voor een lange man in overhemd en stropdas, waarschijnlijk hun baas. 'Ik ben rechercheur Bose,' zegt hij en hij schudt de hand van vader Angelo. Hij heeft een jaren-vijftig-stekelkapsel, een fout snorretje en een Dukes-of-Hazard-achtige uitstraling. 'Uw moeder is aangehouden omdat haar vervoermiddel geïdentificeerd is als het vehikel waarmee afgelopen zomer meerdere keren vandalisme is gepleegd.'

'Vandalisme?'

De rechercheur kijkt in zijn papieren. 'Vandalisme betreffende een zekere keramische boeddha.'

Je kunt het muziekje bijna horen: *Retteketet-boem-boem!*

Het is toch godverdomme niet te geloven. In de afgelopen acht maanden hebben we ons schuldig gemaakt aan illegaal bier kopen, levensgevaarlijk rijden, drugsgebruik (in het Witte Huis), ontsluiten en binnensluipen, chantage, fraude, vervalsing en verduistering, en dan worden we opgepakt wegens diefstal van een boeddhabeeld!

Rechercheur Bose zet een grote doos op een bureau. 'We hebben de hele zomer bewijsmateriaal verzameld,' zegt hij en hij stalt bloedserieus Paula's communiesluier, Dougs ballenbeschermer, de gebloemde badmuts van tante Glo, een lege fles Southern Comfort, een dienblad en een Hawaii-bloemenkrans, stuk voor stuk gecatalogiseerd en geseald in een plastic zak, op tafel uit.

'Ik vroeg me al af waar mijn badmuts was gebleven,' zegt tante Glo.

Rechercheur Bose gaat verder: 'We hadden de auto afgelopen zomer bijna geïdentificeerd, maar in de loop van de herfst namen de misdaden af, tot de boeddha in kwestie uiteindelijk verdween.' Hij zegt het alsof we de boeddha vermoord hebben. 'Dus toen enkele agenten vandaag een auto zagen die aan de omschrijving voldeed, hebben we mevrouw d'Angelo meegenomen voor een korte ondervraging.'

Ik schraap mijn keel. 'Het is allemaal mijn schuld, meneer,' zeg ik.

Rechercheur Bose kijkt me aan. 'Heb jij hem meegenomen, jongen?'

'Nee, dat niet, maar hij stond in mijn tuin en ik had hem terug moeten brengen, en het spijt me echt heel, heel erg.'

'Het spijt je alleen omdat je gepakt bent,' zegt rechercheur Bose.

'Och, rechercheur, kom nou toch,' zegt tante Glo. 'Het was gewoon een kinderachtige grap. Zelfs Maya Angelou heeft in zijn jonge jaren een klein incident gehad met een Sint-Petrus-beeldje...'

'Mam...'

Rechercheur Bose kijkt in zijn schrijfblok. 'Het is al goed,' zegt hij. 'De eigenares van de boeddha heeft ons medegedeeld dat ze geen aangifte zal doen, mits ze haar eigendom terugkrijgt natuurlijk.'

Iedereen kijkt naar mij.

'U zult dit misschien niet geloven...' zeg ik.

En inderdaad: hij gelooft me niet. Ik bel Kathleen, zodat ze kan bevestigen dat de boeddha inderdaad is gestolen, maar ik krijg haar antwoordapparaat. Dat betekent dat ze afspraken met criënten heeft. Tante Glo vraagt aan rechercheur Bose om ons de kans te geven ons verhaal te bevestigen, en na een beetje aandringen van vader Angelo stemt hij toe. We krijgen vier uur de tijd om met de boeddha op de proppen te komen.

Angelo brengt tante Glo naar huis terwijl Nathie, Doug en ik ons in de Lincoln Continentale Breuk wringen. Paula geeft ons onderweg naar Kathleen een preek over onze stommiteit en zegt dat we de basisregels van het

Creatief Vandalisme geschonden hebben. Het is maar goed dat ze niets weet van onze chantage, fraude, vervalsing en verduistering.

De Huifkar staat op de oprit, dus Kelly is thuis. Ik zeg tegen Paula, Nathie en Doug dat ze in de auto moeten wachten en glip het huis binnen. Ik doe de voordeur zo zachtjes mogelijk dicht, zodat de katten niet schrikken. Ik sluip op mijn sokken door de gang en hoor de gemompelde monoloog van een criënt in de kelder, een zacht verteld triest lied. Kelly is nergens te zien, dus loop ik op kousenvoeten de trap op om haar te vragen of ze Kathleens rooster kent.

Het therapeutische gemompel lijkt luider te worden als ik naar boven loop en heel even denk ik dat er ergens een ventilatiekoker zit, die ik niet ken. Tot ik me realiseer dat het uit Kelly's slaapkamer komt. Ik volg het geluid de gang door naar haar deur, die op een kier staat. Ik luister en hoor gekreun, Kelly is blijkbaar ziek thuis. Ik duw de deur wat verder open om te zien hoe het met haar gaat.

Ze is niet alleen.

Kelly zit recht overeind in bed en trekt de lakens over haar naakte lichaam heen. 'Deur dicht! Doe die deur dicht!' gilt ze.

Ik doe wat ze zegt.

'Nee, kaaskop, met jou aan de *andere* kant!'

Vanuit een ooghoek zie ik onder de lakens de bron van haar gekreun. Tussen haar benen, om precies te zijn. In haar paniek heeft Kelly haar knieën tegen elkaar geslagen, zodat de arme jongen nu vastzit; hij maakt onduidelijke knor- en bromgeluiden, alsof hij stikt. 'Eruit! Godverdomme, *wegwezen!*' schreeuwt Kelly.

Ik neem aan dat ze mij en niet hem bedoelt. Dus ruk ik aan de antieke deurknop en trek de deur bijna uit zijn scharnieren. Eindelijk schiet hij open, ik ren naar buiten en sla beschaamd de deur achter me dicht, maar ben ook retenieuwsgierig wie er tussen Kelly's benen zit.

Aan de andere kant van de deur hoor ik Kelly praten: 'Jij blijft hier rabarber, rabarber, rabarber...'

Een diepe stem antwoordt: 'Dat is echt achterlijk, vanaf nu rabarber, rabarber...'

De stem klinkt bekend, maar ik kan hem niet plaatsen.

'*Waag* het niet me achterlijk te noemen,' zegt Kelly.

'Doe ik niet,' antwoordt de stem, 'het is gewoon rabarber, rabarber, rabarber...'

Ik hoor Kelly's voetstappen en ik vlucht de trap af. Ik ren de hoek om en bots bijna tegen Kathleen op, die in de gang staat.

'Wat zijn jullie in 's hemelsnaam aan het doen?' vraagt ze. 'Oefenen voor de rodeo?'

'KATHLEEN!' schreeuw ik alsof ik Fran Nudelman ben. 'O, HET SPIJT ME ZO DAT IK JE STOOR!' Dit is een automatische tienerreactie: maakt niet uit wat je vrienden aan het doen zijn, je zorgt er altijd voor dat ze niet gesnapt worden. Vragen stellen kan later wel.

'Edward? Gaat het een beetje? Wat heb je, jongen?'

'Ik... eh... eh...'

Een aanval van debiliteit, blijkbaar. Ik sta totaal met mijn mond vol tanden.

'Eh...'

Kathleen kijkt naar de trap achter me en vraagt: 'Heeft een van jullie enig idee wat er met Edward is?'

Jullie? Wie zijn jullie? Ik draai me om en daar, op de overloop naast Kelly, staat degene die een paar seconden geleden bijna stikte tussen haar benen.

vierendertig

Het is Ziba.

Op de een of andere manier lukt het me om Kathleen het boeddhaverhaal te vertellen en om tegelijkertijd mijn complete beeld van Kelly's en Ziba's seksuele geaardheid te heroverwegen. 'Het is eigenlijk heel simpel,' zeg ik tegen Kathleen, 'je hoeft alleen maar even mee te komen naar het politiebureau en uit te leggen dat de boeddha is gestolen. Dat is alles.'

Kathleen kijkt naar de vloer en bijt op haar lip.

'Wat?' zeg ik. 'Wat is er nu weer?'

'Je zult dit misschien niet geloven...'

Ze heeft hem weggegeven. Aan een van haar criënten. Het is niet te geloven zoveel pech als ik heb. De goden moeten me aan het straffen zijn voor mijn wandaden, het kan niet anders. 'Sorry dat ik tegen je gelogen heb, lieverd,' zegt Kathleen, 'maar deze vrouw heeft zo'n zwaar leven achter de rug en ze vond hem zo mooi... en het ding was zo ontzettend lelijk, eigenlijk...'

'Waar is hij nu?' vraag ik.

'Bij haar thuis, in Battle Brook. Luister, ik bel haar wel op en zeg dat je hem zo komt ophalen. Ze begrijpt het vast wel.'

'Zeker weten?'

'Ja. En zo niet, dan kan ze daar ook therapie voor volgen.' Ze gaat op zoek naar de telefoon.

Ik kijk Kelly en Ziba aan met wijd opengesperde mond en ogen – het Internationaal Erkende Signaal voor: 'Sinds wanneer zijn jullie oesterzuigers?'

Kelly maakt een hele vertoning van het in model duwen van haar haar en zegt zacht: 'Edward, liefje, wat kijk je geschokt? Je bent niet de enige biseksueel, hoor.' Ze lacht met haar machinegeweerlachje naar me en grijnst haar dubbele-rij-tanden-grijns naar Ziba.

Grote Lesbo's, Batman!

Ze willen me net het hele verhaal vertellen als Kathleen terugkomt. 'Ze neemt niet op,' zegt ze, 'maar tegen de tijd dat je er bent is ze wel thuis. Ik pak het adres even.'

Natuurlijk verdwalen we. We rijden straat na straat langs tweedehandswinkeltjes, pandjesbazen en toplessbars. De winkels hebben hier allemaal zware ijzeren rolluiken als bescherming tegen inbraak. Alle bushokjes en verkeersborden zitten vol graffiti. We zijn dan ook niet erg blij dat we zo vlak voor zonsondergang in Battle Brook rondrijden.

Kathleens criënte woont in een boomloze straat, waar huizen die schreeuwen om een lik verf dicht op de gebarsten, ongelijke stoep leunen, alsof ze bang zijn om te ver van de straatlantaarns in het donker te staan. Dankzij de boeddha die de minuscule voortuin domineert is het huis makkelijk te vinden. Paula stuurt Doug en mij eropaf. Zij, Nathie en het gelukkige nieuwe stel wachten in de auto. Ik duw de deur in het zware hek rond de tuin open, zie het PAS OP VOOR DE HOND-bordje, en loop naar de voordeur. Blijkbaar doet de bel het niet, dus klop ik. Ik spring een gat in de lucht als de hondwaar-je-voor-op-moet-passen aan de andere kant van de deur luidkeels aanslaat. Niemand doet open.

'Hoe laat is het?' vraagt Doug.

Ik kijk op mijn enkel. 'Half acht.'

'Dan moeten we over een halfuur terug zijn in Kramptown. Laten we hem maar gewoon meenemen.'

Ik twijfel, vraag me af of deze boeddha niet al genoeg gestolen is, maar moet toegeven dat hij gelijk heeft. Ik doe het hek weer open en we tillen de boeddha samen op. Paula valt van schrik bijna de auto uit.

'Wat doen jullie nou, verdomme!' zegt ze.

'We hebben geen keus, Paula, hij moet nu mee.'

Ze kijkt rond. 'En als iemand ons ziet?'

'Hij was helemaal niet van haar,' zegt Doug. 'Kom op, doe die kofferbak eens open.'

'Ik wil hier niets mee te maken hebben.'

'Wat je wilt,' zeg ik. 'Ik neem alle verantwoordelijkheid. En geef me verdomme nu de sleutels.'

We laden de boeddha in de kofferbak en ik ga achter het stuur zitten. Paula komt voorin tussen Doug en mij zitten, zodat ze kan blijven katten. We zijn juist de hoofdgoot van Battle Brook op gedraaid als ik in mijn achteruitkijkspiegel zwaailichten zie. Iedereen begint door elkaar heen te praten.

'Iemand heeft de politie gebeld!'

'Zie je wel, ik zei toch dat dit gebeuren zou!'

'Stop nou, stop dan!'

'Hou je mond even, allemaal. Blijf rustig.'

'Is er geen wet die zegt dat je niet twee keer voor dezelfde misdaad gearresteerd kunt worden?'

Ik ben me plotseling hyperbewust van mijn rijgedrag, alsof netjes stoppen me op de een of andere manier extra punten oplevert. Ik adem diep in door mijn neus, uit door mijn mond en probeer mijn handen en voeten te ontspannen, zoals mijn moeder me in haar yogefase geleerd heeft.

In mijn zijspiegel zie ik de agent uit zijn auto stappen. Hij ziet er jong en niet erg slim uit. Een soort buldog. Ik draai mijn raampje naar beneden.

'Hallo, agent,' zeg ik, met een gezicht dat hopelijk tegelijkertijd serieus en onschuldig staat.

'Goedenavond, meneer.'

Ik vind het verschrikkelijk als mensen die ouder zijn dan ik me 'meneer' noemen.

Hij schijnt met zijn zaklamp in de auto. 'Weet u dat een van uw achterlichten het niet doet?'

Alle inzittenden in de Lincoln Continentale Breuk halen opgelucht adem.

'Goh. Is dat zo?' zeg ik giechelend. 'O, god, hebben jullie dat gehoord, jongens?'

'Ik ben bang dat ik u daarvoor een boete moet geven.'

'Maar natuurlijk,' zeg ik. 'Helemaal juist. Okido. Gaat uw gang.'

'Mag ik uw rijbewijs en de registratiepapieren van de auto, alstublieft?'

'Maar natuurlijk,' zeg ik. Ik haal mijn portemonnee uit mijn achterzak. 'Alstublieft,' zeg ik en ik geef het rijbewijs door het geopende raampje aan.

'En de papieren?'

Ik kijk Paula aan. Ze maakt duidelijk hoorbaar een gloep-geluid.

'Die zitten in de kofferbak,' zeg ik.

'In de kofferbak? Wat doen uw registratiepapieren in de kofferbak?'

Ik vertel hem de waarheid. 'We hadden ruimte nodig voor, eh... onze almanak.' Ja, ik weet hoe stom dit klinkt.

'Wilt u zo vriendelijk zijn om even uit te stappen, meneer?'

Ik stap uit. Hij schijnt met zijn zaklamp in mijn gezicht, waarschijnlijk om te zien of ik dronken ben. Hoewel ik natuurlijk nuchter ben, doe ik mijn best om er nog nuchterder uit te zien.

'Wilt u alstublieft langzaam achteruitlopen en de kofferbak openmaken?' De agent loopt achter me aan en staat naast me terwijl ik de sleutel in het kofferbakslot steek. Ik trek de klep omhoog en hij springt achteruit, trekt zelfs zijn wapen.

'Niet schieten, niet schieten,' gil ik.

'Wat is dat in godsnaam, wat is dat?' schreeuwt hij.

'Dat is een boeddha!'

De agent bekijkt hem wat beter. De boeddha glimlacht naar hem, alsof hij dit nieuwe avontuur kostelijk vindt. De agent zet zijn handen op zijn heupen en schudt zijn hoofd.

'Waarom hebben jullie verdomme een boeddha in jullie kofferbak?' vraagt hij.

'Eh...'

Voor in de auto schreeuwt Paula half uit de auto hangend: 'Omdat we boeddhisten zijn!'

'Dat hoofd terug in de auto!' schreeuwt de agent.

Ze gaat weer zitten.

'Ze heeft gelijk,' zeg ik, 'en... eh... een boeddha in de kofferbak is een... soort mascotte. Het is de boeddhistische versie van een Christoffelmedaille.'

De agent gaat met onze papieren naar zijn auto om te rapporteren. Mij laat hij naast de auto staan. Ik voel me erg verdacht en erg stom. 'Een Lincoln Continental uit 1972, bla, bla, bla, registratienummer bla, bla, bla, boeddha in de kofferbak... Klopt, een boeddha in de kofferbak...'

Niet lang daarna verschijnt een tweede politieauto. Twee agenten stappen uit en lopen met onze man naar mij toe.

Dit gaat niet goed.

'Deze boeddha staat als gestolen gerapporteerd,' zegt agent nummer een. 'Handen op het dak van de auto, alstublieft.'

Het is toch goddomme niet waar, hè?

Agent nummer een fouilleert me en doet me handboeien om. Ja echt, handboeien.

Agent nummer twee loopt naar het zijraampje aan de chauffeurszijde en schijnt met zijn zaklamp naar binnen. 'Oké, een voor een de auto uit, jij eerst...'

Je kent het wel: vanaf de snelweg zie je hoe een agent de inzittenden van een auto met hun handen op hun hoofd een voor een naar buiten dirigeert. Je denkt: 'hmm, waarschijnlijk drugsdealers.

Nou, denk nog maar eens goed na.

Het gaat precies als op de tv. De agent leest ons onze rechten voor en duwt ons met zijn hand beschermend op onze hoofden op de achterbank van de politieauto's, de meisjes in de ene, de jongens in de andere. Nathie krijgt bijna een klap met een pistool als hij alles uit probeert te leggen, dus houden we verder onze monden terwijl we naar de provinciale gevangenis worden overgebracht.

Want dat is het. De provinciale gevangenis. Zet hier maar die banjomuziek uit *Deliverance* achter.

Onze vingerafdrukken worden genomen, we moeten onze zakken legen en we worden naar onze cel gestuurd. Cel. Met tralies. Die op slot gaat.

Ik doe het bijna in mijn broek.

Alles in onze cel is van beton: muren, vloeren, banken en de vent die op wacht staat. Verder staat er een eenzame toiletemmer midden in de ruimte. De perfecte metafoor voor mijn leven op dit moment.

Er slaapt iemand op een betonnen bank. Hij heeft een uitgemergeld, schedelachtig gezicht en bezemsteelarmen vol naaldenprikken. 'Ach, ongelukkige Yorick, ik kende hem als Horatio,' fluistert Nathie.

'Niet grappig,' sis ik, maar ik bestudeer onze celmaat. Nathie heeft gelijk. Met zijn kale hoofd en papierdunne huid lijkt hij echt op de schedel uit *Hamlet*. Van twee meter afstand zie ik een blauwe ader bij zijn slaap kloppen. Zonder waarschuwing doet Ach-ongelukkige-Yorick zijn ogen open. Ik spring achteruit en grijp Dougs arm. Maar de man lijkt niets te zien.

'Is hij blind?' vraag ik.

'Neuh, ik denk dat hij met zijn ogen open slaapt,' fluistert Doug.

'Ge-rie-zeh-lug,' zegt Nathie zachtjes.

Ach-ongelukkige-Yoricks lege, roodomrande blik is té *Night-of-the-Living-Dead*-achtig om te negeren en dus gaan we zo ver mogelijk bij hem vandaan zitten, op de betonnen bank aan de andere kant van de cel.

Doug begraaft zijn gezicht in zijn handen. 'Mijn pa gaat me vermoorden,' zegt hij.

'Niet als deze gozer het eerst doet,' fluistert Nathie.

Ik kan niet geloven dat we hier beland zijn. In godsnaam, ik ben opgegroeid in een huis met een keurige oprijlaan! Hoe kan het dat ik nu in een cel zit met Skeletje? Tot onze grote opluchting, doet Ach-ongelukkige-Yorick zijn afschuwelijke lege ogen dicht. Hij draait zich om en zijn shirt schuift omhoog. We zien blauwe plekken op zijn rug.

'Altijd prettig om nieuwe mensen te ontmoeten, nietwaar?' zegt Nathie.

Ik gebruik mijn telefoontje om het politiebureau van Camptown te bellen, maar voordat Kathleen en haar criënte het verhaal eindelijk bevestigd hebben en we vrij zijn, zijn we anderhalf uur verder. Lang genoeg om me een eindeloze toekomst achter tralies voor te stellen, waarin ik de vuile was van een heel celblok moet doen en aanvallen met scherpe voorwerpen van enge mannen met haarnetjes afweer.

Als wij buiten komen, staan de meiden al op de parkeerplaats, naast de Lincoln Continentale Breuk. 'Alles oké?' vraag ik.

Ziba laat haar sigaret op de grond vallen en trapt hem met haar voet uit. 'Twee hoertjes hebben ons alles verteld wat we moeten weten van prostitutie,' zegt ze, alsof ze een saaie middelbareschoolles achter de rug heeft.

'En van geslachtsziektes,' voegt Kelly eraan toe.

'Het was echt *fascinerend*,' zegt Paula. 'Ik hoop dat ik het allemaal kan onthouden, voor mijn acteren.'

Paula.

'Jullie hadden mazzel,' zegt Nathie. 'Wij hebben gezien hoe een heroïneverslaafde in zijn eigen kots stikte.' Hij kijkt me aan alsof het mijn schuld is.

'Kom,' zegt Doug en hij duwt Nathie de auto in, 'we moeten nog een boeddha afleveren.'

Het huis is donker en ik vraag me af of we te laat zijn, maar in de keuken brandt nog licht. 'Blijven jullie maar hier,' zegt Doug. 'Ik heb hem tenslotte gestolen.'

'Ja, maar ik heb hem gehouden,' zeg ik.

'*Wij* hebben hem gehouden,' zegt Kelly. 'Het is ook mijn huis.' Ze opent het portier om uit te stappen.

'Ze heeft gelijk,' zegt Paula. 'We zitten hier samen in, dus komen we er samen uit.'

Nathie schraapt zijn keel. 'Vinden jullie niet dat een van ons in de auto moet wachten?' vraagt hij. 'Dit is niet echt een veilige buurt en...'

'Wij *allemaal*,' zegt Ziba en ze duwt hem naar buiten.

Met z'n zevenen (inclusief de boeddha) lopen we langs het huis naar de keukendeur en kloppen aan.

Een vrouw van middelbare leeftijd met een uitgezakt permanent gluurt door het gordijn en draait de deur van het slot. Met een van verachting vertrokken gezicht, alsof we het meest walgelijke zootje op aarde zijn, roept ze: 'Mam, ze zijn er.' We vegen onze voeten grondig, deels uit beleefdheid, deels om tijd te rekken. Dan sloffen we de keuken in. Je zou verwachten dat ik na alles wat ik heb meegemaakt niet meer zo makkelijk schrik, maar wat ik zie beneemt me letterlijk de adem.

De hele keuken staat vol boeddha's.

En dan bedoel ik: overal. Ik zie een boeddha-koektrommel, een boeddha-kookwekker, boeddha-ovenwanten, een boeddha-lamp, een boeddha-klok, een boeddha-zoutstrooier en een boeddha-pepermolen, hier een boeddha, daar een boeddha, overal boeddha, boeddha. Allemaal met dat opgewekte lachje. Allemaal ons uitlachend met hun scheve grijns.

Als ze iemand casten voor de rol van het boeddhavrouwtje in de film van mijn leven, moeten ze het kleinste, oudste, meest artritisch lopende grootmoedertypetje zoeken dat er bestaat. Beter nog: de allerlaatste persoon op aarde die je kwaad zou willen doen, is er geknipt voor.

Het boeddhavrouwtje grijpt haar looprek en trekt zich op.

Jezus, Maria en Jozef, ze heeft een looprek. Ik zal eeuwig branden in de hel.

Ik weet niet wat ik moet zeggen. Misschien moet ik me voorstellen, maar op de een of andere manier voelt dat vreemd en verkeerd aan. Eigenlijk voelt alles op dit moment vreemd en verkeerd aan. 'We hebben uw boeddha teruggebracht,' hoor ik mezelf zeggen. 'We vinden het...'

Stijlloos? Egoïstisch? Boosaardig?

'... echt heel erg.'

Het boeddhavrouwtje bekijkt ons door haar multifocale brillenglazen en je kunt goed zien dat er geen vergiffenis in zit. 'Dat hoop ik dan maar,' zegt ze met een stem als een gebarsten theekopje. (Godallemachtig, zelfs haar stem is breekbaar.) 'Jullie snotapen hebben er geen idee van wat jullie me verdomme – excuseer mijn taalgebruik – aangedaan hebben. Ik begrijp echt niet waarom jullie *mij* gekozen hebben voor jullie grappen. Bij mij aanbellen in het holst van de nacht. Me doodsbang maken en me telkens weer dwingen dat beeld op zijn plek terug te zetten...'

Ik probeer me dit perkamentachtige vrouwtje, dat zelf nauwelijks groter is dan het boeddhabeeld, voor te stellen terwijl ze een stenen beeld van dertig kilo terugzet in haar tuin. Had ik al gezegd dat ik voor eeuwig in de hel zal branden?

'En om hem te stelen alsof het een grote grap is! Mijn overleden man heeft me dit beeld gegeven, weten jullie dat wel?'

O mijn god, en dat was waarschijnlijk het laatste wat hij deed, voor hij aan een acute hartaanval stierf en zij zonder levensverzekering achterbleef, met alleen haar boeddhaverzameling om haar tot troost te zijn in deze eenzame laatste jaren.

O, wat ben ik toch een verdoemde, slechte boerenslaaf!

Weet je nog bij de *The Flintstones*, als Wilma boos is op Fred? Hoe meer Fred zich schaamt, hoe kleiner hij wordt, toch? Nou, op dit moment voel ik me ongeveer net zo groot als het boeddha-zeeppompje op het aanrecht.

'Ik weet niet hoe we dit ooit goed kunnen maken,' zeg ik.

'Dat kunnen jullie niet,' zegt ze. 'Zet hem maar weer terug in de tuin, waar hij hoort. En kom hier nooit meer.'

Dit schaamtegevoel moet ik onthouden voor mijn acteerwerk.

Edward.

vijfendertig

220   Als ik het trauma van onze arrestatie, opsluiting en totale vernedering een beetje verwerkt heb, kan ik eindelijk met die andere hersenkrakende gebeurtenis in mijn leven aan de gang gaan: Ziba en Kelly.

Horatio, er zijn meer dingen tussen hemel en aarde dan je ooit in je filosofieën durfde dromen.

Achteraf gezien waren er, denk ik, wel aanwijzingen, zoals Ziba die zo wereldwijs en tegelijkertijd zo preuts kon zijn. En wat Kelly betreft... Stille wateren, zoals ze zeggen. Doug probeert met nogal weinig subtiele hints duidelijk te maken dat hij wel wat met hen samen tegelijk wil proberen en zo, maar Ziba maakt hem overduidelijk dat ze genoeg heeft van mannen. ('En nee, je mag ook niet kijken,' voegt ze eraan toe.) Ik probeer Dougs groeiende seksuele frustratie in mijn voordeel te benutten, maar deze keer trapt hij niet in mijn hoerige Aldonza-vertolking van het-ene-paar-armen-is-hetzelfde-als-het-andere-paar.

'Sorry, hoor, je weet dat ik van je hou, maar je lijf doet me gewoon niets,' zegt hij bijna verontschuldigend, omdat hij seksueel zo gewoon is. 'Ik zweer het je: als je een grietje was, was ik allang met je meegegaan, maar ik kan niet tegen je behaarde benen en je spieren.'

Hij zegt tenminste nog 'spieren'.

Ik vind het erger dat ik ineens Kelly weer begeer. Meer dan ooit zelfs. En ik kan mezelf wel voor mijn kop slaan, want ik weet dat het een onderbuikse reactie is op het feit dat ze onbereikbaar is. Toch denk ik de hele tijd aan haar. Met haar in hetzelfde huis wonen is een marteling geworden.

Mijn huidige situatie: geen vriendin, geen vriend, geen vader, geen moeder, geen geld, geen baan en geen toekomst. Wat ik wél heb is een psychotische Oostenrijkse die me als een huurmoordenaar overal achtervolgt. Ik kan niet meer.

De chantage van Jordan Craig blaas ik af.

Een nacht in de gevangenis was genoeg om me ervan te overtuigen dat ik veel te veel watje ben om de witteboordencriminaliteit in te gaan. Ik zou graag willen dat het opsturen van de negatieven aan Jordan me een beter gevoel heeft gegeven (nadat ik ze uit Nathies mollige, dichtgeknepen knuistjes heb gerukt), maar voor zover ik weet staat het afblazen van een poging tot chantage nog altijd vrij laag op de ethische en morele ladder.

Schaamte hangt om me heen als een kwalijk riekende damp en ik vind alleen maar rust door absurd lange einden te rennen. Wat ik dan ook steeds dwangmatiger doe naarmate de première van *Godspell* dichterbij komt.

Godspell.

Ik weet dat ik klink als een van die glazig kijkende Youth For Christ-jongeren (je kent ze wel: lui die in het jaarboek altijd uit de bijbel citeren en wier voornaamste sociale activiteit de kerk-binnensluip-nacht is: een eng, hersenspoelerig ritueel waarbij ze de hele nacht volleyballen tot ze te uitgeput zijn om na te denken en dan Jezus als hun persoonlijke verlosser accepteren, zodat ze eindelijk mogen slapen), maar het is waar: op dit moment is Jezus mijn enige redding.

Jezus spelen dan, hè.

Sinds kort vast ik op vrijdag – oké, voornamelijk omdat mijn shirt uit moet tijdens de doopscène en ik er dan goed uit wil zien – en ik heb, echt waar, als voorbereiding alle vier de Evangeliën gelezen en ik heb zelfs wat zen-meditatieoefeningen gedaan die mijn moeder me heeft geleerd, al heb ik momenteel het concentratievermogen van een mug die aan de cocaïne is. Iedereen zegt dat ik steeds vreemder word ('Je was een stuk leuker toen je dronk, man,' vindt Doug), maar dat maakt alleen maar dat ik me... hoe zeg je dat... zuiverder voel.

Wat natuurlijk niet betekent dat mijn Jezus een watje is. Ik vind het verschrikkelijk als Christus diepzinnig en saai gespeeld wordt, alsof hij aan morfine verslaafd is in plaats van door God geïnspireerd. Persoonlijk zie ik Jezus meer als een tegen-Farizeeërreten-schoppende christelijke superheld. Meneer Lucas is het met me eens. En omdat dit een meneer Lucas-productie is, zal deze *Godspell* anders dan alle eerdere opvoeringen worden. De gebruikelijke bezetting van Jezus en zijn discipelen wordt bijgestaan door zo'n vijftig acteurs, wat de uitvoering een spectaculaire, *Jesus Christ Superstar*-achtige uitstraling geeft.

Godspell is in 1971 geschreven en wordt dus meestal uitgevoerd op een flower-power-bloemenkrans-achtige manier, de cast is als clown verkleed en ze spelen de gelijkenissen zwaar overdreven en grappig. Maar meneer Lucas vindt dat veel te veel op *Hair The Tribal Love Rock Musical* lijken. Dus heeft hij de setting verplaatst naar een middelbare school in de jaren tachtig, een bijzonder goede vondst, vooral voor de wat zwakkere spelers, omdat ze zichzelf kunnen spelen. Onze versie lijkt op *Fast Times at Ridgemont High*; er wordt nog steeds veel heen en weer gerend en maf gedaan, maar het is maf op onze manier, met hanenkammen en Michael Jackson-moonwalks en imitaties van ET, Boy George en Ronald Reagan. Maar hoe maf het ook wordt, meneer Lucas waakt ervoor dat Jezus in de chaos verdwijnt.

Echt, *Godspell* is het enige dat me op school houdt. Ik bedoel: noem eens een goede andere reden. Nu ik wettelijk gezien meerderjarig ben, vind ik dat ik mijn eigen briefjes wel kan schrijven en dus kan gaan en staan waar ik wil. Meneer Lucas noemt het mijn OAP: Optioneel Aanwezigheidsplan. Secretaresses tot wanhoop drijven is een van de weinige pleziertjes die ik nog heb. Een selectie uit mijn favoriete briefjes:

Geachte verantwoordelijke leerkracht,
Excuseert u mijn afwezigheid. Of niet. Maakt niet uit.
Edward

Geachte verantwoordelijke leerkracht,
Excuses dat Edward vandaag te laat was. Hij was vanochtend geestelijk niet in orde.
Liefs en kusjes,
De mensen in Edwards hoofd

Geachte onverantwoordelijke leerkracht,
Ik ga vandaag wat eerder weg. Ik verveel me rot en wil op tijd zijn voor de Grote Wedstrijd.
Tot later,
E.Z.

Op paaszondag gaan Kathleen, Kelly en ik met Paula en tante Glo naar de mis van vader Angelo in zijn kerk in Hoboken. Kathleen is geen kerk meer in geweest sinds haar parochiepriester haar de Heilige Communie weigerde omdat ze gescheiden was. Kelly en ik kijken gniffelend toe hoe Kathleen dapper een nietig heiligschennisje pleegt door de Heilige Hostie in haar ooit getrouwde mond te accepteren. Tante Glo heeft gelijk wat betreft Angelo's versie van de mis: het is inderdaad net een musical. Er zijn twee koren, een klein orkestje en een soliste die de eerste vervangster van Betty Buckley was in *Cats*. Angelo zingt zelf ook ('Wat een stem heeft Maya Angelou, hè?' aldus tante Glo); we moeten ons inderdaad inhouden om niet te applaudisseren na zijn uitvoering van de Heilige Eucharistie.

Daarna gaan we naar huis met tante Glo. Het zit er vol met kleine, luidruchtige mensjes die eten en dwars door de kamer naar elkaar schreeuwen. Ik mis mijn Zanni-familieleden in Hoboken, maar die zou ik waarschijnlijk toch niet gezien hebben. Dagmar heeft Al ook van hen vervreemd. Kathleen lijkt ietsje té Wallingford-Tennisclubbig als ze binnenkomt, maar als ze een paar glazen wijn op heeft, verrast ze iedereen door 'Volare' helemaal uit haar hoofd op te zeggen, en Paula en ik zingen het 'Ave Maria' tweestemmig, zoals we dat ook gedaan hebben op de bruiloft van Paula's nicht, Maffe Linda. En elke mannelijke d'Angelo tussen de veertien en de veertig vraagt of ik met Kelly ben, en zo niet, of ik hem aan haar wil voorstellen.

Ze moesten eens weten.

Kathleen wordt helaas een beetje te vrolijk en wankelt zodra we thuiskomen meteen naar bed. Ik heb me net omgekleed in mijn Schotse-ruit flanellen nachtjapon als Kelly in de deuropening verschijnt met een Clearasil-schoongeboend gezicht en haar haren in een paardenstaart. Ze draagt het oversized footballshirtje van Wallingford High dat ze van Doug heeft gekregen.

'Ik vind het verschrikkelijk als ze zo doet,' zegt Kelly.

Ik klop op een plekje naast me op bed. Ze gaat zitten en trekt het shirt over haar knieën.

'Ach, ze is gewoon ongelukkig,' zeg ik.

'Ik weet het.' We zitten stil naast elkaar en Kelly's slanke vingers volgen de patroontjes op de handgemaakte sprei. Ze rilt.

'Wil je onder de dekens?' vraag ik. Ze kijkt naar me vanonder haar pony en knikt.

Ik sla de dekens terug en we duiken eronder. Het bed is te smal voor ons tweeën en ik moet mijn arm om haar schouder leggen. Maar op een gewone, gezellige, pyjamafeest-achtige manier. 'Je hebt ijskoude voeten,' zeg ik. 'Je bent zo koud als een lijk.'

'Sorry,' zegt ze, 'ik zal ze even opwarmen.' Ze wrijft haar halfbevroren voeten tegen mijn kuiten.

'Ho eens even, ijsklompmeisje,' zeg ik zenuwachtig. 'Dit gaat niet goed zo.'

Ze lacht en begraaft haar hoofd in de holte van mijn nek. Het voelt fijn, maar meer ook niet.

'Vind je het goed als ik zo even blijf liggen?' vraagt ze.

'Zo lang als je wilt.'

Alstublieft God. Ik heb niets. Mag ik dan even dit hebben?

'Zal ik het licht uitdoen?'

Ik hoor haar slikken. 'Tuurlijk,' zegt ze rustig.

Ik adem in en ruik Kelly's shampoo. Kruidenshampoo. Ik heb die geur gemist. Ze legt een arm over mijn buik.

'Je bent magerder geworden,' zegt ze.

'Echt waar?' Dank u, Jezus. Echt.

'Ja, daar!' zegt ze en ze prikt in mijn zij.

'Aiai, dat kietelt,' zeg ik. Ik weet niet waarom we altijd zeggen 'dat kietelt' als we gekieteld worden, want dat leidt alleen maar tot nog meer gekietel door de kietelaar.

'Kom op hé... Stoppen, nu... echt!' zeg ik. 'Straks hoort je moeder...' Ze stopt. 'Neuh, ze is toch buiten westen,' zegt ze en dan ga ik verder en begin Kelly te kietelen.

'Niet eerlijk, niet eerlijk, niet eerlijk,' zegt ze en ze doet haar best niet te hard te lachen.

Kelly rolt half op mijn heup en ik stop met kietelen. Een streng haar is uit haar paardenstaart losgeraakt en met mijn hand wil ik die bij haar mond vandaan vegen. O, wat ziet ze er mooi uit en... Het spijt me, maar ik kan er niets aan doen: ik móét haar gewoon kussen. Haar mond smaakt naar mint, fris en levend. Ik trek haar naar me toe alsof ik haar hele wezen wil inademen, ze rijdt zachtjes tegen me aan en...

Zalig Pasen! Jezus is niet de enige die vandaag is opgestaan.

Even vraag ik me bezorgd af of ik wel hard blijf, maar een stukje 'droog-zwemmen' overtuigt me ervan dat mijn jongeheer weer van goede stand is. Het enige dat ik op dit moment wil is zo dicht mogelijk met mijn lichaam bij het lichaam van Kelly zijn.

'Zullen we...?' vraag ik.

'Bedoel je...?'

'Ja.'

'Ja,' fluistert ze. 'Maar eerst moet je...'

'Een condoom om, ik weet het.'

'Ja, duh, natuurlijk,' zegt ze, 'maar eerst moet je de nachtpon van mijn zus uitdoen!'

We vrijen langzaam, voorzichtig en zachtjes. In haar glijden voelt als een warm, troostend bad. Of een droom.

Een betere eerste keer lijkt me niet mogelijk.

Daarna lig ik nog lang met mijn hoofd op haar borst en luister naar haar hartslag. 'Dank je wel,' fluister ik.

'Geen dank.'

Met mijn wimpers geef ik haar vlinderkusjes op haar buik.

'Denk je nog steeds dat je biseksueel bent?' vraagt ze.

Ik kom overeind en steun op mijn ellebogen. 'En jij?'

'Ik vroeg het het eerst.'

We kijken elkaar aan en beginnen te lachen.

'Zeker weten!' zeggen we allebei tegelijk.

'Niets persoonlijks, hoor,' zegt Kelly, 'maar ik denk dat alleen een meisje echt weet wat een ander meisje lekker vindt, snap je wat ik bedoel? Niet dat het niet lekker voelde toen jij me befte, natuurlijk. Ook al deed je het alleen maar om echte seks te vermijden.'

Ik ga overeind zitten. 'Wist jij dat dan?'

Kelly rolt met haar verschillend gekleurde ogen. 'Ik ben de dochter van een therapeute,' zegt ze. 'Hoe dom denk je dat ik ben?'

'Maar je vond het niet erg?'

'Wat? Dat jij jezelf zowat een kaakbreuk likte om mij klaar te laten komen? Dat kan ik van Doug niet zeggen, hoor.'

'Echt?'

Kelly rekt zich als een kat uit. 'Alsjeblieft,' zegt ze. 'Doug denkt dat hij alleen maar een potje hoeft te neuken en met een grote paal rondlopen.'

Dit meisje blijft me verrassen. Ik kijk haar lang en goed aan. 'Was je altijd al zo cool en heb ik het gewoon nooit gemerkt?'

Haar ogen worden vochtig en ze knikt. 'Eigenlijk wel, ja,' fluistert ze.

'Eh... Sorry, dan.'

'Dank je.' Ze kijkt naar de lakens op de verlegen-Lady-Di-manier, zoals mooie meisjes dat doen. 'Maar ik weet wel iets waarmee je het goed kunt maken.'

'O?'

Ze duwt zachtjes tegen mijn hoofd. 'Waarom ga je niet door met waar je net mee begonnen was?'

Ik wil wel antwoord geven, maar het is onbeleefd om met je mond vol te praten.

Ken je die scène uit *Gone With the Wind* als Scarlett neuriënd en in zichzelf zingend opstaat, de morgen nadat Rhett haar de trappen op gedragen heeft en haar de ketsnacht van haar leven bezorgd heeft? Zo voel ik me de volgende dag. Alleen al van denken aan onze eerste keer krijg ik weer een stijve. Vaak op nogal onhandige momenten, zoals wanneer ik onze Heer en Redder Jezus Christus probeer te spelen. Kelly en ik spreken af om het aan niemand te vertellen, zeker niet aan Ziba. Vanuit mijn nieuwe ethische gevoel ben ik er niet trots op dat we het voor Ziba, en voor Kathleen trouwens ook, geheimhouden, maar hé, ik ben ook maar een mens. En net achttien.

Het is lastiger om stil te zijn tijdens ons Anne-Frank-in-het-Achterhuis-spelletje. In de weken hierna groeit onze lieve zachte seks namelijk steeds meer uit tot hete apenseks, inclusief de hoge apenkreetjes. Het blijkt ook een ongeloofelijk sexy ervaring om elkaars naam te roepen als je klaarkomt. Ik word beregeil als ze mijn naam roept en zo aangeeft dat ik, en ik alleen, de reden van haar genot ben. Dat ligt natuurlijk anders als je een onsexy naam hebt, zoals Agnes en Wendell. Het lijkt me lastig om opgewonden te raken als je partner kreunt: 'O, ja! Ja, neem me, Wendell!'

Ik maak me dan wel zorgen dat we te enthousiast en lawaaierig zijn, maar voel me als een kind dat iets nieuws heeft gekregen en het wordt een soort persoonlijke missie voor me om Kelly meerdere orgasmes te bezorgen met mannetje-vrouwtjeseks. ('Kijk mam, zonder handen!') Op een middag zijn we daar nogal uitgebreid en enthousiast mee bezig en ik denk aan van alles om maar niet klaar te komen (*Zalig de vredestichters, want zij zullen...*) als Kelly's ogen ineens wijd opengaan.

'Kom je al? Kom je al?' hijg ik. 'Zeg alsjeblieft dat je komt.'

'Hoor je dat?' vraagt ze.

'Hoor ik wat?' (*Zalig de vredestichters, want zij...*)

'Dat geluid beneden.'

Ik stop en luister.

Voetstappen. Die godverdomme de trap op lopen.

Kelly en ik springen tegelijk uit bed en doen dat hinkeldansje dat mensen maken als ze tegelijkertijd hun kleren zoeken en proberen aan te trekken en ondertussen 'Kut, kut, kut!' roepen. Kelly heeft net haar shirt gevonden en mijn broek hangt op mijn knieën als er op de deur wordt geklopt en, omdat God overduidelijk vindt dat we straf verdienen, wijd openzwaait. Ik kijk over mijn schouder en daar staat, met wijd opengesperde ogen en mond, Ziba.

Ze kijkt naar me, naar mijn broek die als een circustent voor mijn buik wiebelt, en naar Kelly, die haar shirt binnenstebuiten aanheeft en doet alsof er niets aan de hand is, en ik zweer het je: het lijkt erop dat bij Ziba de hoofd-kraan springt. Tranen stromen uit haar ogen en haar gezicht vertrekt. Eerlijk gezegd is het een behoorlijk onthutsende aanblik. Ze draait zich abrupt om, loopt stampvoetend de trap af en slaat de voordeur zo hard mogelijk dicht. Kelly springt in haar jeans en gaat haar op blote voeten achterna.

Met zoveel drama hier heb ik Juilliard niet eens nodig.

Ik trek de rest van mijn kleren aan en veeg net de lippenstift uit mijn nek als ik beneden geschreeuw hoor.

Ik vlieg de trap af en terwijl ik de hoek om zeil zie ik een totaal over de rooie gegane psychotherapeute als een dolle met een breinaald zwaaien naar een reusachtige zwarte man. 'Wie ben jij godverdomme?' schreeuwt Kathleen.

De man loopt achteruit. 'Kalm maar, kalm!' roept hij en hij steekt zijn ar-men in de lucht om te laten zien dat hij ongewapend is. Hij kijkt over zijn schouder. 'Edward, vertel haar dat je me kent!'

'Ik ken hem, ik ken hem!' zeg ik. 'Hij zit bij mij op school. Het is oké.'

Kathleen laat de breinaald vallen.

'Kathleen, dit is T-J.'

'Ik ben met Ziba meegekomen,' zegt T-J. 'Eerlijk waar.'

Kathleen zucht diep en leunt tegen de muur. 'Het spijt me,' zegt ze tegen T-J. 'Ik hoorde een harde knal en toen ik hier kwam en jou zag...'

Een ongerust klinkende criënt roept vanuit de kelder: 'Is alles oké, daar?'

'Niets aan de hand,' zegt Kathleen. 'Gewoon weer de katten.' Ze haalt een hand door haar haren en kijkt me dan streng aan. 'Edward. Lieverd. Ik werk heel hard om de mensen in mijn kelder weer *normaal* te krijgen. Zou je zo vriendelijk willen zijn geen acties meer te ondernemen waar ze weer *gek* van worden?'

'Tuurlijk, Kathleen. Sorry.'

'Dank je wel.' Kathleen knikt naar T-J en loopt de trap af. T-J en ik staan elkaar stom aan te gapen.

'Kunnen we even praten, buiten?' vraagt hij. Zijn stem is laag en houtachtig, zoals een eik zou klinken als hij kon spreken.

'Tuurlijk,' zeg ik en ik ga hem voor naar de voortuin.

'Eh... wat kan ik voor je betekenen?' vraag ik. 'Ik bedoel, je bent hier natuurlijk altijd welkom en zo, maar het is niet, eh...' Waarom gedraag ik me altijd als een idioot in de buurt van zwarte mensen?

T-J slaat zijn enorme kanonskogelarmen voor zijn borst en staart me aan. 'Een paar dagen geleden stond er een vent bij ons voor de deur,' zegt hij, 'die zei dat hij voor Frank Sinatra werkte.'

'Frank Sinatra? *De* Frank Sinatra?'

'Hij zei dat hij informatie wilde hebben over ene LaChance Jones.'

Mijn maag doet een handstand. 'LaChance Jones? Wie is LaChance Jones?' zeg ik.

T-J brandt met zijn ogen twee gaten in me. 'Ze was mijn zus.'

O. Mijn. God. Dit wordt eeuwig branden in de hel.

'Die vent vroeg me of ik iets wist over iemand die een bankrekening had geopend op naam van mijn zuster. Mijn moeder was zo van slag dat ze huilend de kamer uit rende.'

Vlammen lekken aan mijn voeten.

'Hij vroeg me of ik wist wie dit was,' zegt T-J en hij geeft me een vel papier. Een fotokopie van het valse rijbewijs dat Nathie gemaakt heeft voor Ziba/LaChance. Dat heeft de bank natuurlijk gemaakt toen ze de rekening opende.

Duivels prikken met roodgloeiende drietanden in mijn vlees.

'Wat heb je hem verteld?' vraag ik en ik probeer het niet in mijn broek te doen.

'Ik heb natuurlijk nee gezegd,' zegt hij.

'Wat?'

T-J slaat zijn armen weer over elkaar, zodat zijn bicepsen rollen. 'Ik wist niet of die vent echt was wie hij zei dat hij was. Maar ik wist wel dat het Ziba was, dus wilde ik eerst met haar praten. Ze heeft me alles verteld.'

Kut. 'O, sorry,' zeg ik. 'Ik had geen idee...'

T-J loopt een paar stappen naar me toe. 'Je had geen idee... van wat?'

'Ik had geen idee dat ik je zou kwetsen.' Ik wankel naar achteren en bots tegen het tuinhek.

'Kom hier,' zegt hij.

O god.

'Ik zei: kom hier!'

Ik doe een stapje naar voren. 'Hoor eens, ik ben hier niet zo goed in, dus doe het alsjeblieft snel, zodat we het maar snel achter de rug hebben!'

T-J haalt zijn armen van elkaar.

zesendertig

T-J grijpt me ruw bij mijn schouders en ik sluit mijn ogen. Tot volgende week in het ziekenhuis... Maar dan neemt hij me in zijn enorme armen en geeft me een waanzinnige bottenkrakende, rugbrekende, zuurstofuitpersende *omhelzing.*

'Bedankt, man,' fluistert hij, terwijl hij me fijnknijpt.

'Wrvr?' zeg ik tegen zijn borstkas. Wat is er in godsnaam aan de hand?

T-J laat me los en legt zijn reusachtige handen op mijn schouders. 'Die vent die voor Frank Sinatra werkt, bleef nog wat rondhangen en vroeg wat ik deed en of ik ging studeren en zo. Ik heb verteld hoe het zat. Dat ik niet genoeg geld heb, omdat mijn moeder en mijn kleine broertje leven van mijn loon. En vanmiddag kwam dit ineens. Per expresse.' Hij laat me een brief zien.

1 mei, 1984

Harvey Nelson
Afdeling Financiële Ondersteuning
Rutgers University
620 George Street
New Brunswick, NJ 08901

Meneer Thelonious Jones
319 First Street
Wallingford, NJ 07090

Geachte meneer Jones,

U ontvangt dit schrijven ter bevestiging van het feit dat de Rutgers University voor u een anonieme donatie heeft ontvangen, met als uitdrukkelijk doel het betalen van de totale kosten van uw opleiding (inclusief boeken en examengelden), uw kamer en levensonderhoud gedurende vier jaren universitaire opleiding.

We hopen u deze herfst als eerstejaars te mogen begroeten. Bijgesloten vindt u de benodigde formulieren voor uw inschrijving en voor uw kamertoewijzing.

Onze hartelijke gelukwensen.

Hoogachtend,
Harvey Nelson
Hoofd afdeling Financiële Ondersteuning

Dit is *zo* Frank. Hij neemt mijn tienduizend met de ene hand en geeft er veertig weg met de andere.
'Daar moet je mij niet voor bedanken,' zeg ik en ik geef hem de brief terug.
'Bedank Frank Sinatra maar.'
'Ja, maar als jij dat achterlijke plannetje van je niet had uitgevoerd, was dit nooit gebeurd.'
'Dat heb ik niet helemaal alleen gedaan,' zeg ik. 'En Nathie heeft het grootste deel bedacht.'
'Wie?'
'Kaaskop.'
'O ja, dat joch ken ik.'
Ik ga met mijn gezicht in mijn handen op de schommelbank zitten.
T-J komt naast me zitten me. 'Alles goed, man?'
'Ja. Ik ben gewoon moe.'
'Als ik je kan helpen, moet je het laten weten, oké?'
'Me niet verrot slaan was al mooi zat.'
'Nee, serieus,' zegt T-J. 'Heb je geld nodig? Ik heb een hoop gespaard.'
'O god, nee, alsjeblieft niet, nee. Maar bedankt. Koop maar iets moois voor je moeder.'
'Goed plan,' zegt hij en hij staat op om weg te gaan.
Ik kijk naar hem op. 'En wat ga je studeren?'
'Rechten. Ik wil advocaat worden.'
'Goed zo. Ik heb er waarschijnlijk een nodig...'

De deurbel bij Ziba is zo'n ouderwetse die je moet ronddraaien als een sleutel, en ik bel altijd langer dan nodig omdat ik graag draai. Ze woont in zo'n Victoriaans peperkoekhuis, compleet met een torentje. Ziba woont in het torenkamertje, als een verbannen sprookjesprinses. Kelly doet open. Met haar mond vormt ze 'hoi', of eigenlijk 'hoijie', en staart naar de grond. Ze is óf verlegen, óf ze heeft een plotselinge interesse voor oosterse tapijten gekregen.

'Ik dacht dat je misschien een lift naar huis wilde,' zeg ik.

'Dank je wel,' zegt ze bijna onhoorbaar.

'Waar is Ziba?' fluister ik. Ik weet niet waarom ik fluister, maar het lijkt me op dit moment passend.

Kelly kijkt over haar schouder. 'Boven,' zegt ze en ze kijkt me voor het eerst recht aan, wat ik als een uitnodiging beschouw om haar in mijn armen te nemen en te kussen zoals filmsterren dat doen. Kelly kust me zo kort mogelijk 231 terug en duwt me dan van zich af door haar handpalmen tegen mijn schouders te drukken. Ze stapt achteruit en veegt haar mond af met de rug van haar hand. 'We kunnen niet lang blijven,' zegt ze. 'Ziba's ouders komen zo thuis.'

Ziba's ouders zijn een raar stel. Zo stijf en formeel in hun buitenlands-zijn dat we er allemaal, ook Ziba, zo min mogelijk zijn. Hun huis (met parketvloeren, met schilderijen met van die kleine kunstlichtjes erboven, en met boekenkasten met boeken in verschillende talen) heeft iets wat je het gevoel geeft dat je hier onder het genot van een goed glas wijn over literatuur of kunst hoort te discussiëren in zinnen vol met woorden als 'niettegenstaande'. Je kunt zien dat hier gedistingeerde mensen wonen, omdat overal zwart-witfoto's hangen.

Kelly en ik gaan naar de tweede verdieping en beklimmen daarna de kleine wenteltrap naar Ziba's torentje. Haar kamertje is zo klein dat het een nonnencel kon zijn, als je de ingelijste glamourfoto's van Greta Garbo, Marlene Dietrich en Lauren Bacall even wegdenkt. Het is een kleine ronde ruimte met de kleur van een bruin ei. Er staan een eenpersoonsbed, een nachtkastje en een kleine ladekast in. Op de tweede verdieping heeft Ziba nog een kamer, voor haar kleren en schoenen.

'Ben je aangekleed?' roept Kelly als we boven aan de trap staan.

'Kom binnen.'

Ziba staat midden in de kamer, in een satijnen badjas, met een grote badhanddoek om haar hoofd. Ze wrijft haar haren droog, trekt de handdoek weg en schudt met haar hoofd.

Ik snak naar adem.

'Nou, wat vind je er van?' zegt ze.

'Het is... kort,' zeg ik. Ziba heeft haar lange muur van haar afgeknipt. Zó kort dat ik alleen superkorte stekeltjes zie, zo ongelijk als ongemaaid gras. Met haar grote ogen en scherpe neus lijkt ze op een nestvogeltje. Een chic vogeltje, dat wel, maar... toch een nestvogeltje.

'Ik vind het best punk,' zegt Kelly.

'En het is noodzakelijk, dat is zeker,' zegt Ziba en ze laat zich op het bed vallen terwijl ze haar hoofd schuin houdt, alsof ze nog steeds lang haar heeft.

'Voor het geval de maffia achter LaChance aan gaat.'

'Ach, dat zijn alleen maar geruchten over Frank,' zeg ik.

'Ik begrijp nog steeds niet hoe hij dat geld met jou in verband heeft gebracht,' zegt Kelly. 'We hadden het contant opgenomen.'

'Onderschat de macht van Sinatra niet,' zeg ik. 'Nadat Laurel Watkins hem verteld had over de Katholieke Sociëteit Voor Vastberaden Jongeren, heeft hij vast connecties in Hoboken ingeschakeld om onze postbus na te trekken, wat hem waarschijnlijk naar het Klooster van het Bloedend Hart en naar LaChance Jones heeft geleid.' Ik kijk naar Ziba met haar grofgemaaide haar.

'O, Zieb,' kreun ik, 'ik vind het zo erg voor je.'

Ziba wuift mijn opmerking weg alsof het een stofje is. 'Edward, liefje, niet zo dramatisch, hè. Zo lang als ik leef zijn er mensen die mij en mijn familie willen doden. Jouw boosaardig stiefmonster en de maffia zijn gewoon de volgende in de rij, na ayatollah Khomeini.' Haar ogen glijden naar Kelly. 'Nee, als ik boos op je wil zijn, weet ik een veel betere reden.'

Kelly bloost.

'Ja, eh... ook daar sorry voor,' zeg ik.

'O, ik begrijp je best,' zegt Ziba. 'Kijk maar eens naar deze dame.' Met een van haar lange, slanke vingers volgt ze Kelly's kaaklijn. 'Ze is onweerstaanbaar.' Kelly klopt op het bed, Ziba komt naast haar zitten en krijgt een lange zoen.

Het is heet hier.

'Nu we dat gehad hebben,' zegt Ziba en ze likt langs haar lippen, 'ik heb nooit goed met anderen om kunnen gaan en ben niet van plan om dat nu ineens wel te gaan doen. Ik weet dat dat verschrikkelijk *burgerlijk* klinkt en eerlijk gezegd ben ik een beetje teleurgesteld in mezelf dat ik zo... *traditioneel* blijk te zijn,' zegt ze, alsof het een verschrikkelijke ziekte is, 'maar zo voel ik me nou eenmaal.'

Ik kijk naar de meiden, zoals ze daar op het smalle bed zitten, onmogelijk aantrekkelijk en perfect, als zonneschijn en duisternis, en zie dat Kelly haar keuze al gemaakt heeft. Als ik wat volwassener zou zijn, zou ik toegeven dat het de juiste keuze is, want hoeveel ik ook om haar geef en hoe geweldig onze seks ook is, ik denk niet dat ik haar zo toegewijd kan zijn als Ziba. Als ik helemaal niet volwassen zou zijn, zou ik alles uit de kast trekken om hun geluk te ondermijnen, zodat ik nog een tijdje door kan blijven neuken. Maar dat doe ik niet.

Als ze ooit een film van mijn leven gaan maken, is dit hét moment voor mij om ze alleen te laten. Zoals Humphrey Bogart tegen Ingrid Bergman zegt dat ze haar vliegtuig moet halen, aan het eind van *Casablanca*. In de volgende scène zie je me dan alleen naar huis rijden in de Huifkar terwijl Frank op de soundtrack 'In the Wee Small Hours of the Morning' zingt, zodat je meeleeft met mijn ongelukkige, liefdeloze leven. Maar zo gaat het niet in het echte leven. In het echte leven moet ik, al heb ik dan misschien een ongelukkig en liefdeloos leven, Kelly naar huis brengen, waar we platonisch verder leven. Alleen ben ik nu degene die de hele tijd seks wil en is zij degene die me mijdt.

Van rol wisselen is echt klote.

zevenendertig

234 Op de avond van de première van *Godspell* ga ik als warming-up, met toestemming van meneer Lucas, het voltallige gezelschap voor in een geleide meditatie. Ik weet dat het eigenlijk iets te *funky woo-woo* is voor een openbare middelbare school en een paar kinderen gaan inderdaad giechelen en grinniken, maar ik vind het belangrijk dat we met de juiste instelling aan dit stuk beginnen. Ik leid de spelers door een visualisatie, zoals mijn moeder me dat geleerd heeft. Niets extreems, gewoon jezelf voorstellen dat je lichaam zich met wit licht vult en dat je alle negativiteit uitademt. Het kalmeert me, maar maakt me ook wat droevig. Wat trouwens meestal gebeurt als ik gas terugneem en naga hoe ik me voel. Overal waar ik kijk, rennen ouders van medespelers, die amper wat te doen hebben, af en aan met bloemen en maken een boel stampij. Het zou niet in Al opkomen om zoiets te doen, hij zou alleen maar komen. Wat meer is dan ik kan zeggen van mijn moeder, die ondertussen wel ergens dood in een massagraf zal liggen. Die dingen gebeuren in Zuid-Amerika, weet je; mensen verdwijnen daar gewoon. Ik kan het weten. Ik heb *Missing* gezien.

Ik ga naar het toilet bij de kamer van meneer Lucas om mijn make-up voor de laatste keer te controleren en even weg te zijn van alle opwinding. Wat ik in de spiegel zie, verrast me. In het begin dachten meneer Lucas en ik dat mijn baard me een bijbelse uitstraling zou geven, maar omdat zijn ideeën veranderd zijn, moderner zijn geworden, heeft hij gevraagd of ik hem af wilde scheren. En zo te zien is mijn gejog niet voor niets geweest. Mijn ogen lijken groot in mijn gezicht, ik heb magere wangen en een scherpe, strakke kaaklijn gekregen, én ik ben nog zo'n drie centimeter gegroeid, waarvoor Kathleen de volledige verantwoordelijkheid neemt. 'Ik heb nog een zoon grootgebracht,' zegt ze.

Er wordt op de deur geklopt en daar staat, alsof het afgesproken is, Kathleen met een bos bloemen.

'Stoor ik de artiest?'

Ze heeft Stargazer-lelies gekocht. Mijn lievelingsbloemen. Een golf van emoties overspoelt me en ik sla mijn armen om haar heen, zodat ze bijna omvalt.

'Nou, nou, nou. Alles goed, lieverd?'

Ik leg mijn hoofd op haar schouder. 'Je hebt zoveel voor me gedaan,' mompel ik. 'Ik weet niet hoe ik je ooit moet terugbetalen.'

Kathleen duwt me van zich af om me aan te kijken. 'Dat kun je niet,' zegt ze. 'En dat moet je ook helemaal niet willen.' Ze speelt met een lok op mijn voorhoofd. 'Vergeet het alleen niet, en als je dan zo oud bent als ik en je ziet dat een jonger iemand hulp kan gebruiken, geef die dan. Afgesproken?'

Ik knik. 'O jee. Nou zit er make-up op je schouder,' zeg ik.

Ze kijkt naar de vlek op haar bloes. 'Deze vlek zal ik voor eeuwig koeste- 235 ren. Op een dag wordt hij een hoop geld waard.'

Kathleen.

De aula zit tjokvol. Zelfs achter het doek is het opgewonden geroezemoes goed te horen. Omdat Doug meespeelt zijn een hoop populaire leerlingen die nooit naar toneelstukken komen vanavond toch verschenen. Het vrouwelijk gedeelte fluit een paar keer enthousiast als ik tijdens de doopscène mijn shirt uittrek, wat – als je bedenkt dat ik Jezus speel – niet helemaal correct is, maar ik waardeer het gebaar. Nathie krijgt de lachers op zijn hand, vooral als hij de Zaligspreking met een Donald Duck-stemmetje ten gehore brengt. Doug doet het verrassend goed in zijn dubbelrol van Johannes de Doper en Judas. We zingen samen een lang duet, door Kelly gechoreografeerd, met veel ingewikkelde danspassen met hoeden en wandelstokken. Iedereen vindt het geweldig.

'Het is niets dan genade alleen...'

In de pauze roept meneer Lucas ons bij zich, vertelt hoe goed hij het vindt gaan en maant ons om geconcentreerd te blijven. 'Daar zit een geweldig publiek,' zegt hij, 'maar het wordt rumoerig, en dat wordt nog erger als de drumband snoep verkocht heeft. Onthoud dat, nadat Judas met de kus Jezus heeft verraden, júllie de toon bepalen, niet het publiek. Dat is essentieel. Onthoud dat die kus de bevestiging is dat de Verlosser ter dood veroordeeld zal worden. Als jullie dat serieus nemen, doet het publiek het ook.' Hij kijkt naar Doug en mij. 'Hopen we,' mompelt hij. Het is slechts een snel kusje, maar het blijft natuurlijk wel een middelbare school.

Meneer Lucas' idee voor de tweede akte is supercool. In plaats van in onze funky jaren-tachtigkleding komen we op in superyuppenpakken. Het idee is dat we nu volwassen zijn en dat Jezus op een presidentskandidaat lijkt. De Farizeeërs komen op met lege televisietoestellen op hun hoofd. Ze hebben de zuidelijke accenten van televisie-evangelisten. Meneer Lucas wil dat het publiek begrijpt dat als Jezus vandaag de dag terug zou komen, hij weer verloochend en gekruisigd zal worden.

Het zou me niet verbazen als hij dit keer echt zijn baan verliest.

De tweede akte gaat echt fantastisch, maar hoe dichter we bij de verloochening komen, hoe nerveuzer ik word. Ik voel de spanning op het podium en vraag me af of het niet gewoon aan mij ligt. Dat is het gekke aan spanning: als je gespannen bent, hoe weet je dan of anderen ook gespannen zijn? Misschien lijken ze alleen maar gespannen omdat jij gespannen bent. Hoe dan ook, de deur achter in de aula zwaait met een klap open en iedereen draait zich om naar Doug die als Judas over het middenpad naar het podium loopt.

Ik kijk hem diep in de ogen. De wereld vanuit de ruimte gezien. 'Vriend, doe snel wat je moet doen,' zeg ik.

Een spot volgt hem als hij de trap naar het podium op loopt. Hij komt naar me toe, staat stil en wenkt het publiek, alsof ze Romeinse soldaten zijn. Ik draai me ook naar het publiek en bereid me voor op een kus op mijn wang.

En dan, in één volkomen choquerende, totaal onverwachte, totaal *welkome* beweging, pakt Doug met beide handen mijn gezicht en kust me vol op mijn mond. Iedereen hapt naar adem: de acteurs, het publiek en zonder twijfel ook Dougs vader, de verbitterde taartenbezorger. Niemand lacht, niemand zegt een woord; het is een ontstellend, ongelofelijk radicaal gebaar. Ik bedoel, het is hier wel koloniaal Wallingford, hoor.

De tijd lijkt stil te staan als ik Dougs dunne, zachte lippen op de mijne voel. Ik weet niet of dit een idee van meneer Lucas was of een vreemde inval van Doug, maar dat kan me niets verdommen. Van deze kus heb ik zo vaak gedroomd voor ik in slaap viel. Maar ik had nooit, nooit, nooit durven dromen dat het echt zou gebeuren, en zeker niet ten overstaan van de hele school. Hij gebruikt zijn tong niet, maar zijn mond is open en een halve seconde of zo adem ik in terwijl hij uitademt en het is alsof hij zijn levensadem in mij blaast. En laat ik je vertellen dat, als de echte Judaskus ook maar een beetje op deze leek, Jezus gelukkig is gestorven.

Zijn lippen laten de mijne los. *The show must go on,* en verdomde snel ook als we willen voorkomen dat iedereen volkomen uit zijn dak gaat. Geheel volgens de regie loop ik naar de rand van het podium en begin het publiek toe te spreken, alsof ik een schare discipelen voor me heb. Maar voor ik tien woorden gezegd heb, staat er op rij vijf een lang iemand op die zegt: 'Excuseert u mij even, Jezus...'

Ik buig me voorover om in de duisternis te zoeken naar de spreker. De man trekt een pistool en er knalt een schot door de aula.

De mensen worden gek. Ze gillen. Ik sla op mijn borst zodat het bloedpak onder mijn shirt barst, en val in katzwijm op het podium, terwijl de persoon in kwestie, Boonbrein, naar de dichtstbijzijnde uitgang rent. Een aantal mannen uit het publiek gaat hem achterna, alsof het allemaal echt is. Het podium wordt rood en de elektrische gitaren janken.

Het is godverdomme geniaal.

Het publiek krijgt geen tijd om zich te herstellen. Op het podium is het een chaos: vijftig jammerende en schreeuwende tieners, acteurs, verkleed als agenten, ziekenbroeders en journalisten, rennen rond en proberen de orde te herstellen, maar maken natuurlijk alles alleen maar onoverzichtelijker. En temidden van dit alles lig ik in een enorme plas bloed. Dit, dit... Hier gaat het om bij toneelspelen: om zo'n sterke reactie bij honderden mensen tegelijk los te maken – die macht is ongelooflijk, onweerstaanbaar en maakt je bescheiden. En als je me zielig vindt omdat ik zo dol ben op applaus, nou, dan vind je dat maar. Ik weet dat ik optreed voor momenten als deze, momenten waarop je contact maakt met je publiek en ze ergens mee naartoe neemt; of dat nu een enge, grappige of droevige plek is, is niet belangrijk. Dit maakt het allemaal de moeite waard.

De cast staat om me heen terwijl ik mijn laatste woorden uitspreek:

'O mijn god, ik ga dood...'

Mijn discipelen huilen. Echte tranen. Ook Nathie huilt, tot mijn verassing, met lange, gierende uithalen. Ik kan er niets aan doen: ik voel me intens en diep gelukkig, terwijl ik geniet van het bijna sensuele doen-alsof.

Te sterven, te slapen – misschien gaan dromen.

Nathie sluit voorzichtig mijn oogleden. Een paar discipelen kunnen nauwelijks zingen, zo'n brok in hun keel hebben ze. Maar ik, ik voel niets. Nee, 'niets' is niet het goede woord. Misschien is 'nietsheid' een beter woord: een gevoel van kalmte dat als warm water over me heen golft. De discipelen dragen me de aula uit en ik maak me nergens meer druk om. Niet om Al, niet om Dagmar, niet om Juilliard. Ik hoef mijn eigen gewicht niet eens te dragen. De discipelen zingen in de hal het slot van 'Bereid de Weg' en leggen me daar op het koele linoleum. Ik wil me niet bewegen. Nooit meer. Ik doe mijn ogen langzaam open, alsof ik ontwaak en gedroomd heb, en luister of ik applaus hoor.

Stilte.

Hier zijn we niet op voorbereid. Het stuk is afgelopen en de mensen applaudisseren, zo gaat het altijd. 'Wat moeten we nu doen?' fluistert iemand.

'Wachten,' zeg ik.

En dan, ineens, barst het los. En ik heb het niet over dat nep-applaus dat je soms ziet in films, dat een of twee mensen beginnen en waaraan uiteindelijk iedereen meedoet. Nee, dit applaus barst los als de donder zelf. Ik heb nog nooit zoiets gehoord. Het is alsof de hemel opengaat. De muziek begint en we rennen door het middenpad naar het podium. Het publiek gaat uit zijn dak, de mensen springen overeind voor een echte, zielsgemeende staande ovatie. Niet zo een waarin een paar eikels op de voorste rijen opstaan omdat ze altijd staande ovaties geven, zodat de mensen achter hen moeten opstaan omdat ze anders niks zien, of omdat ze hun benen willen strekken, of omdat ze snel willen vertrekken om de drukte op de weg voor te zijn. Nee, het hele publiek gaat als één man staan, alsof iedereen op dezelfde golf drijft. Het is een pandemonium. We zingen nog een keer de reprise van 'Day by Day'. Ik voel me zo goed dat ik wel uit mijn vel kan barsten.

Op een teken van mij pakken we elkaars hand en buigen we allemaal tegelijk, een, twee, tot drie keer toe. Het applaus houdt niet op en we staan te genieten van de waardering van deze mensen, die ons welgemeend belonen voor ons goede werk. Ik wijs naar de band, die ook buigt, en loop dan de coulissen in, waar Kelly en meneer Lucas staan. Meneer Lucas gebaart naar Ziba dat ze ook moet komen en ik neem ze mee naar voren. Het applaus zwelt weer aan, nu om hen te bedanken. Meneer Lucas doet graag bescheiden over zijn aandeel, maar zijn ogen glimmen van trots. Volgens mij zou hij het liefst helemaal niet op het podium staan, maar hij weet heel goed dat we dat niet zouden pikken. We buigen allemaal nog een keer en lopen dan naar achteren om ruimte te maken voor het doek. We beginnen te praten zoals acteurs doen nadat het doek gevallen is. We voelen ons volwassen genoeg om niet hardop te juichen (zó onprofessioneel), maar meneer Lucas roept: 'Niet bewegen!' Dus staan we stil en nemen het applaus in ontvangst dat als een regenbui op ons neerdaalt. Dan pas gebaart hij met zijn kruk naar de coulissen en zegt: 'Doek!'

Het doek gaat weer op en het publiek staat daar nog steeds, ritmisch klappend. We buigen nog een aller-, allerlaatste keer. Het kan me niet verdommen wat ik moet doen – plees schoonmaken of sloten graven – maar dit kunnen ze me nooit ofte nimmer meer afnemen. Nooit meer.

Het doek valt voor de laatste keer en ik kijk naar Nathie. Zijn gezicht is net zo rood en opgeblazen als zijn haar. Ik geef hem een knuffel en hij legt zijn kleine kaaskoppetje tegen mijn borst.

'Het was gewoon zo... echt,' fluistert hij.

Ik klop op zijn rug. 'Ja, ik weet het,' zeg ik.

En dan komt iedereen tegelijkertijd op me af, alsof ze allemaal een stukje van me willen hebben: mensen die ik ken, mensen die ik niet ken, meneer Lucas, Kathleen, Kelly, Ziba, Fran en Stan Nudelman, tante Glo. Ik word van alle kanten omhelsd en gefeliciteerd. En dit keer is het niet het gebruikelijke *Goed gedaan jochie* en *Je was te gek*. Nee, er is vanavond iets bijzonders gebeurd, iets wat iedereen diep geraakt heeft, iets wat groter is dan ikzelf, groter dan wij allemaal.

De sportjongens en cheerleaders – mensen als Duncan O'Boyle en Amber Wright – staan om Doug heen en ik vang een glimp van zijn gezicht op aan de andere kant van het drukke podium. Hij knipoogt naar me en ik voel mijn lippen glimlachen.

Mevrouw Foster, de vrouw van mijn door zijn grasveld geobsedeerde buurman, verschijnt vanuit het niets, grijpt me bij mijn ellebogen en zegt: 'Edward, ik wilde alleen even zeggen dat toen ik zo oud was als jij, ik ook drama wilde studeren, en dat het van mijn ouders ook niet mocht.' Haar ogen vullen zich met tranen. 'Ik heb er altijd spijt van gehad.'

We hebben nog nooit een woord gewisseld.

Ze loopt weg en plotseling overzie ik het hele podium. En daar staat hij, rammelend met zijn kleingeld en om zich heen kijkend als een gekooid dier.

Al.

Hij knikt een paar keer naar me, lacht een gespannen, samengeperste-lippenglimlachje, laat Dagmar staan en steekt het podium over. Ik loop hem tegemoet.

Stilte.

'Goed gedaan, jochie,' zegt hij eindelijk en hij geeft me een klopje op mijn schouder.

'Dank je wel, pap.'

Meer stilte.

'Je bent afgevallen, hè?'

'Ja,' zeg ik.

'Geven ze je wel genoeg te eten daar?'

'Ja.'

'Mooi,' zegt hij, alsof hij dat geregeld heeft. Hij kijkt over zijn schouder naar Dagmar. 'Ik kan maar beter gaan, denk ik,' zegt hij.

Ik knik.

'Pas goed op jezelf, jochie.'

'Doe ik,' zeg ik. Het komt er bozer uit dan de bedoeling was en ik heb er onmiddelijk spijt van.

Al wrijft in zijn handen en draait zich langzaam om. 'Mooi... mooi,' zegt hij.

Plotseling word ik van achteren beetgepakt door een paar enorme armen en de lucht in getild. Ik weet meteen dat dit mijn nieuwe beste vriend is: T-J. 'Je was ongelofelijk, man!' bast hij. 'Ik kom morgen weer!' Hij zet me neer en geeft me zo'n handdruk waarbij je je vuisten tegen elkaar aan tikt. Ik kijk of ik Al of Dagmar nog ergens zie, maar die zijn blijkbaar al weg.

'Je kent mijn nichtjes nog wel, hè?' zegt T-J. Ik draai me om zeg hallo tegen

Bonté, Shezadra en dat meisje met de naam die klinkt als Pneumonia. Achter hen kauwt hun kaaskopje, Margaret, op het koordje van haar capuchon. Ze glimlachen allemaal en zeggen gedag, een beetje eerbiedig, alsof het feit dat ik Jezus speelde me automatisch ook een beetje heilig maakt.

'Na-*thieeey*!' schreeuwt T-J en hij geeft hem de vijf. 'Man, wat was jij *grappig*. Ik dacht dat Margaret het in haar broek zou doen toen je dat Donald Duck-stemmetje deed,' zegt hij.

'Ach, hou je bek,' zegt Margaret en ze geeft hem een stompje tegen zijn arm. Ze glimlacht verlegen naar Nathie.

'Kom,' zegt T-J, 'doe het nog eens.'

Nathie bloost. 'Willen jullie het echt nog eens horen? Dat menen jullie niet.'

De meiden staan erop. Nathie begint de Zaligspreking weer te reciteren met zijn Donald Duck-stemmetje en de meisjes grijpen elkaar lachend vast. Een groepje mensen komt om Nathie heen staan en ik voel T-J's grote hand op mijn schouder.

'Kunnen we even praten?' zegt hij. We lopen de coulissen in en ik ga op Ziba's bureau zitten.

'Ik vind het echt klote om je dit op je grote avond te moeten vertellen,' zegt hij, 'maar volgens mij kun je het maar beter zo snel mogelijk weten.'

Ik voel mijn hart in mijn keel bonken.

'Een of ander gestoord buitenlands wijf kwam vandaag met mijn moeder praten.'

achtendertig

Dagmar weet bijna alles wat ze weten moet. Ze weet dat op dezelfde dag dat iemand die deed alsof ze LaChance Jones was tienduizend dollar van haar rekening opnam, de Katholieke Sociëteit Voor Vastberaden Jongeren tienduizend dollar doneerde aan Juilliard voor een beurs waar ik voor in aanmerking kwam, maar die ik niet kreeg. Ik maak me zorgen om mijzelf, maar nog veel meer om Ziba, want haar gefotokopieerde portret moet in Dagmars ruwe handen hebben gezeten. En nu ze LaChances spoor gevolgd heeft naar T-J's moeder, is Dagmar nog maar één stap verwijderd van de angstaanjagende (en mogelijk maffiose) macht die Frank Sinatra heet. Dit wordt geen cel, dit wordt een paardenkop in mijn bed en 'slapen bij de vissen'.

Je begrijpt dus waarom ik niet heel erg uitkijk naar de *prom*. Het valt niet mee om je te verheugen op adolescente overgangsriten als je een pijnlijke dood te wachten kan staan. Kelly stelt daarom voor dat we ons eigen antiprom-feestje geven.

Eerlijk gezegd heb ik nergens zin in. Ik heb altijd al een katterig gevoel gehad na een optreden, maar zo erg als deze keer is het nog nooit geweest. Al heb ik dan de Brownie-voor-Meest-Messiaanse-Messias gekregen. Ik heb me nooit gerealiseerd hoe leeg mijn leven zou zijn na *Godspell*. Alsof ik het Technicolor-Wizard-of-Oz-land verlaten heb en terug ben in het zwartwitte Kansas. (Ik heb trouwens nooit begrepen waarom Dorothy niet in Oz bleef. Waarom ga je weg uit een land met pratende bomen en dansende vogelverschrikkers om op een boerderij te gaan klussen in de Tornadostaat?) Erger nog: de harde realiteit van *weer* een nieuw baantje te moeten zoeken valt me rauw op m'n dak. Overal om me heen bereiden mensen zich voor op hun studie. Als ze me zien, vallen hun gesprekken stil en weet ik meteen dat ze het over studeren hebben en dat ze me dat onderwerp willen besparen. Ik voel me een paria, alsof ik ineens hoor bij de daklozen en losers zonder toekomst in de rokersafdeling. Ik stel me voor hoe mijn vrienden straks thuiskomen tijdens vakanties, vol enthousiasme, nieuwe ideeën en geleerde studentenpraat, waar ik niet aan mee kan doen en die ik niet begrijp, en dat ze me steeds meer gaan mijden. Dat ik de Jongen Die Achterbleef word, een loser die leeft op zijn middelbareschoolsuccessen, maar eindigt als een trieste, opgeblazen alcoholist, die rondhangt en ruzie zoekt in kroegen in New Jersey.

Ik ga met tegenzin mee met mijn vrienden naar Something for the Boys. Onderweg stoppen we bij Dionysus, waar Ziba mijn laatste hoop om ooit nog bij Kelly onder de lakens te kruipen de grond in boort door een voorbinddildo te kopen. Mijn enige troost is dat ze er een uitzoeken die ongeveer zo groot is als die van mij is en niet als die van Doug.

We stoppen bij de toegangsdeur van Something for the Boys en Ziba haalt een lange zijden sjaal uit haar kraaltjestasje.

'Wat krijgen we nou?' vraag ik.

'Verrassing,' zegt ze en ze bindt de sjaal voor mijn ogen. Nathie en Doug nemen me bij een arm en leiden me naar binnen. Een groepje mannen zingt een zeer moderne versie van 'Climb Ev'ry Mountain'. Ik voel me dom en naakt, alsof iedereen naar me kijkt. We stoppen.

'Hier blijven staan,' zegt Doug, en iemand trekt mijn blinddoek weg. Ik knipper even met mijn ogen om te wennen aan het paarsige licht en zie dan Paula voor me staan. Ze giechelt van plezier en heeft een verjaardagstaart in haar handen waar GEFELICITEERD, SALVADOR! op staat.

'Salvador?' zeg ik.

'Dali. Hij wordt tachtig vandaag. Snel, doe eens wens voor je de kaarsjes uitblaast.'

Ik stop even om in gedachten een foto van mijn beste vrienden te maken, met de warme glans van de kaarsjes op hun glimlachende gezichten: Ziba, met haar punkige haar, donkere ogen en stralende Mona Lisa-glimlach; Kelly, die haar hoofd schuin houdt zoals mooie meisjes doen; Paula, met haar ogen en lippen wijdopen op de 'doek-op-spot-aan'-manier; Doug, die diepe kuiltjes graaft met zijn satergrijns; en Nathie – het licht omhult zijn kaaskopje als een aureool.

Ik vind ze allemaal mooi, net engelen op een Italiaans fresco. Ik sluit mijn ogen en doe een wens. Je zou verwachten dat ik wens dat Juilliard toch gaat lukken, maar dat doe ik niet. Ik wil er op dit moment niet eens aan denken. Nee, mijn wens is dat ik me weer normaal kan voelen, net zo zorgeloos en vrolijk als afgelopen zomer. Ik wil de *Magie en de Ondeugd* weer voelen, ik wil weer lachen. Ik wil de absurde afgelopen maanden en mijn onzekerheid achter me laten, ik wil verder. Niet zo dom en naïef als ik toen was, maar ik wil gewoon gelukkig zijn, me veilig voelen.

En het allerbelangrijkste: ik wil dat mijn vrienden ook gelukkig zijn en zich veilig voelen.

Ik blaas de kaarsjes uit en iedereen klapt, inclusief het clubje bij de piano. De pianist met het Humpty Dumpty-gezicht zet 'Happy Birthday' in en iedereen in de tent galmt mee. Ik kan het niet maken om ze te vragen op te houden, dus sta ik daar, verlegen en stom grinnikend terwijl hun stemmen over me heen spoelen. Ik voel iets nats in mijn hals en pas als ik het wegveeg realiseer ik me dat ik sta te huilen, niet mijn krampachtig-uitgeperste-geconstipeerde tranen, maar een rustige, kalme stroom, als een regenbuitje.

Het is transcendentaal.

Paula heeft zich voor de gelegenheid extra opgedoft. Ze draagt kistjes (één bruine en één zwarte, natuurlijk), een enorme tulen rok en een bustier die haar gigantische voorgevel omhoogduwt. Deze keer kan iedereen zien dat ze een drag-queen is.

'Hé, je ziet eruit als dat wijf bij MTV,' zegt Doug. 'Je weet wel, met dat ondergoed over haar kleren heen.'

Paula kijkt teleurgesteld. 'Madonna is niet meer dan een eendagsvlieg,' zegt ze. 'Over een jaar kent niemand haar meer.'

We bestellen Manhattans. We weten niet wat dat zijn, maar het klinkt interessant. Vanachter de piano roept Humpty Dumpty: 'Hé, Corner of the Sky, heb je zin om te zingen?'

Ik hoef niet zo, eigenlijk, maar mijn vrienden vinden van wel en klappen en joelen als ik naar de piano wandel.

'Vaste prik?' vraagt hij.

Ik schud van nee. 'Ken je het slotnummer van *Yentl*?' vraag ik.

Hij kijkt me aan met zijn 'Dit is een homoseksuele pianobar. *Natuurlijk* ken ik het slotnummer van *Yentl*'-blik en begint te spelen.

Het lied glijdt lekker uit mijn strot en als ik de laatste regels zing, lijkt mijn hele lichaam te zingen:

What's wrong with wanting more?
If you can fly, then soar.
With all there is, why settle for
Just a piece of sky?

Tja, waarom eigenlijk? Ik weet dat ik op dit moment dankbaar moet zijn dat ik überhaupt leef en niet gevangenzit, maar een stukje van mij kan simpelweg niet ophouden met dromen; dat houdt vast aan het idee dat mensen tot om de hoek van de straat in de rij staan om mij te zien, dat weet dat ik iets belangrijks en zinnigs met mijn leven moet doen. De hemel bestormen.

De mensen in de kroeg geven me een warm applaus. Mijn stam. Mijn niet-zo-heel-geheime broederschap.

Als ik terug ben bij ons tafeltje, heft Paula het glas. 'Op Edward,' zegt ze.

'Op Edward,' echoot iedereen.

'Nee,' zeg ik, 'op jullie. Op de beste vrienden die een mens kan hebben.'

'Op beste vrienden,' zegt Nathie.

'Op beste vrienden.' We toasten en ik voel de tranen alweer opkomen. Ik weet niet wat ik heb vanavond. Nu ik weer weet hoe ik moet huilen, ben ik vergeten hoe ik moet stoppen. Ik plof neer op mijn stoel. Doug slaat zijn arm om me heen.

'Dit is niet goed,' zegt Kelly. 'We moeten iets doen.'

'Het komt allemaal door die achterlijke Oostenrijkse teef,' zeg ik en ik verfrommel een servetje. 'Er was niets aan de hand tot zij op het toneel verscheen.'

Nathie is het met me eens. 'Al betaalde altijd alles tot zij verscheen.' Hij neemt een slok van zijn Manhattan en trekt een vies gezicht. 'Wat is dit in godsnaam – aanstekergas?'

'Nathie heeft gelijk,' zegt Paula.

'Ik drink die van jou wel op als je het niet lekker vindt,' zegt Ziba.

'Nee, ik bedoel over Al,' zegt Paula. 'Tuurlijk, hij kon altijd verschrikkelijk over zaken en zo zaniken, maar hij betaalde toch maar mooi Edwards acteer-, zang- en danslessen. Edward heeft gelijk. Alles veranderde toen Dagmar opdook... eigenlijk... O, mijn god... dat ik daar niet eerder aan gedacht heb.'

Ik pak nog een servetje en snuit mijn neus. 'Waaraan?' vraag ik.

'Snap je het niet? Je hebt het helemaal verkeerd aangepakt. In plaats van al die moeite te doen om geld in te zamelen voor Juilliard, had je moeten proberen om Dagmar te lozen.'

Doodstil denken we hierover na, terwijl ze bij de piano 'Papa, Can You Hear Me?' zingen.

Ze heeft gelijk. Ongelooflijk dat ik daar zelf nog niet aan heb gedacht.

'Oké, wat houdt ons nog tegen?' zegt Kelly uiteindelijk. 'Laten we haar zo snel mogelijk lozen. Ze gaat alleen maar voor meer ellende zorgen.'

'Nee,' zeg ik, 'ik heb mijn criminele leven opgegeven.'

'Kom op zeg, we gaan haar niet vermoorden,' zegt Nathie. Hij kijkt de tafel rond. 'Toch?'

'Doe niet zo achterlijk,' zegt Ziba. 'We moeten gewoon iets vinden zodat ze ons nooit meer lastig valt.'

Ik schud mijn hoofd. 'Maar...'

'Maar verder niets,' zegt Ziba. Ze heft haar glas. 'Ik zeg: heropen de zaak-Edward en laten we afmaken waar we aan begonnen zijn.'

Ook Nathie, Kelly en Doug heffen hun glas. Iedereen kijkt naar Paula.

'Nou, ik weet het niet hoor,' zegt ze.

Ziba leunt over de tafel. 'Je wilt toch niet dat Edward in de gevangenis belandt, hè? Of ik? Of Nathan?'

'Nee, natuurlijk niet.'

Ziba trekt een wenkrauw op. 'Dus...?'

Paula ademt zo diep in dat haar tieten bijna haar kin raken en ademt uit. 'Goed dan,' zegt ze, 'ik doe mee.'

Ziba kijkt me aan. 'Edward...?'

Ik zucht. Ik voel de tranen alweer komen. Ik knik.

'*Wunderbar*,' zegt Doug.

De rest van die avond besteden we aan het bedenken van een plan en voor het eerst in maanden voel ik me net als afgelopen zomer, toen we de wereld wilden redden van saaiheid.

Ons plan draait om het vinden van een verdovend middel dat Dagmar een paar uur buiten westen zal brengen. Het gelukkige toeval wil dat ik een zus heb die in een apotheek werkt. Of tenminste, dat dacht ik. Als ik de volgende dag Karen bel vertelt ze me op haar onsamenhangende, vage manier dat ze haar baan kwijt is doordat ze precies dat heeft gedaan wat ik aan haar wilde vragen.

'Maar ik kan je er wel aan helpen,' mompelt ze. 'Tenminste, als je een auto hebt.' Ik leen de Huifkar en haal haar op bij het appartement boven de Alles-voor-een-dollarwinkel in Kramptown, dat ze deelt met een paar zwervers.

Karen en ik zijn niet zo close. Niet dat we een hekel aan elkaar hebben of zo, maar ik heb wel een hekel aan hoe ze leeft. Toch zijn we familie en als het nodig is zijn we er voor elkaar, meestal om elkaar alibi's te verschaffen of, zoals in dit geval, verdovende middelen op de zwarte markt.

'Ha, broertje,' zegt ze en ze glipt in de auto. 'Is het goed dat ik een muziekje opzet?' Zonder op antwoord te wachten zet ze de radio aan en kiest een heavy-metalzender. Normaal gesproken zou ik protesteren, maar vandaag ben ik tot alles bereid wat nodig is om haar wakker te houden.

'Die gozer waar we naartoe gaan heeft altijd het beste spul,' zegt ze en ze drumt mee op het dashboard. Ik wil me superieur voelen, maar moet toegeven dat ik blij ben met haar hulp.

We rijden naar Battle Brook, langs de buurt waar Kathleens criënte woont, naar een deel waarbij vergeleken Hell's Kitchen bijna op Mayberry lijkt. Wat me niet had moeten verbazen, natuurlijk (we zijn tenslotte op zoek naar illegale drugs), maar eigenlijk heb ik er nooit zo over nagedacht waar drugs vandaan komen.

We parkeren voor een bouwvallig krot, een huis met mos op het dak en met vuilniszakken voor de ramen. Een uitgemergelde vrouw in een vuile nachtpon omarmt zichzelf in de deuropening en schommelt heen en weer. Vast geen huis-aan-huisverkoopster.

'Laat de motor maar draaien,' zegt Karen.

Ik erken de wijsheid van haar besluit, maar het bevalt me minder dat ze me in een situatie brengt die zo'n wijsheid noodzakelijk maakt. Ze stapt niet uit.

Over Karens schouder zie ik een magere man naar buiten komen, maar zijn gezicht kan ik niet zien. Karen draait haar raampje naar beneden. Blijkbaar is het hier drive-inservice. Voor je het weet hebben drugsdealers papieren mutsjes op en vragen ze of je er saus bij wilt.

Het zweet druppelt over mijn rug en ik ga verzitten, zodat ik niet aan de stoel vastkleef. Ik vind dat ik het recht heb om wat zenuwachtig te zijn. Als je bedenkt hoe de politie ons heeft behandeld nadat we de boeddha gestolen hadden, wil ik er niet eens over nadenken hoe ze op illegale drugsaankopen zullen reageren.

De man is nu bij de auto en steekt zijn hoofd naar binnen om met Karen te praten. Mijn hart slaat een slag over.

Het is Ach-Ongelukkige-Yorick.

In het daglicht is hij nog angstaanjagender dan in het donker; zijn vale grijze huid zit strak om zijn schedel en zijn diepliggende ogen zijn geel en glazig. Hij glimlacht. Hij laat een rij rotte tanden zien en kucht zijn blaffende versie van een lach. 'Hé,' zegt hij en hij wijst met een knokige vinger naar me, 'hoe izzie?'

Je bent echt heel diep gezonken als je wordt herkend door voormalige celmaten.

'Heel goed, dank je wel,' zeg ik, en ik klink veel meer als Julie Andrews dan mijn bedoeling is. Ik draai me om en hoop dat ik onzichtbaar word. Karen handelt het verder af en ik klem mijn vuisten om het stuur en houd mijn ogen op de weg. Ik vraag me af of Ach-Ongelukkige-Yorick me nog meer te zeggen heeft. Maar hij beëindigt de transactie zo snel mogelijk en Karen hoeft me echt geen twee keer te zeggen dat we weg kunnen rijden. Ik kijk in het achteruitkijkspiegeltje en zie Ach-Ongelukkige-Yorick met zijn bezemsteelarmen naar de schommelende vrouw in de voordeur zwaaien. Ik heb er eigenlijk nooit bij stilgestaan hoe verslaafden als mijn zuster aan hun drugs komen, dus is het nooit in me opgekomen dat ik wel eens een band zou kunnen hebben met levende doden als Ach-Ongelukkige-Yorick (behalve dan een paar uur samen in een cel) of als die zielige junkie die als een mot na een cafeïneshot stond te trillen bij de voordeur. Van het idee alleen al dat ik iets met deze mensen te maken zou hebben krijg ik kippenvel. Ik ben helemaal geen snob of zo, maar getver.

Karen heeft slaappillen voor Dagmar en een zakje wiet gekocht. Dat maakt ze open en ze ademt lang en diep in. 'Goed spul, broertje,' zegt ze. 'Straks wat roken als we terug zijn?'

'Ander keertje misschien?' zeg ik.

Een paar dagen later kom ik zoals gewoonlijk te laat bij Engelse les binnen, na een uitgebreide lunch met Ziba.

Meneer Lucas kijkt over zijn bril heen naar me. 'Nee, maar, de beroemde Edward Zanni heeft besloten ons met zijn gezelschap te vereren.' Dat ik herhaaldelijk nauw met hem heb samengewerkt aan behoorlijk emotionele theaterproducties, hem betrapt heb in een homoseksuele pianobar en op zijn bank geslapen heb, lijkt niet belangrijk. In de klas is hij zo formeel als een butler. 247

'Goed, zoals ik al zei vóór onze verloren zoon terugkeerde, zal ik jullie geen leesopdrachten meer geven nu de examens voorbij zijn.'

De klas barst uit in een spontaan applaus.

'Wél schrijfopdrachten, natuurlijk.'

De klas kreunt.

Hij houdt een exemplaar van *A Portrait of the Artist as a Young Man* omhoog. 'Jullie hebben dit allemaal gelezen,' zegt hij zwaaiend met zijn kruk en maar net het hoofd van Calvin Singh, ontvanger van de Nationale Beurs voor Bijzondere Verdienstelijkheid, missend. 'Nou ja, afgaand op jullie repetitieresultaten kan ik beter zeggen dat *sommigen* van jullie dit boek hebben gelezen.'

Ik ben niet een van die sommigen. Al op pagina 1, waar moemoe koe de weg af loopt met een 'alleraerdigste kleine jongen die baby toekoe heette', dacht ik bij mezelf: wat is dit voor bagger?

'Jullie opdracht,' gaat meneer Lucas verder, 'luidt: schrijf een eigen *Portrait of the Artist*. Een portret van jullie zelf als jong persoon, minimaal vijfentwintig pagina's...'

De klas snakt naar adem.

'... enkele regelafstand!'

Dit levert een boel reacties op, ook onder de direct toegelatenen op de Ivy League. Een maand voor we ons diploma krijgen een stuk van vijfentwintig pagina's opgeven, is alsof je de winnaar van de Boston Marathon dwingt om naar huis te lopen. Ik bedoel, het is mooi geweest, hoor!

'Kalm, dames en heren, kalm,' zegt hij. 'Als je net zoveel tijd besteedt aan schrijven als aan klagen, ben je binnen een week klaar. Je hoeft tenslotte geen research meer te doen. Jullie weten alles al over dit onderwerp. *Aan*genomen dat...'

Hij zegt het op dezelfde manier waarop hij altijd '*reeds* duidelijk' zegt, en de klas lacht. 'Deze opdracht is meer voor jezelf dan voor mij. Binnenkort gaan jullie allemaal je eigen weg en jullie levens zullen nooit meer hetzelfde zijn, dus wil ik graag dat jullie even stilstaan bij wie jullie zijn vandaag de dag. Nu. Ik wil geen autobiografie met details uit je leven. Ik wil dat je hetzelfde als James Joyce doet: beschrijven hoe het is om in je hoofd te wonen. Ik wil weten waarom je zo geworden bent.'

Nathie tikt me op mijn schouder. In de kantlijn van zijn schrift heeft hij 'Zaterdagavond!' geschreven.

'Wie weet bijvoorbeeld,' gaat meneer Lucas verder, 'waarom Joyce zijn alter ego Stephen Dedalus genoemd heeft?'

Ik schrijf onder Nathies bericht: 'Weet je 't zeker?'

Nathie knikt. 'Al gaat op zakenreis.'

'Hoe weet je dat?'

'Waar zie je me voor aan, voor een amateur soms?' zegt Nathie hardop.

'Meneer Zanni,' zegt meneer Lucas, 'misschien kunt u ons vertellen waarom Joyce zijn held Dedalus heeft genoemd?'

'Daedalus is een Griekse held die uit zijn gevangenis ontsnapte door een paar vleugels te bouwen,' zeg ik.

Hé, ik heb het samenvattingenboek goed gelezen.

'En waar vliegt Stephen Dedalus heen?'

Dat is een makkie. Waar vliegt elke kunstenaar heen? 'Naar zijn kunst,' zeg ik. Zelfs zonder het boek gelezen te hebben voel ik dat ik veel op Stephen Dedalus lijkt, opgesloten door burgerlijke regeltjes. 'En seks,' zeg ik.

De klas lacht.

'*Uitzz*tekend,' zegt meneer Lucas. 'Meneer Zanni wijst op een goed, hoewel enigszins ruw uitgedrukt punt. En, net als Joyce, wil ik u ongecensureerd. Schroom niet om de meest vulgaire en onbetamelijke details uit uw adolescente leven op te schrijven. Alleen ik zal het lezen.'

Sommigen van ons hier hebben veel meer dan vijfentwintig pagina's voor deze opdracht nodig.

Die zaterdag staan er in de donkere huiskamer van de Nudelmans een non en een priester met hun neus plat tegen het raam gedrukt.

'Zie jij iets?' vraagt vader Nozem.

Zuster Nathie schudt zijn hoofd. 'HÉ MAM,' roept hij, 'WEET JIJ WAAR DE VERREKIJKER IS?'

Fran krijst terug: 'IN DE STUDEERKAMER VAN JE VADER.'

Nathie haalt zijn schouders op. 'Hij kijkt graag naar vogels,' vertelt hij. Vier kamers verderop schreeuwt Stan: 'WAAR HEB JE HEM VOOR NODIG?'

'WE HEBBEN HEM NODIG OM DE ZANNI'S TE BESPIONEREN, ZODAT WE WETEN WANNEER HET VEILIG IS OM ER BELASTENDE FOTO'S TE MAKEN.'

Stan lacht. 'DEUGNIETEN!' schreeuwt hij.

Terwijl Nathie op verrekijkerjacht is, zie ik een andere non en een priester

Als huis met een grote kartonnen doos verlaten, die ze achter in de Huifkar zetten. Ze steken over en komen naar ons toe. 'Ze komen eraan!' roep ik naar Nathie.

Ik doe de deur voor ze open.

'Goedenavond,' zegt de non, 'we zijn hier voor onze jaarlijkse collecte voor het Klooster van het Bloedend Hart. Hebt u misschien wat spullen voor onze rommelmarkt?'

'Ga toch vliegen,' zeg ik.

Zuster Paula trekt haar kap af en schudt haar haren los.

'Dus ze is erin getrapt,' zeg ik. 'Je hebt een hele doos vol.'

'Ja, allemaal oude zooi van jou.'

Stomme Oostenrijkse teef.

Doug geeft me vader Nozems bril en trekt het sikje en de snor die ik hem opgeplakt heb af. 'Ik heb zoveel verdomd hete chocomel gedronken dat ik bang was dat die dingen in mijn mok zouden vallen,' zegt hij. 'Je kunt zeggen wat je wilt van je stiefmonster, maar ze maakt verdomd goeie *Kakoa mit Schlag*.'

Misschien moet je daar, in Dougs geval, *Kakao mit Schlong* van maken.

Dagmars trots op haar chocomel met slagroom was het belangrijkste onderdeel van ons plannetje. 'Het was echt zo simpel als wat, man,' vertelt Doug als we bij Nathie in de achtertuin iets fris drinken in afwachting van Kelly en Ziba. 'Ik hoefde alleen maar *Guten Abend* te zeggen en ze was zoeter dan een Sachertorte.'

'Waar hadden jullie het eigenlijk al die tijd over?' vraagt Paula.

'Voornamelijk over dat je nergens in Amerika een fatsoenlijke beker warme chocolademelk kunt krijgen, wat trouwens waar is. Het was eigenlijk best leuk om met haar te praten. Jammer dat ze zo gestoord is.'

'Ach, je was in ieder geval een overtuigende priester,' zegt Paula. 'Het was een *geïnspireerde* voorstelling.'

Maar in ieder geval geen goddelijk inspiratie.

Doug straalt. 'Vond je dat echt?'

Paula woelt met haar kleine druppelhandje door zijn spingerige haar, dat met gel tijdelijk platgesmeerd is. 'Misschien ben je toch een acteur,' zegt ze.

Doug zegt niets, maar ik kan zien dat hij blij is. Uiteindelijk toch nog echt lid van het Toneelteam.

Paula gaat verder met haar verhaal. Ze vertelt hoe ze de badkamer in liep, zogenaamd om te plassen, en de de gordijnen van het raam aan de straatkant openschoof, zodat we haar signaal konden zien, en ik vertel hoe opgewonden Dagmar klonk over de telefoon toen ik in mijn rol van kunsthandelaar een bod deed op haar complete fotoserie van föhns in badkuipen.

'Het was perfect,' zegt Paula. 'Je hield haar lang genoeg bezig om het slaap-middel in haar chocolademelk te doen, en kort genoeg om die niet koud te laten worden. Perfecte timing.' We klinken met de frisdrank.

Het lijkt of we uren moeten wachten tot Kelly en Ziba terugkeren van hun verkennersmissie, maar waarschijnlijk ligt dat aan mijn rusteloosheid.

Ik luister naar het getjirp van de krekels en vraag me net af of er misschien iets mis is gegaan, als ik de silhouetten van twee nonnen door de bosjes aan de achterkant van het huis van de Nudelmans zie glijden. Ik loop over het grasveld naar ze toe.

'Waar bleven jullie?' zeg ik.

'We waren hier veel eerder geweest, liefje, als we van jou niet achterom hadden moeten komen,' zegt Ziba. 'En verder nam Dagmar een idioot lange douche, waardoor we behoorlijk ongerust werden. We waren bang dat ze in de douche onderuit was gegaan en met haar hoofd op een rand was gevallen of zoiets.'

'Waar is ze nu?'

Kelly lacht als een machinegeweer. 'In de huiskamer,' zegt ze. 'Ze kwam binnen om het licht uit te doen, maar zakte ter plekke zó op de vloer in el-kaar. Vast in slaap.'

'Het was een onwaardig gezicht,' zegt Ziba.

Ik dwing ons zessen nog een keer achterom naar het huis te gaan. Na mijn korte ervaring met de sterke arm der wet wil ik absoluut voorkomen dat een van ons opgepakt wordt. Verder is het heel lastig om de buren uit te leggen waarom een troep priesters en nonnen 's nachts een huis waar joden wonen in en uit sluipt. Gelukkig zijn we allemaal in het zwart gekleed. We sluipen zo onopvallend mogelijk als een handjevol nonnen en priesters maar kan zijn langs de zijkant van Als huis en laten onszelf binnen via de achterdeur. In huis is het natuurlijk stil, maar alle lampen zijn aan, wat ik nogal luguber vind. Als in zo'n oude politiefilm waar ze op de plaats delict aankomen en de naald van de platenspeler in de laatste groef draait terwijl het slachtoffer in een onnatuurlijke houding op de vloer ligt. We lopen op onze tenen naar het Meubelmuseum en gluren naar ons slachtoffer, dat ook in een onnatuurlijke houding op de vloer ligt, maar dan meer op een door drugsgebruik veroor-zaakte comateuze manier, zoals Patty Duke in *Valley of the Dolls*.

'We moeten wel zeker weten dat ze niet wakker wordt,' zegt Paula.

'Da's waar,' zeg ik en ik roep zachtjes Dagmars naam.

Ze beweegt nog geen wimper.

'Hé, Dagmar,' zeg ik wat harder.

Niets.

Ik buig over haar heen. 'Hé, Dagmar,' grauw ik, 'je bent een vuile geldbe-luste teef en je maakt m'n leven tot een hel!'

Ze draait zich om en begint te snurken. Ik kijk naar mijn vrienden en zeg: 'Showtime.'

De laatste officiele daad van de KSVVJ is mijn boze stiefmonster fotograferen in compromitterende seksuele poses. Net als bij Jordan beseffen we dat 251 naaktfoto's van Dagmar alleen niet genoeg zijn (er zwerven er vast genoeg rond uit haar modellentijd). Nee, voor Dagmar volstaat alleen een orgie.

Omdat Paula de enige is met topless-ervaring, speelt zij Dagmars lesbi-sche minnares, zuster LaChance, speciaal voor dit laatste optreden uit haar graf gekomen. Doug en ik spelen Juan en Jesús, twee knechten die nodig zijn om (A) een reden te hebben voor extra mensen in de kamer die foto's kun-nen maken en (B) om er zeker van te zijn dat Al kwaad wordt. We denken dat foto's van zijn sexy vrouw met een dame met grote borsten waarschijnlijk al-leen maar goed zijn voor zijn liefdesleven, maar dat foto's van haar met een groot geschapen onbekende hem te ver gaan.

Met de foto's sturen we Al later de volgende brief, op briefpapier van de Katholieke Sociëteit Voor Vastberaden Jongeren:

19 mei, 1984

Geachte heer Zanni,

Het is mijn droeve plicht u te informeren over de Goddeloze schandda-den die uw vrouw met zuster LaChance Jones gepleegd heeft. Hierbij in-gesloten een brief die we vonden in zuster LaChances cel, en deze schok-kende foto's.

Met diep medeleven,
Vader N. Ozem

Erbij ingesloten, op geparfumeerd briefpapier, in Dagmars vervalste hand-schrift, zal dit briefje zitten:

Liebe LaChance,

Dank je wel dat je Juan en Jesús hebt meegenomen naar onze afgelopen nacht samen. Na al die maanden met Al was ik vergeten hoe het voelt om echt bevredigd te worden!

Hier is de eerste aanbetaling om je vrijheid te kopen. Spoedig, heel spoedig, zullen we allebei vrij zijn. Ik heb alleen nog tijd nodig om meer fondsen over te hevelen. Daarna kunnen we eindelijk samen zijn.

Geduld, liebchen,

Dagmar

Cecil B. DeNudleman neemt de regie. 'Oké, iedereen op zijn plaats?' vraagt hij.

'Welke plaats?' vraagt Doug. 'We hebben geen plaats.'

'O ja,' zegt Nathie. 'Eh... laten we dan beginnen, eh... trek Dagmars badjas uit.'

We staren elkaar aan. Oké, dit is *raar*.

'Ach, in godsnaam, ik doe het wel,' zegt Ziba. Ze knielt, maakt de badstof ceintuur los en slaat de badjas open. 'O, jezus,' zegt ze.

Dagmar is helemaal naakt onder de jas.

'Jee, ik hoop dat mijn lichaam er ook nog zo goed uitziet als ik zo oud ben,' zegt Kelly.

Ik voel dat mijn mond droog wordt. Ooit, nog maar een paar maanden geleden, zou ik de goden op mijn knieën bedankt hebben voor een erectie, maar het feit dat mijn naakte stiefmoeder me een stijve geeft is nogal verontrustend. Ook al omdat ik als priester gekleed ben. Ik wil Nathie vragen om de regie weer over te nemen, maar hij staat daar met open mond te staan.

'Oké,' zeg ik en ik klap in mijn handen, 'eh... zus, wil je zo vriendelijk zijn je uit te kleden, dan beginnen we met jou.'

'Maar natuurlijk,' zegt Paula en ze gaat als een professioneel actrice aan het werk. Ze draait haar rug naar ons toe en maakt de drukknoopjes van haar habijt los, zodat het op de grond valt. Ze draagt een zijdeachtige lila beha met bijbehorend slipje. Paula voelt achter haar rug en maakt de brede behasluiting los. Vlak voordat ze haar duimen onder het elastiek van haar slipje steekt om dat naar beneden te trekken, zegt ze: 'Ik vertrouw erop dat iedereen hier zich volwassen zal gedragen.'

'Absoluut,' zeg ik. 'Toch, mensen?'

'Zeker,' zegt iedereen, behalve Nathie, die plotseling auditie lijkt te doen voor de rol van Helen Keller.

Paula trekt haar slipje uit en draait zich om.

'Jezus christus!' roept Doug. Haar borsten zijn zo groot als meloenen. Kelly geeft Doug een mep.

'Doug, je had *beloofd...*' zegt Paula en ze slaat haar handen voor haar lichaam.

'Sorry, maar, man, ze zijn zo...'

'Edward, laat hem zijn mond houden.'

'... mooi.'

Er verschijnen rode vlekjes op Paula's roomwitte huid.

'Ik meen het,' zegt Doug. 'Je ziet eruit als... een vrouw op een schilderij of zoiets.'

Paula gaat met haar vingertjes door haar haren, à la Sophia Loren. 'Oké,' zegt ze, 'laten we dit varkentje dan maar even wassen.'

Ze gaat naast Dagmar op de vloer liggen en ik pak een stoel om op te staan, zodat ik de juiste hoek heb voor de foto's. Doug heeft gelijk: Paula's borsten zijn indrukwekkend. Haar tepelhoven zijn grote, donkere cirkels op het sneeuwlandschap van haar boezem, dat zo blank is dat je de blauwe aders onder de oppervlakte kunt zien, als water gevangen onder ijs. Als dit geen chantagefoto's moesten worden, zouden ze behoorlijk artistiek zijn.

'Raar is dit,' zegt Paula als ze zich tegen Dagmar aan vlijt.

'O, dat went wel,' zegt Kelly, en we lachen allemaal. De sfeer wordt wat ontspannener, alsof het maken van compromitterende foto's een gezelschapsspel is. Nathie komt weer bij zijn positieven.

'Zorg ervoor dat haar gezicht er niet op staat,' zegt hij.

'Gaat lukken,' zeg ik en ik klik door. 'Oké, Paula, even blijven liggen, ja? Doug, jouw beurt.'

'Tuurlijk,' zegt hij, alsof hij niet kan wachten om mee te doen. Hij begint zich uit te kleden en Ziba en Kelly zingen enthousiast een ranzig stripliedje, waarop Doug reageert met een paar danspasjes van Walgelijke Wanda, wat een nogal vreemd gezicht is, als je bedenkt dat hij als priester gekleed is. Hij eindigt door zijn boxershort met een zwaai weg te gooien en zijn grootste aanwinst te tonen.

Nu is het Paula's beurt om te staren.

Ik weet dat ik geen enkele kans maak bij Doug, maar dat weerhoudt me er niet van om elke keer dat ik hem naakt zie van hem te genieten. 'Als jij aan de andere kant van Dagmar wilt gaan liggen?' zeg ik. 'Ja, geweldig. Paula, als jij dan... Paula? Paula?'

'O, het spijt me,' zegt ze. 'Wat zei je?'

'Als je wat dichter aan wilt schuiven... Ja, zo, ja, dank je.' Ik kijk door de lens. Doug heeft een erectie.

'Doug, zo gaat het niet,' zeg ik. 'Je past niet in mijn zoekertje.'

'Sorry man, ik kan er niks aan doen.'

De jongens bij Toto Foto zullen hun vingers aflikken.

'Oké, wil je dan wat dichter naar Paula toe schuiven? Ja, gelukt. Nog eentje. Perfect. Goed, iedereen kan ontspannen. Paula, je bent klaar. Dank je
wel.'

Ik kom in de verleiding om 'Bel ons niet, wij bellen jou' te zeggen. Maar je
kunt ook te ver gaan, nietwaar?

Nu is het mijn beurt. 'Nathie, ben je er klaar voor?'

'Waarvoor?' zegt hij.

'Voor de laatste foto's.'

'Ja, ja, zeker, zeker,' zegt hij en hij veegt het zweet van zijn voorhoofd.

Ik geef hem de camera en begin te strippen. '*Vamonos, Jesús*,' zegt Doug,
een stuk suggestiever dan me lief is.

Nathie zegt tegen Doug dat hij achter Dagmars hoofd moet knielen en tegen mij dat ik voor haar moet knielen en haar dijen moet vastgrijpen. 'Juist,
en nu naar voren buigen,' zegt hij, 'zodat het lijkt alsof je haar neukt.' Ik buig
me naar voren en probeer haar schaamhaar niet te raken; ik wil niet de rest
van mijn leven in therapie. Ik kijk naar Dagmars slapende gezicht en zie haar
in gedachten wakker worden en hoor haar moord en brand schreeuwen. Dus
ik draai mijn hoofd weg, en zie dan pal voor mijn gezicht Dougs enorme,
zwiepende lid.

'Buig je rug een klein beetje verder naar achteren,' zegt Nathie.

'Ja, het is goed met je, Scavullo,' zeg ik, 'neem die kutfoto's nou maar.'

'Ik probeer alleen...'

Hij wordt onderbroken door het geluid van de deurbel. Vier nonnen en
twee naakte mannen verstenen.

'Wat moeten we doen?' fluistert Paula.

'Niets,' sis ik. 'Misschien gaan ze weg.'

'Wie is het?'

'Hoe moet ik dat nou weten, verdomme?'

De bel gaat nog een keer.

Ik gebaar naar Nathie, die achter de bank is gedoken, dat hij voorzichtig
uit het raam moet kijken wie daar staat. Hij heeft zijn hoofd half naar buiten
gestoken als er hard op de deur wordt geklopt. Hij duikt zo snel ineen dat hij
een lamp omverkegelt.

Vanaf de andere kant van de deur roept een vrouwenstem: 'Hallo? Is daar
iemand?' De deurklink gaat naar beneden.

Als er een God in de hemel is, laat die deur dan alsjeblieft op slot zitten. Ik
zal naar de kerk gaan, ik zal elke week biechten, ik zal nooit meer iets slechts
doen, echt niet.

De deur gaat krakend open.

Waar is mijn broek, verdomme? Ik laat me vallen en rol over de vloer, ik gris mijn kleren bij elkaar en ren naakt achter een troep uitzinnige nonnen aan, als de vrouwenstem mijn naam roept: 'Edward, ben jij dat?'

Ik sta stil. Ik ken die stem. Ik ken die beter dan mijn eigen stem. Mijn handen bedekken mijn geslacht en ik draai me om. Ik zie het lichaam dat bij die stem hoort de hoek om komen, de kamer in. Zongebruind, een hemels visioen in een dunne jurk.

'Mam?' zeg ik.

negenendertig

256 Mijn moeder blijft behoorlijk ontspannen onder het hele gebeuren en neemt ons mee naar ons restaurant in Kramptown. Ze is erg mij-kun-je-niet-choqueren en ik-heb-alles-al-gezien. Daardoor beginnen we haar allemaal enthousiast verhalen van onze misdaden op te dissen, het ene nog mooier dan het andere. Hoe onwaarschijnlijk of volslagen illegaal de details ook mogen zijn, Barbara doet net alsof het gewoon puberlol is.

'Je moeder is echt cool,' fluistert Doug in mijn oor.

Dat zegt iedereen nou altijd.

Barbara is cool, waarmee ze bedoelen dat ze anders is dan andere moeders. Andere moeders volgen hun yogi niet naar India, doen geen vorige-levens-regressietherapie in Stonehenge en gaan niet een maand naar Baja voor een stilteretraite. (Waarom blijft ze niet gewoon in New Jersey en is daar stil? vroeg Al zich af.) Andere moeders lopen niet over hete kolen, leggen geen tarotkaarten en communiceren niet met gidsen uit de geestenwereld.

Andere moeders blijven thuis.

Ze is magerder geworden van het rondsjouwen door Zuid-Amerika. Ze is lekker bruin, haar gezicht is verweerd en als ze zich ontspant, zie je lichte plekken waar de zon niet in de rimpels heeft kunnen doordringen. Haar grijzende haar is langer en ze draagt het in een vlecht op haar rug.

Ze draagt geen beha.

'Mijn *godin*, Edward,' zegt ze, zwaaiend met een met turkooizen bedekte hand. 'Ik ga – hoeveel? – vier, vijf maanden weg en kijk eens wat een puinhoop je ervan maakt!'

'Elf maanden,' zeg ik en ik duw de patat met een vork over mijn bord. 'Je bent elf maanden weggeweest, mam.'

'Tijd is een illusie,' zegt ze en ze kijkt iedereen aan tafel aan alsof dit een belangrijke les is. 'Dat heb ik ontdekt toen ik de Machu Picchu beklom met Shirley.'

Paula's Disney-ogen worden groot. 'Heb jij de Machu Picchu beklommen met Shirley MacLaine?'

Barbara klopt op Paula's kleine hand. 'Nou, we deden het niet tegelijkertijd, lieverd, maar haar aanwezigheid was zo sterk dat ze wel mijn gids was. We hebben een diepe band, Shirley en ik. Edward, schat, ga je die frietjes nog opeten?'

Ik schud nee.

Barbara schuift ze op haar bord. 'Als jullie kinderen de armoede gezien hadden die ik heb gezien, lieten jullie nooit meer eten op je bord liggen. De ketchup alsjeblieft, schat.'

Ik pak de ketchup en zet hem met zo'n knal op tafel dat het bestek ervan rammelt. Iedereen kijkt verbaasd op, inclusief de mensen een tafeltje verderop. 'Wil je misschien vertellen waarom je zo boos bent?' vraagt Barbara met een zachte stem.

'Ik ben niet boos,' zeg ik en ik neem een behoorlijk agressieve slok van mijn 7-Up.

Ze zucht. 'Ik dacht dat we deze fase voorbij waren,' zegt ze, 'dat je begreep waarom ik hier niet kon blijven.'

Ik doe mijn ogen dicht in de hoop dat ze dan ophoudt. Dit doet ze nou altijd: zo intens en persoonlijk met me worden en plein public. Het is gewoon *raar*.

Ze gaat door: 'Wist je dat bij sommige Afrikaanse stammen de jongens *gedwongen* worden om hun moeder te verlaten als ze de puberteit bereiken?'

Ik open mijn ogen zodat ik ermee kan rollen. 'Nou en? Sommigen stammen hebben zo'n Ubangi-lipbord in hun mond. Wat bedoel je nou?' Ik kijk naar mijn vrienden voor wat ondersteuning, maar iedereen staart naar zijn bord alsof er iets bijzonder fascinerends op ligt.

'Wil je niet zo'n grote mond tegen me opzetten?' zegt Barbara. 'Ik ben nog altijd je moeder.'

Ik voel dat mijn wangen gloeien, alsof ze zojuist gedreigd heeft om mijn broek naar beneden te trekken en me billenkoek te geven waar iedereen bij zit.

Belerend zegt Barbara tegen me, wat me het bloed onder de nagels vandaan haalt: 'Andere culturen begrijpen dat jongens geen man kunnen worden tot ze bij hun moeder weg zijn.' En tegen de anderen zegt ze: 'Ik heb mijn werk gedaan! Ik kan er niets aan doen dat Al zíjn werk niet goed gedaan heeft.'

De borden worden met de seconde interessanter.

Ze zucht. 'Het verbaast me dat je zo boos bent, Edward. De vorige keer dat ik je zag, was je lang zo boos niet.'

'Dat komt doordat mijn leven de vorige keer niet zo'n rampzalige puinhoop was, verdomme.'

'Waarom heb je dan geen contact me me gezocht?'

Gefrustreerd sla ik op de tafel. 'Hoe dan?' schreeuw ik. 'Je bent verdomme nooit lang genoeg op dezelfde plek om een adres te hebben!' Mijn gezicht wordt heet en rood en mijn ogen vullen zich met tranen. Een paar bijdehante gasten en vrouwen die van hen houden draaien zich om en staren naar ons. Laat ze maar.

Barbara glimlacht naar me, alsof ik een onredelijk kind ben. 'Ik bedoelde op geestelijk niveau,' zegt ze.

O, natuurlijk, waarom heb ik daar verdomme niet aan gedacht?

'Je bent intuïtief genoeg om je niet te hoeven verlaten op zoiets banaals als de posterijen.'

Met deze vrouw valt niet te praten.

'Ach, kom eens hier,' zegt ze en ze spreidt haar armen. Ze slaat haar sjaal om mijn schouders en veegt het haar uit mijn gezicht. Haar vingers zijn ruw en droog. 'Je wilt gewoon even bemoederd worden, of niet?' Alsof het verdomme iets is waar ik me voor moet schamen, alsof er iets mis is met me, omdat ik niet zo volwassen en ontwikkeld ben als een Afrikaanse puberjongen. Nou, dat kan me geen moer schelen. Ik pak gewoon al het 'bemoederen' dat ik te pakken krijg, zelfs als dat betekent dat ik mezelf belachelijk maak. Ik leg mijn hoofd op haar schouder en ruik eczeemzalf, de bekende Barbarageur sinds mijn jeugd. De tranen lopen over mijn wangen en mijn neus begint te lopen, maar het maakt me niet uit. Ik ben gewoon blij met dit knuffelmoment.

Barbara doet haar ogen dicht, legt haar hand op mijn voorhoofd en glimlacht die vreemde, verheerlijkte glimlach die kenmerkend is voor new age-adepten, herboren christenen en volkomen gestoorden. 'Het is tijd voor een visioenzoektocht,' zegt ze op die diepzinnige manier die suggereert dat ik weet waar ze het over heeft.

Ondertussen is het echter tijd voor de rekening, die zonder poespas onder haar neus wordt geschoven door een kauwgomkauwende serveerster zonder wenkbrauwen. Barbara kijkt in haar portemonnee. 'O, mijn hemel,' zegt ze. 'Edward, heb jij geld bij je? Ik heb alleen maar Peruviaanse *nuevo sols*.'

Ik pak mijn portemonnee en begin te lachen. Ik kan er niets aan doen.

Ze glimlacht naar me. 'Wat is er zo grappig?'

'Visioenzoektocht, zei je toch?'

'Jazeker,' zegt ze met een stem die zowel stellig als defensief klinkt. 'Ik denk dat een indiaanse zweethut je veel goed zou doen, Edward.'

Ik geef de rekening aan Nathie, zodat hij kan uitrekenen hoeveel iedereen moet betalen. 'Nou, het is prettig te weten dat ik in ieder geval iets te doen heb, nu ik toch niet ga studeren.'

Barbara kijkt verward. 'Waar heb je het over? Hoezo ga je niet studeren?'

Mijn vrienden en ik kijken elkaar onopvallend aan, het Internationaal Erkende Signaal voor: 'Als deze vrouw met geesten communiceert, waarom hoort ze dan niet wat wij zeggen?'

'Heb je vanavond dan helemaal niet geluisterd?' vraag ik.

'Nou, niet echt,' zegt ze en ze speelt met haar frietjes. 'Jullie energieën zijn zo warrig dat het moeilijk voor me is in balans te blijven.'

'Oké, luister dan nu even heel goed,' zeg ik en ik beweeg mijn vingers alsof ik vertaal voor doven en slechthorenden: 'Al... weigert... te... betalen!'

Ze kijkt me aan alsof ik haar recht in haar gezicht heb geslagen. 'Wat bedoel je? Dat is belachelijk.'

'Hij weigert te betalen voor Juilliard.'

'Dat kan hij niet.'

'Nou, dat heeft hij anders al gedaan.'

'Nee,' zegt ze, 'ik bedoel dat hij dat niet *kan* doen. Hij schendt daarmee onze afspraken in het scheidingsconvenant.'

Plotseling kijk ik door het verkeerde eind van een telescoop naar haar. Alles om me heen verdwijnt: het getik van bestek op borden, de jukebox die Sinatra speelt, mijn vrienden. De enige die ik hoor of zie is mijn moeder.

'Wat zei je?'

'Dat je vader het scheidingsconvenant schendt. Daarin staat zwart op wit: Albert Zanni gaat akkoord met de voorwaarde zorg te dragen voor de opleiding van zijn kinderen, zowel de lagere als de voortgezette, aan een opleidingsinstituut van hun keuze. Ik heb daar speciaal op aangedrongen.'

Ken je die scène aan het slot van *The Wizard of Oz*, waarin Glinda tegen Dorothy zegt dat ze had kunnen vertrekken wanneer ze had gewild? Dat ze alleen maar drie keer met haar magische schoenen tegen elkaar had hoeven tikken en 'Oost West, Thuis Best' had hoeven zeggen? Ik heb altijd gevonden dat Dorothy daar zo rustig op reageerde. Ik had in haar geval met een van die magische schoenen zo hard als ik kon op Glinda's grote, paarsgekroonde hoofd gemept.

'En, wat moet ik nu dan doen?' vraag ik.

'Dat ligt voor de hand,' zegt Nathie en hij legt de rekening onder mijn neus. 'Je moet een proces tegen je vader aanspannen.'

veertig

Ik sta voor Mamma's en knijp mijn ogen tot spleetjes om iets te kunnen zien in de felle ondergaande zon die recht in mijn ogen schijnt. Het is een van die perfecte junidagen waarin alles er duidelijk en schoon uitziet. En nieuwer, op de een of andere manier. En dat voel ik me ook; mijn huid zit strak en tintelt van een zonnebad van die middag en mijn haar is nog nat van een snelle douche.

Maar geen spoor van Al. Ik prop een paperback (James Baldwins *Go Tell It on the Mountain*) in de kontzak van mijn broek en ga weer naar binnen. Ik lees ook nog iets dat Kathleen me heeft gegeven: *The Peter Pan Syndrome*.

Binnen knipt een man met een sliertje haar over zijn kale knikker geplakt met zijn vingers naar me en zegt: 'Hé, ober, graag wat meer brood hier.'

Ik kijk naar zijn tafeltje. Geen voorgerechten, geen drankjes. Ik plak mijn beste kiezenknarsende glimlach op mijn gezicht.

'Natuurlijk, meneer,' zeg ik, 'maar als u honger hebt, waarom probeert u dan niet onze antipasta? Ik kan er zo een voor u halen.'

'O, eh... klinkt goed,' zegt hij, terwijl ik het wijnglas van zijn vrouw bijvul.

Ik ga deze kloterige meneer Haarsliert en zijn Wallingford Tennisclub-vrouwtje dus echt hun maag niet laten vullen met gratis brood, hè! Er werken hier mensen, mensen die afhankelijk zijn van deze fooien – *ik* ben afhankelijk van deze fooien – en deze twee kunnen zich verdomme overduidelijk financieel heel wat hapjes veroorloven, als ze dan zo'n honger hebben. En dat 'één dessert voor ons samen, alsjeblieft'- gedoe kunnen ze ook vergeten.

Al schuifelt naar binnen en begroet Ernesto, de maitre d', lauwtjes. Ze praten even met elkaar, waarna Ernesto hem naar een tafeltje in de hoek begeleidt. Ik schenk twee glazen water in en breng ze naar ze toe.

Hij ziet er mager uit en heeft wallen onder zijn ogen.

'Wat is er met je kaak gebeurd?' vraag ik.

'Ze heeft verdomme een koffiekop naar mijn hoofd gegooid,' zegt hij tussen zijn tanden door.

'Wat?'

Zijn kaak zit dichtgenaaid. 'Het zijn de steroïden in haar medicijnen tegen die allergie. Die maken haar gek.'

Dus dat is het.

'Ik heb haar een straatverbod moeten laten opleggen,' zegt hij.

'O, pap, het spijt me.' Het spijt me echt.

'Ach, het had erger kunnen zijn,' zegt hij. 'Er had koffie in kunnen zitten.'
Dominick Ferretti loopt naar ons toe. 'Hé, meneer Z.,' zegt hij.
Al knikt.
Dominick kijkt me aan. 'Zal ik het even van je overnemen?' vraagt hij. Hij is echt een toffe gozer als je hem wat beter kent.
'Graag,' zeg ik.
'Geen probleem. Willen jullie gozers wat eten?'

Al schudt van nee en ik prent me in mijn hoofd dat ik Dominick straks moet vertellen dat hij niet 'jullie gozers' moet zeggen. Als hij ooit iets wil bereiken in zijn leven moet hij niet praten alsof hij in een misdaadfilm speelt.

Ik ga zitten. 'Wat is er dan allemaal gebeurd?' vraag ik.

Al zucht, alsof het hem veel te veel moeite kost, maar begint dan toch: 'Ik ontdekte dat er iets niet klopte toen ik mijn belastingpapieren ging invullen,' mompelt hij. 'Toen bleek dat dat kreng meer dan twaalfduizend dollar van me gestolen heeft.'

Mijn mond valt open. 'Nee!' zeg ik. Het is geen schitterende voorstelling, maar wel een overtuigende.

'En geloof het of niet: ze heeft ook nog het gore lef om me voor de rechter te slepen voor alimentatie! Ook al weet ze dat ik die...' Hij stopt.

'Die wat?'

'Ach, dat doet er niet toe,' zegt hij.

Ik laat hem in zijn waarde. Geen enkele man moet worden gedwongen zijn zoon te vertellen dat zijn vrouw een orgie met een non en twee knechten heeft gehad.

We kijken stil voor ons uit. Al schikt en herschikt zijn bestek. Ik kijk het restaurant rond.

'Het huis is een beetje leeg nu,' zegt hij.

'Je moet het verkopen.'

'Vind je?'

'Het is geen gelukkig huis. En je maakt er winst op.'

'Neuh, de belastingen gaan erop verdienen,' zegt hij.

Ik vraag wat hij bedoelt en heel even is alles als vroeger, als Al eenmalige ontheffingen uitlegt. Voor het eerst praat hij geanimeerd. Zijn ogen lichten op en ineens kan hij zijn lippen beter bewegen. Financiële zaken krijgen hem echt op zijn praatstoel. Wat theater voor mij is, zijn waarschijnlijk financiële zaken voor Al.

Hij schraapt zijn keel. 'Eh... zou je niet weer bij mij willen wonen?' vraagt hij aan het tafelkleed.

'Kweenie,' zeg ik. 'Paula en ik werken deze zomer als zingende obers aan de kust, en daarna... tja... ' Ik haal mijn schouders op.

Geen van beiden willen we over daarna praten.

'Heb je nog iets van je zus en je moeder gehoord?' vraagt Al.

'Niet sinds ze vertrokken zijn.'

'Wat gingen ze ook alweer doen?'

'Indiaanse zweethutten,' zeg ik. Ik hoop maar dat Karen niet aan de peyote is.

Al kreunt en schudt zijn hoofd. Arme man. Twee vrouwen, de een nog gekker dan de ander.

Een schijfje ondergaande zon schijnt op de muur als de deur opengaat. Een jongeman met een overhemd en een stropdas, niet veel ouder dan ikzelf, zegt iets tegen Ernesto, die naar ons tafeltje wijst. Dwars door het restaurant loopt de jongen naar ons toe.

Ik voel mijn mond droog worden.

'Bent u Al Zanni?' vraagt de jongen.

'Ja...'

Hij overhandigt hem een manillakleurige envelop. 'Alstublieft, meneer.'

Al schudt verbaasd zijn hoofd en klopt op zijn borstzak om te voelen of zijn bril daar zit.

'In je jasje misschien?' help ik.

De jongen verdwijnt. Ik krom mijn tenen in mijn schoenen.

Al scheurt de envelop open, vouwt het document open en leest de eerste pagina. Hij fronst zijn wenkbrauwen en bladert snel door de andere pagina's. Dan kijkt hij naar mij.

'Ga je me dit nog uitleggen?' zegt hij zacht. Te zacht.

Dat zou ik graag doen, als ik wist wat ik moest zeggen, maar ik weet niets. Echt niets. Ik doe mijn mond open, in de hoop dat er dan vanzelf wat woorden uit vallen, maar mijn kaak hangt daar maar, alsof ik Dominick ben die de kas probeert op te maken.

Al gooit de scheidingspapieren over tafel en priemt met een harige vinger in mijn gezicht. 'Er staat niets in dit convenant, niets hoor je me, dat zegt dat ik betalen moet,' blaft hij.

'Voorzichtig, pap. Straks knappen je hechtingen.'

'Niets, helemaal niets! Hoor je me!' Hij zwiept de papieren van tafel.

Ik raap ze op en strijk ze glad. 'Eh... pap? Het staat er wel...'

Ik blader naar de plaats waar staat dat hij akkoord gaat met het feit dat hij mijn opleiding naar keuze moet betalen en geef hem de papieren terug.

Al leest langzaam de pagina, masseert de kloppende ader aan de zijkant van zijn hoofd, zet zijn bril af en wrijft in zijn ogen. 'Klootzak,' zegt hij.

Het is maar een uitdrukking.

Al legt het document op tafel, kijkt me aan... en glimlacht. Nou ja, zo goed en zo kwaad als dat gaat met een vastgenaaide kaak.

'Ik heb echt geen idee wat ik dacht toen ik dat suffe ding tekende,' zegt hij.

'Maar je hebt getekend.'

Hij haalt zijn schouders op. 'Ja, weet ik.'

'Dus?'

Al kraakt met zijn harige knokkels. 'Dus?' herhaalt hij. 'Tja, dus wordt het toch jouw keuze.'

'Echt?'

Al knikt droevig. Scherper dan de tand van een slang is de ondankbaarheid van een kind.

Ik haal diep adem. 'Dan kies ik Juilliard.'

Al vouwt de papieren op. 'Dan wordt het Juilliard,' zegt hij met glazige ogen.

Op dit moment heb ik het hele jaar gewacht, mijn hele leven eigenlijk al, en ik heb altijd gedacht dat ik me geweldig zou voelen als mijn droom dan eindelijk, eindelijk, uitkwam. Maar nu het zover is, voel ik me eigenlijk alleen maar uitgeput. Deze strijd had ik liever niet gestreden.

Al draait met een van zijn gouden ringen. 'Weet je, jochie,' zegt hij, 'ik heb altijd alleen maar het beste voor je gewild.'

'Weet ik, pap.'

'Als je zelf ooit kinderen krijgt, snap je dat wel.' Hij lacht een half lachje. 'Ik hoop dat je er tien krijgt zoals jij!'

Ik lach mee.

'Wat ik bedoel is: als je je kind recht op een afgrond af ziet gaan, dan wil je hem vastgrijpen en tegenhouden, snap je? Net als in... eh... hoe heet het ook alweer... *Catcher in the Rye*.'

'Heb jij *Catcher in the Rye* gelezen?'

'Hoezo, denk je soms dat ik achterlijk ben of zo? Ik ben ook jong geweest hoor, jochie.'

Ik weet dat het stom klinkt, maar ik heb echt nooit aan Al als een tiener gedacht. Ik heb altijd aangenomen dat hij gewoon ineens uit de hersens van Zeus is gekomen, compleet met attachékoffertje en maagzweer.

'Weet je echt *zeker* dat je geen bedrijfskunde wilt studeren?' vraagt Al. Hoop doet leven, neem ik aan. Ik denk terug aan afgelopen zomer, zo'n duizend jaar geleden, toen Al voor het eerst Dagmar naar ditzelfde restaurant meenam. Wat was ik naïef geweest! Dat ik niet doorhad dat Al nooit voor mijn acteursopleiding zou betalen! Al die verdomde zakendiners, en toch kwam het niet in me op dat hij me richting bedrijfskunde probeerde te sturen. Wat dacht ik eigenlijk wel? Al en ik leefden als vreemden in ons huis en kwamen elkaar alleen tegen bij de koelkast of in de gang, waarbij we nooit letten op wat de ander zei of deed. Het moet eenzaam voor hem geweest zijn. Voor mij wel, in ieder geval.

Ik leg mijn hand op de zijne. Het haar op zijn knokkels kietelt tegen het zachte vlees van mijn handpalm. 'Pap, er zijn een hoop dingen waar ik niet zo zeker van ben, maar van één ding absoluut wel: ik ga nooit bedrijfskunde studeren.'

Hij haalt zijn schouders op, het Internationaal Erkende Signaal voor: 'Ach, je weet maar nooit...'

Ik knijp even in zijn hand. 'Maar weet je, pap,' zeg ik, 'ik hoef helemaal geen bedrijfskunde te studeren. Jij kunt me alles leren.'

Al knijpt héél even in mijn hand en laat hem dan los om zijn bestek weer te herschikken. 'Oké dan,' zegt hij, knipperend met zijn ogen en zijn neus ophalend, 'wat wil je weten, jongen?'

Tante Glo had gelijk: bij ons Italianen ben je pas een man als je je vader de baas bent.

eenenveertig

Ik wrijf met mijn hand over mijn hoofd. Ik moet nog wennen aan mijn korte haar. Iedereen zegt dat ik er nu beter uitzie, volwassener, maar dat verandert niets aan het feit dat ik het gedaan heb opdat Laurel Watkins me niet herkent als ik deze herfst naar Juilliard ga. En omdat Paula vertelde dat we ons als zingende obers de benen uit ons lijf zullen moeten rennen op het strand zonder airconditioning. Geloof me, het kan behoorlijk warm worden onder die krullen. Ik zet mijn vierkante kwastjesbaret weer op en wacht tot ik geroepen word.

De lucht is helder babyblauw en de ochtendzon schijnt al fel, waardoor mensen willen dat je je omdraait zodat de foto niet mislukt. Overal om me heen wordt opgewonden, zenuwachtig gekwetterd, maar ik wacht heel rustig tot ik mijn naam hoor. Omdat mijn naam met een Z begint, ben ik ervan uitgegaan dat ik een van de laatsten zou zijn bij de diploma-uitreiking, tussen Roger Young en Debbie Zimmerman, maar omdat ik de plechtigheid met het volkslied zal openen, ben ik het eerst. Het is een echt Rattenvanger/Dr.-Pepper-Jongen-moment en ik voel iets in mijn nek kriebelen als de band 'Pomp and Circumstance' begint te spelen.

De mensenmassa juicht als we het veld op lopen. Ik weet natuurlijk heel goed dat het niet voor mij alleen is, maar moet toch glimlachen. Deels door het troostende, golvende applaus, maar zeker ook deels vanwege de heerlijke ironie dat ik voorooploop bij de entree op een footballveld. Ik, de jongen die de spelregels van het football nog steeds niet kent en iets medisch verzonnen heeft om niet meer naar gymles te hoeven. Ik zwaai naar het publiek (ik kan er niets aan doen), en beklim de trappen naar het podium, naar directeur Farley, de Kluns van de Kosmos, die er serieus en diepzinnig probeert uit te zien. Hij zegt dat ik mijn zonnebril moet afzetten.

Ik sta daar en zie hoe mijn jaar, 1984, zich opstelt in rijen. Er zijn meer dan vijfhonderd leerlingen, maar zelfs met de zon in mijn ogen kan ik mijn vrienden duidelijk zien. Daar is Doug, flirtend met het meisje naast hem. Paula en hij vinden dat ze een goede relatie hebben, maar die richt zich voornamelijk op een streven naar zo veel mogelijk hete apenseks. (Een behoorlijk *diepe* relatie, noemt Paula het.) Doug blijft deze zomer in Wallingford, hij speelt Sky Masterson in de zomerworkshopproductie van *Guys and Dolls* voor hij in de herfst naar New Jersey College gaat. Hij heeft T-J en een flink aantal acteurs overgehaald om mee te spelen. Walgelijke Wanda is dolblij dat ze eindelijk wat jongens heeft die kunnen dansen.

Ziba valt natuurlijk op. Een Perzische lesbienne van een meter vijfentachtig, met haar kwastjesbaret stijlvol over één oog getrokken, kun je niet missen. Ze hangt slaperig over het klapstoeltje voor haar, uitgeput van een lange nacht vol laatste wijzigingen. Ze neemt haar Fashion Institute of Technology akelig serieus en is de enige van alle meer dan vijfhonderd leerlingen wier gewaad exact volgens officiële snit gesneden is. Zij en haar gemanicuurde moeder (die nog steeds naar me zwaait alsof ze me kent, en dat nog altijd niet doet) vertrekken volgende week voor een maandje naar Zuid-Frankrijk. Ziba mocht een vriendin meenemen, dus gaat Kelly mee. Ik ben bikini's met ze wezen shoppen en we hebben een kleine menage à trois gehad in de kleedkamer van Saks. Laat Doug het niet horen.

Ik weet niet meer wat ik je verder nog moet vertellen over het hele seksgebeuren. Kelly en ik zijn nog een paar keer in bed beland (laat Ziba het niet horen), maar aangezien Kelly in de herfst naar Bennington gaat, weten we allebei dat het niets gaat worden. We zijn vrienden – vrienden die het af en toe met elkaar doen, maar vooral vrienden. Ik moet nog altijd wennen aan haar nieuwe, rauwere persoonlijkheid; ze is echt de Sandy aan het einde van *Grease* geworden, behalve dan dat ze zo verstandig is om overdag geen zwarte mascara op te doen. Toen ze zag dat er 'Geknipt voor een Succescarrière' onder mijn foto in het jaarboek stond, heeft ze dat veranderd in 'Geknipt voor een Pijpcarrière'.

Verder heb ik een extra baantje als solist bij vader Angelo's kerk in Hoboken. Tante Glo zegt dat ik op deze manier boete doe, maar voor vijftig dollar per keer beschouw ik het meer als een gave Gods.

Ik vind de mis net zoiets als Gilbert en Sullivan: een stuk leuker om te doen dan om ernaar te kijken. Een integraal deel te zijn van de eredienst, net zo essentieel als de Heilige Hostie en de wijn, is een ervaring die een mens tegelijkertijd trots en nederig maakt. Elk weekend kom ik verfrist en blij de kerk uit. Ook omdat ik iets heb gekregen met de organist, die ook op Juilliard studeert en af en toe bijklust in Something for the Boys.

Tja, wat kan ik zeggen? Ik ben gewoon dol op jongens en grote klokkenspellen, denk ik.

O ja, ik ben vergeten over Nathie te vertellen. Vroeger viel zijn oranje afrokapsel moeiteloos op in een menigte, maar sinds T-J hem geleerd heeft hoe je de haarontkroezer moet gebruiken, ken je hem nauwelijks terug. Ik vind hem best aantrekkelijk, ook al is hij door de verdwijning van zijn kaaskop bijna vijf centimeter korter geworden. En hij heeft, als duidelijk eerste teken van de apocalyps, zijn eerste date gescoord. T-J heeft hem aan zijn nicht

Margaret gekoppeld, die kleine mollige, die lijkt op een knuffelbeest. Blijkbaar wilde Margaret ook graag scoren, want ze heeft Nathie discreet afgetrokken tijdens een amateurproductie van *Hoe je succesvol in zaken kunt worden zonder echt je best te doen*. Nathie vertrekt zo meteen voor een zomerstage op het kantoor van senator Jordan Craig. Ik heb geen idee hoe hij eraan komt en ik wil het niet weten ook.

Dus zo gaat ieder zijn eigen weg. Geen Creatief Vandalisme meer, geen ge- 'su-hum-mer nights', geen dagen meer hangen om het zwembad van tante Glo. (Wat sowieso niet meer zou kunnen. Angelo heeft tante Glo er eindelijk van weten te overtuigen haar huis in Kramptown te verkopen en in een appartement in Hoboken te gaan wonen, zodat ze dichter bij hem in de buurt is.) Als we aan het einde van deze zomer bij elkaar komen om afscheid te nemen, is dat onze eerste reünie. Niet te geloven, toch, dat we al oud genoeg zijn voor een re-wat-dan-ook.

De voorzitter van onze jaargroep gaat ons voor bij het Trouw Zweren Aan De Vlag en ik stap naar voren op het podium om het volkslied te zingen. Er klinkt tromgeroffel. Ik begin a capella. Wekenlang hebben we tegen elkaar gezegd dat ik, als ik dat zou willen, elk lied dat ik wil kan zingen op dit moment ('Come Fly With Me' bijvoorbeeld, of het thema van *Greek Acres*) en dat niemand me daarvan kan weerhouden, maar ik neem mijn burgerplicht serieus, al ben ik dan misschien niet de meest gelukkige keuze om de Amerikaanse Manier van Leven te vertegenwoordigen. Als je wel eens in een stadion hebt gezongen, weet je hoe moeilijk dat is, omdat je tegen de tijd dat je met de derde zin begint je eerste als echo hoort, waardoor je bijna automatisch langzamer gaat zingen, opdat je echo je kan inhalen. Hoewel ik me moet concentreren te vermijden dat ik een duet zing met mezelf, valt mijn blik toch op Al en Kathleen, die samen op de plek staan waar je foto's mag maken. Al gaat tegenwoordig regelmatig bij Kathleen langs. Als criënt. Hij heeft besloten dat hij wel wat hulp kan gebruiken bij zijn relaties en alles wat daarmee samenhangt. Zoals waarom hij zich aangetrokken voelt tot vrouwen die geestelijk niet in balans zijn. Omdat zijzelf niet helemaal in balans is, heeft Kathleen een unieke kijk op deze zaak, natuurlijk. Al elleboogt iemand ruw opzij om een mooiere foto van me te kunnen maken en Kathleen maant de omstanders tot stilte, zodat ze me beter kan horen. Dat mijn vader elleboogt voor mij, geeft me een geborgen gevoel. Ik houd de laatste noot extra lang aan, tot mijn echo me ingehaald heeft:

O'er the la-hand of the freeeeee...

De mensen juichen voor deze laatste noot, net zoals in het Yankee-stadion.

... and the home of the braaaaave!

Na de ceremonie baan ik me een weg door de mensenmassa, neem complimenten in ontvangst van brave zielen en beloof contact te houden met mensen om wie ik niks geef en omgekeerd. Plotseling sta ik oog in oog – eigenlijk: oog in borstzak – met een enorme tank van een vent in een te krap zittend pak. Hij heeft een Cro-Magnon-voorhoofd, dat hij droogveegt met een nat zakdoekje, en een breed, vlezig Italiaans gezicht. Hij lijkt op Jabba the Hut in een Armani-pak.

'Hé,' zegt hij en hij schudt mijn hand, 'dat was goed gezongen.' Zijn hand is zo groot als een kolenschop.

'Bedankt,' zeg ik. Omdat we in New Jersey zijn, denk ik er verder niet over na (we hebben geen tekort aan tankachtige mensen in te krappe pakken en met Cro-Magnon-voorhoofden) en wil ik verder lopen, maar hij slaat een massieve arm om mijn schouder, alsof er een loden pijp om mijn nek geploft is.

'Kom 's effe mee, gozer,' zegt hij. 'Er is iemand die met je wil praten.' Zijn arm is te stevig om vriendelijk te zijn, dus ik word onmiddelijk achterdochtig. Hij tilt me min of meer op als hij ons tussen de mensen door wringt.

Ik kijk wild om me heen om iemands aandacht te trekken, van wie dan ook, maar Jabba loopt als een stoomwals door richting parkeerterrein. 'Waar gaan we naartoe?' vraag ik aan zijn vochtige okselholte, die ruikt als mijn brooddoos in de vijfde klas. Hij gaat harder lopen en sneller ademen, omdat hij me mee moet sleuren.

'Schiet op, jochie,' zegt hij.

We lopen naar een zwarte verlengde limousine, die helemaal achter op het parkeerterrein staat. En op dat moment besef ik het: ik ben het haasje. In het jaarboek had moeten staan: Geknipt voor een Afschuwelijke Maffiose Dood. Dat ik spijt heb van al mijn slechte daden is blijkbaar niet genoeg, dat ik tegenwoordig elke week naar de mis ga om te bidden voor vergiffenis ook niet. Nee, ik ga voor mijn zonden betalen met mijn jonge, zinloze leventje.

Het achterraampje van de limo zakt naar beneden en ik ben ervan overtuigd dat er zo meteen een pistool met geluiddemper uit komt. Dagmar heeft blijkbaar contact gezocht met Sinatra's mensen en zit natuurlijk op dit moment achterin met haar nieuwe vriendje, een maffiabaas in zilverkleurig pak met vet haar in een paardenstaartje. *Veelbelovende Jonge Acteur Doodgeschoten bij Diploma-uitreiking! Film om Elf uur.*

Ik schud Jabba van me af. Tegenspartelen heeft geen zin. Het is voorbij. Mijn hart bonkt zo snel dat ik waarschijnlijk al binnen een paar seconden dood neerval. Als ze ooit een film maken van mijn leven, komt er nu een close-up van een mannenhand in het raam. De diamant in zijn pinkring glinstert terwijl hij me wenkt dichterbij te komen. O, mijn god, ik voel de staaldraad al om mijn nek. O nee, alstublieft, geen staaldraad om m'n nek. Ik doe mijn ogen dicht en leun op het raampje. Heilige Maria, vol van genade... *Rolling down the river*... O lieve Heer, als u me laat leven, beloof ik dat ik de hele verdomde rozenkrans uit mijn hoofd zal leren.

'Dus je hebt het eindelijk voor mekaar, hè jochie?' zegt een stem.

Die stem ken ik. Ik ken hem beter dan mijn eigen stem. Ik open mijn ogen en – wees stil mijn bonkend hart – daar zit hij.

Frank Sinatra.

Dus ik ben al dood. Ik ben dood en in de hemel en ik had gelijk: Frank Sinatra is God.

'Meneer Sinatra,' hoor ik mezelf zeggen, 'het spijt me zo. Ik wilde niet...'

'Maak je geen zorgen, jochie,' zegt hij en hij wuift mijn excuses weg met een hand met zwaar beringde vingers. 'Je hebt lef, je hebt ballen, daar houd ik van.'

'Bedankt.'

'Nee, ik moet jóú bedanken. Zonder jou zat die kleinzoon van mijn neef niet op Juilliard.' Hij glimlacht en ineens lijkt de aarde een stap dichter bij de zon te staan. Zijn ogen zijn ongelofelijk blauw.

'Laat het me weten als ik iets voor je kan doen, oké?' zegt hij. 'Wij jongens uit Hoboken moeten een beetje op mekaar letten.' Hij kijkt op zijn Rolex. 'En nu moet ik ervandoor. Sammy wacht op me in Atlantic City en hij wordt panisch als ik te laat ben.' Hij gebaart naar Jabba dat het tijd is om te gaan. Ik doe een stap achteruit en de limousine rijdt langzaam weg, als een schip dat de haven uit vaart.

De goden staan, zeker weten, aan mijn kant. In elk geval Frank Sinatra, en dat komt wat mij betreft dicht genoeg in de buurt.

Ik hoor eigenlijk niet eens een diploma te krijgen, niet alleen vanwege illegaal drinken, roekeloos rijgedrag, drugsgebruik (op staatseigendom), ontsluiten en insluipen, fraude, verduistering, vervalsing, chantage en boeddhabeelddiefstal. Nee, ik hoor geen diploma te krijgen omdat ik nooit mijn *Portrait of the Artist*-werkstuk ingeleverd heb.

Er gebeurde gewoon te veel tegelijk – je weet wel: mijn vader voor het gerecht slepen en zo. Maar hier is het dan eindelijk. Meneer Lucas, bedankt voor uw geduld. Uiteindelijk had ik wat meer dan vijfentwintig pagina's nodig. Het is geen James Joyce, maar ik heb er hard aan gewerkt. Ik kan er ook niets aan doen dat ik uit New Jersey kom.

Dit is hoe ik mijn collegegeld betaalde. Dit is hoe ik mijn jeugdjaren vergooid heb.

Dankwoord

Om schrijver te kunnen worden, heb je alle inwoners van een complete buitenwijk nodig, en ik was zo gelukkig een heleboel Catchers in the Rye te hebben, die ervoor hebben gezorgd dat ik mijn tienertijd heb overleefd.

Dus wil ik bij dezen al mijn vrienden, docenten en surrogaatouders van de middelbare school bedanken, in het bijzonder Amanda Burns en Mary Susan Clarke.

Dank ook aan mijn moeder en vriendin Megan Garcia, aan mijn talentvolle broer Neal en, op de eerste plaats, aan mijn ongelofelijke vader Chase Acito, de beste vader waar je als kind op kunt hopen: dank jullie dat jullie zo anders zijn dan de Zanni's.

Dank aan Dame Sinclair en Cool Neighbor Brooke voor het lezen van het manuscript; aan Chuck Palahniuk voor het aanbevelen van mijn boek; aan mijn manager Frederick (uit Hollywood) Levy die de juiste deuren openmaakte; en in het bijzonder aan mijn agent Edward Hibbert, voor zijn intelligente en inzichtelijke begeleiding van dit verhaal.

Een bijzonder dankjewel aan mijn redacteur met arendsogen bij Broadway Books, Gerry Howard en zijn bekwame assistent, Rakesh Satyal; aan Mike Jones van Bloomsbury Publishing; aan mijn Britse co-agent Patrick Walsh; aan producente Laura Ziskin en haar assistent Leslie Morgan; en aan Shannon Gaulding van Columbia Pictures. Zowel de belastingdienst als ikzelf bedanken jullie dat ik nu in een nieuwe belastingschaal val...

En meer dan wie ook gaat mijn eeuwige dank naar mijn geliefde partner, Floyd Sklaver, voor zijn liefdevolle toewijding aan mij en aan dit boek. Ik wilde dat iedereen net zo gelukkig was in de liefde als ik.

En natuurlijk dank ik *jou*, mijn beste lezer, dat je helemaal tot hier gekomen bent. Vertel het al aan je vrienden.